AF303913

**Saskia Louis** lernte durch ihre älteren Brüder bereits früh, dass es sich gegen körperlich Stärkere meistens nur lohnt, mit Worten zu kämpfen. Auch wenn eine gut gesetzte Faust hier und da nicht zu unterschätzen ist ... Seit der vierten Klasse nutzt sie jedoch ihre Bücher, um sich Freiräume zu schaffen, Tagträumen nachzuhängen und den Alltag einfach mal zu vergessen.

# SASKIA LOUIS

# Checkliste FÜR DIE Liebe

# Vorwort

Mir wurde es erst klar, als ich das Wort ENDE unter die Geschichte gesetzt habe – aber dieses Buch ist für alle, die manchmal gern etwas mutiger wären.
Ach, vermutlich ist es deshalb einfach für alle. Punkt. Ein wenig Mut kann jeder mal gebrauchen. Ich erwische mich zumindest mehrmals die Woche dabei, wie ich mich darüber ärgere, den leichten und nicht etwa den mutigen Weg gewählt zu haben.
Cooper und Hannah haben sich vor allem in mein Herz geschlichen, weil sie für ein simples Gefühl stehen: Unzufrieden zu sein; irgendetwas ändern zu möchten – aber nicht zu wissen, wo man am besten anfängt. Oder schlichtweg Angst davor zu haben, überhaupt anzufangen. Die beiden könnten unterschiedlicher nicht sein, stecken aber beide in ihrem Leben fest. Weil sie nicht mutig genug sind, den ersten Schritt zu machen.
Aber manchmal muss man eben etwas wagen, um zu gewinnen.
Und ich hoffe, genau mit diesem Gefühl lässt euch das Buch zurück!
Alles Liebe
Saskia

# Kapitel 1

Hannah Reed starrte durch den Spion auf den halbnackten Mann vor ihrer Tür und fragte sich, ob es leichtsinnig wäre, ihm aufzumachen.

Ihre Mutter und ihr Vater hatten ihr beigebracht, Menschen nicht nach dem ersten Eindruck zu beurteilen und ihnen die Chance zu geben, sie positiv zu überraschen. Andererseits hatten sie ihr auch beigebracht, niemand Fremdes die Tür zu öffnen. Die Frage war natürlich, ob sie mit neunundzwanzig Jahren noch darüber nachdenken sollte, was ihre Eltern ihr in einer solchen Situation raten würden.

Sie biss sich auf die Unterlippe, verengte die Augen und ließ den Blick über die Erscheinung des Fremden gleiten. Von Natur aus war sie eher der vorsichtige Typ … doch der Mann sah eigentlich nicht gefährlich aus. Eher entnervt. Er starrte direkt in den Spion, die Lippen zusammengepresst, die Hand in den schwarzen Haaren und die Brauen über den eisblauen Augen zusammengezogen. So, als wisse er, dass sie ihn ansah.

Er würde wohl keine Waffe dabeihaben, dafür war er schlichtweg … nun, zu nackt. Aber er sah ziemlich muskulös aus und ihr Work-out bestand lediglich aus ein wenig Hanteltraining und ausgedehnten Spaziergängen zur nächsten Bäckerei. Die Chance, dass er sie mit wenigen Handgriffen überwältigen konnte, war also sehr hoch.

„Hallo?" Der Typ klopfte erneut mit der Faust gegen das Holz. „Ich weiß, dass Sie da stehen und mich anglotzen. Sie könnten meinen Körper viel ausgiebiger bewundern, wenn Sie die Tür aufmachen, wissen Sie?"

Hannah schnaubte laut. Wenn sie das Bedürfnis hätte, gut trainierte, eingebildete Kerle anzusehen, würde sie einfach ins Fitnessstudio gehen und vor den Spiegeln herumlungern! Dafür brauchte sie keinen Türspion.

„Kommen Sie schon, ich brauche Hilfe! Ich will nicht nackt zur Rezeption laufen, nachher macht jemand ein Video und ich lande auf *YouTube*."

Hm. Hilfe. Er brauchte Hilfe.

Sie war Ärztin, darauf getrimmt, anderen Menschen zu helfen ... aber irgendwie hatte sie das Gefühl, dass ihr hippokratischer Eid diese Situation nicht abdeckte.

Unsicher zog sie die Schultern hoch. „Was wollen Sie?", fragte sie durch die geschlossene Tür hindurch.

Der Mann lachte trocken auf, machte einen Schritt zurück und deutete an seinem lächerlich trainierten nackten Oberkörper hinab. „Ein wenig Bronzepuder, damit meine Haut schöner strahlt", meinte er trocken.

Ihre Mundwinkel zuckten. „Dafür ist Ihre Haut zu hell, ich würde Ihnen einen Goldton empfehlen", sprang sie hilfreich ein.

Düster starrte der Kerl wieder in den Spion. „Ich will etwas zum Anziehen, damit ich zur Rezeption runtergehen und mir eine neue Schlüsselkarte holen kann."

„Wo ist Ihre alte Schlüsselkarte?"

„In meiner Hose."

„Wo ist Ihre Hose?“

„Da, wo auch mein T-Shirt und meine Schuhe sind.“

„Aha. Das ist sehr umsichtig von Ihnen, sie zusammen zurückzulassen. Dann fühlen sie sich nicht einsam.“

Der fremde Mann stieß einen Schwall Luft aus und verschränkte die Hände im Nacken. Das gedämpfte Licht des Hotelflurs brachte seinen Bizeps zum Leuchten und seine Bauchmuskeln zum Tanzen. Meine Güte, vielleicht brauchte er gar keine Hilfe. Vielleicht lief er hier nur halbnackt rum, um ein wenig anzugeben.

„Sie sind ein richtiger Spaßvogel, oder?“, fragte er schließlich verkniffen.

Hannah hob die Schultern, auch wenn er das natürlich nicht sehen konnte. Sie war nicht dafür bekannt, witzig zu sein. Sie war dafür bekannt, pünktlich und verlässlich, vorsichtig und gut vorbereitet zu sein. Früher war sie relativ schlagfertig gewesen – hatte es sein müssen, um ihrem Bruder eine würdige Gegnerin zu sein –, aber in den letzten Monaten? Nicht so sehr.

Andererseits war der einzige Grund, warum sie sich in diesem Hotel befand, dass sie zu ihrer alten, beziehungsweise einer besseren Form zurückfand. Dieses absurde Zusammentreffen mit dem Unterwäschemodel war also ein guter Start.

„Wenn ich ein Spaßvogel wäre, würde ich fragen, warum Sie es nicht durchgezogen und Ihre Boxershorts auch beim Rest gelassen haben. Sie fühlt sich doch sicherlich ausgeschlossen. Außerdem: Wie früh müssen Sie jeden Morgen aufstehen, um Ihre Bauchmuskeln aufzumalen?“

Der Mann seufzte so schwer, dass Hannah augenblicklich Mitleid mit ihm bekam. Er wirkte erschöpft und fror bestimmt. Die Klimaanlage lief auf Hochtouren, so als wolle das Hotel baldmöglichst eine Eisbahn in den Fluren eröffnen.

Also legte sie vorsichtig die Kette vor, bevor sie die Tür öffnete, sodass sie den fremden Mann durch den Spalt ansehen konnte. Jetzt, da sein Gesicht nicht mehr absurd vergrößert und verzogen war, bemerkte sie, dass er ihr merkwürdig bekannt vorkam. Als hätte sie ihn schon mal auf der Straße oder auf irgendeinem Werbeplakat gesehen. Vielleicht war er wirklich Unterwäschemodel. Oder aber er ging einer viel älteren Profession nach ...

„Hey", sagte sie und lächelte knapp. „Tut mir leid, ich habe noch nicht ausgeschlossen, dass Sie ein Vergewaltiger sind, deswegen die Kette."

Der Schwarzhaarige rieb sich über die Stirn und nickte. „Verständlich. Ich würde einem halbnackten Mann vor meiner Tür auch eher skeptisch gegenüberstehen. Ich nehme es Ihnen nicht übel."

„Wundervoll. Jetzt zu wichtigeren Dingen: Sind Sie ein Gigolo?" Interessiert legte sie den Kopf schief. Davon hatte sie nämlich noch nie einen persönlich kennengelernt, und Owen wäre entzückt darüber, wenn seine blöde Liste sie direkt in die Arme eines Callboys geführt hätte.

„Nein, ich bin lediglich ein Arschloch ...", erwiderte ihr Gegenüber trocken. „Also, können Sie mir jetzt helfen?"

„Sie sehen nicht aus wie ein Arschloch", stellte sie überrascht fest.

„Der Eindruck täuscht. Fragen Sie die Frau in Zimmer 203, die wird Ihnen das bestätigen."

„Ah." Sie nickte, auch wenn sie kein Wort verstand. „Darf ich Ihnen noch eine Frage stellen?"

Unangenehm berührt sah er den leeren Flur auf und ab, dann nickte er. „Wenn es sein muss."

„Warum sind Sie halbnackt?"

Er lachte verlegen auf und kratzte sich am Hinterkopf. „Wissen Sie, das hängt sehr eng mit der Frage zusammen, warum ich ein Arschloch bin, und ist ein eher wundes Thema."

„Na schön", sagte sie fröhlich und machte Anstalten, die Tür zu schließen.

„Okay, okay", sagte er verärgert und hob die Hände.

Hannah konnte nicht umhin, ihn dafür zu bewundern, wie wohl er sich in seinem Körper fühlte. Sie würde nicht in Unterwäsche auf einem Hotelflur stehen und bereitwillig die Hände heben. Eher würde sie ein Stück Teppich aus dem Boden reißen, um sich darin einzuwickeln.

Der Mann seufzte erneut, schließlich meinte er: „Kennen Sie *Den nackten Mann*?"

„*Den* nackten Mann?", fragte sie verwirrt. „Gibt es da einen bestimmten, den ich kennen sollte?"

„Nein, ich spreche von dieser Folge von *How I Met Your Mother*."

Sie runzelte die Stirn. „Das ist irgendeine Sitcom, oder?"

Ungläubig sah der Schwarzhaarige sie an. Als wäre sie es, die sich exzentrisch kleidete und nicht er. „Ja, das ist eine Sitcom. Wie können Sie die nicht kennen?"

Nun, Film und Fernsehen – oder andere spaßige Sachen – hatten nie weit oben auf ihrer Prioritätenliste gestanden. Sie war zu beschäftigt damit gewesen, zu lernen und ihren Zehnjahresplan einzuhalten.

Aber das war die alte Hannah gewesen. Vielleicht sollte sie also mal damit anfangen, mehr Comedy-Serien zu schauen. Offenbar gehörte das zu einem lebenswerten Leben dazu. „Wie können Sie mir solch sinnlose Fragen stellen, während Sie fast nackt vor mir stehen?", wollte sie wissen.

Er nickte. „Das ist ein guter Punkt. Na ja, auf jeden Fall ist *Der nackte Mann* ein Weg, wie man ein schlecht laufendes Date dennoch erfolgreich beenden kann."

„Erfolgreich beenden …?"

„Mit Sex", erklärte er schlicht. „Man zieht sich aus, während die Frau sich im Bad frisch macht oder in der Küche einen Drink mixt, und wenn sie zurückkommt, schläft sie mit einem."

„Nur, weil man nackt ist?"

„Exakt. Sie findet es witzig oder sexy oder was auch immer und erbarmt sich einem. Ich habe letzte Woche mit meinem Bruder gewettet, ob das wirklich funktioniert, und …" Er brach ab. Doch eigentlich musste er auch gar nicht weitersprechen, Hannah hatte schon verstanden.

Sie lachte laut und schüttelte den Kopf. Langsam kam sie dahinter, warum er ein Arschloch war. „Und? Hat es funktioniert?"

Sein Blick verdüsterte sich. „Sehe ich so aus?"

Wieder lachte sie, diesmal noch lauter, und sie musste feststellen, dass es verdammt guttat. In den letzten Monaten hatte es nicht viele Situationen gegeben, in denen sie hatte lachen wollen, und dieser bestimmte Moment fühlte sich freier und lebendiger an als die hunderttausend trostlosen der letzten Wochen. „Soll ich ein Foto für Ihren Bruder machen?", bot sie an. „Der würde sich doch sicher darüber freuen."

„Ja, Cal würde sich nicht mehr einkriegen. Vorausgesetzt er schafft es, lang genug von seinem PC aufzusehen. Aber nein danke. Ich verzichte. Können wir noch mal auf Ihre potenzielle Hilfe zurückkommen?"

„Ich weiß nicht, ich bin immer noch sehr an dieser Nackten-Mann-Geschichte interessiert ... Um was haben Sie gewettet?" Außerdem hätte sie gerne gewusst, ob sein Date blind gewesen war oder einfach nur extrem hohe moralische Anforderungen an sich selbst hatte.

„Darum, wer unserer Schwester den nächsten Gefallen schuldet ... und Sie lenken schon wieder vom Thema ab! Also: Können Sie mir was zum Anziehen geben?"

Grinsend nickte Hannah. „Moment." Sie schloss die Tür, entfernte die Kette und öffnete sie wieder. Der Mann war offensichtlich harmlos, solange man nicht mit ihm auf ein schlechtes Date ging. „Ich kann Ihnen ein Nachthemd geben."

Er zog eine Grimasse. „Haben Sie nicht etwas Männlicheres?" Vorsichtig lugte er in ihr Zimmer hinein, so als hoffte er, eine abgewetzte Jeans und eine testosterongeladene Lederjacke auf ihrem Bett liegen zu sehen. Doch da befanden sich nur ihre Handtasche, ihre sorgfältig zusammengefaltete Kleidung für den nächsten Tag und eine Flasche Whiskey, die sie wahrscheinlich noch heute Abend, spätestens aber morgen früh brauchen würde.

„Doch, schon. Ich hätte auch eine Jogginghose und ein T-Shirt. Aber ich glaube, die haben Sie nicht verdient." Vielsagend hob sie die Augenbrauen. „Männer, die sich ungefragt nackt vor Frauen ausziehen und dann erwarten, dass diese mit ihnen schlafen, sollten bis auf die Knochen blamiert werden – finden Sie nicht?"

Eine Weile lang betrachtete er sie nachdenklich, schließlich wollte er mit verengten Augen wissen: „Das ist eine Fangfrage, oder?"

Wieder lachte sie. „Auf jeden Fall. Wie heißen Sie überhaupt?"

„Cooper, also ... Coop", meinte er. Auch seine Mundwinkel hoben sich, sodass ein Grübchen in seiner rechten Wange erschien, als er ihr die Hand reichte. Seine Finger waren warm und groß und die Haare in Hannahs Nacken stellten sich auf, als sie ihre Hand umfassten. Unwillkürlich fragte sie sich, was sie getan hätte, wenn sie die Frau gewesen wäre, vor der er sich ausgezogen hätte.

Ach, wem machte sie etwas vor. Wahrscheinlich wäre sie in Ohnmacht gefallen und hätte gehofft, dass er verschwunden war, bevor sie wieder aufwachte.

„Freut mich, Coop. Ich bin Hannah." Nachdenklich neigte sie den Kopf. „Sagen Sie, kennen wir uns? Sie kommen mir so bekannt vor."

Hastig wandte Coop den Blick ab. „Nein, wir kennen uns nicht. Ich habe nur ein sehr gewöhnliches Gesicht."

Also bitte, sein Gesicht war alles andere als gewöhnlich! Ein dunkler Bartschatten zierte seinen scharf geschnittenen Kiefer, die eisblauen Augen würde sie unter hunderten wiedererkennen und sein Körper ... nun, darüber wollte sie nicht weiter nachdenken, denn möglicherweise fing sie dann an zu starren. Sie kannte solche Muskeln eigentlich nur aus Werbefilmen oder ihren Träumen.

Ihr Gegenüber räusperte sich. „Wie war das jetzt noch mit dem Nachthemd?"

„Ach so, klar." Verwirrt blinzelte sie ihre Gedanken aus dem Kopf und wandte sich um. „Moment, ich hole es."

Sie lief zu ihrem Koffer, dessen Inhalt sie nach Farbe und Gelegenheit sortiert hatte, und fand innerhalb weniger Sekunden, was sie suchte. Ein geblümtes Nachthemd aus Baumwolle, das ihre Mutter ihr vererbt hatte.

Als sie mit dem Kleidungsstück in den Händen zurückkehrte, sah Coop aus, als biete sie ihm zusammen mit dem Nachthemd auch einen Kokosnuss-BH und eine Mitgliedschaft bei Scientology an.

„Behalten Sie es", sagte sie großzügig. „Ich habe das Gefühl, dass es Ihnen sehr viel besser stehen wird als mir."

Er warf ihr einen ironischen Blick zu und seufzte. Doch anstelle es über den Kopf zu ziehen, schlang er es sich lediglich um die Hüften, sodass er nun aussah wie ein Surfer auf dem Weg zum Strand.

Unfair. So unfair.

„Das wird reichen müssen", meinte er verdrießlich. „Vielleicht ist es im Foyer ja auch leer. Danke." Wieder lächelte er sie an. „Ich schulde Ihnen etwas."

„Ach, kein Problem. Ich bin nackten Männern immer gern behilflich." Sie hob die Hand und winkte ihm hinterher. ·

Coop lachte trocken auf. „Das sollten Sie nicht zu laut sagen, nachher bildet sich eine Schlange vor Ihrer Tür“, rief er zurück und schritt weiter den Gang entlang.

Mit geöffneten Lippen sah Hannah ihm hinterher, bis er links, das Treppenhaus hinunter verschwand – er wollte es wohl nicht riskieren, den Aufzug zu nehmen – und außer Sichtweite war.

Kopfschüttelnd schloss sie die Tür. Die Geschichte würde ihr doch niemand glauben!

Aber nein, eigentlich stimmte das nicht. Owen hätte ihr geglaubt, denn ihm waren solche Dinge ständig passiert. Er hatte sich mit Menschen umgeben, die so frei und locker und ungebunden waren, dass witzige Geschichten scheinbar aus dem Nichts entstanden waren. Aber sie hatte nie zu diesen Menschen gehört, so sehr er auch versucht hatte, sie Teil von seinem haarsträubenden Leben werden zu lassen.

Ja, Owen hätte sie lediglich gefragt, warum sie den heißen Kerl nicht in ihr Zimmer eingeladen hatte, nackt war er doch ohnehin schon.

Das Lächeln wackelte auf ihrem Gesicht, blieb jedoch tapfer an Ort und Stelle. „Tut mir leid, Owen, soweit bin ich noch nicht“, murmelte sie. „Aber zumindest springe ich morgen für dich aus einem Flugzeug. Das ist doch schon mal was, oder?“

Sie hätte die Worte nicht laut aussprechen sollen, denn allein der Gedanke daran, ließ ihren Magen rumoren und ihr Herz flattern. Menschen waren nicht fürs Fliegen gemacht. Sie waren zum Laufen und Hinfallen gebaut, aber nicht dazu, durch die Lüfte zu schweben! Das sollte den Vögeln und Pollen vorbehalten bleiben.

Verdrießlich verzog sie das Gesicht, setzte sich aufs Bett und zog ihre Handtasche heran, in der sie die Liste aufbewahrte, die derzeit ihr Leben bestimmte.

Das karierte Stück Papier war schon so abgegriffen, dass Hannah täglich mit der Angst lebte, es könne zerfallen – und ihr somit auch noch das Letzte nehmen, was ihr von ihrem Bruder geblieben war. Doch bis jetzt hielt sie mit Hilfe von ein wenig Klebeband tapfer zusammen.

Nachdenklich musterte sie die Punkte, die Owen in seiner krakeligen Handschrift so unüberlegt dort festgehalten hatte, und ein leichtes Gefühl der Panik wallte in ihr auf, als sie sah, dass noch immer neun Aufgaben offen waren. Der Rest war mit Kugelschreiber durchgestrichen, doch diese letzten neun Punkte blitzten vorwurfsvoll zu ihr hinauf und erinnerten sie daran, dass sie sich beeilen musste. Dass ihr nur noch knapp fünf Wochen blieben, in denen sie ihr Versprechen einlösen konnte. In denen sie das Ruder herumreißen und das Schiff namens *Leben* in aufregendere Gewässer lenken konnte. Na ja, nicht aufregend, eher würdig. Ja, würdig war das passende Wort.

Sie schluckte den dicken Kloß in ihrem Hals hinunter und stellte enttäuscht fest, dass das befreiende Lächeln auf ihrem Gesicht, das der fremde, heiße Kerl dort hingezaubert hatte, verschwunden war. Nun, der kurze Moment der Erleichterung hatte nicht ewig anhalten können.

Sie packte die Liste sorgfältig wieder weg und starrte dann auf den ordentlich zusammengefalteten Stapel an Kleidung neben ihr. Aus einem Impuls heraus streckte sie die Hand aus und brachte ihn mit einem gezielten Stoß völlig durcheinander. Die Jeans klappte auf, das T-Shirt fiel zu Boden und das Paar Socken rollte zum Kissen.

Zehn Sekunden saß sie da und starrte den Stapel an – dann sprang sie hastig auf, bückte sich nach dem T-Shirt, fing die Socken wieder ein und faltete die Kleidung erneut zusammen.

Wem machte sie etwas vor? Zerknitterte Kleidung würde niemandem helfen. Das war sicherlich nicht, was Owen gemeint hatte.

Ihr Handy klingelte, und erleichtert um die Ablenkung zog sie es aus ihrer Hosentasche.

„Dr. Reed", meldete sie sich aus Gewohnheit, auch wenn sie seit drei Wochen niemanden mehr behandelt hatte und ihr Arbeitstelefon sicher verwahrt in ihrer Wohnung in Philadelphia lag.

„Na, Frau Doktor? Drehst du schon durch, weil du morgen aus zehntausend Meter Höhe in dein Verderben stürzen wirst?"

Hannah schnaubte und ließ sich rückwärts auf die weiche Matratze fallen. „Deine aufmunternden Worte waren auch schon mal überzeugender, Lara."

„Ach, eine halbe Stunde mit Callum Panther in einem Raum und ich habe nur noch Mittelfinger und andere rüde Gesten übrig", sagte ihre beste Freundin verdrießlich. „Sei also froh, dass wir nicht facetimen."

Hannah lachte und rieb sich über die Stirn. „Ich würde diesen Callum ja wirklich gerne mal kennenlernen. Er scheint übermenschliche Kräfte zu haben, wenn er dich aus der Fassung bringen kann."

„Er bringt mich nicht aus der Fassung", widersprach Lara sofort. „Er ... regt mich nur auf! Das ist alles."

„Mhm. Interessant. Wenn ich mich recht entsinne, hat auf dem College mal ein Kerl nackt vor deinem Schlafsaal gelegen und dir auf die Türmatte gekotzt. Das hat dich nicht aufgeregt. Und dann war da noch die Telefonwarteschlange, in der du geschlagene acht Stunden verbracht hat – die hat dich ebenfalls nicht aufgeregt. Oder die Sache mit dem Goldfisch in deiner Toilette ..."

„Das ist etwas vollkommen anderes. Wieso sollte ich mich darüber aufregen, dass ich eine tolle neue Anekdote zu meinem Katalog hinzufügen kann? Wieso sollte ich eine arme Angestellte anschreien, die nur ihren Job macht? Wieso sollte ich einen Goldfisch für seinen exzentrisch gewählten Lebensraum verurteilen? Ich bin doch kein Unmensch! Aber hier geht es um meinen Job – den mir Callum Panther unmöglich macht."

„Ah." Natürlich. Lara war wirklich ein lockerer, entspannter Mensch – solange es nicht um ihre Arbeit ging. Sie hatte erst vor einem halben Jahr ihren Job angetreten und war seitdem so verbissen dabei, allen Mitarbeitern und vor allem ihrem Chef zu beweisen, dass sie kompetent war, dass sie ab und an vergaß, dass sie Schimpfwörter eigentlich gar nicht mochte und Mittelfinger ihrer Meinung nach nur dafür da waren, den Zeigefinger beim Scrollen zu unterstützen.

Aber Hannah verstand es. Lara hatte etwas zu beweisen – und ging es ihr da nicht genauso? Waren diese ganzen letzten Wochen nicht einzig und allein dafür da gewesen, sich selbst zu beweisen, dass Owen unrecht gehabt hatte? Dass sie auch ohne ihn ein erfülltes und spannendes Leben führen konnte? Auch wenn sie es natürlich auf seine Anordnung hin tat?

*Seien wir ehrlich, Hannah: Ohne mich bist du aufgeschmissen. Ohne mich wirst du in deinen Büchern und deiner Arbeit versacken, deinen blöden Lebensplan durchziehen und dich in ein paar Jahren kaum noch daran erinnern, was Spaß überhaupt bedeutet. Also, kannst du mir nur diesen einen Gefallen tun, ja? Nur diesen einen?*

Ihre Brust wurde enger und ein vertrautes Ziehen setzte in ihrem Herzen ein. Sie hatte seine ironische Miene praktisch vor Augen. Konnte sie ebenso wenig ignorieren wie einen pinken Gorilla, der Walzer tanzte. Es war, als säße er jetzt gerade neben ihr, als würde er …

*Genug.*

„Du darfst nicht aufhören, zu atmen, Lara", erinnerte sie ihre Freundin – nicht zu vergessen sich selbst – und zog sich gewaltsam aus ihren Gedanken. „Mit Sauerstoff in Lunge und Blut läuft alles besser! Außerdem bin ich Callum Panther eigentlich zu Dank verpflichtet."

„Wie das? Du hast ihn noch nie in deinem Leben getroffen!"

„Nein, ich weiß, aber er ist indirekt schuld daran, dass ich mich in diesem hübschen Hotel hundert Meilen außerhalb der Stadt befinde und morgen versuchen werde, zu fliegen. Es ist schließlich sein Kühlschrank gewesen, an dem der Flyer für die Tandem-Fallschirmsprünge gehangen hat. Wer weiß, ob ich mich dazu durchgerungen hätte, Nägel mit Köpfen zu machen, wenn du mir den nicht mitgebracht hättest?"

„Hättest du. Dein Bruder hat dir quasi eine Hausaufgabe hinterlassen – und denen konntest du noch nie widerstehen.“

Auch wieder wahr. „Ist ja auch egal. Callum Panther macht dir das Leben schwer? Was genau hat er getan?“

„Na ja, er …“ Lara brach ab und einige ewigwährende Sekunden lang herrschte absolute Stille auf der anderen Seite, dann meinte sie ungläubig: „Oh mein Gott, du hast es schon wieder getan! Du hast von dir selbst abgelenkt und jetzt reden wir über mich. Mir ist das nie aufgefallen, bevor Owen erwähnt hat, dass du das immer tust. Dabei habe ich angerufen, um zu fragen, wie es *dir* geht.“

Hannah presste die Lippen aufeinander und verengte die Augen. Ihr Bruder leistete wirklich ganze Arbeit – und das aus seinem Grab heraus. Das war beeindruckend. „Wie soll es mir schon gehen?“, fragte sie etwas feindseliger als gewollt. „Ich habe noch weitere fünf Wochen Urlaub, rede nicht mit meinen Eltern, bin nach einer dreijährigen Beziehung endlich wieder Single, werde mich morgen aus einem Flugzeug stürzen und habe soeben einem nackten Mann mein Nachthemd geschenkt. Mein Leben ist genau so, wie ich es mir nie ausgemalt habe. Ich erfülle Owens letzten Willen also perfekt!“

„Hannah, ich will wissen, wie du dich *fühlst*, nicht wie … Moment. Was? Sagtest du, du hast einem nackten Mann dein Nachthemd geschenkt?“

„Jup“, sagte sie zufrieden, und ein hartnäckiges Lächeln stahl sich zurück auf ihr Gesicht. „Er stand vor meiner Tür und hat um Kleidung gebeten.“

„Und du hast ihm aufgemacht?", meinte Lara schockiert.

„Natürlich", erwiderte sie leichthin. „Der Arme hat gefroren." Sie behielt für sich, dass sie zuerst durch die Tür und dann mit vorgeschobener Kette mit dem Fremden geredet hatte. So wirkte die Geschichte um einiges cooler, nicht so ... hannahesk. Wie Owen es beschrieben hätte.

„War er ein Obdachloser?"

„Nein, ein Gast aus dem Hotel, der von seinem Date rausgeworfen wurde, weil er sich ungebeten nackt ausgezogen hat."

„Ach so", sagte Lara spitz, als würde das alles erklären. „Na dann war er sicherlich ein netter Typ, der deine Hilfe verdient hatte."

Hannah grinste. „Er war tatsächlich sehr freundlich und gut aussehend. Warum hätte ich ihm mein Nachthemd nicht geben sollen?"

Ihre beste Freundin schnaubte laut. „Meine Fresse, so langsam glaube ich ja, dass Owen mit dieser Liste nur erreichen wollte, dass du vollkommen am Rad drehst und irgendwann deinen Verstand verlierst."

Ja, das vermutete Hannah zeitweilig auch. Owen hatte ihr eine Reihe von Gründen hinterlassen, warum es wichtig sei, dass sie die Liste für ihn beendete ... aber jeder einzelne war ihrer Meinung nach weit hergeholt und nicht gerechtfertigt.

Trotzdem saß sie jetzt hier im Hotel und würde morgen einen Fallschirm an ihren Rücken schnallen.

Ja, vielleicht hatte sie ihren Verstand bereits verloren. Aber was hätte sie tun sollen? Die letzte Bitte ihres todkranken Bruders ablehnen?

Ach, so schlimm würde das alles schon nicht werden. Zur Beruhigung hatte sie schließlich die Flasche Whiskey dabei. Sie war wie immer auf alle Eventualitäten vorbereitet ... was wiederum eigentlich das war, was Owen nicht von ihr wollte.

Stirnrunzelnd öffnete sie die Augen. So langsam verlor sie den Überblick darüber, wer sie war, wer sie sein wollte, wer sie laut Owen sein sollte und wer sie werden würde.

„Wie geht es dir denn jetzt wirklich?", fragte Lara nach einigen Minuten sanft.

Hannah verzog das Gesicht. Sie hatte gehofft, dass ihre beste Freundin vergaß, dass sie auf diese Frage noch nicht geantwortet hatte. „Es geht", sagte sie wahrheitsgemäß. „Ich fühle mich einfach etwas ... verloren. Das ist alles. Ich vermisse ihn. Ich weiß, es ist ein halbes Jahr her, aber ... es hat sich nichts geändert, weißt du?"

„Ja", murmelte Lara. „Das verstehe ich. Ich vermisse ihn auch. Er war ein cooler Typ."

Wieder lächelte Hannah. „Ihm hätte gefallen, dass du das sagst. Er stand immer ein wenig auf dich."

„Tja, tut mir leid, aber er sah dir schlichtweg zu ähnlich. Ich hätte mich gefühlt, als würde ich mit dir ins Bett steigen. Und so sehr ich dich auch liebe ... einige Dinge möchte ich dann doch nicht mit dir teilen."

„Ich bin schockiert und extrem enttäuscht", sagte Hannah gespielt entrüstet.

„Das solltest du auch sein. Ich bin eine Wucht im Bett. Na schön. Es ist spät, ich muss morgen früh nach New York zurückfahren. Ich lege auf, okay?"

Hannah nickte. „Ja, mach das. Ich geh jetzt auch schlafen. Ich habe morgen eine Menge vor."

„Das hast du. Und mach keinen Rückzieher, okay? Du wirst morgen aus einem Flugzeug springen und es genießen, haben wir uns verstanden?"

Sie zog eine Grimasse. „Wie soll ich es genießen, wenn ich mit 220 Kilometern pro Stunde dem Boden entgegenrase?"

„Keine Ahnung. Mit geschlossenen Augen?"

Das war gar keine schlechte Idee. „Na gut", sagte Hannah seufzend. „Ich werde in meiner Todesangst an dich denken."

„Das ist es, was ich hören wollte! Schlaf schön, Hannah. Ich bin stolz auf dich, weißt du? Dass du das wirklich durchziehst. Hab dich lieb."

Sie legte auf und Hannah starrte einige Sekunden lang das Telefon an.

Stolz. Ihre beste Freundin war stolz auf sie.

Owen wäre es wahrscheinlich auch gewesen. Ihre Eltern ... ihre Eltern hatten keine Ahnung, wo sie war und was sie tat. Was pure Absicht war.

Leise stöhnend stand sie auf, legte die Kleidung für den morgigen Tag auf einen Stuhl nahe der Balkontür, putzte sich die Zähne und zog sich das große *Philadelphia Delphies*-T-Shirt über, das Owen ihr mal in dem Versuch, sie für Sport zu begeistern, geschenkt hatte.

Der Versuch war fehlgeschlagen. Hannah fand Baseball immer noch langweilig und unverständlich.

Vorsichtig schlüpfte sie unter die fremde Decke, atmete den fremden Geruch des fremden Zimmers ein ... und wunderte sich darüber, dass sie sich in diesem Hotel gerade wohler fühlte als in den letzten sechs Monaten in ihrer eigenen Wohnung.

Vielleicht lag es daran, dass ihr morgiges Vorhaben ihr das Gefühl gab, Owen näher zu sein als sonst. Weil er das einzige Familienmitglied gewesen war, das solche Kamikaze-Aktionen gutgeheißen hatte. Und weil er sicherlich in seinem Krankenhausbett gelegen und sich bei dem Gedanken daran kaputtgelacht hatte, seine große Schwester mit seinem letzten Wunsch dazu zu zwingen, eine Menge Dummheiten zu begehen, an die sie sich nicht einmal in ihren Träumen herangewagt hätte.

„Oh, Owen, du Bastard", wisperte sie. „Du wusstest genau, was du da tust, oder?"

Niemand antwortete ihr und sie war fast beruhigt. Das hätte ihre Selbstgespräche nämlich auf eine besorgniserregende Ebene gehoben.

Sie schloss die Augen und atmete tief durch.

Morgen würde ein furchtbarer Tag werden, der mit Panikattacken und einer Menge Geschrei gefüllt sein würde. Blieb nur zu hoffen, dass sich zumindest die Albträume heute Nacht von ihr fernhielten.

# Kapitel 2

Cooper Panther fuhr schweißgebadet aus dem Schlaf.

Sein Atem war flach, sein Herzschlag hektisch und seine Hände zitterten.

Einige Sekunden lang sah er sich orientierungslos im Raum um. Er starrte die zugezogenen Gardinen an, die trotz der Dunkelheit blutrot zu leuchten schienen. Er betrachtete den glänzenden Flachbildfernseher an der gegenüberliegenden Wand, der ihm nicht gehörte. Er hörte das Surren der fremden Klimaanlage.

Wo genau befand er sich? Träumte er noch oder hatte er bereits zurück in die Realität gefunden?

Er setzte sich aufrechter hin, schaltete die Nachttischlampe an und presste beide Fäuste auf seine Augenhöhlen. Konzentriert sog er Luft durch die Nase ein und stieß sie durch den Mund wieder aus, bis nur noch seine eigenen Atemzüge in seinen Ohren widerhallten und seine Gedanken sich klärten.

Das hier war die Realität.

Er befand sich in einem Hotel in Williamstown, knapp hundert Meilen außerhalb von Philadelphia. Er war geschäftlich hier. Er hatte nur mal wieder schlecht geträumt. Das passierte. Zu dieser Zeit des Jahres häufiger als ohnehin schon.

„Fuck", wisperte er und fuhr sich mit beiden Händen durch die Haare, kratzte mit den Fingern über seine Schläfen und seinen Kopf. So, als könne er so die Bilder loswerden, die sich dort festgesetzt hatten wie Zecken in Hundefell.

Was für ein erbärmlicher Hampelmann war er nur? Musste einen Abend lang auf Ablenkung verzichten und schon war in seinem Kopf Tag der offenen Tür für jeden Mist, den er doch sonst so erfolgreich verdrängte.

Er hatte sich in den letzten Wochen tatsächlich der Wunschvorstellung hingegeben, dass es dieses Jahr anders sein würde. Dass es ihm besser ging, er um einiges ausgeglichener und ... nun, glücklicher war als sonst.

Aber offenbar hatte er sich geirrt. Offenbar hatte sich sein Kopf noch genauso gegen ihn verschworen wie vor fünf Jahren.

Er schaltete auch das Nachttischlicht auf der anderen Seite des Bettes an und zuckte zusammen, als ein Vibrieren ihm durch Mark und Bein fuhr.

Es war sein Handy, das er achtlos auf die Matratze neben sich gelegt hatte und nun unter zwei Kissen und der Decke vergraben war. Sein Schlaf war wohl etwas unruhig gewesen.

Wer zur Hölle rief jetzt noch an? Es war kurz nach zwei.

Doch als er sah, welcher Name da auf dem Display blinkte, wunderte er sich fast gar nicht mehr.

Er hob ab, und noch bevor er etwas sagen konnte, fragte Callie: „Alles okay bei dir? Ich hatte ein ungutes Gefühl."

Er schnaubte und das Metall fühlte sich ungewohnt kühl an seinem Ohr an. „Jetzt fängst du an, telepathische Zwillingsfähigkeiten zu entwickeln, aber als mein Auto liegen geblieben ist und ich auf dem einsamen Highway beinahe erfroren wäre, hast du nichts gespürt?"

„Manchmal funktionieren meine Antennen, manchmal nicht", sagte seine Schwester schlicht. „Also, alles okay? Ich hatte einen Albtraum und musste irgendwie an dich denken, also ..."

Seufzend rieb sich Cooper das Kinn. Er hielt nicht viel von übernatürlichem Zeug. Er glaubte nicht an Horoskope, hielt Gott für ein falsch geschriebenes englisches Verb und wenn er einen Engel sah, war er sich ziemlich sicher, dass er sich auf einer *Victoria's Secret*-Modenschau befand. Nichtsdestotrotz ließ sich nicht leugnen, dass Callie und er eine absurde Intuition hatten, wenn es um ihr Befinden ging.

Er hatte es gewusst, als Callie vor zwölf Jahren im Krankenhaus gelandet war. Sie hatte es gewusst, als David gestorben war.

So war es einfach. Es lohnte sich nicht, näher darüber nachzudenken.

„Mir geht's gut", murmelte er. „Hatte nur einen dummen Albtraum."

„Worum ging es in dem Albtraum?"

„Das Übliche."

Callie seufzte. „Aber was ist das Übliche? Du hast mir nie erzählt, was genau das für Träume sind."

Ja, und das würde er auch nicht ändern. „Es kommen keine Herzchen oder Kuscheltiere darin vor und ich fühle mich danach beschissen, Callie", sagte er trocken. „Musst du mehr wissen?"

„Nein. Ich muss nicht. Aber ich würde gerne", sagte sie leise. „Ich habe das Gefühl, dass es dir guttun würde, wenn du ..." Sie zögerte. „Wenn du mit jemandem offen darüber reden könntest."

Aber wer sollte das sein? Wenn er seine Gedanken schon nicht mit Callie teilen konnte, der Person, die ihn am besten kannte und der er mehr vertraute als Callums selbst erstelltem Antivirusprogramm, mit wem dann bitte sonst?

Einem fremden Therapeuten vielleicht, der ihm mit nebeliger Stimme erklärte, dass er durch das Trauma hindurcharbeiten und lernen müsse, seine Vergangenheit zu akzeptieren?

Wenn er sich mit einem Affen unterhalten wollte, ging er in den Zoo.

Coop fühlte sich auch gar nicht danach, weiter auf seine Träume einzugehen. Er wusste, was sie bedeuteten. Wusste, dass sie sich aus Schuldgefühlen und Grausamkeit zusammensetzten. Wusste, dass sie ihn daran erinnerten, dass er nicht dafür geschaffen war, Verantwortung für andere und ihre Entscheidungen zu übernehmen.

Worüber sollte er also noch groß quatschen?

„Coop, soll ich vielleicht wieder zu dir ziehen?", fragte Callie leise. „Nur für die nächsten Wochen?"

„Nein", sagte er streng. „Auf gar keinen Fall."

So weit kam es noch, dass er seine Schwester in sein lächerliches Leid mit reinzog, obwohl sie doch gerade zum ersten Mal seit etlichen Jahren wirklich glücklich und noch dazu eklig verliebt war.

„Es würde mir nichts ausmachen. Wirklich."

„Mir aber. Du schnarchst, bist eine absolute Chaotin und lässt überall deine Schokolade herumliegen. Ich kann meinen wunderschönen Körper nicht riskieren. Außerdem hast du beim letzten Mal aktiv mein Sexleben sabotiert. Also vergiss es. Ich habe mir schon einen Uterus mit dir geteilt, meine Wohnung kriegst du nicht. Zumindest nicht noch einmal."

„Oh, bitte, ich schnarche nicht", sagte Callie pikiert. „Ich atme ausdrucksstark. Abgesehen davon, sehe ich es als meine weibliche Pflicht an, dich von so vielen unschuldigen Frauen wie möglich fernzuhalten."

Seine Mundwinkel zuckten. „Glaub mir, Callie. Die Frauen, die bereitwillig meine dreckigen Laken zerwühlen, sind alles andere als unschuldig." Die meisten waren sogar noch schlimmer als er! Und das war gut so, denn es minimierte die Chance, dass sie mehr von ihm erwarteten.

*„Deine dreckigen Laken zerwühlen?"*, sagte Callie irritiert. „Wäschst du deine Laken nie? Oder gehen dir nur langsam die hübschen Synonyme für emotions- und bedeutungslosen Sex aus? Was stimmt nicht mit dir? Mit wie vielen Frauen hast du überhaupt schon geschlafen? Zählst du noch mit?"

Er lachte leise, während Callie in einen Monolog darüber verfiel, warum er einen furchtbaren Lebensstil hatte. Er blendete sie aus und entspannte sich merkbar. Er hatte gewusst, dass seine Wortwahl sie auf die Palme bringen würde, und so hatte er fünf Minuten gewonnen, in der er ihrer Tirade lauschen konnte und ihre Stimme ihn wie eine warme Umarmung umgab.

Coop wusste, dass er mit zu vielen Frauen schlief. Er war ein ziemlich reflektierter Mensch, und wenn man nicht mehr in der Lage war, seine Eroberungen zu zählen, war das wohl immer ein schlechtes Zeichen. Doch das hieß nicht, dass er kein moralischer Mensch war.

Er hatte Regeln. Er war ehrlich zu den Frauen. Er sagte ihnen von vornherein, woran sie bei ihm waren. Er datete niemanden mit Verlobungs- oder Ehering am Finger. Und er nutzte es niemals aus, wenn eine Frau gerade verletzlich war.

„… wirst du irgendwann an einer schrecklichen Geschlechtskrankheit verrecken oder von einer Verflossenen überfahren werden", endete Callie gerade, und lächelnd öffnete er wieder die Augen.

„Das hört sich nach einem tragischen Ende für mich an. Fast filmreif. Versprichst du, wenn es soweit ist, jemand halbwegs Talentierten mit meinen Memoiren zu betrauen?"

Sie schnaubte. „Coop, du bist –"

„Callie?", drang plötzlich eine verschlafene Stimme aus dem Hintergrund. „Mit wem telefonierst du? Ist das ‚der begehrteste Junggeselle der Stadt', mit dem du da sprichst?"

Stöhnend schloss Coop die Augen und ließ sich gegen den Bettkopf fallen.

„Ja", meinte Callie fröhlich. „Es ist ‚der faulenzende Playboy, der genauso viel Geld wie benutzte Höschen in seinem Schrank hat'."

Gott, dieser bescheuerte Artikel, der seit einer Woche im Umlauf war! „Hey, ich sammle keine Höschen!", beschwerte Coop sich sofort. „Ich bin vielleicht … sexuell erfahren, aber nicht eklig, okay? Der Reporter hat schlecht recherchiert. Außerdem faulenze ich nicht, sondern habe einen Job.“

„Einen Faulenz-Job, in dem du Teenagern beibringst, wie sie lebensmüde aus einem Flugzeug springen“, gab Callie zu bedenken.

Er presste die Lippen aufeinander. Ja, er hatte abgelenkt werden wollen. Aber doch nicht, indem Pest durch Cholera ersetzt wurde!

Coop konnte Callies Freund lachen hören und verengte die Augen. „James soll mal schön die Klappe halten“, meinte er düster. „Das einzig Gute, das ich nämlich gerade über deinen Journalisten-Freund sagen kann, ist, dass *er* den dummen Artikel nicht geschrieben hat.“

Seine Schwester stimmte in James’ Lachen mit ein. „Er hätte gerne, weißt du? Er ärgert sich, dass ihm die Idee nicht früher kam. Damit hätte er eine Menge Geld machen können.“

„Ich dachte, er wollte damit aufhören, im Dreck der Reichen und Schönen herumzuwühlen“, meinte er trocken.

„Oh, ja. Aber manchmal hat er einen Rückfall. Egal. Da es dir wieder ganz gutzugehen scheint und ich dich gerade schon am Telefon habe: Wo warst du gestern Mittag? Ich habe dich im Center erwartet!“

Callie führte seit ein paar Monaten ein Jugendzentrum und war noch in der Aufbauphase, für die sie alle naslang Hilfe von ihren Geschwistern erwartete.

„Ja, tut mir leid, ich konnte nicht“, sagte er ernst. „Es ist was Wichtiges dazwischengekommen.“

„Ach ja? Was war das?“

„Ich musste meine Jeans bügeln und Callums Fisch füttern. War alles sehr anstrengend und zeitaufwändig.“

„Cal hat keinen Fisch!“

„Richtig. Er ist tot. Die Jeans hat so lange gebraucht, da kam ich zu spät, um ihn zu füttern.“

Callie schnaubte. „Du bist ein Volldepp, Coop! Ich hatte fünfzehn Kids da sitzen, die jemanden gebraucht hätten, der ihnen erzählt, wie ihr Leben enden wird, wenn sie einer Gang beitreten oder eine Karriere als Kleinkriminelle anstreben. Du weißt genau, dass du der perfekte Mann dafür bist! Du könntest ihnen ordentlich einheizen. Ich meine ... du weißt, was mit ihnen passiert, wenn sie sich nicht zusammenreißen, also ...“

„Jaja. Ich überleg es mir“, unterbrach er sie.

„Nichts da. Ich will eine verbindliche Zusage für nächsten Samstag!“

„Ich ...“

„Oh, und wenn du schon da bist, könntest du ihnen auch noch einen Vortrag über sexuell übertragbare Krankheiten halten. Dafür suche ich auch noch jemanden. Du müsstest doch eine Menge Erfahrung in dem Bereich haben, also ...“

„Schon gut“, knurrte er. „Ich werde mich um die Kleinkriminellen kümmern. Aber für die Sex-Krankheiten musst du dir jemand anderen suchen.“

„Wunderbar. Dann trag ich dich für elf Uhr ein. Ich muss jetzt auch auflegen, James sieht mich böse an.“

„Okay. Danke, dass du angerufen hast.“

„Immer, Coop“, sagte sie leiser. „Versuch zu schlafen, ja?“ Mit diesen Worten legte sie auf.

Coop ließ das Handy sinken und starrte auf den erloschenen Flachbildschirm ihm gegenüber.

*Versuch zu schlafen.*

Die Worte klangen so einfach, doch sie in die Tat umzusetzen, war unmöglich.

Seine Panik war verflogen und sein Herzschlag hatte sich beruhigt. Dennoch ... Seufzend fuhr er sich über das Gesicht. Aus Erfahrung wusste er, dass er eine ganze Weile nicht würde einschlafen können. Dabei musste er am nächsten morgen früh raus, weil er eine Reihe von Tandemsprüngen beaufsichtigte.

Kopfschüttelnd schwang er die Beine aus dem Bett. Es half ja alles nichts.

Die Albträume lauerten in den Ecken seiner Gedanken, und er würde erst Ruhe finden, wenn die Bilder nicht mehr so schmerzhaft detailliert in seinen Geist eingebrannt waren.

Mit anderen Worten: in ein bis zwei Stunden.

Genervt von sich selbst und dem fremden Hotelzimmer, das ihm nicht dabei half, sich wohlzufühlen, lief er durch den Raum, zog die Vorhänge beiseite und öffnete die Balkontür.

Die kühle Nachtluft schlug ihm entgegen und ließ ihn freier atmen. Der März in Pennsylvania war nicht sonderlich warm und kuschlig, doch die Klimaanlage war ohnehin so kalt gewesen, dass er ausnahmsweise mit T-Shirt geschlafen hatte – die Gänsehaut, die seine nackten Unterarme überzog, gab ihm zumindest das Gefühl, wirklich und wahrhaftig wach zu sein. Eine Empfindung, die er in den letzten Jahren zu schätzen gelernt hatte.

„Wow, angezogen hätte ich Sie beinahe nicht erkannt."

Er zuckte zusammen und riss den Kopf herum. Er
hatte geglaubt, allein hier draußen zu sein, doch er
hatte sich geirrt. Auf dem benachbarten Balkon, lediglich von einer dünnen Eisenstange abgetrennt, saß jemand.

Eine kleine dunkelblonde Frau mit hellbraunen Augen, einer Menge Sommersprossen und einem warmen
Lächeln. Sie saß auf einem der Plastikstühle, hatte die
Beine angezogen und mit ihren Armen umschlungen,
ein Glas mit einer bernsteinfarbenen Flüssigkeit auf
dem quadratischen Plastiktisch vor ihr.

Sie trug ein riesiges, unförmiges T-Shirt, das sie als
Fan der Delphies outete – die Baseballmannschaft Philadelphias, deren Besitzer zufälligerweise sein Bruder
Cole war –, und eine dunkelrote Jogginghose, die wohl
nicht einmal dem Lieblingsengel Gottes geschmeichelt
hätte.

Coop erkannte sie sofort. Es war Hannah. Die Zim-
mernachbarin, die ihm freundlicherweise ihr
Nachthemd geschenkt hatte, damit er in der Rezeption
keine unschuldigen Kinder erschreckte. Peinlich war
das Ganze trotzdem gewesen. Na ja, zugegebenermaßen trug er selbst Schuld an diesem Schlamassel. Die
betrunkene Wette mit Callum ernst zu nehmen und
*Den nackten Mann* auszuprobieren, war keine seiner intellektuellen Glanzleistungen gewesen.

„Hey", sagte er nachdenklich und hob die Hand. „Ich
bin verwirrt: Haben Sie soeben gesagt, dass mein Körper einprägsamer ist als mein Gesicht? Das ist wirklich
enttäuschend oberflächlich von einer Frau mit einem

so bezeichnend schlechten Geschmack in Nachthemden.“

Sie lächelte – und ihr Lächeln war so ehrlich und entwaffnend, dass Coop automatisch einen Schritt zurückmachte. „Oh, nein. Keineswegs. Darauf würde ich nie kommen. Ich finde Ihr Gesicht und Ihren Körper gleichermaßen beeindruckend.“

Er glaubte ihr. Denn sie war die Art von Frau, die man sich leicht dabei vorstellen konnte, wie sie eine orientierungslose Großmutter über die Straße führte oder einem verletzten Eichhörnchen ein Zuhause in ihrer Sockenschublade anbot.

Sie sah schlichtweg ... freundlich aus. Eine Person, der man, ohne zu zögern, die Tür öffnen und ein paar Kekse anbieten würde, denn sie konnte einem unmöglich etwas Böses wollen.

Das war ihm vorher im Flur schon aufgefallen, auch wenn er zu diesem Zeitpunkt mit ein paar anderen Gedanken beschäftigt gewesen war.

„Möchten Sie was trinken?“ Sie hob eine Flasche Whiskey hoch, die neben ihrem Stuhl gestanden hatte, und winkte damit. „Allein zu trinken, ist immer so erbärmlich. Zu zweit jedoch ...“

Coop rieb sich mit der Hand über den Nacken. Eigentlich hatte er keine Lust auf Gesellschaft. Doch die Aussicht, in das deprimierend leere Zimmer zurückzukehren, war noch sehr viel beschissener. Und zu einem guten Glas Whiskey sagte er nie Nein.

„Klar“, meinte er deswegen, zog sich seinen eigenen Plastikstuhl heran, ließ sich darauf fallen und streckte die langen Beine aus, sodass sie gegen die Balkonreling stießen.

Hannah beugte sich derweil vor, sodass ihre langen, blonden Haare wie ein Vorhang über ihr Gesicht fielen, und barg schließlich ein zweites Glas, das sie für ihn füllte.

„Haben Sie mit Gesellschaft gerechnet?“, fragte er amüsiert. „Oder warum haben Sie direkt ein zweites Glas parat?“

Sie strich sich die Haare hinter die Ohren, und er konnte sehen, wie sie rot anliefen. Süß. „Ehrlich gesagt habe ich es dabei, damit, falls jemand anderes auf seinen Balkon kommt, ich so tun könnte, als würde ich nicht allein trinken“, gab sie zu. „Aber vor Ihnen ist mir das nicht unangenehm, da ich ja schon weiß, dass Sie ein Idiot sind, dem sehr viel peinlichere Dinge passieren.“ Sie reichte ihm das Glas, prostete ihm zu und leerte ihres, bevor sie sich nachschenkte.

Coops Mundwinkel zuckten. Das war ein guter Punkt. „Na ja, eigentlich mache ich es mir nicht zur Regel, nackt durch ein fremdes Hotel zu spazieren. Das war eine Ausnahmesituation.“ Er trank einen Schluck und musste feststellen, dass das Zeug gut war. Hannah schien etwas von Alkohol zu verstehen.

„Ach, fühlen Sie sich nicht allzu schlecht. Ehrlich gesagt waren Sie das Highlight meines heutigen Tages“, meinte sie seufzend, schwenkte die Flüssigkeit in ihrem Glas und sah abwesend in die Ferne. Auf die Baumkette, deren Kronen von silbrigem Mondlicht benetzt wurden. „Habe schon lange nicht mehr so viel gelacht.“

Ihre Worte waren so unangenehm ehrlich und ihre Miene einen Moment lang so furchtbar traurig, dass Coop unwohl auf seinem Stuhl hin und her rutschte. Er war gut darin, mit Frauen Spaß zu haben, nicht, über ihre Gefühle zu reden. Vielleicht hätte er doch lieber reingehen sollen. Aber jetzt saß er schon hier, und da er sie definitiv nicht nach ihren Problemen fragen würde – erstens kannte er sie nicht, zweitens interessierten sie ihn nicht, drittens hatte er seinen eigenen Scheiß, um den er sich kümmern musste –, wechselte er hastig das Thema. Er räusperte sich. „Sie sind also Fan der Delphies?"

„Was?" Sie wandte den Kopf und sah ihn einige Sekunden lang verständnislos an. Dann blickte sie an sich hinab und lachte laut. „Oh Gott, nein. Ich verstehe so viel von Baseball wie von Raketentreibstoff. Das Shirt war ein Geschenk und ich habe es nicht übers Herz gebracht, es wegzuwerfen."

Gott sei Dank. Dann sank die Wahrscheinlichkeit, dass sie ihn doch noch erkannte. „Verstehe. Kein Baseball-Fan und keine Raketenforscherin."

„Nope", sagte sie und schüttelte den Kopf. „Wieso? Sind Sie Fan, Cooper?"

Er hob die Schultern. Wenn man bedachte, dass seinem Bruder die Mannschaft gehörte, einer seiner besten Freunde dort Baseman und er regelmäßiger Besucher der VIP-Lounge war, gab es wohl nur eine klare Antwort darauf.

„Nicht wirklich." Wieder nahm er einen Schluck Whiskey, bevor er hinzusetzte: „Und nenn mich einfach Coop. Cooper sagt eigentlich nur meine Mutter, die mir diesen wundervollen Namen gegeben hat. Abgesehen davon hast du mich nackt gesehen, und ich weiß, dass du die Nachthemden von alten Omas klaust ... ich denke, wir sind über Höflichkeitsfloskeln hinaus."

Hannah lachte und warf ihm einen amüsierten Seitenblick zu. „Okay, also ... warum bist du noch wach, Coop?"

Er zog eine Grimasse. Allein diese Frage war ihm eigentlich schon zu intim. Fremde Frauen durften gerne fragen, welche Übungen er machte, um sein Sixpack aufrechtzuerhalten. Oder welches Auto er fuhr. Grenzwertig, aber noch in Ordnung, war die Frage, welche Serie er gerade auf Netflix schaute. Das war es dann aber auch schon. Mit allem, was tiefer ging als das, fühlte er sich überhaupt nicht wohl. „Warum bist *du* noch wach, Hannah?", war deswegen seine destruktive Antwort.

„Ich hatte einen Albtraum und konnte nicht schlafen", sagte sie schlicht.

Mhm. Interessant. „Wirklich?"

Mit gehobenen Augenbrauen sah sie ihn an. „Ja. Wirklich. Was ist daran so komisch?"

„Ich bin aus demselben Grund wach." Die Worte drangen über seine Lippen, bevor er sie aufhalten konnte. Aber sie hatte ihn so erwartungsvoll angesehen und ihre Offenbarung war so überraschend gewesen ... ach, verflucht seien ihr freundliches Lächeln und ihr vertrauensvolles Gesicht!

Sie lächelte erneut, diesmal jedoch matter als vorher. „Dieses Hotel scheint einen schlechten Einfluss zu haben."

Coop kratzte sich am Kinn und sah ebenfalls kurz zu den Baumwipfeln hinüber, die sich sanft im Wind wiegten. Das Hotel hatte rein gar nichts damit zu tun. Das war allein sein Kopf. „Das muss es sein", murmelte er.

„Und? Hast du einen Tipp? Was ist dein Heilmittel gegen Albträume?", fragte sie abwesend und setzte das Glas an ihre Lippen.

„Sex."

Sie verschluckte sich und beugte sich hustend vornüber, bevor sie ihn ungläubig ansah. „Nicht dein Ernst."

Seine Mundwinkel zuckten. Die Richtung, in die diese Unterhaltung nun verlief, gefiel ihm um einiges besser. „Doch mein Ernst. Ich experimentiere seit ein paar Jahren und Sex hilft nachweislich am besten."

„Nachweislich?" Ihre braunen Augen wurden immer größer. „Hast du eine Studie geleitet, oder was?"

Wenn er an all die Frauen dachte, mit denen er schon geschlafen hatte ... ja, man könnte sie alle als Studie bezeichnen. Es hörte sich auch viel besser an, wenn er erklärte, dass er all die One-Night-Stands nur für wissenschaftliche Zwecke gehabt hatte. Das war eleganter als die eigentliche Erklärung, dass er frustriert und wütend und einsam war und Sex ihn diesen Umstand für ein paar Momente vergessen ließ.

„Die Studie ist noch nicht abgeschlossen", sagte er deswegen und ließ den Blick interessiert über ihre Erscheinung schweifen. Sie war süß. Keine umwerfende Schönheit, doch ... ja, süß. Zu ihrem Körper konnte er nicht viel sagen, außer dass ihr dieses T-Shirt keinen Gefallen tat. Aber auch wenn der dumme Artikel über ihn das sicherlich abstritt: Das Gesicht einer Frau war ihm schon immer um einiges wichtiger gewesen – und Hannah hat ein sehr hübsches. Intelligente, große Augen, volle Lippen ...

Außerdem hatten ihre Haare diese seidige Konsistenz, die nur dafür da war, Männer verrückt zu machen, und sie war witzig. Das war eine Eigenschaft, die im Bett nicht zu unterschätzen war. Sex machte mit humorvollen Frauen einfach mehr Spaß. Also, ja: Hannah war nicht unbedingt sein Typ, aber er würde ihr jederzeit die Chance geben, zu seinem zu werden.

„Ich nehme noch Probanden an", sagte er freundlich. „Wenn du also Zeit und Lust hast, mir im Namen der Wissenschaft unter die Arme zu greifen ..."

Sie lachte. Es war ein ehrliches, lautes und freies Lachen, das an seinen Mundwinkeln zerrte. „Und da wunderst du dich, dass die Frau dich nackt aus ihrem Zimmer geworfen hat? Meine Güte, du kommst mit solchen Sprüchen nur durch, weil du so lächerlich schön bist, das weißt du, oder?"

Ja, dessen war er sich vollauf bewusst. Er hatte seinen Effekt auf Frauen mit fünfzehn bemerkt und seitdem zu seinem Vorteil genutzt, wo er nur konnte. Er war nicht eingebildet, er hatte zu viele Probleme und Fehler, um sich eine weitere schlechte Eigenschaft leisten zu können, aber er war auch kein Heiliger.

„Ich habe keine Ahnung, wovon du redest ...", meinte er unschuldig und fuhr sich durch die Haare. „Aber zu meiner Verteidigung: Ich meine nur die Hälfte der Sprüche ernst."

„Ach so, na dann", meinte Hannah amüsiert und nahm einen Schluck Whiskey. Schließlich murmelte sie: „Meine Güte, ich wünschte, ich hätte auch einen Anmachspruch, mit dem ich jeden Kerl um den Finger wickeln könnte."

Coop lachte leise. „Probier doch mal: Willst du mit mir schlafen und mich dann nie wieder anrufen? Das sollte bei achtzig Prozent der Kerle passen."

Schnaubend blickte sie ihn an. „So einfach kann es nicht sein."

„Oh, doch. Natürlich nicht bei allen, aber die meisten ..." Entschuldigend hob er die Schultern. „Allerdings wirkst du nicht wie der One-Night-Stand-Typ."

Skeptisch hob sie eine Augenbraue. „Wieso das?"

„Nun, ich habe dir gerade praktisch angeboten, mit mir zu schlafen, du hast mehrfach betont, wie hübsch ich bin ... aber trotzdem abgelehnt."

„Ach, deswegen." Seufzend schwenkte sie die Flüssigkeit in ihrem Glas. „Nein. Dann bin ich das wohl nicht. Nicht spontan, nicht abenteuerlustig, kein Draufgänger. Nein, ich bin vernünftig und stehe gerne auf der sicheren Seite. Aber das ist offensichtlich die falsche Art und Weise, mein Leben zu führen."

Es klang so, als hätte sie die Worte auswendig gelernt oder irgendwo gelesen, aber was es auch war: Der Gesichtsausdruck, den sie dabei bekam, war beunruhigend.

Es wurde Zeit, das Thema zu wechseln, bevor sie ihm doch noch irgendetwas Persönliches erzählte, das ihn wünschen ließ, noch immer schweißgebadet im Bett zu liegen.

„Also, du kennst jetzt meinen Trick", sagte er betont gelassen. „Aber wie ist es bei dir? Was tust du, wenn du Albträume hast?"

„Ich mache alle Lichter an und schaue die *Sesamstraße*."

Er schloss die Augen und lachte leise. „Wirklich?"

„Ja. Das Krümelmonster hat eine sehr beruhigende Wirkung, findest du nicht? Es gibt mir irgendwie das Gefühl, dass alles gut wird – solange es noch Kekse auf der Welt gibt."

Er wusste nicht, ob sie ihn auf den Arm nahm oder es ernst meinte, aber er nickte, und das Lächeln blieb auf seinem Gesicht. „Doch. Ich verstehe, was du meinst. Aber Graf Zahl fand ich immer verstörend. Wegen ihm hatte ich mit sechs Angst vor Taschenrechnern ... und Vampiren. Es wäre also nicht meine erste Wahl gewesen."

„Na ja, es ist leichter, an eine Episode der *Sesamstraße* zu kommen als an Sex."

Nicht, wenn man Cooper Panther hieß. Aber das sagte er lieber nicht, denn es war ein wenig arrogant ... und wohl auch etwas eklig. „Und trotzdem sitzt du hier draußen und nicht drinnen vorm Fernseher."

„Ich hab keinen Laptop dabei und das normale Nachtprogramm beschränkt sich auf Dauerwerbesendungen, Sitcoms und Nachrichten. Aber keine *Sesamstraße*", bemerkte sie bedauernd.

„Keinen Laptop dabei?", sagte er gespielt schockiert. „Das ist ja wirklich sehr progressiv. Bist du auf einer Digital-Detox-Mission?"

Hannah lächelte breit, und ihre Augen schienen bei dieser Gefühlsregung hell aufzuleuchten. „Nein, nichts dergleichen. Aber ich bin irgendwie im Urlaub ... oder so etwas Ähnlichem, und da wollte ich keine Ablenkung haben."

„Wie kann man denn *irgendwie* im Urlaub sein?"

„Indem man sich nicht so fühlt, als wäre man es", stellte sie klar. „Also ... worum ging es in deinem Albtraum?"

Der Themenwechsel kam so abrupt, dass Cooper einige Sekunden brauchte, um zu bemerken, dass sie eine weitere Frage gestellt hatte, die er auf keinen Fall beantworten würde.

„Worum ging es in *deinem* Albtraum, Hannah?", erwiderte er ruhig.

Sie sah ihn eine Weile mit verengten Augen an, dann sagte sie: „Okay, touché. So sehr schweißt ein gemeinsames Nachthemd dann wohl doch nicht zusammen."

Sie leerte ihr Glas und stand auf. „Ich sollte noch mal versuchen, ein wenig zu schlafen. Morgen ist ein großer Tag."

Coop fragte nicht nach, warum morgen ein großer Tag war, und sie wirkte auch gar nicht so, als würde sie das erwarten oder gar beantworten wollen. Stattdessen gähnte sie, streckte sich und griff nach der halbleeren Whiskeyflasche. „War nett, mit dir zu reden, Coop. Das Nachthemd bitte nur bei dreißig Grad oder per Hand waschen." Sie winkte ihm zu, so, als säße er zehn Meter und nicht zehn Zentimeter von ihr entfernt.

„Gleichfalls", murmelte er und hob ebenfalls die Hand, bevor sie ihm ein letztes Mal zunickte, die Balkontür schloss und die Vorhänge zuzog.

Mit einem Lächeln auf den Lippen blieb er zurück.

Wer hätte das gedacht? Miss Hässliches-Nachthemd hatte ihn doch tatsächlich auf andere Gedanken gebracht – und sich dabei nicht einmal ausgezogen.

# Kapitel 3

Hannah hatte schon eine Menge dumme Ideen gehabt.

Ein Knäckebrot in den Toaster zu werfen zum Beispiel. Gegen die Windrichtung von einem Fernsehturm zu spucken. Mit Adrian zusammenzuziehen, nur weil sie seine Gefühle nicht verletzen wollte.

Doch sich an einen fremden Mann zu schnallen und mit ihm aus einem Flugzeug zu springen, war mit Abstand die dümmste Idee gewesen. Das wunderte sie jedoch fast gar nicht – denn eigentlich war es ja nicht einmal ihre eigene Idee!

Sie kniff die Augen zusammen, den Kopf noch immer zwischen ihre Knie gesteckt, und versuchte ihren Atem zu regulieren. Warum zum Teufel hatte sie die Whiskey-Flasche nicht mitgenommen?

*Ich verfluche dich, Owen. Mögest du an deinem Lachen ersticken und gleich noch mal sterben!*

Zugegebenermaßen war das etwas unsensibel, doch Owen hätte es gefallen. Er hatte sich noch an seinem Sterbebett gewünscht, dass sie nicht aufhörte, sich über ihn lustig zu machen. Weil er nicht wollte, dass sie ihn anders behandelte. Er war ihr kleiner, nerviger Bruder und er hatte es bis zum Schluss bleiben wollen – und mit der bescheuerten Liste, die er ihr hinterlassen hatte, hatte er seiner Rolle alle Ehre gemacht!

Verdammt, was hatte sie sich dabei gedacht? Was tat sie hier? Sie war nicht Owen. Sie hatte keinen Spaß daran, Wände hochzuklettern, Berge auf Skiern hinabzubrettern und mit Haien zu schwimmen.

Sie hatte Spaß daran, ihre Bücher nach Farbe zu sortieren und eine Lasagne vorzubereiten. Sie hatte Spaß daran, sich auf dem Sofa einzukuscheln und mit einer Flasche Wein und einem Eimer Popcorn die Nachrichten anzusehen.

Wieder sog sie zischend Luft durch die Nase ein, bevor sie sie hektisch durch ihren Mund wieder ausstieß. Als könne sie sich nicht zwischen einer Karriere als Dampflok oder der einer Tauchermaske entscheiden. Sie versuchte die Grashalme unter ihren Füßen zu zählen, doch sie verschwammen immer wieder vor ihren Augen.

„Alles in Ordnung?", drang eine männliche Stimme an ihre Ohren, und ein schwarzes Paar Sneaker kam in ihr Sichtfeld.

Großartig, ihr kleiner Zusammenbruch war nicht unbemerkt geblieben.

„Ja", presste sie zwischen den Zähnen hervor und wies ihr Herz mehrfach dazu an, sich zu beruhigen. Doch das befand sich offenbar in der Pubertät und dachte nicht daran, auf sie zu hören.

„Weißt du, so langsam sind wir quitt, was peinliches Verhalten angeht, findest du nicht?"

Die amüsierte Note in der tiefen Stimme kam ihr bekannt vor, und verwirrt hob sie den Kopf. Sie sah geradewegs in Coops durchdringend blaue Augen.

Stöhnend sackte sie wieder nach vorne, die Hände auf den zitternden Knien. „Das kann doch nicht wahr sein. Was tust du hier?"

„Ich beaufsichtige und begleite die Tandemsprünge."

„Natürlich tust du das. Du bist einfach noch nicht cool genug."

Er lachte und drückte ihre Schulter. „Alles okay bei dir? Du siehst ein wenig grünlich aus."

„Jaja, alles gut", sagte sie hastig, konnte jedoch nicht erneut aufsehen, denn das kleine Flugzeug, aus dem sie gleich springen sollte, stand keine zehn Meter entfernt und jedes Mal, wenn sie es ansah, fühlte sie sich, als müsse sie sich übergeben.

„Bist du sicher?", hakte Coop wenig überzeugt nach und jetzt sank der Bastard vor ihr in die Hocke. So, als sei sie ein kleiner Hund, dem er keine Angst einjagen wollte. „Soll ich lieber einen Arzt rufen?"

„Nicht nötig. Ich bin Ärztin."

„Wirklich?" Er sah sichtlich verblüfft aus. „Solltest du dann nicht wissen, dass Kurzatmigkeit, Schweißausbrüche und zitternde Hände kein gutes Zeichen sind?"

Sie lachte hoch und falsch auf und legte erneut den Kopf in den Nacken, um ihn anzusehen. „Ich habe eine winzige Panikattacke, daran ist nichts weiter schlimm. Nicht, solange man weiß, wie man sie bekämpft."

Skeptisch hob er die Augenbrauen. „Und … tust du das? Es sieht nämlich nicht aus, als könntest du dich effektiv beruhigen."

Nein, sah es nicht. Aber sie war ja auch Gastroenterologin, nicht Psychologin. Sie beschäftigte sich mit dem menschlichen Darm, nicht mit der menschlichen Psyche.

„Es geht schon", log sie. „Ich ... muss mich nur mit dem Gedanken anfreunden, gleich dem Boden entgegenzustürzen, obwohl ich kein gefallener Engel bin."

Coop nickte und verengte die Augen. „Du weißt schon, dass du dich noch immer auf der Erde befindest, oder?", murmelte er. „Du brauchst hier unten wirklich keine Angst zu haben."

„Dieser Boden, auf dem ich stehe, ist sehr hart, Coop", sagte sie gereizt. „Was mich wiederum daran erinnert, wie sich meine geplatzten Organe hierüber verteilen werden, falls ich hier in wenigen Minuten aufschlagen sollte, also ..."

„Ich bin schon tausendmal gesprungen, Hannah. Mir ist noch nie was passiert."

„Es gibt immer ein erstes Mal."

„Es macht Spaß. Durch die Luft zu schweben, ist die pure Freiheit."

„Aber wir schweben nicht, wir fallen!"

Coop hob einen Mundwinkel und wieder drückte er ihre Schulter. „Du fällst mit mir zusammen, dir kann also nichts passieren. Ich habe die Fallschirme selbst überprüft. Alle sehen gut aus."

„Das ist ja schön für die Fallschirme!"

Meine Güte, sie war sogar zu ängstlich, um eine Berührung von einem heißen Mann wertzuschätzen. Es stand offensichtlich schlimm um sie.

Coop seufzte leise, drehte sich zu dem Flugzeug um und blickte dann wieder zu ihr. „Du musst nicht springen, wenn du nicht willst, das weißt du, oder? Ich kann dir dein Geld zurückgeben und du fährst wieder nach Hause."

*Hannah, du musst überhaupt nichts tun. Ich werde dich nicht zwingen. Du kannst dein sicheres, durchgeplantes Leben so weiterführen, wie du willst ... ich liebe dich so oder so, weißt du? Aber die Sache ist doch die: Wenn du nie Risiken eingehst, was hast du dann groß zu gewinnen? Wie willst du dein Leben genießen, wenn du nie etwas Neues ausprobierst?*

Sie biss die Zähne zusammen und schluckte schwer. „Doch, ich muss", sagte sie mit zitternder Stimme.

„Nein, du ..."

„Doch!", sagte sie lauter, atmete ein letztes Mal durch und richtete sich abrupt auf. Sie blickte nicht zu dem Flugzeug, sondern sah nur Coop an, der sich ebenfalls wieder erhoben hatte. Angst würde sie nicht aufhalten. Owens letzter Wunsch war gewesen, dass sie seine Liste weiterführte, und den würde sie ihm erfüllen. Einen Punkt darauf würde sie sowieso nicht erreichen, aber den Rest ... den Rest schon. Koste es, was es wolle. „Ich muss", wiederholte sie, wie um sich selbst zu bestärken. „Es steht auf ... Mein Bruder, er ..." Sie brach ab. Coop interessierte sich nicht für ihr Privatleben, und eigentlich wollte sie es auch nicht mit ihm teilen. „Egal", sagte sie fahrig. „Fliegen wir einfach los, okay?"

Sein Lächeln wurde breiter. „So funktioniert das nicht. Ich muss euch erst noch die Sicherheitseinweisung geben."

Hannah hätte eine Einweisung in eine geschlossene Anstalt gereicht, aber na gut, wenn er darauf bestand.

„Okay", sagte sie leise. „Tut mir leid, dass ich so am Rad drehe. Ich habe –"

„Mr Panther", unterbrach eine weibliche Stimme sie und überrascht wandte sie sich um. Eine zierliche, schwarzhaarige Frau, der in ihrem freizügigen Tanktop unglaublich kalt sein musste, stand neben ihnen. „Wo melde ich mich denn für die Sprünge an?"

Sie lächelte ihm wimpernklimpernd zu und ... Moment, Mr Panther? Abrupt sah Hannah zu Coop. Er war ... Cooper Panther?

„Dort drüben", sagte Coop knapp und deutete auf ein kleines Containerhaus, auf dem in Schriftgröße dreitausend *Anmeldung & Sicherheitseinweisung* stand.

„Oh, wie dumm von mir, natürlich", sagte die Fremde mit seidiger Stimme und drückte eine Hand auf ihr auffälliges Dekolleté. „Ich hoffe, sehr, dass Sie es sind, an den ich mich gleich schnallen darf. Sie haben eine so kraftvolle Ausstrahlung."

Sie zwinkerte ihm zu, ignorierte Hannah vollkommen und schritt mit ausladendem Hüftschwung an der Todesmaschine vorbei und über die große Rasenfläche hinweg.

„Oh mein Gott, natürlich!", sagte Hannah, sobald die Frau weg war, und schlug sich mit der Hand gegen die Stirn. „Deswegen kommst du mir so bekannt vor. Du bist Cooper Panther. Der begehrteste Junggeselle der Stadt. Das ganze Internet ist voll von deinem Gesicht. Du bist Sohn von Clint Panther, dem halb Philadelphia gehört."

„Das stimmt nicht", erwiderte Coop tonlos. „Ihm gehören drei Viertel von Philadelphia. Abgesehen davon weiß ich nicht, woher diese Zeitschrift ihre Informationen hat. Jeder Dummkopf weiß, dass mein Bruder Callum ein viel besserer Fang ist als ich."

Zufällig wusste Hannah, dass ihre beste Freundin Lara einer ganz anderen Meinung wäre, aber sie hielt den Mund. „Ich glaube, sie steht auf dich", meinte sie dann im Plauderton und nickte zu dem Containerhaus. „Auf dich und deine *kraftvolle* Ausstrahlung."

Er schnaubte. „Wer tut das nicht? Ich ‚reicher Taugenichts' bin verdammt noch mal ‚wunderschön'. Hast du den Artikel nicht gelesen?"

Hannah musste lachen, und für ein paar Momente vergaß sie vollkommen, dass sie eigentlich Angst hatte. „Erzähl mir nicht, dass dir all die weibliche Aufmerksamkeit unangenehm ist. Ich meine … du kannst mit ihnen allen schlafen und musst nie wieder Albträume haben."

Seufzend und mit verengten Augen sah er auf sie hinab. „Im Gegensatz dazu, was alle Leute über mich schreiben, sagen oder denken, genieße ich es *nicht*, wenn sich zehn Frauen gleichzeitig an meine Brust werfen, ihre Haare schütteln, mir ungefragt ihre Unterwäsche zustecken und andauernd an meinem Apartment vorbeifahren, weil sie hoffen, dass ich gerade vor der Tür stehe. Es ist nicht gerade ein Kompliment an meinen tollen Charakter, dass ihnen mein Geld und meine tollen Bauchmuskeln reichen, um in meine Familie einheiraten zu wollen." Seine Stimme war so nüchtern und angespannt, dass Hannah verblüfft das Lächeln vom Gesicht rutschte. „Abgesehen davon ist es unglaublich anstrengend, dass sich alle um mich kabbeln, als wäre ich ein blöder Goldschatz. Es macht mein Leben im Moment unnötig schwer. Du wirst schon sehen."

Mit diesen Worten wandte er sich um und schritt der Schwarzhaarigen hinterher.

Hannah verdrehte die Augen und sah ihm nach. Schön, der reiche, heiße Junggeselle hatte auch Probleme. Das war ihr klar gewesen. Aber er übertrieb wahrscheinlich maßlos.

Eine halbe Stunde später musste Hannah feststellen, dass Coops Einschätzung der Dinge erschreckend akkurat war.

Ihre Gruppe, die in zwei Durchgängen aus dem Flugzeug springen würde, bestand aus fünf aggressiv flirtenden Frauen – und ihr selbst.

Als sie ihre Nebenfrau, eine kurvige Latina, danach gefragt hatte, warum sie Fallschirmspringen wollte, hatte die nur irritiert gesagt: „Oh, bitte. Keine von uns ist wegen des Fallschirmsprungs hier." Kurz darauf hatte sie sich wieder schmachtend Coop zugewandt, der ihnen gerade erklärte, wie sie nach Absprung aus dem Flugzeug die Beine und Arme anwinkeln mussten. Doch die Sicherheitseinweisung, die eigentlich nur zehn Minuten in Anspruch hatte nehmen sollen, dauerte ungewöhnlich lang. Und das lag nicht an Coop, sondern war der Tatsache geschuldet, dass die Frauen ihm andauernd ins Wort fielen, um anzumerken, wie gut er doch erklären konnte oder dass der leuchtend blaue Overall, den sie alle anziehen mussten, seine Augen strahlen ließe.

Hannah wünschte sich, sie würden das lassen. Im Gegensatz zu ihnen war sie nämlich sehr wohl interessiert daran, wie sie ihren Körper anspannen musste, damit sie sich nicht das Rückgrat brach.

Doch sie hätte sich keine Sorgen darüber machen müssen, dass sie etwas verpasste. Denn als sich einer von Coops Kollegen wie ein Seestern auf den Boden legte und die Haltung nachahmte, die sie nach dem Sprung einnehmen sollten, verlangte jede einzelne Frau, dass Coop persönlich checkte, ob sie selbst es denn auch richtig machte. Sie baten ihn sogar ausdrücklich darum, sie anzufassen, damit sie auch wirklich verstanden, was er meinte.

Coop war irgendwann so entnervt gewesen, dass er sich auf die Toilette entschuldigt hatte und erst zurückgekehrt war, als seine Kollegen die Sicherheitseinweisung für ihn beendet hatten.

Hannah verstand nun, was er damit gemeint hatte, dass der Artikel ihm das Leben derzeit unnötig schwer machte. Diese Frauen hier hatten die Worte des Journalisten offenbar als Eröffnung der Jagd auf Coop angesehen, und ihr Verhalten war nicht schmeichelhaft, sondern schlichtweg respektlos.

Sie erwischte sich dabei, wie sie ehrliches Mitgefühl mit ihm hatte, als die dritte Frau ihn darum bat, die Reißverschlüsse und Schnallen an ihrem Overall zu überprüfen.

„So, wir teilen jetzt kurz die Paarungen ein", sagte Coop nach einer gefühlten Ewigkeit, und sofort schrien die Frauen wild durcheinander.

„Ich möchte mit Ihnen zusammen springen, Cooper!", rief die Schwarzhaarige von vorhin. „Nur dann fühle ich mich wirklich sicher."

„Ja, geht mir genauso!", bestätigte die Latina ... und so ging es weiter.

Hannah sagte gar nichts, sondern bemühte sich, angesichts Coops gequältem Gesichtsausdruck ein Lächeln zurückzuhalten.

Coops Kollegen – eine drahtige Rothaarige und ein stämmiger Glatzkopf – warfen sich jedoch einen amüsierten Blick zu und grinsten unverhohlen schadenfroh.

„Das ist absolut albern“, sagte Coop dennoch gefasst. „Ihr seid mit jedem von uns gleichermaßen sicher. Außerdem habe ich Hannah bereits versprochen, ihr Partner zu sein.“ Er deutete zu ihr. „Sie fürchtet sich ein wenig vor dem Sprung.“

Überrascht hob sie die Augenbrauen. „Hast du?“

„Ja“, sagte er düster. „Erinnerst du dich nicht?“

„Oh, ja!“, meinte sie hastig, als der Groschen fiel. Sofort erntete sie fünf Todesblicke. „Das haben wir besprochen. Entschuldigung, Ladys. Er gehört mir.“ Bescheiden hob sie die Schultern.

Einige wüste Schimpfworte fielen, doch Coop hatte sie bereits am Arm gepackt und schleifte sie vor die Tür. „So eine Scheiße“, knurrte er. „Diese ganzen heiratswütigen Frauen machen mir meinen Job kaputt. Meinen wundervollen Job, der dafür geschaffen ist, mich vergessen zu lassen, was ich vergessen möchte – und jetzt laufen mir die ganze Zeit irgendwelche Frauen hinterher und erinnern mich daran, dass ich Cooper *fucking* Panther bin, der heiße Glückspilz der Nation.“

„Du fluchst wirklich sehr viel, weißt du?“, meinte Hannah missbilligend und klopfte sacht auf seine Finger, damit er sie losließ. „Damit sammelst du schlechtes Karma. Und was genau möchtest du denn vergessen?“

„Jetzt gerade, dass die schwarzhaarige Frau meinte, ich solle meine eigene Aftershave-Reihe auf den Markt bringen – die nach nichts außer meinem Schweiß riecht." Er blieb mit ihr vorm Flugzeug stehen und schälte seine Finger von ihrem Oberarm.

Hannah lachte, überhaupt nicht überrascht darüber, dass er ihrer Frage charmant ausgewichen war. Ihr war bereits gestern aufgefallen, dass Coop zwar gerne redete, doch es immer wieder schaffte, elegant den intimeren Themen aus dem Weg zu gehen. „Also, mein Geschmack wäre es nicht, ich stehe eher auf Seifen- oder Blumengeruch, aber über Geruchsnerven lässt sich nicht streiten."

Coop rieb sich mit der Hand übers Gesicht und schüttelte den Kopf. „Weißt du, ich mag Frauen. Ihr seid toll! Ihr habt weiche Haut und weiche Haare ... nicht zu vergessen Brüste. Aber wieso denkt ihr, dass wir Männer es anziehend finden, wenn ihr so tut, als wärt ihr nicht sonderlich intelligent und eure Brüste interessanter als euer Humor?"

„Weil die Gesellschaft das Bild vermittelt, dass diese Art von Frau attraktiver ist als der Rest", gab Hannah sofort die Antwort. „Und ganz ehrlich: Viele Männer stehen drauf, uns großspurig zu erklären, wovon wir Frauen keine Ahnung haben. Das Wort *Mansplaining* wurde nicht ohne Grund erfunden."

Coop hob eine Augenbraue. „Ja? Nun. Ich bin nicht diese Art Mann." Er stieß einen Schwall Luft aus. „Und du hast nicht zufällig Lust, zweimal zu springen, oder?" Hoffnungsvoll sah er sie an. „Damit ich gleich nicht doch mit einer der gruseligen anderen Frauen springen muss?"

Hannah lachte nervös auf und schielte zu dem klapprig aussehenden Flugzeug hinüber. „Sehr witzig." Das

Gespräch mit Coop hatte sie bis zu diesem Moment tatsächlich erfolgreich davon abgelenkt, sich Sorgen zu machen, aber jetzt, da das Flugzeug wieder so präsent neben ihr stand, keimte die Panik wieder in ihr auf. Bevor sie jedoch überhandnehmen konnte, sprach Coop weiter.

„Danke, Hannah", murmelte er.

Überrascht hob sie die Augenbrauen. „Wofür?"

„Dafür, dass du mich wie ein Mensch behandelst und nicht wie einen goldenen Dildo im Ausverkauf."

Grinsend winkte sie ab. „Oh, kein Ding. Seitdem ich dich nackt und hilfsbedürftig im Flur aufgelesen habe, hast du einiges an Männlichkeit eingebüßt. Wenn es nach mir geht, könntest du genauso gut ein Fisch sein."

Das war natürlich glatt gelogen. Cooper Panther war der attraktivste Mann, den sie jemals getroffen hatte. Und das lag nicht nur an seinem Körper oder seinem kantigen Gesicht – es waren seine humorvolle Art, sein charmantes Lächeln und die Selbstsicherheit eines Mannes, der sich komplett wohl in seinem Körper fühlte, die es ihr antaten.

Er war einfach ein ... cooler, netter Typ.

Aber sie wusste, dass er weit außerhalb ihrer Liga spielte. Abgesehen davon war sie zurzeit schlichtweg nicht an einer Beziehung oder einem One-Night-Stand interessiert.

Innerhalb der letzten Monate war sie ohnehin ein emotionales Wrack gewesen, da brauchte sie nicht noch einen Playboy, der diesem Zustand zuträglich war.

Interessiert hob Coop einen Mundwinkel. „Ein Fisch?“, wiederholte er. „Du findest mich so anziehend wie einen Fisch?“

Ihre Wangen liefen heiß an und sie räusperte sich. „Na ja, der Vergleich war jetzt vielleicht doch etwas extrem. Ich bin einfach nur freundschaftlich an dir interessiert, können wir es dabei belassen?“

Sein Lächeln wurde breiter. „Klar, wenn du dich damit wohler fühlst“, sagte er, bevor er sich zu ihr vorbeugte und sie eindringlich ansah. „Aber glaub mir ... Fische können nicht, was ich kann.“ Er lehnte sich wieder zurück, blickte nach links, wo gerade seine Kollegen und zwei weitere Frauen erschienen, und nickte dann zum Flugzeug. „Bereit?“

Sie schluckte, nickte jedoch, und bevor sie sich’s versah, hatte Coop ihr bereits ins Flugzeug geholfen, eine Schutzbrille gereicht und sie im nächsten Moment vorne an seinen eigenen Anzug geschnallt. Der Rest der Crew folgte, und dann saßen sie hintereinander auf dem harten Boden des Flugzeugs, das sich langsam in Bewegung setzte.

Das einzig Gute an dieser Position war, dass Hannah von hier aus während des Starts nicht aus den Fenstern blicken konnte. Das Schlechte, dass sie das Vibrieren des Flugzeugmotors in ihren Beinen und Händen spürte, was ihren Gliedmaßen dabei half, noch heftiger zu zittern.

Die Todesmaschine schwang sich schwerfällig in die Lüfte, der Druck auf Hannahs Ohren nahm zu ... doch das war die letzte ihrer Sorgen. Was tat sie hier? In einem Flugzeug, das sich gemächlich auf 4000 Meter

Höhe schraubte, und einem Kloß in der Größe Alaskas in ihrem Hals?

Es lenkte sie zwar ein wenig ab, dass Coops Beine fest an ihre gepresst waren und sie seinen lächerlich harten Oberkörper in ihrem Rücken spürte, doch die Hitze, die diese Tatsache in ihr auslöste, schien ihre Angst nur noch weiter zu beflügeln.

Als hätte Coop ihre wachsende Unruhe gespürt, beugte er sich vor und fragte: „Alles in Ordnung? Wir haben gleich die viertausender Marke erreicht. Wie geht es deiner Panik?"

Sein stoppeliges Kinn streifte ihren Nacken und eine Gänsehaut zog sich daran hinab. Doch nicht einmal die konnte sie in dieser Situation wertschätzen.

„Ach, die ist quicklebendig", sagte sie mit hoher Stimme. „Gott, ich wünschte wirklich, ich hätte keine Höhenangst." Sie biss sich auf die Unterlippe und verrenkte den Hals, um aus dem Fenster zu starren, in dem mittlerweile nur noch der blaue Himmel zu sehen war. Warum brauchten Flugzeuge überhaupt Fenster?

„Du hast ... *was*? Höhenangst?" Die laute Stimme an ihrem Ohr klang so ungläubig wie ein Atheist auf einer Bibelausstellung, und Hannah zuckte zusammen.

„Nur ein bisschen", verteidigte sie sich, doch der Kloß in ihrem Hals ließ ihre Worte gequetscht herauskommen.

„Warum zum Teufel solltest du Fallschirmspringen gehen, wenn du Höhenangst hast?", rief er über die Motorengeräusche hinweg, und bei seinen Worten, drehten sich die anderen Mitgefangenen zu ihnen um.

Hannah ignorierte sie. „Ich habe meine Gründe", erwiderte sie, doch ihre Stimme hörte sich so schwächlich an, dass auch sie an ihren Worten zweifelte.

„Der Erste kann raus", drang in diesem Moment eine laute Stimme durch den Innenraum, und plötzlich öffnete sich eine Klappe an der Seite des Flugzeuges.

Hannah war klar, dass dort irgendwer stehen, gesprochen und die Tür bedient haben musste ... doch sie konnte es nicht genau sagen, denn ihre Sicht war an den Rändern furchtbar verschwommen. Das Rauschen des Windes drang an ihre Ohren, erfasste ihre Haare und betäubte ihre Beine.

*Bitte, lass uns nicht die Ersten sein, bitte, lass uns nicht die ...*

„Bist du bereit, Hannah? Wir sind die Ersten", drang Coops Stimme an ihr Ohr. Er musste über den Lärm hinweg rufen, doch leider verstand sie ihn nur zu gut.

„Nein! Nein, bin ich nicht!", sagte sie mit hektischem Atem und schüttelte vehement den Kopf. „Oh Gott, nein, ich kann das nicht."

Coop rutschte zusammen mit ihr näher auf die Luke zu, und ihre Stimme wurde vom tosenden Wind davongetragen, doch er schien sie gehört zu haben. Er schloss die Arme von hinten um sie und drückte sie einmal an sich. „Du kannst das, Hannah", rief er ihr ins Ohr. „Du bist mutig und stark."

„Wer hat dir denn diese Lüge aufgetischt?", rief sie panisch zurück, doch seine Arme um sie beruhigten ihren Herzschlag. Seine Nähe ließ den kalten Wind wärmer werden. Und seine Worte weckten einen Kampfgeist, den sie nicht in sich selbst vermutet hatte.

Sie ballte ihre Fäuste, redete sich gut zu ... doch als ihre Beine über die Kante rutschten und unter ihr nichts als der gähnende Abgrund zu sehen war, nichts außer kleinen Feld-Quadraten, die Schachbrettmuster der nahe gelegenen Stadt, war jeder Gedanke an ihre vermeintliche Stärke verloren.

„Oh mein Gott, nein!", schrie sie. Das Ganze hier war unwirklich. Nur ein weiterer Albtraum. Das musste es sein. In der Realität würde sie nie auf eine solch dämliche Idee kommen!

„Du bist nicht allein, Hannah", erinnerte Coop sie laut und griff ihre Hände, um sie an den Gurten um ihre Schultern zu positionieren. Dort, wo sie beim Absprung sein sollten. „Bei drei, okay? Eins ..."

Es war zu spät. Sie konnte nicht mehr zurück. Sie würde springen. Mit einem Mal umklammerte sie die Gurte so fest, dass es wehtat. „Scheiße."

„Nicht fluchen, das ist schlecht für dein Karma. Zwei ..."

„Oh mein Gott, oh mein Gott ..."

„Drei!"

Und sie fiel.

Und fiel.

Der Wind peitschte in ihren Ohren, presste ihr gegen Brustkorb und Lunge, doch sie hatte ohnehin vergessen, wie man atmete. Da waren nur Luft und Adrenalin und Angst. Sie wollte gern schreien, konnte ihren Mund jedoch nicht öffnen ... und dann nahm Coop ihre Hände. Coop, der wie eine starke, sichere Mauer hinter ihr war. Er umschloss ihre Finger fest mit seinen, löste sie von den Gurten, damit sie die Arme ausbreitete, so wie er es bei der Vorbereitung gezeigt hatte ... und plötzlich war da nichts als Freiheit.

Hannah lachte überrascht auf, doch der Ton wurde vom Fahrtwind weggerissen. Aber das war egal, sie hatte ihn gehört – und jetzt schrie sie doch. Glückliche Laute drangen aus ihrem Mund, die sie sich weder zugetraut noch jemals in ihrem Inneren vermutet hatte.

Alle Probleme, alle Ängste, alle Sorgen schienen für einen puren Moment der Glückseligkeit nicht zu existieren.

Da waren nur ihr flatternder Magen, ihr laut pochendes Herz, die kleine, unbedeutende Welt unter ihr ... und die Gewissheit, dass alles gut werden würde.

So fühlte es sich also an, richtig zu leben.

Frei.

# Kapitel 4

Coop hatte schon mit etlichen Menschen ihren ersten Fallschirmsprung durchlebt und jeder reagierte anders.

Manche blieben minutenlang zitternd auf der Erde sitzen, während er sich um den Fallschirm kümmerte und die Schnallen löste. Andere sprangen auf, wollten jauchzend im Kreis laufen und die Welt umarmen. Wieder andere stießen nur Wörter wie „Wow" oder „Shit" oder „Gott" aus und wiederholten sich für die nächste halbe Stunde.

Hannah jedoch ... Hannah konnte er nicht zuordnen.

Sie war still, seit sie gelandet waren. Ein schweigsames Lächeln auf den Lippen. Wie selbstverständlich hatte sie sich vom Fallschirm abgeschnallt, ihm dabei geholfen, ihn zusammenzuraffen und sich dann im Containerhaus aus ihrem Overall geschält. Kein Wort hatte sie gesagt. Doch sie hatte ihm eines ihrer freimütigen Lächeln geschenkt und sah jetzt, da sie ihre Handtasche aus dem Schließfach geholt hatte und wieder draußen auf der Wiese vor ihm stand, insgesamt sehr zufrieden aus. Mit sich selbst. Mit der Welt.

Eine unerwartete Welle des Neids erfasste ihn, doch das hielt nicht lange an, denn im nächsten Moment brach ein leises Lachen aus ihm hervor.

„Du hast Höhenangst", murmelte er kopfschüttelnd und rieb sich den Nacken. „Was hast du dir dabei gedacht?"

Er wusste nicht, ob er sie für ihren Mut bewundern oder für ihre Schnapsidee verurteilen sollte!

Hannahs Lächeln wurde breiter. „Nicht viel", gab sie zu und hob die Achseln. „Aber das war irgendwie der Punkt."

Coop verstand nicht, was sie damit meinte, fragte jedoch nicht nach – damit würde er seine eigenen Regeln brechen. „Wie hat es dir denn gefallen?", wollte er stattdessen wissen. „Bereit für deinen zweiten Sprung?"

Hannah legte den Kopf in den Nacken und lachte laut auf. „Gott, nein. Es war … wundervoll. Ich verstehe, was du damit meinst, dass du das hier machst, um zu vergessen. Man ist für ein paar Momente einfach so glücklich." Ihre Wangen liefen rosa an. „Als hätte man keine Vergangenheit und keine Zukunft. Als würde nur das Jetzt existieren." Sie seufzte schwer und Coop lächelte. Sie hatte es verstanden.

„Aber noch einmal brauche ich das nicht", fügte sie hinzu. „Die Panik und Angst davor sind zu viel für mich."

Er nickte und beobachtete sie dabei, wie sie in ihrer Handtasche kramte und ein Blatt daraus hervorzog.

Es war so zerknittert und so oft mit Klebeband wieder zusammengeklebt worden, dass es sein Namensrecht auf *Papier* eigentlich verloren hatte. Er neigte den Kopf, während Hannah wieder in ihrer Handtasche herumwühlte – und ein plötzlicher Windstoß ihre Hand erfasste.

Das Papier wurde ihr aus den Händen gerissen, und erschrocken fuhr sie herum. Es flog durch die Luft und segelte mehrere Meter hinter Coop auf den Boden.

Sie wollte ihm schon hastig nachsetzen, doch Coops Beine waren länger. Er machte ein paar schnelle Schritte zurück, bückte sich danach ... und hielt verdutzt inne.

*Bevor ich dreißig werde, möchte ich ...,* stand in einer riesigen krakeligen Handschrift darüber.

Das Erste, was er dachte, war: *Wow. Für ein Mädchen hat Hannah eine echt hässliche Schrift. Das zweite: interessant.*

Bevor er sich davon abhalten konnte, flog sein Blick über das Papier.

Es war eine Liste, die von eins bis dreißig nummeriert war. Eine Menge der Punkte waren jedoch bereits unwirsch durchgestrichen oder mit zackigen Linien übermalt worden. Neun Punkte waren noch unberührt.

*4. Eine Schlägerei anfangen.*
*7. Fallschirmspringen.*
*12. Ehrenamtlich arbeiten.*
*14. Eine Angst besiegen.*
*17. Den Atem rauben lassen (Fallschirmsprung zählt nicht).*
*18. Mit jemandem ins Bett springen, der absolut nicht mein Typ ist.*
*22. An einen Ort reisen, an dem ich die Sprache nicht verstehe.*
*25. Mir selbst verzeihen.*
*30. Lieben und geliebt werden.*

Verblüfft öffnete er den Mund. Einige Punkte verstand er ja. Jeder Mensch sehnte sich offenbar danach, zu lieben und geliebt zu werden – auch wenn er nicht zu diesen armen Schluckern gehörte –, aber manche Wünsche erschlossen sich ihm nicht so ganz.

*Eine Schlägerei anfangen?* Wirklich? Wieso sollte eine freundliche, gutherzige Frau wie Hannah das Verlangen haben, eine Schlägerei anzuzetteln? Bei einem pubertierenden Möchtegern-Mann könnte er diesen Wunsch verstehen. Cole, Callum und er hatten öfter Scherze darüber gemacht, dass man einmal in seinem Leben Teil einer richtigen Schlägerei gewesen sein musste. Um seine Männlichkeit zu beweisen oder aus irgendeinem anderen blöden Grund. Das war jedoch männlicher Teenager-Unfug gewesen, den er heute belächeln und als dämlich abtun konnte. Was also tat dieser Punkt auf der Liste einer süßen Frau wie Hannah, die Nachthemden mit Gardinenmustern trug?

„Du bist ganz schön neugierig für jemanden, der sich Mühe gibt, nie nachzuhaken", bemerkte Hannah in diesem Moment, und blinzelnd sah er auf.

Sie wirkte amüsiert, nicht wütend, zog ihm die Liste aber dennoch aus der Hand.

„Was ist das?", wollte er wissen.

„Du hast die Überschrift gelesen, oder?", fragte sie abwesend und suchte das Blatt Papier ab, bevor sie auf der Liste zwei Punkte durchstrich. Coop beugte sich vor und erkannte, dass es *Fallschirmspringen* und *Eine Angst besiegen* waren.

Logisch. Sie hatte Höhenangst. Zwei Fliegen mit einer Klappe.

Coop biss die Zähne aufeinander und rang mit sich selbst. Ja, er hakte nie nach. Wollte möglichst wenig persönliche Dinge über fremde Leute wissen. Aber das hier ... das hier war spannend und er war neugierig. Also beschloss er, seine eigenen Richtlinien für einige Momente zu vergessen, und fragte: „Das sind alles Dinge, die du vor deinem dreißigsten Geburtstag noch tun willst?"

„Jap."

„Und du bist noch nie an einem Ort gewesen, an dem du die Sprache nicht verstehst?"

Sie hob die Schultern und faltete das Papier wieder zusammen. „Ich spreche fließend Spanisch und Französisch. Kanada und Mexiko fallen also raus, und in Europa, Asien oder Südamerika war ich noch nie."

„Verstehe. Und wann wirst du dreißig, wenn ich fragen darf?"

Sie zog eine Grimasse, so, als habe er sie daran erinnert, dass Hundekot an ihren Schuhen hing. „Am 6. April."

„Das sind nur noch fünf Wochen", sagte er überrascht.

„Ja."

„Das wird knapp."

Sie rieb sich mit der flachen Hand über die Stirn. „Ja, ich weiß. Aber ich habe mir freigenommen, also ..."

„Du hast dir fünf Wochen lang freigenommen, nur um diese Liste abzuarbeiten?", fragte er ungläubig.

Hannah wandte den Blick ab, so als sei ihr dieses Gespräch unangenehm, nickte jedoch.

Diese Frau wurde mit jedem verstreichenden Moment interessanter. „Das ist sehr … pflichtbewusst von dir."

„Mhm", sagte sie vage.

„Sie muss dir sehr wichtig sein", meinte er langsam, auch wenn er Probleme damit hatte, das zu verstehen. Diese Liste wirkte wie etwas, dass sie vor Jahren, wahrscheinlich noch als Jugendliche, aus Jux und Tollerei angelegt hatte. Wieso zum Teufel sollte ihr wichtig sein, ihrem jugendlichen Wahnsinn gerecht zu werden?

Fragend sah er Hannah an, und sie blickte unverwandt zurück. Ihre braunen Augen schienen einen Ton heller zu sein als noch vor ein paar Sekunden, doch vielleicht bildete er sich das auch ein.

„Ja, das ist sie", flüsterte sie schließlich und schluckte. „Sehr wichtig."

Er nickte. Er musste es nicht verstehen, um es zu akzeptieren. „Okay, wenn das so ist, kann ich dir vielleicht mit Punkt Nummer zwölf helfen."

Überrascht weitete sie die Augen. „Was?"

Ja, das war eine gute Frage. Was tat er hier? Bot er ihr gerade Hilfe dabei an, einen vollkommen bescheuerten Plan zu erfüllen?

Er mischte sich in ihr Leben ein – und dafür war er absolut nicht der Typ. Eigentlich mischte er sich eher aus Leben raus.

Er hatte auf die harte Tour gelernt, dass er sich nicht dafür eignete, Verantwortung zu übernehmen. Wichtige Entscheidungen zu treffen oder Ratschläge zu geben. Erst recht nicht, wenn er damit die Gefühlslage eines anderen Menschen beeinflussen konnte. Und diese Liste schien Hannah absurd viel zu bedeuten.

Doch er hatte den zwölften Punkt gesehen und ihm war sofort eine Idee durch den Kopf geschossen, die er nicht ignorieren konnte. Sie würde schließlich nicht nur ihr, sondern auch ihm helfen. Eigentlich war es also ein recht eigennütziger Gedanke. Doch, damit fühlte er sich gleich wohler.

Er räusperte sich. „Ich hätte einen Vorschlag, wo du dich ehrenamtlich engagieren könntest."

„Wirklich?"

„Ja. Meintest du nicht, dass du Ärztin bist?"

Sie nickte.

„Nun, meine Schwester leitet ein Jugendzentrum in Philly. Sie sucht noch jemanden, der den Risikojugendlichen einen Vortrag über sexuell übertragbare Krankheiten hält. Wenn du daran interessiert wärst ..." Er hob eine Schulter.

Ihre anfänglich traurige Miene schwang plötzlich zu einem begeisterten Lächeln um. „Das wäre ja fantastisch! Auf die Idee wäre ich nie gekommen. Nicht in hundert Jahren hätte ich daran gedacht, mal einen Vortrag über Geschlechtskrankheiten zu halten. Das wird bestimmt peinlich und unangenehm."

Ihr Lächeln war ansteckend, und Coop spürte, wie sein Herz warm wurde. Als wüsste es, dass er gerade etwas Gutes getan hatte. „Und das ist gut?"

„Ja!", sagte sie enthusiastisch. „Alles, was ich sonst nicht tun würde, ist gut."

Na, er würde da ihrem Wort vertrauen müssen. „Okay. Cool. Callie wird sich freuen. Warte, ich gebe dir ihre Nummer." Er zog sein Handy aus der Tasche. „Und wenn ich schon dabei bin, kann ich dir auch direkt meine geben." Die Worte flossen unüberlegt aus seinem Mund. Wie gestern Abend, als er vor ihr zugegeben hatte, dass ein Albtraum ihn wachhielt.

Es war ihr Lächeln, beschloss er. Ihr offenes, fast unschuldiges Lächeln, das ihn seine sonstige Vorsicht vergessen ließ. Denn Hannah wirkte damit, als würde sie nie in ihrem Leben etwas tun oder sagen, um einen anderen Menschen zu manipulieren oder ihren Willen durchzusetzen. Sie war schlichtweg ... harmlos. Warum sollte er ihr also nicht seine Nummer geben? Sie würde nichts Schlimmes damit anstellen.

Abgesehen davon war der Gedanke, ihr *nicht* seine Nummer zu geben und somit zu besiegeln, dass er sie niemals wiedersehen oder mit ihr sprechen würde, absurd.

Verdutzt hielt er mit dem Finger über seinem Display inne.

Hm. Interessant. Der Gedanke war neu für ihn.

„Klar, gerne", sagte Hannah freundlich und barg ebenfalls ihr Telefon. Sie schien nicht eine Sekunde darüber nachzudenken, dass es merkwürdig sein könnte, Nummern auszutauschen. Aber sie wusste ja auch nicht, dass Coop seine Handynummer nie an irgendwelche Frauen herausgab.

Andererseits war sie nicht irgendeine Frau. Sie wollte nicht mit ihm ins Bett und er auch nicht ... na ja, doch. Aber ... nein. Ach, er wusste es auch nicht. Sie war zumindest keine seiner Eroberungen, deswegen war es okay.

Sie zog ihm das Handy aus der Hand, um ihre eigene Nummer einzutippen, und reichte ihm ihres.

„Danke, Coop", sagte sie, als sie fertig waren, und atmete befreit durch. „Das ist toll, wirklich. Du hast mir sehr geholfen."

Er nickte „Kein Problem."

„Also, dann." Sie trat auf ihn zu und drückte ihn in einer kurzen Umarmung an sich. Doch bevor er sie ansatzweise genießen konnte, ließ sie ihn auch schon wieder los. „Man sieht sich. Oder auch nicht. Ich wünsch dir ein paar albtraumfreie Nächte. Du hast sie verdient, du bist ein guter Mensch." Sie hob die Hand, wandte ihm im nächsten Moment den Rücken zu und verschwand über die große Rasenfläche in Richtung Parkplatz.

Nachdenklich sah er ihr nach. Er fühlte sich gut und fragte sich doch gleichzeitig, ob das Ganze ein Fehler gewesen war.

Andererseits hatte Hannah so glücklich ausgesehen, dass ihm diese Möglichkeit abwegig vorkam.

Einen Menschen mit so wenig Aufwand so glücklich zu machen, konnte so schlecht nicht sein. Es war eine schlichte, freundliche, Tat gewesen, die keine weitreichenden Konsequenzen nach sich ziehen würde.

Oder?


„Na, wenn das mal nicht ‚der begehrteste Junggeselle der Stadt' ist", begrüßte Cole ihn acht Stunden später grinsend. „Der Mann, den die Frauen lieben und die Männer hassen. Dessen Augen leuchten wie reine Saphire und dessen Haut –‘"

„Halt die Klappe, Cole", sagte Coop düster und schubste seinen älteren Bruder aus dem Weg. „Du musst nicht gleich neidisch sein, nur weil die Welt endlich eingesehen hat, dass ich der bestaussehendste Panther-Sohn bin."

„Ach, bitte, wenn ich nicht vergeben wäre, stünde mein Name in der Überschrift dieses wundervollen Artikels."

Mitleidig sah Coop ihn an. „Bereut da jemand, seine Single-Freiheit aufgegeben zu haben?"

Cole lachte laut und schlug ihm auf die Schulter. „Gott, nein. Dann müsste ich meine Abende ja wieder mit fremden, langweiligen Frauen verbringen und hätte keine Jeans in meinem Kleiderschrank. Wenn es nach mir ginge, wäre ich längst mit Savannah verheiratet. Aber wir wohnen erst seit ein paar Monaten zusammen und sie meint, sie wolle erst warten, ob ich es mir abgewöhnen könnte, den Toilettendeckel oben zu lassen."

Coop hätte gerne etwas Gemeines erwidert, doch er mochte Coles Freundin Savannah sehr gern und sie hatte seinen Bruder tatsächlich um einiges glücklicher gemacht, also ...

„Was tust du überhaupt hier?", fragte er stattdessen und ließ die blecherne Tür, den Hintereingang von Cals Wohnung und Werkstatt, zufallen. Die Vordertür benutzte nie jemand. „Ich wollte eigentlich nur Callum einen Besuch abstatten."

„Ach, er hat mich eingeladen."

„Habe ich nicht", kam Cals mürrische Stimme aus dem Inneren der Werkstatt. „Dich übrigens genauso wenig, Coop!"

„Du hast geschrieben: *Alles ist gut, komm auf keinen Fall vorbei*", sagte er irritiert. „Wie hätte ich das nicht als Einladung auffassen sollen?"

Sein jüngerer Bruder Cal stand an einem hohen Tisch, auf dem ein Haufen Metallschrott, zwei Computerbildschirme und eine Menge Kabel lagen, und sah düster zu ihnen hinüber. Sie jedoch ließen sich unbeeindruckt auf die Couch fallen, die Callum öfter, als er zugeben wollte, als Bett missbrauchte. Sein Schlafzimmer war schließlich zehn Meter weit weg. Er verlor seiner Aussage nach viel zu viel kostbare Arbeitszeit, wenn er für seine vier Stunden Schlaf dort hinübermarschierte.

Callum war ein ziemlich intelligenter Typ. Vielleicht ein wenig zu intelligent für sein eigenes Wohl. Es war schwer, zu einem normalen Mann heranzuwachsen, wenn man mit sieben Jahren bereits als Genie verschrien wurde. Er war Programmierer und Ingenieur und arbeitete seit Monaten an einer Drohne, die die Welt zu einem besseren Ort machen würde. Zumindest war das alles, was er Coop dazu erzählt hatte. Das Dumme war nur, dass Cal, wenn er bis zum Hals in einem Projekt steckte – was eigentlich immer der Fall war –, äußerst nachlässig wurde, was sein eigenes Leben anging.

Er verschanzte sich in seiner Werkstatt, ernährte sich von Spaghetti und ging nur alle drei Tage mal vor die Tür. Immer dann, wenn er die Drohne ausprobierte.

Cole, Callie und er hatten daher vereinbart, alle paar Tage mal bei ihm vorbeizuschauen, um sicherzugehen, dass er noch lebte, ein wenig Gemüse aß und nicht vergaß, was eine Dusche oder ein Bett waren.

Ihm war ganz recht, dass seine Geschwister Callum als neues Problemkind auserkoren hatten, dann regten sie sich nicht mehr so oft darüber auf, dass er ab und an ein paar gefährliche Sportarten trieb, die ihn fast nie in Lebensgefahr brachten.

„Ich habe übrigens Bier mitgebracht", verkündete Cole und zog zwei Flaschen aus einem Sixpack zu seinen Füßen.

„Sehr gute Idee", sagte Coop zufrieden und nahm das Getränk entgegen. „Willst du auch eins, Cal?"

„Nein!"

„Komm schon. Setz dich einen Moment zu uns auf die Couch", meinte Cole. „Teile deine Gedanken und Sorgen mit uns."

„Meine Güte, seit wann ist meine Werkstatt zum Panther-Kuschelpalast geworden?", stieß Callum ungläubig aus. Er schien noch genervter als sonst. „Warum seid ihr beide hier?"

„Weil du uns vergessen würdest, wenn wir uns bei Coop oder mir treffen", stellte Cole lapidar fest.

„Schon mal daran gedacht, dass ich euch Affen nicht vergesse, sondern schlichtweg ignoriere?"

„Nein. Denn das wäre sehr verletzend und unhöflich, Cal", sagte Coop betont ernst und legte sich eine Hand auf die Brust. „Ich bin ein zerbrechlicher Schmetterling, der sich von deiner Zuneigung ernährt. Wenn du mir jetzt erzählen willst, dass du mich gar nicht so liebst, wie ich es verdiene ..."

„Großer Gott, kannst du ihn nicht zum Schweigen bringen, Cole?"

Cole grinste nur und prostete ihm zu. „Ich finde ihn sehr amüsant. Was mich ehrlich gesagt überrascht, normalerweise ist er zu dieser Jahreszeit ein Arschloch.“

Coop schnaubte … wusste aber, dass sein Bruder recht hatte.

Die Begegnung mit Hannah hatte ihn aufgemuntert und mit einem guten Gefühl zurückgelassen, deshalb war heute ein besserer Tag als sonst. Nichtsdestotrotz begrüßte er es, dass Cole nicht wie die meisten anderen wie auf Scherben um ihn und dieses Thema herumtanzte.

„Also, warum genau machen wir uns um mich und nicht um Coop Sorgen?“, wollte Callum interessiert wissen. „Ich meine …“ Zögerlich ließ er von dem Blechmüll ab. „Wie geht es dir, Coop?“

Ach, zur Hölle mit seinem Bruder. Nur er schaffte es, in einem Moment komplett entnervt zu sein und in dem nächsten so sensibel und mitfühlend auszusehen, wie er in Wirklichkeit war. Denn egal, wie sehr Callum es hasste, dass seine Geschwister ihn immer wieder daran erinnerten – er war der Sensibelste und Beste von ihnen. Seine Seele war schlichtweg die reinste. Er hatte es sich nie zum Hobby gemacht, mit unzähligen Frauen zu schlafen, merkte sofort, wenn es jemandem schlecht ging, hatte ein ruhiges und entspanntes Gemüt und würde eher seine Zehen abhacken, als eine Spinne zu töten. Nein, er fing sie mit den Händen ein und setzte sie vorsichtig vor die Tür.

„Mir geht es okay“, sagte Coop knapp und stellte überrascht fest, dass es zumindest heute die Wahrheit war. Er war zwar vor einer Stunde etwas unsanft mit einer SMS von Davids Mutter daran erinnert worden, dass sie sich darüber freuen würden, wenn er sie am fünften

Todestag ihres Sohnes besuchte und vielleicht eine kleine Rede über David hielt, doch ansonsten ... na ja, der Termin war noch einige Wochen hin, seine Laune und sein Gemüt hatten noch viel Raum und Zeit zur Verschlechterung.

„Wirklich?", hakte Cole nach. Dem Blick nach zu urteilen, den er mit Callum austauschte, konnte Coop sich auf einmal sehr gut vorstellen, worüber seine Brüder gesprochen hatten, bevor er hier aufgetaucht war. „Deine Albträume halten sich in Grenzen?"

Ach, Callie war eine kleine Petze. „Ja, doch", sagte er vage. „Ich ... habe meine Methoden, um damit umzugehen."

Sex. Eine Menge Sex.

„Was sind das für Methoden?", fragte Callum verwirrt.

Coop lächelte breit. „Ich gucke die *Sesamstraße*."

„Was?" Verdutzt hob Cole die Augenbrauen.

Er lache leise. „Nichts. Das war nur ... der Tipp einer Freundin."

Mit einem Scheppern ließ Callum den Schraubenzieher fallen, den er soeben aufgehoben hatte. „Einer *Freundin*?", wiederholte er ungläubig. „Es gibt jemandem in deinem Leben, den du *Freundin* nennst?"

Coop verdrehte die Augen. Nun gut, das war vielleicht etwas zu viel des Guten, er kannte Hannah schließlich erst seit gestern, aber er wusste nicht, wie er sie sonst nennen sollte.

Er wandte sich Cole zu, um sich gemeinsam mit ihm über Callums Unglauben lustig zu machen, doch der sah genauso fassungslos aus, wie der jüngere Panther.

„Was ist so komisch?", wollte er verwirrt wissen.

Cole räusperte sich. „Nun, werter Bruder, es gibt zwei Gruppen von Frauen in deinem Leben. Die, mit denen du eine Nacht verbringst – und Mom, Savannah und Callie. Entweder stehen die Frauen also irgendwo in deinem Stammbaum oder sie liegen in deinem Bett. Wenn es jetzt aber ein ominöses Wesen gibt, das du *Freundin* nennst, das also nicht verwandt oder verschwägert mit dir und auch kein Teil deiner Sex-Eskapaden ist, ist das eine absurde Sache."

Okay, er verstand die allgemeine Skepsis, aber so schlimm war er nun auch wieder nicht. „Ihr übertreibt. Ich hatte schon viele weibliche Kumpel."

„Ja, als du sechs warst", meinte Cole trocken.

Unruhig rutschte er auf der Couch herum. Dieses Gespräch entwickelte sich in eine sehr unangenehme Richtung. Er wollte nicht mit seinen Brüdern über seine Frauengeschichten reden. Ihm war selbst klar, dass er sich in dem Bereich nicht mit Ruhm bekleckerte.

„Können wir das Thema wechseln und wieder über Callums Unzulänglichkeiten reden?", schlug er vor.

„Nein", sagte Cal sofort. „Sprechen wir doch noch ein wenig weiter über deinen ungesunden Lebensstil."

Oh, großer Gott. Zumindest konnte es von diesem Punkt an im Gespräch nur noch bergauf gehen.

Die Tür ging auf und ihr Vater spazierte in die Werkstatt.

Gut, Coop hatte sich geirrt.

Clint Panther war schon immer ein beeindruckend großer und autoritärer Mann gewesen. Auch jetzt, mit Anfang sechzig, noch.

Coop hatte schon damals als Kind nicht leiden können, wie sein Vater immer aufrecht und mit missbilligendem Blick durch die Welt spazierte. Und das hatte
sich in den letzten fünfundzwanzig Jahren nicht geändert. Irgendetwas an dem arroganten Gebaren drückte
alle seine Knöpfe, die sofort rot und hektisch zu blinken anfingen.

Coop war ein schwieriges Kind und ein noch schwierigerer Teenager gewesen – und sein Vater hatte dafür
gesorgt, dass er das ja nicht vergaß.

Er stand auf. „Okay, ich gehe", sagte er schlicht.

Dieser Tag war bisher besser als jeder einzelne der
vergangenen drei Wochen gewesen – und sein Vater
hatte das seltene Talent, dieses Gefühl mit nur einem
Satz kaputtzumachen.

„Bleib, Cooper. Ich bin deinetwegen hier."

Jap. Schon war sein Tag hinüber.

„Was tust du hier, Dad?", fragte Cole hastig und
sprang auf.

Er war schon immer der selbsternannte Beschützer
vor der dunklen Macht – ihren Eltern – gewesen und
seit jeher der Puffer zwischen seinen Geschwistern und
ihrem Vater. Coop wusste diesen Umstand meistens zu
schätzen, aber zurzeit brauchte er keinen weiteren Beweis dafür, dass er in vielen Bereichen seines Lebens
hilflos und machtlos war, deswegen warf er Cole nur
einen warnenden Blick zu.

„Ich war bei Cooper zu Hause, aber ich konnte ihn
nicht antreffen", sagte Clint Panther gelassen. „Da
dachte ich, dass ich ihn vielleicht hier finde."

„Herzlichen Glückwunsch, Dad, du bist ein richtiger Detektiv", sagte Coop verkniffen. Seit der dumme Artikel über ihn erschienen war und Schande über die Familie gebracht hatte, hatte er mit einem Überraschungsbesuch seines Vaters gerechnet. Was ihn jedoch nicht davon abhalten würde, schnellstmöglich zu verschwinden. Er kannte sich und seinen Hitzkopf, das hier würde dreckig ausgehen, wenn er den Fehler machte, allzu genau zuzuhören.

„Cooper, du kannst nicht ewig vor mir weglaufen", sagte Clint ernst und blieb mit verschränkten Armen vor ihm stehen. „Ich möchte mit dir über deine Zukunft reden, wie ich schon mehrfach bei diversen Familienessen erwähnt habe."

Aus den Augenwinkeln sah Coop, wie Callum und Cole wieder einen Blick tauschten, bevor beide einen Schritt auf ihren Vater zumachten und den Mund öffneten. Doch Coop kam ihnen zuvor.

„Dad", sagte er angespannt. „Ich bin zweiunddreißig Jahre alt. Ich bin erwachsen. Du kannst nicht mehr bestimmen, auf welche Privatschule du mich schickst, damit ich bessere Noten schreibe, keinen Mist mit Callie anstelle und seltener Pfarrerstöchter verführe."

Clint schnaubte. „Du magst zweiunddreißig sein, aber erwachsen bist du deswegen noch lange nicht. Und jetzt werde nicht gleich defensiv, bevor ich überhaupt angefangen habe, vernünftig mit dir zu sprechen."

*Vernünftig* mit ihm zu sprechen? Was bildete er sich ein? In ihrem Leben hatten sie noch nie *vernünftig* miteinander kommuniziert.

„Ich verzichte auf das Gespräch, Dad“, sagte Coop gezwungen ruhig und stellte sein Bier ab. Harte Gegenstände in den Händen zu halten, war gerade nicht ratsam.

„Du brauchst dieses Gespräch, um dein Leben wieder auf den richtigen Kurs zu bringen, Cooper“, erwiderte sein Vater gelassen.

Callum seufzte und Cole stöhne leise.

Coop jedoch stand einfach nur da und starrte seinen Vater ausdruckslos an. „Es ist *mein* Leben, Dad“, wisperte er schließlich bedrohlich. „Ich kann damit machen, was ich will.“

„Ja und du nutzt es, um aus Flugzeugen zu springen, mit Frauen zu schlafen und den Namen Panther zu beschmutzen“, erwiderte Clint ebenso bedrohlich. „Dieser Artikel, den sie über dich verfasst haben, macht dich – *uns* – lächerlich. Stört dich das denn überhaupt nicht?“

„Die Zeitung schreibt, was sie eben schreibt“, antwortete er stur. „Außerdem gibt es Schlimmeres, als der wunderschöne Junggeselle zu sein, den die Nation um seinen faulen Lebensstil beneidet.“

„Du verschwendest dein Potenzial, Cooper“, sagte Clint streng. „Deine Geschwister machen sich hervorragend, während du dein Leben vergeudest. Cole führt die Delphies tadellos. Callum ist eine wahre Größe in seinem Feld und Callies Projekt läuft besser an als erwartet. Du allerdings ...“

„Dad, komm schon“, murmelte Cole. „Das hier ist unnötig. Der Artikel erzählt Schwachsinn. Coop –“

„Halt dich da raus, Cole!“, fuhr er seinem Bruder dazwischen. „Ich bin keine sechzehn mehr, du musst mich nicht mehr beschützen. Und nur, weil du Dad unterbrichst, ändert das sein liebliches Wesen und seine altruistischen Gedanken nicht!" Kalt lächelte er ihn an. „Es war doch klar, dass ich sein nächstes Projekt werde, jetzt da er mit Callie fertig ist. Oder Dad? Jetzt, da bis auf ich, alle deine anderen Kinder erfolgreich sind, möchtest du dich auf mich konzentrieren. Damit du mit uns allen angeben kannst und dir keine Vorwürfe dafür machen musst, dass du einen beschissenen Job bei unserer Erziehung gemacht hast – und wir vielleicht deswegen alle etwas abgefuckt sind!"

„Ist diese Sprache wirklich nötig, Cooper?", fragte Clint Panther seufzend, immer noch erzürnend ruhig. „Ich will dir lediglich helfen. Ich habe eine Menge Beziehungen, die –"

„Oh, bitte", sagte er verächtlich. „Du willst dir selbst helfen. Du willst dein Gewissen erleichtern. Dad, du hast bei uns versagt. Callum ist grandios in dem, was er tut, weil er sich in seine eigene Welt zurückgezogen hat, wann immer du dich mit uns gestritten hast. Cole führt die Delphies so gut, weil er sein halbes Leben damit verbracht hat, dir alles recht zu machen und sich selbst zu verleugnen. Und Callie ist erfolgreich, weil sie dich in ihrer Jugend so gehasst hat, so unter dir gelitten hat, dass sie dir unbedingt beweisen wollte, dass sie keine Versagerin ist! Aber ich interessiere mich einfach nicht genug für deine Meinung, um es ihnen gleichzutun!" Er biss die Zähne aufeinander, während Wut in ihm aufstieg wie Lava in einem Vulkan. „Ich bin nicht großzügig genug, dir zu verzeihen, und nicht dumm genug, mich von dir manipulieren zu lassen. Ich bin nicht Callum, der sich nach Harmonie sehnt. Ich bin nicht

Cole, der immer noch nach deiner Anerkennung strebt. Ich bin nicht Callie, die im Einklang mit ihren Gefühlen ist und sich nicht mehr durch ihre schlechte Beziehung zu dir belasten will. Also halt die Klappe und lass mich einfach in Ruhe.“

„Das kann ich nicht“, sagte Clint Panther schlicht. „Es ist meine Pflicht als dein Vater, dir zu sagen, was deine Geschwister versäumen, loszuwerden: Du verschwendest dein Leben, Cooper. Du bist ein guter Mann, der einen respektablen Beruf hatte und sich von einem kleinen Zwischenfall von seinem Weg hat abbringen lassen. Du versinkst seit Jahren in Selbstmitleid und lässt dich von deiner Angst gefangen halten – und das reicht jetzt. Fünf Jahre sind genug.“

Eine geschlagene Minute lang starrte Coop seinen Vater einfach nur an. Versuchte, seine Faust zu kontrollieren, die Clint dafür bestrafen wollte, dass er Davids Tod als *kleinen Zwischenfall* bezeichnet hatte. Versuchte, seine Wut, die ihn dazu aufforderte, alles kurz und klein zu schlagen, zu unterdrücken.

Er war es nicht wert. Sein Vater war es einfach nicht wert, auch nur einen weiteren seiner wütenden Gedanken an ihn und seine Worte zu verschwenden.

„Merkwürdig, Dad“, sagte Coop dann, seine Stimme und seine Haut eiskalt. „Dass mein Beruf jetzt auf einmal respektabel war, obwohl du ihn damals für unter der Würde eines Panthers gehalten hast. Jetzt mache ich ihn nicht mehr und auf einmal ist er wundervoll? Vielleicht sagst du in fünf Jahren ja dasselbe zu meiner Arbeit als Fallschirmsprunglehrer. Die Masse wartet gespannt.“

Dann lief er an seinem Vater vorbei und verschwand aus der Tür. Dieser Tag ... dieser so wundervoll entspannte Tag, war bis auf seine Grundfeste zerstört. Fünf Minuten mit Clint Panther hatten gereicht. Sein Vater hatte ein wahres Talent.

Mit zusammengepressten Lippen und noch immer geballten Fäusten durchquerte er den Innenhof auf dem Weg zu seinem Mercedes. Er hatte gerade die Fahrertür erreicht, als eine Hand auf seiner Schulter ihn zurückzog.

Es war Cole. Natürlich war es Cole. Der Mann, der ihre Familie seit Jahrzehnten an drei Fäden zusammenhielt.

„Komm schon, Coop", murmelte er. „Bleib hier. Trink mit Cal und mir noch ein Bier. Wir werfen Dad raus und ... bis du ihn das nächste Mal siehst, hat er sich wieder beruhigt."

Coops Kiefer knackte, als er den Kopf schüttelte. „Es wird kein nächstes Mal geben", sagte er kühl. „Es reicht. Ich habe genug."

„Was? Wovon redest du?"

„Ich habe genug von Dad!", zischte er. „Ich brauche ihn nicht. Mom auch nicht, sie ist doch sowieso die meiste Zeit in den Hamptons und ignoriert uns, so gut sie kann. Ich habe euch. Ich habe Callie. Ihr seid meine Familie. Mehr will ich nicht."

Verwirrt sah Cole ihn an. „Was soll das denn heißen? Du willst Dad einfach ... nie wiedersehen?"

Er nickte steif. „Genau das", flüsterte er, stieg in seinen Wagen und fuhr davon.

Doch es fühlte sich nicht an, als würde er etwas zurücklassen. Es fühlte sich viel eher so an, als würde er alles mitschleppen. All seine Gedanken, all seine Ängste, all seine Wut auf seinen Vater, auf David, auf sich selbst.

Als er in die Tiefgarage seines Apartmentblocks fuhr, traten seine Handknöchel noch immer weiß auf dem Lenkrad hervor und das änderte sich auch nicht, als er den Motor und die Scheinwerfer abstellte.

Eine Weile saß er einfach nur in der Dunkelheit und starrte auf die Betonwand, von der er wusste, dass sie da war.

Das Ganze erinnerte ihn an sein Leben.

An die Wand, die sich direkt vor ihm befand, ihn bei jedem seiner Schritte behinderte, unbemerkt von allen. Denn niemand konnte sie sehen. Niemand konnte sie kaputtmachen. Sie war einfach nur ... da.

Müde schloss er die Augen und atmete durch.

Er fühlte sich beschissen. Das war nicht ungewöhnlich nach einem Aufeinandertreffen mit seinem Vater, doch diesmal gab es einen kleinen Unterschied. Diesmal fühlte er sich nicht schlecht, weil sein Vater falsch lag ... diesmal lag es daran, dass er recht hatte.

Er vergeudete sein Leben. Er ließ sich von seiner Angst gefangen halten. Er hatte aufgegeben und verbrachte seine Zeit seitdem damit, sich von dieser Tatsache abzulenken.

Was hatte er auch tun sollen? Sein Job war nicht der Richtige für ihn gewesen. Zu viel Verantwortung, zu viele Fehler, die ihm unterlaufen konnten.

Ja, sein Vater hatte recht – aber das war egal.

Es spielte absolut keine Rolle, denn auch ohne Clint Panther fand er genug Mittel und Wege, sich selbst zu quälen. Sich selbst Vorwürfe zu machen und für all die falschen Entscheidungen, die er getroffen hatte, zu hassen.

Dafür brauchte er ihn nicht – und dieser Abend würde der letzte sein, an dem sein Vater ihn an diese Tatsache erinnert hatte.

# Kapitel 5

Hannah war aufgekratzt.

Selbst zehn Stunden nach ihrem spektakulären Sprung ins Ungewisse – oder besser Stoß durch Coop – fühlte sie sich so adrenalingeladen wie noch nie.

In ihr pochte ein bisher unentdeckter Tatendrang. Sie hatte auf einmal das Gefühl, dass die Welt ein Meer aus Möglichkeiten war, von denen sie nur die Oberfläche angekratzt hatte. Und wenn sie wollte, könnte sie jede einzelne ausschöpfen.

Gott, sie verstand Owen jetzt so viel besser!

Er hatte immer davon gesprochen, dass es die *Mehr-Momente* im Leben waren, die es so wundervoll machten, aber Hannah hatte nie begriffen, was er damit gemeint hatte.

Sie schloss ihre Wohnungstür auf, wurde von ihren schwarzen und grauen Möbeln begrüßt, starrte auf die weißen Wände ihres Wohnzimmers und hatte das plötzliche Verlangen, mindestens eine davon rot zu streichen. Das hatte sie noch nie in Betracht gezogen, denn nicht alle Möbel passten zu einer roten Wand, aber warum eigentlich nicht? Sie hatte im Moment Zeit, sie hatte genug Geld und … wieso stellte sie eigentlich nie etwas damit an?

Nun, weil sie keine Zeit gehabt hatte, es auszugeben! Weil sie im Krankenhaus Überstunden geschoben, mit Adrian Gardinen ausgesucht und ihren Lebensplan in die Tat umgesetzt hatte.

Eine Unruhe erfüllte sie, die nichts mit zu wenig Bewegung, aber eine Menge mit zu wenig gesammelten Erfahrungen in ihrem Leben zu tun hatte. Warum war sie noch nie nackt durch einen Hotelflur geirrt, weil ein One-Night-Stand schiefgelaufen war?

Sie sollte sich an Coop ein Beispiel nehmen!

Sie neigte den Kopf.

Nun, nein. Seinem Ruf nach zu urteilen, schlief er wirklich mit viel zu vielen Frauen, und sie brauchte zwar Aufregung, aber keine Geschlechtskrankheit.

Sie warf ihre Handtasche aufs Sofa – auch, wenn es in ihren Fingern juckte, sie ordentlich an die Garderobe zu hängen –, stellte ihren Koffer im Schlafzimmer ab und lief dann zu dem kleinen Tischchen direkt neben dem Eingang, auf dem ihr wild blinkender Anrufbeantworter stand.

Owen hatte sie stetig dafür ausgelacht, dass sie die einzige Person zu sein schien, die noch immer ,*das Gerät aus der Steinzeit*‘ verwendete, aber sie mochte es, wenn Leute ihr Nachrichten hinterließen.

*Piep.*

„Sie haben drei neue Nachrichten.“

*„Hannah, hier ist Adrian. Du hast immer noch zwei Hemden und meine David Bowie CD. Ich hätte sie gerne zurück,*

okay? Kannst du aufhören, mich zu ignorieren, mich anrufen und mir sagen, wann ich sie abholen kann? Du bist es, die aus dem Nichts Schluss gemacht hat, Hannah. Wieso tust du so, als wärst du es, die leidet?"

Okay, sie mochte es *normalerweise*, wenn Leute ihr Nachrichten hinterließen.

*Piep.*

„Doctor Reed, hier ist Samantha Cunnings von der Philadelphia Medic Group. Wir hatten gehofft, dass Sie sich mittlerweile zu unserem Angebot, in unserer Privatpraxis einzusteigen, geäußert hätten. Ich verstehe, dass Sie viel beschäftigt sind, aber vielleicht könnten Sie mich kommende Woche diesbezüglich mal anrufen?"

*Piep.*

„Hannah, Schatz, hier ist deine Mutter. Wir vermissen dich, Schätzchen. Wann kommst du denn mal wieder zum Essen vorbei? Adrian meinte, du wärst es gewesen, die sich getrennt hat? Ich dachte, er wäre der Mann, mit dem du dir deine Zukunft ausgemalt hast. Na ja, du wirst deine Gründe haben. Über die wir bei einem gemeinsamen Essen in voller Länge reden können. Melde dich doch einfach. Dad macht auch das Curry, das du so gern magst! Bis dann."

*Piep.*

„Oh, Gott", murmelte Hannah und legte den Kopf in den Nacken. Warum hatte sie noch gleich den Anrufbeantworter abhören wollen?

Ihr hätte klar sein müssen, dass die Realität über sie hineinbrechen würde, sobald sie mit ihren Problemen konfrontiert wurde. Denn sie konnte zwar eine Pause von ihrem Job nehmen, sie konnte sich einzig und allein auf Owens Liste konzentrieren ... doch der Rest der Welt stand nicht still. Dem Rest der Welt war klar, warum sie ihre Zeit nicht nur damit verbringen konnte, auf die Jagd nach *Mehr-Momenten* zu gehen.

Sie führte ihr Leben so, wie sie es führte, weil sie Verpflichtungen hatte! Weil sie einen Job hatte, der Nerven und Zeit raubte. Weil Leute verletzt wurden, wenn sie verantwortungslos handelte. Weil *sie* verletzt wurde, wenn sie zu hohe Risiken einging und das Chaos in ihr Leben ließ.

Hannah seufzte schwer, schaltete den Anrufbeantworter aus und ließ sich auf ihre Couch fallen.

Adrian hatte recht, sie konnte ihm nicht ewig aus dem Weg gehen. Sie schuldete ihm eine David Bowie CD ... und eine Erklärung.

Samantha Cunnings eine Rückmeldung zu geben, stand seit vier Wochen auf ihrer To-do-Liste. Doch das Krankenhaus zu verlassen und bei der Privatpraxis einzusteigen, war ein großes Risiko, über das sie noch nicht ausreichend hatte nachdenken können. Sie würde sich dort als Teilhaberin einkaufen müssen, was eine Menge Geld und eine Menge zusätzliche Stunden Arbeit für sie bedeuten würde. Ihr ging es im Moment gut. Ihr Leben lief geregelt und strukturiert von dannen. Warum sollte sie diesen Umstand torpedieren?

Und warum hatte ihre Mutter anrufen müssen? Ihre Eltern wussten doch, dass sie in den nächsten fünf Wochen nicht mit ihnen sprechen würde! Das hatte sie doch deutlich kommuniziert.

Sie kniff die Augen zusammen und tastete nach ihrer Handtasche.

Was tat sie hier überhaupt? Warum befolgte sie diese offensichtlich lächerliche Liste, die Owen mit siebzehn Jahren erstellt hatte? Wieso ließ sie sich von ihrem jüngeren Bruder immer noch ein schlechtes Gewissen einreden, obwohl er doch schon seit fast sieben Monaten tot war?

Sie öffnete die Tasche, zog Owens Liste daraus hervor, legte sie neben sich auf das Sofa, bevor sie nach dem Brief kramte, der drei Tage nach seinem Tod in ihrem Briefkasten gelandet war.

Sie schleppte ihn seit Monaten mit sich herum. Vielleicht, weil es sich dann so anfühlte, als trage sie einen kleinen Teil von Owen immer bei sich. Vielleicht auch nur, um sich daran zu erinnern, warum sie mit Adrian Schluss gemacht und ihre Patienten für acht Wochen an einen Kollegen überschrieben hatte. Vielleicht mochte sie aber auch einfach nur den Gedanken, dass sich alles in ihrem Leben veränderte, Owens letzte Zeilen jedoch für immer dieselben bleiben würden.

*Hey Hanny,*
*wenn du das liest, werde ich tot sein.*
*Ach, cool, das wollte ich schon immer mal schreiben!*
*Macht das Ganze irgendwie geheimnisvoll und theatralisch, oder?*
*Wie dem auch sei: Natürlich verlasse ich diese Erde nicht,*

ohne noch ein wenig Staub aufzuwirbeln und die Musik
in deinem Leben laut aufzudrehen. (Ja, ich habe nicht vergessen, dass du deine halbe Jugend damit verschwendet
hast, dich deswegen bei mir zu beschweren, weil du Ruhe
brauchtest, um deine Einsen zu schreiben.)
Aber du kennst mich, ich habe mein Leben laut und wild
geführt ... und das werde ich mir von so einem kleinen Gehirntumor nicht kaputtmachen lassen.
Aber das Wichtigste zuerst: Wie geht es dir?
Kommst du damit zurecht, dass ich nicht jede zweite Woche an deine Tür klopfe und dich dazu überreden möchte,
mit mir auszugehen? Vermisst du meine nervigen, betrun-
kenen Sprachnachrichten? Hast du dir irgendein furchtbares Bild von mir auf den Nachttisch gestellt und ver-
hunzt dir somit deine stilvoll langweilige Einrichtung?
Ich hoffe, es ist das, auf dem ich heroisch an einer Klippe
hänge, damit deine Freundinnen bereuen, dass sie niemals
mit mir geschlafen haben, nur weil ich dein kleiner, unrei-
fer Bruder war und dir viel zu ähnlich sah.
Außerdem hoffe ich, du weinst nicht mehr allzu viel. Wir
beide wissen, dass dich aufgequollene Augen wie einen
Blobfisch aussehen lassen. Das zu sagen, ist wahrscheinlich unsensibel von mir, aber einer der Vorteile daran, tot
zu sein, ist, dass du nicht wütend auf mich sein darfst.
(Siehst du? Ich war schon immer sehr talentiert darin, den
Silberstreif am Horizont zu erkennen.)
Weißt du, ich hatte nie wirklich Angst vorm Sterben. Es ist
scheiße, dass es jetzt doch früher als gedacht passiert, aber
man sollte aufhören, wenn es am schönsten ist, oder? Und
mein Leben war toll. Ich bereue nichts ... wieso dann also
vor dem Tod fürchten?

Ehrlich gesagt habe ich nur Angst davor, was ich zurücklassen werde. Zu was für einem Ort die Welt ohne mich wird.

Deine Welt, um genau zu sein.

Ich habe Angst, dass ich dir nicht alles gesagt habe, was ich loswerden wollte. Dass ich dir nicht alles beigebracht habe, was ich dir unbedingt zeigen wollte. Dass ich nicht für dich da sein kann, wenn es dir schlecht geht. Dass ich deine Erfolge nicht mit dir feiern, deine Verluste nicht mit dir betrauern und deine Kinder nicht dazu bewegen kann, auch einmal etwas zu riskieren und nicht immer nur den sicheren Weg zu wählen.

Denn das ist es, was du tust.

Ich liebe dich, Hannah. Mehr, als ich hier schreiben kann. Aber ich glaube auch, dass ich dich besser kenne als jeder andere – und dass ich der Einzige bin, der dir sagt, wenn du dich zu sehr in deinem Hannah-Sein verlierst.

Du neigst dazu, das Leben allzu ernst zu nehmen, Sis! Vernunft über Spaß zu stellen und Ordnung dem Chaos vorzuziehen.

Aber ich habe Angst, dass du etwas verpasst. Dass du ohne mich – ohne deinen blöden, kleinen Bruder, der dir sagt, dass du dich anstellst, dir zu viele Gedanken machst oder dich wie eine feige Tomate verhältst, einfach weiter deinem Lebensplan folgst und dabei vergisst, dich rechts und links umzusehen. Dabei sind doch gerade die Seitengassen das, was das Leben so lebenswert macht.

Also schreibe ich dir diesen Brief ... um deine Welt noch ein letztes Mal auf den Kopf zu stellen. Um dich noch ein letztes Mal zu Blödsinn zu inspirieren. Dich noch ein letztes Mal dazu zu überreden, mit mir die Sterne anzugucken und im tiefen Schnee Schlitten zu fahren, obwohl du morgen einen Mathetest hast.

Erinnerst du dich noch an den kleinen Gefallen, um den ich dich gebeten habe? Meine To-do-before-30-Liste für mich zu Ende zu führen? Weil sich manche Aufgaben so schlecht als Leiche erledigen lassen?
Ich habe mir überlegt, sie an ein paar Bedingungen zu knüpfen. Um dem Ganzen einen kleinen Twist zu geben. Ich bitte dich in diesem Brief also um vier Dinge. Vier wichtige Dinge, die du zwei Monate lang, die Monate vor deinem 30. Geburtstag, bitte beachten sollst. Und du wirst mir meinen Wunsch erfüllen, oder nicht? Da es doch mein letzter war? Das Letzte, was ich jemals von dir verlangen werde? (No Pressure!)
Ich glaube nämlich fest daran, dass das Ganze deine Trauer erleichtern wird. Dass du mich dann einfacher gehen lassen kannst. Dass du dich nicht zu sehr in deinen Gedanken und Ängsten verlierst – denn das ist nicht, was ich will, Hannah.
Du sollst mein Leben feiern, nicht meinen Tod beweinen.
Also, vier schlichte Dinge:
1. Mach Schluss mit dem Langweiler.
2. Rede zwei Monate lang nicht mit Mom oder Dad.
3. Pausiere zwei Monate lang deinen Job.
4. Beende meine Liste, bevor du 30 wirst.
Ich kann gerade dein entsetztes Gesicht sehen. Nicht sehr vorteilhaft, sag ich dir. Dabei bist du so hübsch, wenn du gerade mal nicht in deiner Funktionskleidung herumläufst.
Aber du wirst hoffentlich verstehen, warum diese vier Punkte so wichtig sind.

*Du musst mit Adrian, dem Knallkopf, Schluss machen. Du liebst ihn nicht. Du bist nur noch mit ihm zusammen, weil du Angst vor Veränderung hast. Wenn ich mich irre, bleib mit ihm zusammen und werde glücklich. Aber wenn ich recht habe ... mach Schluss. Für mich.*

*Wenn Mom und Dad von diesem Brief wüssten, würden sie dir den Vogel zeigen und erklären, dass mein Tumor mir auf die falsche Stelle im Gehirn gedrückt hat. Also erzähl ihnen nichts davon, ja? Sie würden dich davon abhalten, die zwei Monate sinnvoll zu nutzen. Sie würden an deine Vernunft appellieren, von der du weiß Gott ohnehin zu viel besitzt.*

*Ebenso ist es mit deinem Job. Du bist eine fantastische Ärztin, doch du priorisierst deine Patienten tagtäglich gegenüber deinem eigenen Leben – und das ist auf Dauer nicht gut. Also lebe in diesen zwei Monaten nur für dich. Nicht für sie.*

*Und zu guter Letzt ... die Liste. Na ja, das ist einfach, oder? Wofür solltest du sonst die plötzlich freigewordenen zwei Monate nutzen?*

*Hol dir Unterstützung von Lara, deinen anderen Freunden oder bei wem auch immer, der dir über den Weg stolpert.*

*Sorg dafür, dass du nicht allzu oft allein bist. Dass du auch mal etwas falsch machst. Dass du spontan und verrückt bist. Dass du jede einzelne Sekunde genießt ... und mich nicht allzu sehr für die Liste verfluchst.*

*Denk dran: Ich bin tot. Du darfst nicht wütend auf mich sein.*

*Hab dich lieb, Hannah. Mach was aus den zwei Monaten!*

*Dein persönlicher Held,*
*Owen*

Hannah ließ den Brief sinken, schloss die Augen und ignorierte die beiden einsamen Tränen, die sich jedes Mal, wenn sie den Brief las, an ihren Wangen hinabstahlen und ihren üblichen Weg in ihren Schoß fanden.

„Aber *was* soll ich daraus machen, Owen?", wisperte sie. „Was genau willst du von mir? Dass ich mein Leben so stürmisch und verantwortungslos führe, wie du es getan hast? Was denkst du, wird dein Brief bezwecken? Die zwei Monate werden vorübergehen ... und mein Leben wird so weitergehen wie zuvor. Nur ohne dich."

Ihre Worte hingen eine Weile fahl und ungehört im leeren Raum ... bis sie sich auflösten und an Bedeutung verloren.

Was kümmerte sie es überhaupt, was Owen von ihr dachte? Er war tot. Was sollte er tun, wenn sie seine dumme Liste einfach wegwarf? Sie als Geist heimsuchen?

Und dennoch strich sie das kaputte Papier glatt, betrachtete die sieben noch übriggebliebenen Punkte und griff stöhnend nach ihrem Telefon.

Sie hatte fünf Wochen, um Owen sieben Wünsche zu erfüllen. Nun, eigentlich waren es nur sechs. *Lieben und geliebt werden* hatte sie insgeheim schon von ihrer Agenda gestrichen. Abgesehen davon, dass sie in ihrem Leben schon geliebt worden war und geliebt hatte – oder zumindest fast davon überzeugt gewesen war –, war es einfach unmöglich, in den verbleibenden fünf Wochen jemanden zu finden, mit dem sie derart tiefe Gefühle teilen würde.

Hannah hatte im Moment nicht das Bedürfnis nach Nähe. Oder Trost. Oder Mitleid. Sie wollte ... einfach etwas Spaß haben. Das war es doch, was Owen gewollt hatte! Dass ihr Leben ein wenig verrückter und aufregender wurde. Dass sie es genoss.

Und wie sollte sie das umsetzen, wenn sie zur gleichen Zeit auf der stressigen Suche nach ihrem Seelenverwandten war, der in Owens, nicht zu vergessen ihren eigenen Lebensplan passte?

Nein, das war absurd, und sie war fast sicher, dass ihr lieber Bruder schlichtweg vergessen hatte, Punkt dreißig von der Liste zu streichen.

Sie nickte, wie um ihre Gedanken zu bestätigen, und scrollte durch ihre Kontakte, bis sie an zwei untereinanderstehenden Namen hängenblieb.

*Callie Panther* und *Coop Panther*.

Ihre Mundwinkel zuckten. Wer hätte gedacht, dass sie irgendwann die Telefonnummer des begehrtesten Junggesellen des Landes haben würde? Owen sicherlich nicht.

Sie drückte auf Coops Namen und schrieb ihm aus einem Impuls heraus eine kurze Nachricht.

*Rufe jetzt deine Schwester an und versichere ihr, dass ich mich mit Geschlechtskrankheiten auskenne. Hoffe, sie fasst das nicht falsch auf!*

Sie wollte den Messenger schon verlassen, als drei kleine Punkte auf dem Bildschirm aufleuchteten, die ihr zu verstehen gaben, dass Coop ihr bereits antwortete.

*Sag ihr am besten, dass du nicht mit mir geschlafen hast. Dann nimmt sie dich ernster. Spricht nämlich dafür, dass du überlegte Entscheidungen triffst.*

Sie schnaubte.

*Ernsthaft?*

Ein Lachsmiley kam zurück.

*Sie wird dich wahrscheinlich sogar danach fragen.*

Sie prustete. Als ob. Die Frage war viel zu persönlich, um sie jemand völlig Fremden zu stellen.

Sie wählte die Nummer von Coops Schwester und hielt sich das Telefon ans Ohr.

„Callie Panther?", meldete sich nach dem dritten Tuten eine freundliche Frauenstimme.

Hannah räusperte sich und setzte sich aufrechter auf der Couch hin. „Hey, hier ist Hannah Reed. Ich bin Ärztin und eine Freundin von Coop. Er meinte, Sie würden noch jemanden suchen, der in Ihrem Zentrum ein paar Jugendliche über Geschlechtskrankheiten aufklärt?"

Eine kurze Pause entstand, und es dauerte geschlagene zwanzig Sekunden, bis Callie antwortete. „Du bist *eine Freundin*?", wiederholte sie irritiert. „Von Coop? Und er hat dir meine Nummer gegeben? Welche Art von Freundin bist du? Die Art, die ihn unter Drogen setzt?"

Hannah runzelte die Stirn. Diese Reaktion kam ihr doch ein wenig heftig vor. „Nein", sagte sie langsam. „Also, ich habe ihm ein Glas Whiskey angeboten, aber das ist jetzt keine harte Droge, ich …" Sie räusperte sich. „Wir haben uns gestern im Hotel kennengelernt. Er hat heute außerdem meinen Fallschirmsprung begleitet und mir bei der Gelegenheit erzählt, dass Sie …"

„Schläfst du mit ihm?", unterbrach Callie sie.

Verblüfft öffnete Hannah den Mund. Was sagte man dazu? Coop hatte recht behalten. „Nein, tue ich nicht, wir sind nur befreundet", sagte sie zögerlich. „Anscheinend hätte ich das doch direkt erwähnen sollen. Er meinte, dann würden Sie mich ernster nehmen."

Callie lachte laut. „Nun, damit hat er recht. Dann weiß ich zumindest, dass du kluge Entscheidungen triffst. Entschuldigung, ich verhalte mich merkwürdig. Es ist nur … Coop hat meine Nummer noch nie weitergegeben. Er legt viel Wert auf unsere Privatsphäre."

„Oh, ja, das verstehe ich", sagte Hannah hastig und lief rot an. „Ich schätze, wenn einem dauernd irgendwelche Reporter nachstellen, ist das unausweichlich. Aber ich habe nicht vor, Ihre dreckige Wäsche zum Lüften rauszuhängen, wenn Sie das befürchten. Ich suche nur eine Chance, mich ehrenamtlich zu engagieren, und Coop meinte, Sie würden noch jemanden suchen, also …"

„Okay. Klar, wenn Coop das …, wenn er das meinte." Sie räusperte sich, und Hannah bekam das Gefühl, dass die Frau am anderen Ende der Leitung zutiefst verwirrt war. Doch als sie nun durchatmete, schien sie sich zu fangen. „Sie sind Ärztin, sagten Sie?"

„Ja. Ich arbeite im Pennsylvania Hospital als Gastroenterologin. Sie können dort gerne anrufen und sich das bestätigen lassen."

„Okay, na dann ... haben Sie nächstes Wochenende
Zeit?"

# Kapitel 6

*„Sie ist eine Freundin?"* Callies Stirnfalten hätten eine Menge Gräben einschüchtern können. „Du hast sie in einem Hotel kennengelernt, ihr habt euch nett unterhalten ... und das war's?"

Ungeduldig tippte Coop mit seinem Fuß auf den Boden. Wie hatte er diese Schallplatte zum Springen gebracht? „Ja, wie oft soll ich dir diese langweilige Geschichte noch erzählen? Meine Güte, du hörst dich an wie Callum und Cole. Darf ich keine weiblichen Kumpel haben?"

„Doch, natürlich", sagte sie überrascht und lächelte einem Teenagermädchen zu, das grummelig: „Morgen, Miss Panther", murmelte und dann an ihnen vorbei zum Eingang des Jugendzentrums stromerte. „Aber ..." Sie senkte die Stimme. „Na ja, Coop, du musst zugeben, dass du normalerweise sehr strikte Regeln hast, wenn es um Frauen geht, die du irgendwo aufgabelst, und –"

„Aber ich habe sie nicht aufgegabelt", sagte er seufzend. „Callie, Hannah hat mir geholfen, als ich in der Klemme gesteckt habe. Sie hat mir ein Glas Whiskey angeboten. Wir haben uns über Albträume unterhalten ... und jetzt sind wir irgendwie befreundet."

Angesichts der runden Augen seiner Zwillingsschwester bemerkte er, dass er das Falsche gesagt hatte. „Du hast mit ihr über deine Albträume geredet? Aber ..."

Ein schwarzer Ford fuhr vor und parkte am Bürgersteig, auf dem sie standen. Durch das Fenster konnte Coop Hannahs blonden Schopf erkennen, der sich nach einer Handtasche in ihrem Fußraum bückte. Ihm blieben also nur noch wenige Sekunden, bis sie aussteigen würde.

„Kannst du mir einen Gefallen tun, Callie?", murmelte er aus den Mundwinkeln. „Kannst du dich einfach nicht merkwürdig verhalten?"

„Inwiefern merkwürdig?", fragte sie überrascht.

„Indem du sie zum Beispiel nach zehn Sekunden am Telefon fragst, ob sie mit mir schläft oder mir Drogen unterjubelt?"

„Oh. Das hat sie dir erzählt, was?"

Ja, und er hatte sehr lachen müssen. „Sie ist eine Freundin, sie ist nett, reiß dich zusammen!"

Callie nickte pflichtbewusst und lächelte Hannah zugegebenermaßen sehr freundlich zu, als diese um ihre Motorhaube spazierte.

Sie trug eine blaue Jeans und ein graues T-Shirt und sah aus wie ein Werbeplakat für Normale_Frauen.com. Die blonden Haare flossen ihr glatt und seidig über die Schultern, und Coop musste sich zurückhalten, nicht mit seiner Hand hindurchzufahren. Das wäre vermutlich merkwürdig rüberkommen.

„Hallo, Ms Panther", sagte Hannah freundlich, nickte Coop lächelnd zu und reichte Callie die Hand. „Ich bin Hannah. Schön, Sie kennenzulernen."

Callie warf Coop einen kurzen fragenden Seitenblick zu, der in etwa so viel hieß wie: Wo hast du denn so eine nette Person aufgetrieben, das passt überhaupt nicht zu dir!, bevor sie Hannahs Hand ergriff.

„Gleichfalls – und nenn mich ruhig Callie. Coops platonische Freundinnen sind auch meine platonischen Freundinnen", sagte sie unschuldig.

Hannah lachte nur. „Ich entnehme deinem Tonfall, dass Coop keine platonischen Freundinnen hat?"

„Entnehmt ihr beide mal besser meinem Tonfall, dass das kein wünschenswertes Gesprächsthema ist", sagte Coop angespannt, bevor seine Schwester auf die dumme Idee kam, zu antworten.

Callie und Hannah grinsten ihm zu.

„Vielleicht solltest du damit aufhören, Frauen in schäbigen Bars aufzulesen, wenn du das Gesprächsthema so furchtbar findest", sagte Callie pikiert.

„Oh, hast du die Frau, die dich halbnackt aus ihrem Zimmer geworfen hat, an der Hotelbar aufgelesen?", wollte Hannah neugierig wissen. „Ziemlich uninspirierter Ort, findest du nicht?"

Klasse, sie hatten sich bereits verbündet.

„Coop wurde halbnackt aus einem Zimmer geworfen?", fragte Callie überrascht.

Okay, das hier war eine furchtbare Idee gewesen!

„Callie, solltest du nicht reingehen und den Kids sagen, dass wir hier sind?", meinte er ungeduldig.

„Oh ja, richtig." Sie nickte und trat einen Schritt zurück. „Die Geschichte möchte ich trotzdem bald hören!", setzte sie dann hinzu, deutete mit dem Zeigefinger auf ihn und verschwand in Richtung des großen Hauses.

Gequält sah er ihr nach und kratzte sich den Nacken. Ihm wäre es lieber, wenn diese Anekdote unter Verschluss blieb.

„Deine Schwester ist nett", bemerkte Hannah und blickte Callie ebenfalls hinterher. „Und ihr beide seht euch wirklich sehr ähnlich."

Er seufzte und nickte, bevor er sich wieder auf Hannahs Gesicht konzentrierte. „Das haben Zwillinge so an sich. Aber egal, was sie dir über mich erzählt: So schlimm ist es nicht."

„Mhm. Das ist auffällig defensiv von dir, aber okay." Sie lächelte noch immer, und als sie sich jetzt mit der Hand durch die Haare fuhr, um sie aus ihrem Gesicht zu streichen, dachte Coop für einen kurzen Moment, dass Hannah sich unter Wert verkaufte. Dass sie wunderschön war … sich aber Mühe gab, den Leuten das nicht ins Gesicht zu drücken.

Irritiert von seinen eigenen Gedanken blinzelte er und blieb mit dem Blick an Hannahs Haarspitzen hängen. „Was hast du da?", wollte er stirnrunzelnd wissen und deutete auf die Stelle. Es schien weiße Farbe zu sein.

„Oh." Sie winkte ab. „Ich … habe meine Wand rot gestrichen." Hastig zog sie die Farbpartikel aus ihren Spitzen.

„Aber die Farbe in deinen Haaren ist weiß."

Ihre Wangen liefen rosa an. „Ja, ich habe sie Mittwoch rot gestrichen und gestern Abend wieder weiß."

Seine Mundwinkel zuckten, und ihre Worte blitzten in seinem Kopf auf: Alles, was ich sonst nicht tun würde, ist gut.

Hannah hatte also wieder versucht, etwas aufregender zu sein, war aber wohl gescheitert. „Wow. Du bist ja richtig wild“, bemerkte er trocken.

Sie zog eine Grimasse. „Ich versuche es. Aber es ist gar nicht so einfach, experimentierfreudig und spontan zu sein. Ich erwische mich immer dabei, wie ich meine Spontaneität Wochen im Voraus planen will.“

Ein leises Lachen kitzelte seine Brust und er nickte. „Wenn du doch weißt, dass du nicht für spontane und abenteuerlustige Dinge geschaffen bist ... warum lässt du sie dann nicht einfach bleiben?“

Hannah stieß einen Schwall Luft aus. „Weil ich nicht kann“, sage sie vage, und ihr ernster Tonfall ließ vermuten, dass sie darauf nicht näher eingehen würde.

Wie gut, dass Coop nie nachfragte ... auch wenn es ihm diesmal wirklich schwerfiel, wie er verärgert bemerkte.

„Na ja, in deinem Herzen weißt du, dass die Wand rot ist“, sagte er feierlich und legte eine Hand auf ihre Schulter.

Hannah lachte, nickte und schob wie nebenbei seine Hand von ihrem Arm. Tat sie das bewusst oder unbewusst? „Weißt du was? Du hast recht! Sie ist rot ... mit einem Touch Weiß überall dort, wo sie rot ist.“

Sie schien zufrieden mit dieser Auslegung der Tatsachen und atmete tief durch. „Was machst du eigentlich hier?“

„Ich halte auch einen Vortrag.“

„Wirklich? Worüber?“

„Darüber, warum man aufhören sollte, Autos zu klauen, Schlägereien anzufangen und Gangs beizutreten.“

„Oh, wow." Beeindruckt hob sie die Augenbrauen. „Und ich dachte, mein Thema wäre heikel. Hast du denn damit Erf–"

Sie kam nicht zum Ende des Satzes. In diesem Moment beugte sich Callie aus der Eingangstür und rief: „Okay, Leute. Sie sind bereit. Ihr könnt reinkommen."

Coop nickte und Hannah seufzte schwer.

Gemeinsam schlenderten sie den kleinen Weg zur Tür entlang, und neugierig beobachtete Coop Hannah aus den Augenwinkeln. Sie zupfte noch immer an der Farbe in ihren Haaren herum.

„Bist du nervös?", wollte er wissen und betrachtete die roten Flecken in Hannahs Gesicht, die vor einer Sekunde noch nicht dagewesen waren.

Sie nickte. „Da drinnen sitzen *Jugendliche.* Sie sind die gemeinste Sorte von Mensch, und das letzte Mal habe ich einen Vortrag gehalten, als ich meinen Doktortitel bekommen habe, also ..."

„Ich bin zuerst dran, du kannst dich also noch ein wenig entspannen", meinte er aufmunternd. „Abgesehen davon bist du um einiges älter und schlauer als sie. Du hast einen Vorteil."

„Jaja, aber ... was, wenn sie mich nicht mögen?" Mit großen, ernsten Augen sah sie ihn an.

Coop lachte leise. „Sie müssen dich nicht mögen! Sie müssen dir nur zuhören."

„Ja, aber ... Gott, dafür muss man locker und witzig sein und ich bin keins von beidem." Fahrig wickelte sie eine der Strähnen um ihren Zeigefinger.

„Ich finde dich witzig."

Schnaubend stieß sie ihm den Ellenbogen in die Seite. „Ja, aber du bist auch ein anspruchsloses Publikum. Du bist es gewöhnt, über die schlechten Witze von Frauen zu lachen – weil du charmant bist und mit jedem zu flirten, in deiner Natur liegt. Aber diese Kids ..." Sie stöhnte, als Coop ihr die Tür offenhielt. „Gott, ich brauche meinen Bruder. Wenn Owen dabei wäre, wäre ich eine coolere Version meines Selbst. Er wäre so locker, dass er mich automatisch damit anstecken würde. Er würde die verurteilenden Blicke der Teenager abschmettern und sie um den Finger wickeln."

Coop hatte das Bedürfnis, den Arm um ihre Schultern zu legen, doch ebenso wie das Bedürfnis, seine Hand auf eine heiße Herdplatte zu legen, ignorierte er diese dämliche Idee. Stattdessen räusperte er sich nur und murmelte: „Du machst dir zu viele Gedanken. Niemanden hier interessiert es, ob du sympathisch oder nett oder witzig bist. Die Kids wollen ohnehin nicht hören, was wir zu sagen haben. Weil wir blöde Erwachsene sind, die ihnen vorschreiben wollen, wie sie ihr Leben zu leben haben. Du kannst also nur verlieren."

Ungläubig und mit geöffneten Lippen sah sie zu ihm hoch. „Sind *das* deine aufmunternden Worte?", zischte sie. „Meine Güte, warum redest du nicht gleich mit ein paar Lemmingen und überredest sie dazu, von einer Klippe zu springen? Und wenn du schon dabei bist: Erklär doch den Glühwürmchen, warum sie endlich aufhören sollten, zu leuchten."

Seine Mundwinkel zuckten – sie schien nervöser, als er zuerst gedacht hatte –, und schließlich hob er nur die Schultern und meinte: „Wer hat die Zeit dazu? Und Lemminge bringen sich schon ohne meine Hilfe ganz gut selbst um."

Hannah wollte daraufhin offensichtlich noch etwas erwidern, doch sie kam nicht dazu. Sie hatten den Aufenthaltsraum erreicht, in dem sich ein Kickertisch, verschiedene Sofas, ungefähr fünfzehn Jugendliche im Alter von vierzehn bis sechzehn und Callie befanden.

Eine breite Terrassentür, die in den Garten hinausführte, ließ warmes Sonnenlicht herein, das die griesgrämigen Mienen der jungen Leute betonte.

Coop war klar, dass mindestens die Hälfte von ihnen nicht hier sein wollte. Doch Callie hatte diesen Mittag als obligatorisches Pflichtprogramm für alle Jugendlichen, die die Räumlichkeiten des Zentrums regelmäßig nutzen wollten, angesetzt und das hatte offenbar Wirkung gezeigt. Wenn auch widerwillig.

„Also, Leute", sagte Callie laut und klatschte einmal in die Hände, damit das Gemurmel der Anwesenden verstummte. „Das hier sind Cooper Panther und Hannah Reed. Coop ist mein Bruder und wird euch etwas darüber erzählen, was passiert, wenn ihr euch auf der falschen Seite des Gesetzes bewegt. Hannah ist Ärztin und wird euch berichten, warum ihr immer ein Kondom benutzen solltet."

Allgemeines Stöhnen war die Antwort.

„Es ist wichtig", sagte Callie mit fester Stimme und deutete mit dem Finger auf einige besonders genervte Gesichter. „Also, hört gut zu – und wenn ihr Fragen habt, fragt nach!" Sie nickte Coop zu und bedeutete ihm mit einer ausladenden Handbewegung, vorzutreten.

Er tat ihr den Gefallen.

„Hey", sagte er schlicht und ließ den Blick einmal durch die Runde schweifen. Lauter verschiedene Gesichter blickten zu ihm auf. Dunkelhäutige Jungs, Latino-Mädchen, weiße dürre Kids und asiatische Jugendliche. Doch so unterschiedlich sie auf den ersten Blick auch aussehen mochten, hier waren sie alle gleich.

Alle hatte komplizierte Familienhintergründe, lebten in sozialen Brennpunkten und hatten mehr Probleme und Sorgen, als man jemandem in ihrem Alter aufbürden sollte.

Allen stand eine schwierige Zukunft bevor. Die Gesellschaft würde ihnen mehr Steine als jedem anderen in den Weg legen. Ihre Eltern würden sie nicht unterstützen wollen oder können.

Doch das einzig Wichtige für Coop war, dass sie *noch nicht* auf der Straße lebten. *Noch nicht* im Gefängnis gelandet waren. *Noch keine* Dummheiten begangen hatten, die ihr Leben für immer verändern würden.

Und solange dieses *noch nicht* im Raum schwebte, so lange hatten sie noch eine Chance. So lange konnten sie das Ruder noch herumreißen, eine vernünftige Ausbildung beginnen und einen vernünftigen Job bekommen. Denn dafür hatte Callie dieses Jugendzentrum gebaut.

Er räusperte sich. „Also, ich weiß, die meisten von euch wollen überhaupt nicht hören, was ich zu sagen habe. Aber ich war selbst mal ein Jugendlicher und ich habe meine Freizeit damit verbracht, Autos zu knacken, sie mit Steinen zu bewerfen und mich in meiner Wut auf meine Eltern, meine Situation und die Welt zu verlieren."

Er spürte Hannahs intensiven Blick in seinem Nacken, doch es war die Wahrheit und um irgendetwas bei diesen Jugendlichen zu bewirken, musste er ehrlich sein.

„Aber glaubt mir ... zu vergessen, was richtig und was falsch ist, Leute zu bestehlen, wahllos Feueralarme auszulösen oder Schlägereien auf dem Schulhof anzufangen, wird euch nicht glücklich machen. Mich hat es auch nicht glücklich gemacht. Mich hat es mehrfach in eine ungemütliche Ausnüchterungszelle und an vier verschiedene Schulen gebracht." Und wenn er nicht in einem so reichen Elternhaus aufgewachsen wäre, sähe sein Leben heute ganz anders aus. Das war ihm bitterlich bewusst. Er hatte sich seine Fehltritte leisten können, weil immer jemand da gewesen war, der ihn rausgeboxt hatte. Doch diese Jugendlichen hier hatten nicht dasselbe Glück. Sie würden nicht so viele Chancen bekommen wie er – obwohl sie sie wahrscheinlich mehr verdient hatten als er damals.

„Was genau willst du uns sagen, Mann?", wollte ein bleicher, rothaariger Junge spöttisch wissen. „Dass wir gute Jungs und Mädchen sein, unsere Hausaufgaben machen und alten Frauen über die Straße helfen sollen?" Er grinste seinen Freunden breit zu und erntete Zustimmung.

Coops Mundwinkel zuckten. „Nun, ja. Das wäre doch mal ein Anfang. Aber eigentlich möchte ich euch nur sagen, dass ihr hier mit meiner Schwester eine einmalige Chance bekommt. Ihr liegt ihr sehr am Herzen und sie wird alles in ihrer Macht Stehende tun, um euch eine Ausbildung und ein besseres Leben zu ermöglichen. Aber sie kann es nicht allein machen, ihr müsst sie unterstützen. An euch glauben ... und euch von Schwierigkeiten fernhalten."

„Fernhalten?", fragte ein Mädchen in der ersten Reihe unsicher. „Meistens finden die Schwierigkeiten mich."

„Eben, Alter!", pflichtete ein dunkelhäutiger Junge mit rasiertem Kopf bei, der noch ein paar Jahre brauchen würde, um in seinen langen Körper hineinzuwachsen. „Und wenn jemand meine Mutter beleidigt und sagt, dass ich ärmer als der Dreck unter seinen Füßen bin, dann hat er einen Schlag in die Fresse verdient, egal, wie recht er damit hat! Denn wenn wir nur dastehen und *an uns glauben*, wird ihn das auch nicht zum Schweigen bringen."

„Nein, natürlich nicht", sagte Coop scharf. „Aber dein Schlag in seine Fresse wird es langfristig auch nicht. Es ist egal, wie stark er dich provoziert. Wenn du zuschlägst und er zu Boden geht, bist *du* der Verlierer. Seine Nase wird heilen, aber dein Ruf als Schläger wird an dir haften bleiben und dir deine Zukunft verbauen. Mir haben sie noch bis ich zwanzig war nachgesagt, dass ich Aggressionsbewältigungsprobleme hätte! Ich musste lernen, meine Wut zu kontrollieren. Denn das war mein größtes Problem in eurem Alter. Das ich gehandelt habe, ohne nachzudenken, weil ich mir nicht bewusst war, wie weitreichend die Konsequenzen sein könnten. Ich musste mich zusammenreißen – und ihr müsst es auch!"

„Alter, manchmal kann man sich nicht zusammenreißen!", sagte der Junge hitzig. „Manchmal ist man einfach nur wütend, weil alles scheiße ist ... und man muss die Wut irgendwo rauslassen, oder nicht? Ich meine, wenn der beste Freund erschossen wird und alle sagen, es sei ein *Unfall* gewesen, obwohl man es besser weiß ... Wenn alle um einen herum darüber lästern, was für ein

Dummkopf er doch war, sich umbringen zu lassen – wie soll man sich da zusammenreißen?!" Verbissen presste er die Zähne aufeinander und sah Coop herausfordernd an.

Einige der Jugendlichen nickten mit gesenktem Blick, und Coops Herz wurde schwer. Er wusste, dass das Leben grausam war ... aber es war hart, auf diese Art und Weise daran erinnert zu werden.

„Wie heißt du?", wollte er mit ruhiger Stimme wissen.

„Fabian."

„Okay, Fabian. Ich ... ich weiß, dass es schwierig ist. Ich verstehe dein Problem –"

„Nein, Alter!", sagte Fabian verächtlich. „Nein, Alter, das tust du nicht. Denn du bist auch nur ein reicher, weißer Sack, der in seinem Marmorschloss rumhängt und sich Gedanken darüber macht, in welcher Scheißfarbe er seine Wände streicht."

Coop sah aus den Augenwinkeln, wie Hannahs Hände automatisch zu ihren farbbesprenkelten Haarspitzen fuhren.

„Du hast nicht die Sorgen, die ich habe! Du musst nicht zu McDonalds gehen und einen Burger kaufen, den du nicht willst, nur um deren WiFi zu benutzen. Du musst nicht auf deine drei kleinen Geschwister aufpassen, weil deine Mutter tot ist und dein Vater zwanzig Stunden am Tag arbeitet. Du trägst keine Klamotten von der Heilsarmee und kannst Geburtstagsgeschenke kaufen, anstatt sie zu stehlen. Du musst nicht ..." Er brach ab und schluckte hörbar. „Du musst das alles nicht! Also, erzähl mir keinen Scheiß. Du verstehst mein Problem nicht. Du hast keine Ahnung!"

Coop hob die Hände, während sein Magen sich unangenehm zusammenzog. „Du hast recht. Deine Probleme sind schwerwiegender als meine. Ich hatte immer ein Dach über dem Kopf und Essen auf meinem Tisch. Ich bin ein privilegierter weißer Sack. Es tut mir leid, dass du das durchmachen musst. Doch dafür ist dieses Zentrum da. Um dir ein besseres Leben zu ermöglichen. *Euch* zu helfen. Und nur, weil ich Geschenke kaufen kann und nicht klauen muss, bedeutet das nicht, dass ich keine Ahnung habe, wie du dich fühlst. Wie machtlos man sich vorkommt, wenn schlimme Dinge passieren und man sie nicht rückgängig machen kann. Wie es ist, wenn man so wütend auf die Welt ist, dass einem jede Schlägerei und jeder Streit oder jede lebensmüde Aktion wie eine Wohltat vorkommt. Weil es für eine Sekunde die Last von den Schultern nimmt und einem erlaubt, zu vergessen.“

„Oh, bitte.“ Fabian fletschte die Zähne. „Warum solltest du –“

„Weil ich meinen besten Freund auch verloren habe“, unterbrach er ihn kühl. „Weil mein bester Freund nicht mehr lebt und alle Leute mir erzählt haben, dass es ein Unfall war und man nichts hätte tun können – und ich es verdammt noch mal besser wusste.“

Eine abrupte Stille senkte sich über die Gruppe und Coop stöhnte innerlich.

Shit, das hatte er nicht zugeben wollen. Diese Information hatte er ganz sicher nicht einem Raum gefüllt mit fünfzehnjährigen Jugendlichen verraten wollen. Wie manövrierte er sich da jetzt wieder raus?

Doch bevor er darüber nachdenken konnte, sprach jemand anderes.

„Ich habe meinen Bruder verloren", sagte eine leise Stimme von seiner Rechten, und eine sanfte Hand legte sich auf seine Schulter. Es war Hannah. „Er hatte einen Gehirntumor, der viel zu spät entdeckt wurde."

Überrascht wandte Coop sich zu ihr um. Sprach sie von diesem Owen, den sie erwähnt hatte? Als sie von ihm gesprochen hatte, hatte es sich nicht angehört, als sei er tot.

„Von einem Moment auf den nächsten hieß es, dass er nur noch drei Monate zu leben hätte. Ja, er wurde nicht erschossen, aber im Tod sind alle Menschen gleich – es ist beschissen, wenn sie gehen."

Zustimmendes Gemurmel war die Antwort.

„Es ist schrecklich, dass du deinen besten Freund verloren hast, Fabian." Ihre Stimme war so dünn und hoch, dass Coop fürchtete, sie könne jeden Moment brechen. Doch als Hannah weitersprach, waren ihre Worte klar und deutlich. „Niemand sollte durchmachen, was du durchmachst. Was *ihr* durchmacht. Aber ihr dürft nicht vergessen, dass ihr noch am Leben seid. Dass ihr noch die Chance habt, euer Leben zu verändern. Dass ihr es euch und denjenigen, die ihr verloren habt, schuldet, es weiter zu versuchen und das Beste aus einer schlimmen Situation zu machen. Sie würden nicht wollen, dass ihr ihretwegen auf die schiefe Bahn geratet. Dass ihr ihretwegen eure Ausbildung vernachlässigt oder euch in Schwierigkeiten bringt. Ihr gebt ihnen die Verantwortung für euer verkorkstes Leben. Dabei liegt die Verantwortung einzig und allein bei euch selbst."

Keiner sprach. Alle starrten Hannah mit offenem Mund an – und Coop war keine Ausnahme.

Sie räusperte sich, ihr Gesicht mittlerweile puterrot. „Ich arbeite im Krankenhaus als Ärztin. Ich werde tagtäglich mit Verlust und Tod konfrontiert, und jeder Mensch hat eine andere Art zu trauern. Manche werden depressiv, kapseln sich von der Welt ab und trauern allein. Andere finden den Weg zurück zu ihrer Familie, lassen sich trösten und auffangen. Andere werden einfach nur leichtsinnig und versuchen um jeden Preis, sich von der Realität abzulenken. Wieder andere ...“ Sie räusperte sich. „Wieder andere versuchen ihr Leben im Sinne des Verstorbenen fortzuführen. Versuchen, seinen Tod zu kompensieren. Und manche werden wütend. Fuchsteufelswild, sodass sie Krankenschwestern attackieren und Rollstühle aus Fenstern schmeißen. Das ist nachvollziehbar. Diese heiße, überwältigende Wut ist verständlich. Aber sie darf euch nicht zerstören. Unschuldige Menschen dürfen nicht darunter leiden. Ihr müsst einen Weg finden, euch abzureagieren, der niemand anderen gefährdet! Einen Weg, der *euch selbst* nicht schadet.“

Ein kleiner, schwarzer Stein formte sich in Coops Magen. Rollte darin herum und zog seine Kehle enger. Er würde den Kids dasselbe predigen wie Hannah. Denn ihre Worte waren wahr. Sie waren sinnvoll.

Doch gleichzeitig wusste er, dass er damit zum Heuchler werden würde. Denn er hielt sich nicht an ihre Worte. Er gefährdete zwar niemand anderen, aber er schadete sich selbst. Auch wenn er sich einredete, dass das nicht stimmte, die Wahrheit wog schwerer als die Lügen, die er aufgetürmt hatte.

Der einzige Unterschied war, dass er David keinerlei
Verantwortung dafür übertrug. Er wusste, was er tat ...
und dass es seiner eigenen Feigheit geschuldet war.

„Okay", sagte Callie laut und trat vor. „Ich glaube, wir
machen jetzt mal eine kurze Pause, bevor wir weitermachen. Ihr könnt euch währenddessen überlegen, ob
ihr noch Fragen an Coop oder Hannah habt. Die Antworten darauf besprechen wir dann gleich als Erstes,
bevor uns Hannah noch was über Geschlechtskrankheiten erzählt. Was sagt ihr?"

Die Jugendlichen murmelten etwas Unverständliches, was Callie offenbar als Zustimmung wertete,
denn sie wandte sich erwartungsvoll an Coop und Hannah.

Er nickte. Eine Pause klang fantastisch.

# Kapitel 7

Hannah hatte nicht das Gefühl, dass sie eine Pause brauchte.

Ihre Haut prickelte, ihr Herz klopfte heftig und ihre Gedanken ratterten.

Es war, als hätte sie ausgesprochen, was sie selbst seit Wochen nicht hatte einsehen wollen. Dass sie Owens Liste weiterführte und seinen Bedingungen zustimmte, lag in ihrer eigenen Verantwortung.

Es lohnte sich nicht, Owen zu verfluchen oder ihm die Schuld dafür zu geben, dass sie sich zurzeit so miserabel fühlte. Das war feige!

Owen hatte sie zu überhaupt nichts gezwungen. Er war tot, er würde nie erfahren, ob sie seinen letzten Willen geehrt hatte oder nicht.

Aber sie hatte sich dafür entschieden, die Liste fortzuführen – und deshalb würde sie das blöde Ding auch beenden! Es lag in ihrer Hand, diese zwei Monate auszunutzen, und sie würde sich nicht durch ihr Hannah-Sein davon abhalten lassen. Sie hatte nie ein Auslandsjahr gemacht, nie eine Pause zwischen Schule und Uni oder Uni und Facharzt eingelegt. Sie war stringent ihrem Plan gefolgt, ohne nach links und rechts zu sehen. Aber jetzt hatte sie die Chance, aufzuholen, was sie verpasst hatte. Noch vier Wochen lang. Danach konnte sie, wenn sie wollte, zu ihrem alten Leben zurückkehren. Sie tat das hier für sich, nicht für Owen.

Diese Feststellung war so befreiend, dass sie gerne gelacht hätte ... doch die Tatsache, dass Coop und Fabian ihren besten Freund verloren hatten und viele der Jugendlichen so gewirkt hatten, als wüssten sie genau, wovon die beiden gesprochen hatten, versetzte ihrer Euphorie einen Dämpfer.

War das der Grund für Coops Albträume? Verfolgte der Tod seines besten Freundes ihn bis in seinen Schlaf?

Wie war er wohl gestorben?

„Mann, das war eine ganz schöne Rede, die du da geschwungen hast", bemerkte eine dunkle Stimme. Sie zuckte zusammen und sah auf.

Es war Coop, der sich neben sie auf die Stufen des himmelblauen Wohnwagens gesellte, der mitten im verwilderten und wunderschönen Garten der Einrichtung stand.

Sie lächelte unsicher und hob die Schultern. „Ich weiß auch nicht, was da passiert ist. Die Worte mussten irgendwie ... raus. Verstehst du?"

Er schüttelte den Kopf. „Nein. Überhaupt nicht. Ich bevorzuge es, die meisten meiner Worte für mich zu behalten. Auch wenn mir heute das ein oder andere viel zu intime Detail rausgerutscht ist."

Natürlich. Er hatte nicht erzählen wollen, dass sein bester Freund gestorben war. Doch irgendwie war Hannah froh darum, dass er es dennoch getan hatte. Weil sein Charakter deshalb absurderweise mehr Sinn ergab. Warum er so locker und gut gelaunt, aber in unbeobachteten Momenten so nachdenklich und traurig war. Ein wenig wie sie selbst. Möglicherweise ähnelten sie sich mehr als sie geglaubt hatte. Der millionenschwere, begehrteste Junggeselle der Stadt, der mit Frauen schlief, um seinen Albträumen zu entfliehen ... und die mittelmäßig aussehende Ärztin, die von einem kleinen Haus und zwei Kindern träumte, aber noch nie in ihrem durchgeplanten Leben so weit von der Erreichung ihres Ziels entfernt gewesen war.

„Du bevorzugst es auch, den meisten Worten deiner Mitmenschen keine allzu große Beachtung zu schenken, oder?", meinte sie müde lächelnd und hob erwartungsvoll eine Augenbraue.

Coop seufzte, stützte sich mit den Ellenbogen auf die Stufe hinter ihm und streckte die Beine aus. Sein Arm streifte ihren und für ein paar Sekunden gab er ihr etwas von seiner Wärme ab.

Eine Gänsehaut zog sich ihren Nacken hinauf.

Lächerlich. Ihr Körper sollte klüger sein, als sich zu einem Playboy hingezogen zu fühlen, der eine Menge emotionale Probleme zu haben schien. Unauffällig rutschte sie ein paar Zentimeter von ihm weg.

„Du bist sehr aufmerksam, Hannah. Das ist eine schreckliche Eigenschaft", bemerkte er trocken.

Sie lachte laut. „Tut mir leid. Berufskrankheit. Mir ist nur aufgefallen, dass du nie nachfragst. Egal, was für absurde Dinge ich von mir gebe."

Coop verengte die Augen und warf ihr einen nachdenklichen Seitenblick zu. „Ich hatte nie das Gefühl, dass du möchtest, dass ich nachhake."

„Oh, das siehst du ganz richtig. Die meisten Leute hätten es dennoch getan."

„Wahrscheinlich. Aber hast du denn noch immer nicht diesen grandiosen Artikel über mich gelesen? Ich bin nicht wie die meisten Leute."

Das befürchtete sie auch. Was ihn leider interessant machte.

„Tut mir übrigens leid mit deinem besten Freund", sagte sie nach einer Weile leise. „Ich weiß, es sind nur leere Worte ... ich kannte ihn schließlich nicht, aber ..." Sie seufzte. „Tut mir einfach leid."

Coop hob einen Mundwinkel, doch das Lächeln erreichte seine Augen nicht. „Danke. Mir tut es mit deinem Bruder auch leid. Owen hieß er?"

Es war so merkwürdig, diesen Namen aus Coops Mund zu hören und zu wissen, dass er ihn nie kennenlernen würde. Dabei hätte Owen Coop ziemlich cool gefunden. Sein Leben bestand schließlich aus einer Menge *Mehr-Momenten.* „Ja, genau. Wie hieß dein bester Freund?"

„David. In ein paar Wochen ist sein fünfter Todestag."

Sie nickte, wollte nachfragen, wie er gestorben war ... biss sich aber im letzten Moment auf die Zunge. Das wäre zu intim für Coop. So viel war ihr bereits klar. „Schöner Name", sagte sie deswegen nur.

„Ja. Owen nicht so."

Ihre Mundwinkel zuckten und gewannen schließlich. Wieder lachte sie wider Willen. „Das hat mein Bruder auch immer gesagt. Er hätte gerne Chuck oder Jack oder auch John geheißen. Weil die Namen härter und erwachsener klingen. Als Owen wurde er immer direkt für ein Sensibelchen gehalten."

„Und, war er das?", fragte Coop.

Sie grinste. Owen würde ihr den Kopf abschlagen, wenn er das jetzt hören könnte, aber ... nun, er war tot. Und irgendwie war es so unbeschwert, mit Coop über ihn zu reden, wie mit niemand anderem. Vielleicht, weil er genau wusste, wie sie sich fühlte. „Ja. Ziemlich. Viel feinfühliger, als er zugeben wollte. Hat selbst bei einer Doku über Insekten geweint.“

Coop lachte leise. „Mein Bruder ist genauso. Cal gibt es nicht zu, aber er sieht Menschen nicht ins Gesicht, er sieht ihnen in die Seele.“

„Wirklich?“ War das derselbe Cal, den Lara immer als stumpfes, unsensibles Leinsamenbrot bezeichnete?

„Ja. Er hält selbst seinen toten Pflanzen eine Grabrede.“

Hannah lächelte breit. „Hört sich nach einem sympathischen Kerl an.“

„Das ist er. Aber sag ihm nicht, dass ich das zugegeben habe. Das wird er gegen mich verwenden.“

„Natürlich“, meinte sie amüsiert. „Falls ich ihn mal treffe, werde ich mit keinem Wort erwähnen, dass du ihn eigentlich ganz nett findest.“

Coop nickte zufrieden, und eine Weile saßen sie einfach da, blinzelten in die Sonne und sahen ein paar Schmetterlingen dabei zu, wie sie scheinbar orientierungslos durch die Luft flatterten und dennoch jedes Mal zielsicher auf einer Blüte landeten. Hannah wünschte, sie könnte das ebenfalls. Einfach wild durch ihr Leben spazieren, aber immer die Gewissheit haben, irgendwo sicher zu landen.

„Okay, lass es dir nicht zu Kopf steigen, aber ich werde jetzt etwas nachfragen“, durchbrach Coop nach ein paar Minuten plötzlich die Stille.

Überrascht hob sie die Augenbrauen und schlang die Arme um die Beine. „Was nachfragen? Ich habe dir doch gar keinen Anlass gegeben."

Coop schnaubte. „Hannah, dreiviertel der Dinge, die die letzte Stunde über aus deinem Mund gekommen sind, geben Anlass dazu, mehr zu erfahren." Seine Stimme klang fast vorwurfsvoll. „Du hast vorhin gemeint, dass jeder Mensch anders trauert und ... ich will wissen, wie du es tust."

Ihre Augenbrauen wanderten noch ein Stück höher. „Warum?"

„Weil es mich interessiert", sagte er knapp und sah dabei aus, als habe er mit diesem Eingeständnis auch sein Recht auf Nachos und Käsesoße verloren. „Bist du depressiv ... oder wütend? Wir beide wissen, dass ich zu der leichtsinnigen Sorte gehöre, die überkompensiert. Aber du ...?"

Hannah strich sich mit beiden Händen durch die Haare und dachte über seine Frage nach. Schließlich sagte sie: „Keins von beidem. Ich versuche meinem Leben einen neuen Sinn zu geben, indem ich seine To-do-before-30-Liste zu Ende führe."

Coop öffnete den Mund, und ihm fielen so offensichtlich ein paar Schuppen von den Augen, dass Hannah sich wieder beim Lächeln erwischte.

„Es ist nicht *deine* Liste", sagte er fast mechanisch. „Es ist die deines Bruders."

„Jap", sagte sie knapp. „Er hat mich gebeten, sie zu beenden."

„Gebeten?"

„Es war sein letzter Wunsch."

„Wow. Bloß keinen Druck aufbauen."

Sie hob eine Schulter. „Es ist meine Entscheidung und liegt somit in meiner Verantwortung“, ratterte sie ihre soeben gewonnene Erkenntnis herunter.

„Okay.“ Mehr sagte er nicht. Die eine Nachfrage war wohl zu viel für Coop gewesen. Doch wieder überraschte er sie. „Wie läuft es denn so mit deiner Liste?“, wollte er zögerlich wissen.

„Ach, ganz okay“, sagte sie vage und hob eine Schulter. „Ehrlich gesagt sind manche Punkte etwas heikel.“

„Ja? Welche?“

„Mhm.“ Sie zog das ramponierte Stück Papier aus ihrer Handtasche, faltete es auseinander und deutete auf Punkte 17 und 21.

„*Den Atem rauben lassen (Fallschirmsprung zählt nicht) und An einen Ort reisen, an dem ich die Sprache nicht verstehe*“, las Coop.

„Jap“, meinte sie seufzend und verspürte wieder diesen Hauch Panik in ihrem Bauch anhand der Aufgaben, die noch vor ihr lagen. „Ich meine ... wie soll ich etwas *planen*, was mir den Atem raubt? Raubt etwas einem nicht gerade den Atem, wenn es überraschend kommt? Und mich selbst überraschen kann ich nicht. Und ich habe keine Zeit, um spontan ins Ausland zu fliegen und an einem Ort Urlaub zu machen, an dem ich kein Wort verstehe, ich ...“

„Ich kann dir helfen“, unterbrach Coop sie schlicht.

Verdutzt öffnete Hannah den Mund. „Was? Aber das tust du doch gerade schon.“

„Ja, aber ich bin ziemlich atemberaubend und einen Ort, an dem du die Sprache nicht verstehst, kenne ich auch. Es ist also meine Pflicht, dir als perfekter Gentleman zu helfen. Abgesehen davon langweile ich mich im Moment. Die vielen Frauen, die meinetwegen plötzlich Fallschirmspringen wollen, sind laut meinem Boss ein Sicherheitsrisiko. Ich soll ein paar Wochen freimachen." Er zog eine Grimasse. „Scheißartikel."

Hannahs Mundwinkel zuckten und sie hob eine einzelne Augenbraue. Sie hatte ein schlechtes Gefühl bei dieser Sache. Coop war ... zu gefährlich. „Du willst mir den Atem rauben?", stellte sie klar. „Wenn du mich jetzt schon wieder dazu überreden willst, mit dir zu schlafen, dann ..."

Er lachte leise. „Auch, wenn das eine hervorragende Idee ist, denn Sex mit mir würde dir nicht nur den Atem, sondern auch den Verstand rauben, habe ich an etwas anderes gedacht."

„An was?"

„Das kann ich dir nicht sagen. Es soll dich ja schließlich überraschen, oder?"

Nun, damit hatte er auch wieder recht.

Sie seufzte. „Ich weiß nicht. Ich möchte deine überraschende Großzügigkeit nicht überstrapazieren."

„Hey, ich muss eine Menge gutes Karma für all die schlimmen Schimpfwörter sammeln, die ich benutze", sagte er ernst. „Du würdest mir also einen Gefallen tun."

Schnaubend schüttelte sie den Kopf. „Na schön. Wenn du darauf bestehst ... Abgesehen davon kann ich wirklich Hilfe gebrauchen. Mir gehen so langsam die Ideen aus. Ich –" Sie brach ab, weil plötzlich ein lautes Schnaufen zu hören war. Überrascht sah Hannah auf, nur um Callie, die Arme in die Seiten gestemmt und den Gesichtsausdruck eines Pitbulls kurz vorm Angriff, auf sie zustapfen zu sehen.

Ihr Blick galt ihrem Bruder, und automatisch rutschte Hannah etwas von ihm ab. Falls Callie ausholen und zuschlagen sollte.

„Ist das dein Ernst?", fuhr sie ihn an, sobald sie in Hörweite war. „Hast du Cole ernsthaft gesagt, dass du Dad *nie wiedersehen willst?*"

Hannah hätte schwören können, dass sie Coop: „*Die alte Petze*", murmeln hörte, bevor er aufsprang und betont gelassen und ungerührt sagte: „Warum wirkst du überrascht? Wir alle sind doch seit Jahren kurz davor."

Okay. Coop hatte da wohl noch ein paar mehr Probleme als angenommen.

„Na ja, schon", sagte Callie hitzig, ihr Kopf eine Glühlampe, die gerade an den Schaltkreis angeschlossen worden war. „Aber er ist immer noch unser Vater, Coop. Er versucht sich zu ändern. Er hat sich innerhalb des letzten Jahres wirklich Mühe gegeben. Er hat sich vor ein paar Monaten sogar fast ein bisschen emotional geöffnet. Er tut sein Bestes."

„Nun, sein Bestes ist mir nicht genug", sagte Coop kühl.

„Coop! Komm schon. Du weißt doch, wie er noch vor zehn Jahren war – er hat sich wirklich geändert."

Coop lachte trocken auf. „Nein. Er hat *dich davon überzeugt*, sich geändert zu haben. Aber nur, weil du ihm seine Sünden vergeben hast, bedeutet das nicht, dass ich dasselbe tun werde."

„Doch! Du solltest –"

„Weißt du, ich habe langsam echt die Schnauze voll davon, dass mir jeder erklärt, was für mich das Beste wäre!", sagte er scharf, und Hannah sah das als Signal dafür, dass sie lieber verschwinden sollte. Dieses Gespräch war offenbar privat.

„Ähm, ich lasse euch besser allein", sagte sie kleinlaut – wurde jedoch von beiden Seiten ignoriert.

„Also kommst du heute Abend nicht zum gemeinsamen Essen?", fragte Callie ungläubig. „Jake ist auch da. Er wollte sogar Liv mitbringen."

„Nein", sagte er steinern. „Ich komme nicht. Ich sehe Jake und Liv wann anders. Außerdem kenne ich Liv schon! Ich habe sie mal angemacht."

„Na, große Klasse", sagte Callie düster. „Dann seid ihr ja schon beste Freunde! Also schön. Mach, was du willst! Renn vor noch einer weiteren Sache weg. Das funktioniert für dich ja bisher sehr gut, oder?"

„Ja", sagte Coop selbstzufrieden. „Ich kann mich nicht beklagen. Und jetzt tu nicht so, als wäre dir das Konzept des Wegrennens so fremd. Denn du hast es über zwölf Jahre hinweg perfektioniert!"

Oh je, was tat Hannah noch hier? Dieses Gespräch wurde immer unangenehmer, und Coop und Callie schienen es nicht zum ersten Mal zu führen.

Sie standen sich mit zusammengepressten Lippen und Funken in den Augen gegenüber, die Tatsache ignorierend, dass sie nicht allein waren ... und eine Horde Jugendlicher sich am Terrassenfenster versammelt hatte und sie durch die Scheibe hinweg neugierig anstarrte.

Hannah räusperte sich laut, und Coop und Callie schraken zusammen.

„Hey, Leute", sagte sie mit betont gelassener Stimme. „Wisst ihr noch, wie wir drinnen gerade gepredigt haben, dass die Jugendlichen sich zusammenreißen sollen und lernen müssen, ihre Wut auf konstruktive Art und Weise loszulassen? Ich glaube, ihr geht ihnen gerade nicht unbedingt mit gutem Beispiel voran. Falls ihr euch also prügeln wollt, tut das hinter dem Wohnwagen, wo es keiner sehen kann." Sie lächelte ihnen zu und nickte fest. „Ich geh schon mal rein. Besprecht das ruhig zu Ende. Die Betonung liegt auf *ruhig*." Sie hob die Hand und lief dann hastig in Richtung Haus.

Es wurde Zeit, den Kids Bilder von ein paar Syphilispatienten zu zeigen.

***

Coop starrte Hannah nach und ärgerte sich darüber, dass er sich wie ein trotziges Kind verhielt. Das würde ihn in ihren Augen wohl kaum von seinem derzeitigen Fisch-Status wegbewegen. Denn sie war definitiv die Sorte Frau, die den Charakter attraktiver als das Aussehen fand – und sein Charakter war nun einmal seine Achillesferse.

Aber wenn er mit Callie stritt, war er sofort wieder sechzehn und frustriert, weil sein Vater ihm Regeln auferlegte, an die er sich nicht halten wollte. Wütend, weil Clint Callie und ihn auf verschiedene Schulen geschickt und so gut es ging voneinander ferngehalten hatte. Weil sie zusammen zu mehr Blödsinn in der Lage gewesen wären als allein.

Jetzt lag diese Zeit hinter ihm, er konnte mit Callie herumhängen, wann er wollte, und was taten sie? Streiten.

125

Er seufzte, sein Blick noch immer auf Hannah gerichtet, die gerade die Terrassentür öffnete. Doch bevor sie dort hindurchverschwand, ließ er den Blick noch einmal langsam von ihren Schultern, ihren Oberkörper hinab, bis zu ihren Füßen gleiten. Nein, Hannah war keine Bilderbuchschönheit. Aber sie hatte etwas an sich. Etwas Großzügiges, Sinnliches. Etwas, das man nicht ihrem Körper, sondern ihren Worten, ihren Augen und ihren Lippen entnahm. Eine intelligente Art der Schönheit ...

Ein Räuspern ließ ihn zusammenfahren, und hastig wandte er den Blick ab.

Callie stand noch immer neben ihm, die Arme mittlerweile verschränkt, die Augenbrauen gehoben.

„Was guckst du mich so an?"

„Bitte, Coop", murmelte sie kopfschüttelnd. „Sie ist nicht *nur* eine Freundin, oder?"

Das schon wieder. „Doch. Ist sie. Zwischen uns ist nichts passiert."

Mit verengten Augen sah Callie ihn an. „Ja, aber das liegt nicht an dir, das liegt an ihr. Weil Hannah eine aufrichtige, anständige Frau ist, die sich nur mit dem Besten zufriedengibt. Und das ist eine Langzeitbeziehung mit dem Vater ihrer zukünftigen Kinder. Aber du willst mit ihr schlafen, oder? Deswegen bist du so nett."

Verärgert schnaubte er. „Nicht alles, was ich tue, hat miese Hintergedanken, Callie."

„Nein, nicht alles. Aber das hier schon."

Na, vielleicht ein wenig. Aber was war so falsch dran? Hannah war heiß. Er wollte freundschaftlichen Sex mit ihr haben. Das war kein Verbrechen. „Du wirst mir gleich wieder deine Meinung geigen, oder?", murmelte er skeptisch. „So, wie du es gerade bei der Sache mit Dad getan hast."

Callie lächelte süßlich. „Dafür bin ich da, Coop! Gott hat Zwillinge erschaffen, damit sie sich gegenseitig zu besseren Menschen erziehen."

Er schnaubte. „Nein, Gott hat Zwillinge erschaffen, weil er zu viel getrunken und auf einmal doppelt gesehen hat."

Callie winkte ab. „Ist ja auch egal, der Punkt ist, du bist ein anständiger Kerl mit den falschen Motiven."

Stöhnend legte er den Kopf in den Nacken. Jetzt ging das wieder los.

„Ich meine es ernst, Coop!", fuhr Callie unbeirrt fort. „Ich mag Hannah. Sie ist toll. Also ... lass sie nicht unter die Räder kommen, okay?"

Überrascht sah er wieder auf sie hinab. „Was?"

„Na ja, zu dieser Zeit des Jahres drehst du immer ein wenig am Rad ... und ich will nicht, dass sie Opfer deiner Rastlosigkeit und deines unüberlegten Handelns wird."

„Sag mal, für was für ein Arschloch hältst du mich eigentlich?", fragte er ungläubig.

Callie lächelte müde und legte einen Arm um ihn. „Ich halte dich für gar kein Arschloch. Aber ich halte dich in den Monaten März und April für leichtsinnig und rücksichtslos. Und Hannah ist eine großzügige, nette Person, die dir wahrscheinlich mit allem helfen wird, worum du sie bittest. Ich möchte nur nicht, dass du das unterbewusst ausnutzt. Sie hätte es nicht verdient, wenn du eine Affäre mit ihr anfängst, dir nach Davids Todestag jedoch klar wird, dass du die Nähe, nach der du dich gesehnt hast, überhaupt nicht brauchst."

Coop presste die Lippen aufeinander und neue Wut kochte in ihm hoch. Ihm war klar, dass sein moralischer Kompass manchmal zu nah an einem Magneten lag und die Nadel orientierungslos durch die Gegend schlingerte ... aber sein Verstand funktionierte noch.

„Du kriegst das in den falschen Hals, Callie. *Ich* bin es, der *ihr* hilft. Nicht andersherum."

Nachdenklich sah sie ihn an. „Aber warum? Warum hilfst du ihr?"

Weil es das Richtige war – und Hannah und ihre Liste die beste Ablenkung waren, die er in den letzten fünf Jahren gefunden hatte. „Weil ich sie mag und ich die Zeit habe", sagte er.

Und das war nicht einmal gelogen.

# Kapitel 8

Nervös wippte Hannah mit ihrem Fuß auf und ab, während ihr Blick von ihren Händen, zu der Uhr an der gegenüberliegenden Wand und wieder zurück huschte.

In dem Versuch, ihr Leben aufregender zu gestalten und zur Abwechslung unpünktlich zu sein, hatte sie sich heute Abend absichtlich langsam für ihr Treffen mit Coop fertig gemacht. Dennoch saß sie seit geschlagenen zehn Minuten auf ihrer Couch und überlegte, ab wie vielen Minuten man *zu spät* war. Reichten drei? Oder musste man seine Verabredung eine Viertelstunde lang warten lassen, um wirklich wie jemand zu wirken, der ein so erfülltes und schnelllebiges Leben hatte, dass Zeit nur eine Einheit war, die seine Freiheit einschränkte?

Sie hatte keine Ahnung, denn sie war immer pünktlich!

Gott, nur für sich zu leben und seine Bedürfnisse vor die aller anderen zu stellen, war anstrengender als bisher angenommen.

Sie hatte die letzten vier Tagen damit verbracht, all die Dinge zu tun, auf die sie Lust hatte – was in etwa so viel bedeutete, wie dass sie jeden Morgen zwei Stunden auf ihre frischgestrichene weiße Wand gestarrt und überlegt hatte, was sie überhaupt gerne tat.

Ihr Leben bestand aus Arbeit, essen, duschen, den Nachrichten und dem ein oder anderen Mädelsabend mit Lara. Aber gestern hatte sie den ganzen Tag damit verbracht, *How I met your mother* zu gucken. In ihrem Leben hatte sie noch keine acht Stunden auf der Couch und vor dem Fernseher verbracht, aber da sie auf der Suche nach der Folge mit dem nackten Mann war, hatte sie das Gefühl, etwas von Bedeutung zu tun. Sie hatte erst am Abend, am Ende von Staffel eins, herausgefunden, dass die gesuchte Szene in Staffel vier zu sehen war ... was fantastisch war, denn somit hatte sie in den nächsten Wochen noch einiges zu tun!

Also: Wie tat man das, was man tun wollte und woran man Spaß hatte, wenn man die letzten Jahre überhaupt nicht darüber nachgedacht hatte, was das war.

Sie war immer davon ausgegangen, dass ihr Zehn-Jahresplan sie glücklich machen würde, und als ihr durch Owens Brief klargeworden war, dass sie da einem Irrtum aufgesessen war, hatte sie sich verloren gefühlt.

Adrian und sie hatten meistens etwas unternommen, was er vorgeschlagen hatte. Weil Hannah es egal gewesen war und sie ihn hatte glücklich machen wollen. Aber dadurch hatte sie ein kleines Stück von sich selbst verloren, das furchtbar schwer zurückzugewinnen war.

Also war sie am Sonntag in einem Gartencenter gewesen, um zu sehen, ob sie Pflanzen mochte, hatte am Montag ein Tierheim besucht, um zu gucken, ob sie ein Tierfreund war, und war zu einer Kletterhalle gefahren, die Owen immer gerne besucht hatte ... nur um

nach fünf Minuten festzustellen, dass es purer Wahnsinn war, an nichts als einer dünnen Kordel befestigt
Wände hochzuklettern. Die Menschen hatten Treppen
und Aufzüge erfunden – warum sich mit Steilwänden
beschäftigen?

Schließlich hatte sie Montagabend zweitausend Dol-
lar an Callies Jugendzentrum gespendet, weil die Kids
das Geld definitiv mehr brauchten als sie und sie somit
an diesem Tag zumindest eine sinnvolle Sache getan
hatte. Dienstag folgte der *How I met your Mother-Mara-
thon* und heute war Mittwoch, kurz vor sechs Uhr ...
und der Sekundenzeiger bewegte sich so lächerlich
langsam voran, dass er ebenso gut eine Schnecke mit
Rheuma hätte sein können.

Wie sollte sie jemals zu spät kommen, wenn Zeit so
langsam verlief?

Außerdem machte es sie nervös, Zeit zu vertrödeln.
Sie war es gewohnt, jede Minute zu nutzen, nicht, sie zu
verschwenden.

Die Uhr zeigte eine Minute nach sechs, und entnervt
stand Hannah auf. Das würde fürs Erste reichen müssen. Sie konnte wann anders lernen, unhöflich zu sein.

Sie schulterte ihre Handtasche, trat in den Flur und
schloss die Tür ab. Nachdem Coop behauptet hatte, sie
müsse sich für sein Vorhaben nicht schick anziehen,
hatte sie ihre übliche Uniform aus Jeans und T-Shirt gewählt, die sie trug, seit sie achtzehn war. Mit Altbe-
währtem fühlte sie sich nun einmal am wohlsten.

Sie lief den Flur hinab in Richtung Hauseingang und
grüßte dabei freundlich die ihr entgegenkommende
Mrs Kraviz, ihre siebzigjährige Nachbarin.

„Oh, hallo Liebes, Sie habe ich ja schon ewig nicht mehr gesehen!", bemerkte sie erfreut.

„Ja, ich habe im Moment Urlaub", erwiderte Hannah, denn ironischerweise trafen sie öfter im Krankenhaus als in ihrem Hausflur aufeinander. Mrs Kraviz hatte eine sehr gestresste Darmflora und war Stammbesucherin ihrer Station.

„Oh ja, Ihre Mutter sagte etwas in die Richtung. Das ist sehr schade, ich vermisse Sie im Krankenhaus! Keine Ärztin hat so warme Hände wie Sie."

Hannah lächelte breit, und eine innere Zufriedenheit erfüllte sie. Es gab unzählige Dinge, von denen sie keine Ahnung hatte, aber eine Sache wusste sie: Sie war gut in ihrem Job! Und sie vermisste ihn.

„Ich bin ja bald wieder da", versprach sie und wirkte ein wenig zufriedener. Das zumindest war ihr in den letzten Wochen klargeworden: Sie liebte es, Ärztin zu sein.

Sie hatte die Arbeit nicht angenommen, weil ihre Eltern auch Ärzte waren und es ein sicherer Job war. Sie hatte sich dafür entscheiden, weil sie gut darin war und in ihrer Arbeit Erfüllung fand – und das war eine Menge wert.

Mit federndem Schritt ging sie an den Fahrstühlen vorbei, die in die oberen Stockwerke führten, und trat an die frische Luft. Mit der Hand schirmte sie die Augen vor der Sonne ab, um den Straßenrand abzusuchen. Nach zwei Sekunden stellte sie fest, dass sie wohl nicht die einzige Person mit einem Pünktlichkeits-Problem war.

Coop stand bereits mit verschränkten Armen an einen metallicblauen Mercedes gelehnt da. Der Wagen war derart tiefergelegt, dass Hannah sich automatisch fragte, ob er sich vor einem anderen Auto versteckte, und die Motorhaube war lächerlich lang, als wolle sie einen Wettbewerb gewinnen. Abgesehen davon war der Wagen ein Zweisitzer – völlig unpraktisch.

Sie neigte den Kopf, nahm die drei Stufen in Richtung Bürgersteig und blieb dann skeptisch vor Coop stehen.

„Das ist dein Auto?", begrüßte sie ihn.

Coop hob eine Augenbraue. „Ich wünsche dir ebenfalls einen guten Abend."

Sie schmunzelte. „Tut mir leid. Den wünsche ich dir natürlich auch. Der Mercedes hat mich nur abgelenkt. Er ist so ... albern."

Die zweite Augenbraue folgte. „Wie bitte?"

„Na ja, er ist ein wenig ... aufdringlich, findest du nicht?"

Coop schnaubte. „Aufdringlich? Wie das?"

„Nun, ich habe das Gefühl, der Wagen schreit mich an", erklärte sie. „Und findest du nicht, dass du etwas Potenzial damit verschenkt hast, einen Mercedes zu fahren, obwohl du Cooper heißt?"

„Intelligenter Witz", bemerkte Coop trocken. „Den hat bis jetzt noch niemand gemacht."

Sie zog eine Grimasse, musste aber lachen. „Tut mir leid. Das Auto sieht toll aus! Wollen wir fahren?"

Seufzend stieß sich Coop vom Wagen ab und hielt ihr die Tür auf. „Weißt du, du bist die erste Frau, die sich beschwert. Dieses Auto ist ein Statussymbol."

„Na ja, Männer, die Statussymbole brauchen, müssen oft andere Unzulänglichkeiten kompensieren", bemerkte sie vielsagend.

Coop lachte leise. „Willst du mir wieder erzählen, was für Ähnlichkeiten ich mit einem Fisch habe?“

Nein, lieber nicht. Sie fühlte sich immer etwas unwohl beim Lügen. „Ich verzichte“, sagte sie fröhlich und setzte sich in das Auto.

Coop schlug die Tür hinter ihr zu und kletterte keine zwanzig Sekunden später in den Fahrersitz. „Du tust meinem Ego wirklich nicht gut.“

„Na, Gott sei Dank ist es bereits groß genug“, meinte sie. „Geht's dir sonst gut? Du siehst müde aus.“

Er zuckte die Schultern und schnallte sich an. „Hab nicht sonderlich gut geschlafen die letzten Nächte.“

„Kein Sex, dafür Albträume?“, mutmaßte sie.

Er hob einen Mundwinkel und das Grübchen auf seiner rechten Wange erschien. Hannahs Magen fiel ein Stockwerk tiefer.

„Exakt.“

„Du solltest die *Sesamstraße* probieren“, sagte sie weise und wandte hastig den Blick ab. „Oder mich einfach anrufen. Ich schlafe auch nicht sonderlich gut und dann könnten wir zusammen nicht schlafen.“

„Ich werde dran denken“, versprach er, auch wenn Hannah vermutete, dass es leere Worte waren. Coop war nicht der Typ Mann, der anderen Leuten gerne seine Schwächen zeigte.

„Also, bist du bereit?“, fragte er schließlich und startete den Motor.

„Ich weiß nicht, wofür ich bereit sein soll, also nein.“

Er grinste. „Du wirst schon sehen.“

Die Fahrt dauerte zwanzig Minuten. Zwanzig Minuten, in denen Hannah nervös durch die Windschutzscheibe starrte und sich fragte, was Coop genau vorhatte.

Würde er ihr heute den Atem rauben oder sie an einen Ort mitnehmen, an dem sie die Sprache nicht sprach? Oder war das alles hier nur ein sorgfältig konstruierter Plan, um sie doch irgendwie ins Bett zu kriegen?

So gut kannte sie Coop dann doch nicht. Obwohl er ihr bis jetzt sehr anständig vorgekommen war und nicht etwa *kalkulierend charmant* wie ihn der reißerische Artikel bezeichnet hatte.

Doch Hannah wurde schlagartig von ihren Gedanken abgelenkt, als sich ein riesiges, rundes Gebäude vor ihnen auftat, vor dem sich bereits Hunderte von Leuten in blauen und roten Trikots tummelten. Riesige Scheinwerfer und Plakatwände prangten über ihnen und waren genauso beeindruckend wie albern.

„Wir fahren zum Stadion der Delphies?", fragte sie verdutzt.

„Jap. Ist das erste Spiel der Saison."

„Aber ... ich mag Baseball noch nicht einmal."

„Ich weiß und das ist irgendwie der Punkt", bemerkte er lächelnd und bog anstelle nach links auf den überfüllten öffentlichen Parkplatz nach rechts in eine Tiefgarage, vor dessen Eingang er ein weißes Plastikkärtchen zücken musste, um durch eine Schranke zu gelangen.

„Ich verstehe nicht", sagte sie verwirrt. „Du willst mir den Atem rauben, indem du mich zu dem langweiligsten Sport der amerikanischen Geschichte mitnimmst?"

„Pst, sag das nicht so laut", meinte Coop kopfschüttelnd und hielt auf einem Platz, der mit dem Schild *Familie Panther* versehen war. „Sonst kommst du hier nur geteert und gefedert raus."

Sie verdrehte die Augen und schnallte sich ab. „Was wiederum nur dafürspricht, wie primitiv und mittelalterlich sich Sportfans verhalten."

„Da hast du wahrscheinlich recht. Baseballfans sind die Schlimmsten", meinte er und nickte fest, bevor er sich zur Seite, an ihr vorbei zum Handschuhfach beugte.

Im nächsten Moment zog er eine rote Kappe mit einem Baseball und einem verschnörkelten *D* darauf hervor. Er setzte sie auf, bevor er seine Jacke auszog und ein dunkelblaues T-Shirt mit der roten Aufschrift *Delphies #1* zum Vorschein kam.

Ungläubig sah Hannah ihn an. „Du hast mir erzählt, dass du *nicht wirklich* Fan der Delphies bist!"

„Hab ich das?" Stirnrunzelnd neigte er den Kopf. „Nun, ja, wer ist schon ein *wirklicher* Fan?"

„Derjenige, der einen ganzen Kleiderschrank voll mit Merchandise der Mannschaft besitzt!"

Er zuckte die Achseln. „Ich hab das Zeug nicht gekauft. Ich hab es geschenkt bekommen. Also ..."

Schnaubend stieg sie aus. „Jetzt gerade sieht es nicht so aus, als würdest du mir einen Gefallen tun, sondern eher dir selbst."

„Das täuscht", versprach er ihr gelassen und folgte ihrem Beispiel. „Allein die Tatsache, dass ich hier mit einer Frau auftauche, wird jeden, den wir treffen, dazu verleiten, sich das Maul zu zerreißen. Wart's nur ab."

„Na gut", sagte sie seufzend. Aber ... Gott, Baseball! Sie würde ein Baseballspiel sehen. Sie sollte sich darüber freuen, dass sie etwas tat, was sie unter normalen Umständen nie getan hätte ... aber irgendwie fiel ihr das bei dem Gedanken daran, fünf Stunden auf einer harten Tribüne zu hocken und Männern in zu engen Hosen dabei zusehen zu müssen, wie sie mit einem Stöckchen auf ein Bällchen eindroschen, sehr schwer.

Sie konnte sich hunderte Dinge vorstellen, die interessanter waren. Zum Beispiel ihrer Nachbarin Mrs Kraviz beim Stricken zuzusehen!

Coop schloss den Wagen ab und lachte, als er ihr ins Gesicht sah. Offensichtlich war sie nur halb so talentiert darin, ihre Emotionen unter Verschluss zu halten, wie er.

„Du siehst aus, als hätte ich einen Hundewelpen die Niagara-Fälle runtergeworfen."

„Ich finde Baseball dämlich", sagte sie gequält.

„Pst!", wiederholte er grinsend. „Ich kann den Hundewelpen retten, aber deiner Steinigung werde ich nur hilflos zusehen können, wenn du weiter so ketzerische Dinge von dir gibst! Außerdem sind wir nicht da, um uns das Spiel anzusehen."

Überrascht und auch ein wenig hoffnungsvoll hob sie die Augenbrauen, während sie die Tiefgarage zu einer eisernen Tür durchquerten. „Nicht?"

„Nein ... na ja, ein bisschen. Aber nicht wirklich."

„So, wie du *nicht wirklich* Fan der Delphies bist?", bemerkte sie säuerlich.

Coop grinste und legte locker einen Arm um ihre Schultern. „Ich bin harmlos."

Seine plötzliche Berührung jagte einen Schauder ihren Rücken hinab, und Hannah hätte beinahe laut gelacht.

*Cooper Panther* und *harmlos?* Das war wie *Zitrone* und *süß* oder *Marshmallows* und *schwarz* oder *Donald Trump* und *guter Frisör.*

Sie ignorierte die Gänsehaut in ihrem Nacken, verdrehte die Augen und stupste seinen Arm weg. „Du bist gemeingefährlich", korrigierte sie ihn. „Mit deinem Lächeln und deinem Körper und deinen Haaren und ..." Sie lief rot an, wandte sich hastig ab und öffnete die Tür vor sich. „Ist auch egal. Hör einfach auf, mit mir zu flirten!"

„Flirten?", sagte Coop überrascht und folgte ihr in einen steril-weißen Gang. „Ich flirte nicht."

Schnaubend warf sie ihm einen Blick über die Schulter zu. „Du hast den Arm um mich gelegt und süß gelächelt."

„Das war eine rein freundschaftliche Geste", sagte er mit oscarreifer Unschuldsmiene.

„Mhm, schon klar", meinte sie kopfschüttelnd, wollte weiter den Flur entlang auf ein paar Fahrstühle zugehen ... doch ihr Weg wurde von drei Männern abgeschnitten, die allesamt Trikots trugen und sich offenbar hitzig unterhielten.

„... jetzt hört auf, euch zu zanken. Wir sind ein gutes, solides Team. Die Chancen, dass wir unseren Titel dieses Jahr verteidigen, stehen sehr gut!", sagte ein dunkelhäutiger Mann mit beängstigender Entschlossenheit auf seinem Gesicht.

„Ja, Ryan, theoretisch", meinte ein dunkelhaariger Hüne mit der Nummer 14 auf seinem Trikot. „Aber du hast gewisse Entwicklungen nicht mit einberechnet. Ich meine, sobald Jake at-Bat ist, fängt er an, Liv zuzuzwinkern, und konzentriert sich nicht mehr auf sein Spiel! Und bevor wir uns versehen, schlägt unser lieber Jake-Bär kaum noch über die Mendoza Line, weil er zu verliebt für einen vernünftigen Schlag ist. Stevenson ist Pitcher, er hat einen verdammt guten Curve Ball." Warnend sah er einen jüngeren Mann Mitte zwanzig an.

Oh, das war Jake Braker! Ihn kannte Hannah aus den Nachrichten.

„Ach, bitte, vor Stevenson habe ich keine Angst", meinte der nur verärgert. „Er hat in der letzten Saison so viele Balks gemacht, dass es peinlich war! Er fällt doch vom Mound, wenn er nicht aufpasst."

„Ist mir egal", meinte der dunkelhaarige Hüne hitzig. „Ich möchte nicht im Dugout sitzen und Ty im On-Deck-Circle sagen müssen, dass alle Hoffnung jetzt auf ihm liegt."

„Ach, halt doch die Klappe", murmelte der junge Blonde. „Mein OBP ist immer noch ungeschlagen. Und wenn ich meiner Freundin zuzwinkern will, dann tue ich das! Sollten wir uns nicht lieber Sorgen um Luckys ERA machen? Dein Earned Run Average liegt im Moment bei über 3.0, mein Lieber. Wie willst du damit Ace bleiben?"

*Lucky* erwiderte etwas nicht sehr Freundliches, während Hannah sich mit geöffneten Lippen zu Coop hinüberlehnte. „Worüber reden sie? Ich versteh kein Wort."

Er lächelte breit. „Siehst du? Ich bin mit dir an einen Ort gereist, an dem du die Sprache nicht verstehst."

Einige Sekunden lang starrte Hannah ihn nur perplex an. Dann fing sie an zu lachen. Er hatte recht. Er hatte vollkommen recht!

„Das ist ja fantastisch, Coop!", sagte sie noch immer lachend. „Auf die Idee wäre ich nie gekommen!"

Hannahs Lachen war wohl etwas lauter, als ihr lieb war, denn die drei Spieler wandten sich überrascht zu ihnen um.

„Hey", sagte Coop grinsend und machte eine ausladende Bewegung. „Das sind Ryan Hale, Luke Carter und Jake Braker. Leute, das hier ist Hannah, eine Freundin von mir. Sie liebt Baseball mehr als ihr eigenes Leben."

Luke und Ryan nickten ihr freundlich zu, während Jake ungläubig fragte: „Eine *Freundin* von dir? Ich hab gedacht, Callie erzählt Mist!"

Coops Seufzen hätte Berge versetzen können. „Okay, ich kann mir die Leier nicht noch einmal anhören. Viel Glück beim Spiel!" Er packte Hannah an den Schultern und manövrierte sie an den drei Männern vorbei zu den Aufzügen.

„Hey!", rief Jake ihm hinterher. „Warum warst du letzte Woche nicht beim Abendessen dabei? Ich hab dich vermisst!"

„Ich musste Callums Goldfisch füttern – aber ich schick dir gern ein benutztes T-Shirt von mir, dann kannst du abends zum Einschlafen daran riechen."

„Callum hat, wenn überhaupt, nur einen Roboter-Goldfisch, und schick mir das T-Shirt ruhig, damit kann ich bei *Ebay* bestimmt ein Vermögen machen. Jeder will den Schweiß vom begehrtesten Junggesellen der Stadt riechen!"

„Oh, großer Gott", murmelte Coop genervt, schlug mit der Faust auf den Fahrstuhlknopf und schubste Hannah in die Kabine.

„Weißt du, er hat recht", meinte sie scheinheilig und winkte den Spielern zum Abschied zu, bevor sich die Türen schlossen. „Du könntest wahrscheinlich auch deine dreckigen Socken verhökern. Jede Frau sehnt sich nach deiner Nähe."

„Na ja, du offensichtlich nicht. Du findest nichts an mir anziehend", sagte er trocken. „Sonst würdest du mich ja nicht darum bitten, aufzuhören, mit dir zu flirten – was ich nicht tue."

Sie lächelte breit. „Ich finde deinen Verstand anziehend, Coop." *Und deinen Humor, und dein Lächeln und deine blauen Augen und deinen Körper und dein Herz.* „Denn er ist mit dieser wundervollen Idee aufgefahren. Aber ich würde nicht auf die Idee kommen, ihn auf *Ebay* zu versteigern. Denn als Ärztin und Frau weiß ich, dass es schwerwiegende Folgen haben könnte, wenn ich ihn dir wegnehme." Sie klopfte ihm auf die Schulter, wenn auch nur mit den Fingerspitzen. „Aber danke. Für deine Hilfe und alles."

Coop warf ihr einen nachdenklichen Blick von der Seite zu, nickte jedoch. „Sehr gerne. Aber das da eben war nur ein Vorgeschmack. Ich nehme dich mit in unsere VIP-Lounge, da kannst du gleich noch weniger verstehen. Wenn Cole anfängt, über Fakten und Statistiken zu schwadronieren, wirst du dir wünschen, doch das Baseballspiel sehen zu dürfen. Denn *Langweilig* ist eine sehr schwer zu verstehende, nicht zu vergessen kopfschmerzbereitende Sprache."

„Hört sich nach einem Ort an, den jeder mal gesehen haben sollte", meinte Hannah fröhlich. Ihre Stimmung hatte sich innerhalb der letzten fünf Minuten schlagartig verbessert. Sie konnte definitiv einen weiteren Punkt auf der Liste streichen!

Der Fahrstuhl ruckelte weiter in die Höhe, vorbei an etlichen Stockwerken, und hielt scheinbar erst im Himmel an.

Als sie ausstiegen und Hannah aus der breiten Fensterfront sah, die sich vor ihnen auftat, fühlte sie sich in ihrer Vermutung bestätigt. Sie waren oben. Sehr weit oben.

„Oh je", murmelte sie und hob das Kinn, während sich ihr Magen zusammenzog. „Warum müssen reiche Leute denn auch räumlich immer auf die anderen hinabblicken? Kannst du mir das mal verraten?"

„Du bist aus einem Flugzeug gesprungen, Hannah", erinnerte Coop sie leise und schritt den Gang entlang nach links, an ein paar Türen vorbei. „Du wirst doch jetzt keine Angst vor ein bisschen Glas haben."

„Glas ist durchsichtig, Coop!", zischte sie. „Es tut so, als wäre es nicht da. Das ist hinterlistig und gemein, deswegen fehlt mir jeglicher Respekt vor diesem Material!"

Coop lachte. „Du bist also die erste Person, die ich kenne, der dreckige Fenster besser gefallen als saubere?"

„Ja", sagte sie bestimmt. „Außer man wohnt im Erdgeschoss." So wie sie es aus genau diesem Grund tat.

„Na, dann geh lieber nicht allzu nah nach vorn", murmelte er und hielt an einer großen, gläsernen Tür, deren rote Beschriftung *VIP-Lounge* in etwa so dezent und unaufdringlich wie Coops Wagen war. „Denn da geht es ziemlich steil runter."

Im nächsten Moment öffnete er die Tür und ließ ihr den Vortritt in einen großen, mit edlem Holz ausgekleideten Raum, der mehr wie ein Restaurant mit wenigen Tischen und gemütlichen Sesseln als wie eine Lounge aussah. Eine Bar mit zwei Kellnern zierte die linke Seite, während blendend weißes Licht durch die gegenüberliegende Wand drang, denn sie war ein einziges, riesiges Fenster.

Hier drin tummelten sich ein Haufen Leute, die wenigsten davon so leger gekleidet wie Coop oder sie. Im Gegenteil. Ausnahmslos alle Männer waren im Anzug hier und die meisten Frauen trugen kurze Sommer- oder Cocktailkleider. Alle anderen weiblichen Wesen trugen Business-Suits und mörderisch aussehende High Heels.

„Du hast gesagt, ich könne mir was Gemütliches anziehen. Aber jetzt bin ich total underdressed", stellte sie verärgert fest. „Hast du das Pinocchio-Syndrom oder warum erzählst du mir dauernd Lügen?"

„Ich hab nicht gelogen. Du siehst vollkommen okay aus. Alle anderen sind *over*dressed", korrigierte Coop sie. „Ich finde das hier absolut albern. Wir sind bei einem Baseballspiel, nicht bei einem königlichen Empfang. Also fühl dich bloß nicht schlecht deswegen."

Hannah rieb sich unwohl über die Wange und versuchte die gleiche Selbstsicherheit an den Tag zu legen wie Coop ... doch dafür hatte sie ein paar Pfunde zu viel auf den Hüften und ein paar Millionen zu wenig auf ihrem Konto.

Bevor sie ihm das jedoch sagen konnte, waren sie bereits von zwei hochgewachsenen Schönheiten in ausladenden Ballkleidern entdeckt worden, die Coop gierige Blicke zuwarfen. Hannah schienen sie nicht einmal zu registrieren, als sie mit viel zu hastigen Schritten und viel zu viel Wimpergeklimper auf sie zukamen.

„Hey, Coop", sagte die Rothaarige mit einer so weichen Stimme, dass Hannah sich automatisch fragte, ob sie einen Kaschmir-Teppich verschluckt hatte. „Wir hatten gehofft, dass du heute kommst."

„Ja", stimmte ihre schwarzhaarige Freundin zu. „Mit dir ist es hier oben immer um einiges lustiger. Hast du vielleicht Lust auf einen Drink?"

„Oh, Ladys, ich würde ja gerne", sagte Coop betont freundlich. „Aber ich bin mit meinem Date hier, und Hannah wird immer etwas verstimmt, wenn ich sie allein lasse." Entschuldigend hob er die Schultern, und bevor Hannah wusste, was geschah, schlang er den Arm um ihre Hüfte und zog sie an seine Seite. Das war keine angenehme Pose, Coop hatte wirklich zu viele Muskeln und sein Griff war ein bisschen zu fest – doch das hinderte ihren Körper keineswegs daran, ihr das Gefühl zu vermitteln, kleine Flammen würden an ihrer rechten Seite hinaufzüngeln.

Sie war Coop jetzt so nah, dass sie sein Eau de Cologne riechen konnte. Oder vielleicht war es auch schlichtweg sein Eigengeruch, ihr war nämlich kein Männerparfüm bekannt, das nach Apfelblüten, Holz und Regen roch. Oder aber es war ihre seit Monaten vernachlässigte Libido, die ihr neue Einbildungskraft schenkte. Möglicherweise war es einfach schon zu lange her, dass ein starker Mann sie in die Arme genommen hatte.

„Oh", sagte die Linke, mit deren Haarfarbe Hannahs Gesicht mittlerweile konkurrierte. „Tatsächlich? Sie ist dein Date?"

Sie blickte Hannah verwirrt an, sah zurück zu Coop und runzelte dann die Stirn.

„Ich bin wirklich sehr gut im Bett und unglaublich witzig", sagte Hannah trocken, um die ungestellte Frage zu beantworten, was Coop bloß mit einer Normalo-Frau wie ihr wollte.

Jetzt war es an der Rothaarigen, zu erröten. „Na dann", sagte sie vage, hakte sich bei ihrer Freundin unter und zog sie zu dem von ihnen am weitesten entfernten Tisch.

Coop grinste und drückte sie noch ein wenig fester an sich. „Was macht dich so gut im Bett?", wollte er interessiert wissen.

„Mein vergleichsloser Ideenreichtum", sagte Hannah verärgert und schälte sich aus seiner Umarmung. Es war in ihrem Interesse, den Körperkontakt mit Cooper Panther auf ein Minimum zu beschränken. Denn sonst kam ihr Körper noch auf wahnwitzige Ideen. „Ich verstehe es nicht, Coop. Ich dachte, du magst es, wenn Frauen auf dich zukommen und du möglichst viele von ihnen mit ... deinem Penis beglücken kannst."

Coop verschluckte sich an dem Bier, das er gerade vom Tablett eines vorbeieilenden Kellners genommen hatte, und beugte sich hustend vor. „Was?"

„Na ja, ich dachte, du hast gerne One-Night-Stands. Ist das nicht das Einzige aus dem Artikel, was der Wahrheit entspricht?"

„Sie wollen nicht mit mir schlafen, Hannah", sagte
Coop ernst und senkte seine Stimme. „Sie wollen mich
heiraten. Das ist ein meilenweiter Unterschied."

Verdutzt sah sie ihn an. „Was hast du gegen das Heiraten?"

„Oh, wie viel Zeit hast du?", ertönte eine neue Stimme
hinter ihnen. „Coop hat eine ganze Liste von Dingen,
die er den Themen Heirat und Ehe vorwirft."

Hannah wandte sich um und sah einem großen, blau-
äugigen und schwarzhaarigem Mann entgegen, der so
offensichtlich mit Coop verwandt war wie ein Pferd
mit einem Esel. Sie war sich nur noch nicht sicher, ob
Coop in dieser Gleichung Ersteres oder Letzteres war.

Coop seufzte nur. „Hannah, das ist Ass-Cole. Cole, das
ist die liebliche Hannah, die nicht interessiert, was du
zu sagen hast."

„Doch, tut es", meinte Hannah sofort und reichte Cole
die Hand. „Erstens: Nett dich kennenzulernen, Cole. Du
musst der Gutaussehende in der Familie sein. Neben
dir wirkt Coop ja wie ein hässliches Entlein. Zweitens:
Was genau hat Coop gegen das Heiraten?" Sie war wirklich neugierig, welche Ausreden der Millionär sich
überlegt hatte.

Cole grinste breit. „Oh, Hannah, ich weiß gar nicht,
wo ich anfangen soll. Vielleicht damit, dass Coop Monogamie für ein modernes Gefängnis hält. Er ist der
Meinung, dass zwei Menschen nicht für die Ewigkeit
bestimmt sind. Zumindest für keine, die über eine Woche hinaus geht. Für ihn ist der einzig legitime Grund
zu heiraten, Steuern zu sparen oder jemandem eine
Greencard zu ermöglichen. Denn Liebe ist nur eine kör-

perliche, chemische Reaktion, die einem falsche Tatsachen vorspielt. Es gibt körperliche Anziehungskraft und Sympathie – aber Liebe und Zuneigung sind eigentlich nur Begriffe, die die Grußkartenindustrie geprägt hat, um einen Haufen Asche zu machen."

Hannah nickte pflichtbewusst. „Ah, natürlich. Ein zynischer Junggeselle. Wie originell."

„Das war mal *deine* Rede, Mann", meinte Coop abschätzig.

„Ja, aber ich bin zur Vernunft gekommen." Cole nickte nach rechts, zu einer Frau mit karamellfarbener Haut, die den Kopf mit einem blonden Typen zusammengesteckt hatte und ihm irgendetwas auf einem iPad zeigte. „Du bist über dreißig, Coop. Womit rechtfertigst du, dass du immer noch mit so vielen Frauen schläfst?"

„Oh, das macht er nur, weil Sex ihn vor schlechten Träumen schützt", sprang Hannah ein. „Du kannst ihm also nicht die ganze Schuld geben. Es ist ein Abwehrmechanismus. Seine Moralvorstellungen sind nur das halbe Problem."

Perplex schwenkte Coles Blick zu ihr. „Wie bitte?"

Coop stöhnte und kniff die Augen zusammen. „Sie macht nur Witze, Cole."

„Das hat sich nicht wie ein Witz angehört", meinte der zweite Panther schockiert. „Ist das wirklich wahr? Du schläfst mit so vielen Frauen, weil –"

„Okay, halt die Klappe", unterbrach Coop ihn scharf. „Und *vielen Dank*, Hannah." Missmutig sah er zu ihr hinunter.

Sie nickte abwesend. Sie fühlte sich nicht im Geringsten schuldig, denn es war die Wahrheit, und Coop hatte den verurteilenden Blick seines Bruders nicht verdient. Er sollte sich nicht für seine Albträume und Ängste schämen.

Abgesehen davon war sie ein wenig abgelenkt. Denn sie hatte sich gerade die Frage gestellt, ob sie Adrian geheiratet hätte, wenn Owen nicht gestorben wäre. Wenn Owens Brief sie niemals erreicht hätte ... wäre sie dann immer noch mit Adrian zusammen?

Wahrscheinlich.

Sie hatte das Leben mit ihm gemocht. Es war unkompliziert gewesen. Warm. Vertraut. Gemütlich. Vor allem gemütlich. Das alles hatte gut in ihren Plan gepasst.

Letztendlich war sie wohl schlichtweg zu faul und ängstlich gewesen, um eine lauwarme Beziehung zu beenden, die ihr die zwei Kinder hätte schenken können, die sie sich wünschte.

Machte sie das zu einem schlechten Menschen? Oder nur zu einem pragmatischen?

„Musste das sein?", durchbrach eine mürrische Stimme ihre Gedanken, und sie schaute geradewegs in das zwar immer noch sehr hübsche, aber ziemlich angesäuert dreinblickende Gesicht Coops.

# Kapitel 9

Hannah schien mit ihren Gedanken an einem anderen Ort gewesen zu sein, denn sie sah Coop verwirrt an und blickte auf die Stelle neben ihm. So, als hätte sie nicht mitbekommen, dass Cole nicht mehr neben ihnen stand, sondern zu Savannah gegangen war, der Frau, die ihm den lächerlichen Glauben an die Liebe zurückgegeben hatte. Cole hatte seitdem die Kontrolle über sein Leben verloren. Ständig benutzt er das Wort *Wir* oder seufzte verliebt oder verwendete Ausdrücke wie *unser Terminkalender*.

Aber das war gerade nicht Coops Problem. Nein, das war die vorlaute Blondine vor ihm.

„Wie bitte?", fragte Hannah und sah sich um.

„Ob du meinem Bruder unbedingt auf die Nase binden musstest, warum ich mit so vielen Frauen schlafe!", knurrte er mit gesenkter Stimme. Schlimm genug, dass Cole ihre Worte mitbekommen hatte. Was hatte sie sich dabei gedacht, eine so private Information herauszuposaunen?

„Ja", sagte sie schlicht. „Er ist dein Bruder und er liebt dich, er wird das wissen wollen."

„Na und? Man darf Cole nicht all seine Wünsche erfüllen, das steigt ihm zu Kopf. Er muss nicht gleich alle meine Geheimnisse kennen."

„Coop, du hast Albträume, die dir Angst machen“, sagte Hannah mit beeindruckend fester Stimme, aber dennoch weichen Augen. „Das sollte vor deiner Familie kein Geheimnis sein. Wie sollen sie dir helfen, wenn du ihnen dich nicht anvertraust?“ Herausfordernd hob sie eine Augenbraue.

Coop presste die Lippen aufeinander. Das war doch der Punkt! „Ich *will* nicht, dass sie mir helfen. Sie haben genug um die Ohren, ich will sie nicht belasten.“

„Das ist einfach nur dumm.“

Ungläubig sah er sie an. Hannah war dreister, als er es ihr zugetraut hätte ... und das war merkwürdig heiß. „Entschuldige?“

„Na, es belastet die meisten Mitmenschen mehr, keine Ahnung zu haben, was bei einem vor sich geht, als sie zu unterstützen. Jeder braucht Hilfe und jeder sollte sie bekommen.“

Kopfschüttelnd sah er sie an. „Hast du auf alles eine Antwort?“

Sie lächelte und neigte den Kopf. Dabei fiel eine blonde Strähne in ihre Stirn und verfing sich in ihren langen, hellen Wimpern. „Nein, nicht auf alles. Mit Serien und Filmen kenne ich mich zum Beispiel überhaupt nicht aus.“

„Na, wundervoll“, bemerkte er seufzend, hob die Hand und strich ihr die Haarsträhne aus der Stirn. Sie verdeckte zu viel von ihren braunen Augen. Das war lästig.

„Was tust du da?“, fragte sie verärgert und trat einen Schritt zurück.

Unschuldig sah er sie an. Er wusste genau, was ihr Problem war. Ihr Anti-Flirt-Kommentar in der Tiefgarage war sehr aufschlussreich gewesen. „Ich habe keine Ahnung, wovon du sprichst.“

„Du ... fasst mich die ganze Zeit an!“

Ja, natürlich. Denn ihre Haare und ihre Haut waren weich, und er berührte sie gerne. „Tue ich das?“, fragte er stirnrunzelnd.

„Ich kaufe dir dein Unschuldslammgetue keine Sekunde lang ab!“, sagte sie düster. „Wie schon erwähnt, flirtest du mit mir!“

Ja und es machte eine Menge Spaß. Warum die Hitze nicht noch etwas aufdrehen?

Er beugte sich zu ihr vor, sodass seine Lippen über ihr Ohr strichen. „Na ja, die anderen Frauen gucken immer noch herüber, und ich muss sie doch davon überzeugen, dass du wirklich mein Date bist, damit sie mich in Ruhe lassen.“ Er wedelte vage in Richtung Bar, wo tatsächlich einige Frauen neugierig zu ihnen herüberblickten. „Du könntest hier als Ritter in glänzender Rüstung einspringen.“

„Tut mir leid“, meinte sie achselzuckend. „Silber steht mir überhaupt nicht. Lässt mich immer sehr blass wirken. Außerdem halte ich es für keine gute Idee, dass du mich hier als deine Freundin verkaufst.“

„Wieso nicht?“, fragte er verblüfft.

Sie räusperte sich. „Na ja, weil einer von uns auf dumme Gedanken kommen könnte ...“

„Oh.“ Erschrocken sah er sie an und wich sofort ein paar Zentimeter vor ihr zurück. Damit hätte er rechnen sollen. Unangenehm berührt kratzte er sich den Nacken. „Ähm ... du hoffst doch nicht, dass ich ...“

„Ich spreche nicht von *mir*!", sagte sie miesepetrig und schlug ihm gegen den Oberarm. „Ich spreche von *dir*. Du gehst normalerweise nicht mit netten Frauen aus, mit denen du nicht nur schläfst, sondern auch redest und intellektuellen Spaß hast, Coop."

„Intellektuellen Spaß?", wiederholte er verdattert.

„Na ja, ich rede von Frauen, die dich auf intellektueller sowie körperlicher Ebene reizen", sagte sie sachlich. „Von denen hältst du dich normalerweise fern."

„Ja. Und?"

„Und ...", sagte sie langgezogen. „Ich bin so eine Frau. Ich bin eine völlig neue Erfahrung für dich. Deswegen habe ich Angst davor, dass du dich in mich verliebst. Weil du diese Art der Intimität mit einer Frau nicht gewöhnt bist und plötzlich merken könntest, wie toll das ist. Da du aber ein emotionaler Analphabet bist, wirst du deine Gefühle nicht richtig einschätzen können, bis es zu spät ist. Und am Ende bist du verletzt, weil ich sie nicht erwidere, und gar nicht auf der Suche nach einer Beziehung bin."

Mit offenem Mund starrte er sie an. Eine geschlagene Minute lang bewegte er sich nicht. Er hatte mit allem, aber nicht damit gerechnet.

„Was?", fragte er schließlich tonlos. „*Du* bist es, die Angst um *mich* hat, dass *ich* es bin, der sich in *dich* verliebt?"

„Ja. Auch wenn die Art und Weise, wie du die Worte aussprichst, beleidigend ist", stellte sie sachlich fest. „Aber ich nehme es dir nicht allzu übel. Du hattest einfach noch keine Beziehungen, in denen du deine Sensibilitäts-Probleme hättest angehen können."

Mittlerweile stand sein Mund offen – und er war unfähig, ihn zu schließen. Er glaubte ihr nicht. Sie bekam jedes Mal eine Gänsehaut, wenn er sie berührte. Ihre Wangen liefen rot an, wenn er sie nur ansah. Oder irrte er sich?

Nein, quatsch. „Okay, Moment", sagte er und jetzt lachte er. Das Ganze hier war absurd. „Ich glaube, du bist ein wenig verwirrt."

Sie hob die Augenbrauen. „Ich glaube nicht."

„Doch. Denn … was soll das überhaupt heißen: Ich bin diese Art der Intimität nicht gewöhnt?"

„Na, die Intimität, die mit einer Freundschaft einhergeht, in der man sich über persönliche Dinge, Gefühle und Träume austauscht. Die Freundschaft mit einer Frau oder einem Mann, die über das Körperliche hinausgeht."

Sie redete wirres Zeug. „Ähm … du hast gehört, was Cole gerade dazu gesagt hat, was ich vom Heiraten und Monogamie halte, oder?"

Ihre Miene strahlte pures Mitleid aus. „Ja und das war absolut lächerlich – und dessen bist du dir bewusst."

„Es ist das, woran ich glaube." Und das war die Wahrheit.

„Ach, bitte." Sie machte eine wegwerfende Handbewegung. „Du glaubst auch, dass es eine gute Idee ist, *Den nackten Mann* auszuprobieren. In dem Bereich kann ich dich wirklich nicht ernstnehmen."

Wieder lachte er. „Okay, lassen wir das. Kommen wir noch einmal zu der Sache mit der Intimität zurück, denn dort liegst du falsch. Ich bin sie gewöhnt. Ich habe meine Geschwister, mit denen ich –"

„Das ist etwas anderes", sagte sie kopfschüttelnd. „Mit deinen Geschwistern willst du nicht schlafen."

Meine Güte, sie verunsicherte ihn wirklich zutiefst, und irgendwie hatte er das Bedürfnis, ihr diesen Gefallen zu erwidern. Deswegen hob er interessiert eine Augenbraue. „Wieso denkst du, dass ich mit dir schlafen will?"

Etwas verblüfft und sichtbar unwohl zog sie die Schultern hoch. „Ähm, willst du nicht?", fragte sie vorsichtig und ihre Wangen liefen rot an. „Dann ..." Sie räusperte sich. „Dann flirtest du die ganze Zeit mit mir, weil du mich furchtbar findest, aber gerne meine Kakteensammlung bewundern würdest?"

Seine Mundwinkel zuckten. Sie war witzig. „So eine hübsche Klugscheißerin. Nein, deine Kakteen sind mir egal. Ich flirte mit dir, weil es ... keine Ahnung, Gewohnheit ist, schätze ich."

„Du bist es *gewohnt*, mit jeder Frau, die dir über den Weg läuft, zu flirten und ihr anzubieten, an deiner Sexstudie teilzunehmen?", fragte sie monoton.

Er zog eine Grimasse. Das war nach hinten losgegangen. „Okay, ich sehe, diese Unterhaltung hier wird nicht gut enden. Also schön, ich will ehrlich sein: Ja, klar will ich mit dir schlafen. Du bist süß, okay?"

Sie verdrehte die Augen. „Natürlich bin ich das."

Coop lachte leise und schüttelte den Kopf. „Abgesehen davon haben wir eine gewisse Chemie, bei der es unverantwortlich wäre, sie nicht näher zu ergründen."

Sie lachte. Legte den Kopf in den Nacken und lachte so laut und befreit, dass Coop automatisch miteinstimmen wollte. Die ersten Leute sahen zu ihnen hinüber, doch das kümmerte Hannah offenbar genauso wenig wie ihn. „Oh mein Gott, ist das ein Anmachspruch, der zieht?", wollte sie japsend wissen.

Er hob leger eine Schulter und unterdrückte ein Grinsen. „Manchmal, ja."

„Wow." Kopfschüttelnd sah sie ihn an, doch ihre Mundwinkel waren noch immer gehoben. „Okay. Pass auf: Ich meine es ernst, Coop. Ich bin eine emotionale Nummer zu groß für dich, glaub mir. Abgesehen davon brauche ich zurzeit keinen Lover, sondern einen Freund ... und ich glaube, dir geht es da genauso. Das sollten wir nicht mit ... anderen Dingen kaputtmachen."

„Mit anderen Dingen?", wiederholte er nachdenklich und ließ seine Fingerkuppen ihren Arm hinaufgleiten. Wenn sie Schwachsinn erzählte, durfte er auch Schwachsinn machen. „Sprichst du da von spektakulärem, bewusstseinsveränderndem Sex?"

Sichtlich verärgert schlug sie seine Hand weg. Aber war sie verärgert über ihn oder über ihre Reaktion auf ihn? Das fand er nämlich nicht sehr eindeutig. „Ja, genau von dem. Der ist es nicht wert, unsere langsam entstehende Freundschaft zu verkomplizieren."

Coop lächelte selbstgefällig. Oh, sie hatte ja keine Ahnung. „Wenn du das denkst, Hannah", raunte er und beugte sich zu ihr vor. „Dann ist es offensichtlich, dass du noch keinen spektakulären Sex hattest. Zumindest nicht die Art von Sex, die dich deinen eigenen Namen vergessen lässt. Die Art von Sex, die deinen ganzen Körper kribbeln lässt und dir plötzlich wichtiger als Wasser und Luft erscheint."

Er konnte hören, wie ihr Atem sich beschleunigte, doch als sie sprach, war ihre Stimme noch immer ruhig und gefasst. „Ich verzichte."

Seufzend ließ sich Coop zurück auf die Fersen sinken. Das war tragisch. Je weniger Interesse sie zeigte, desto interessierter wurde er! Ihm war klar, dass das albern war, aber er konnte sich nicht helfen. „Schön. Verstehe. Das ist wirklich sehr vernünftig und enttäuschend von dir."

Hannah biss sich auf die Unterlippe und wandte den Blick ab. „Mist", murmelte sie. „Ich tue das schon, ohne es zu merken!"

„Entschuldige?", fragte er überrascht.

„Na, vernünftig sein", meinte sie seufzend. „Owen hat recht. Vernunft und Beständigkeit kontrollieren mein Leben."

„Aha", sagte Coop tonlos. Ehrlich gesagt wusste er nicht, was daran schlecht sein sollte. Er würde sich über ein wenig mehr Vernunft und Beständigkeit freuen. Er liebte sein Leben, aber manchmal ... manchmal war es sehr schwer, Cooper Panther zu sein. Der nächsten Dummheit nachzujagen, die ihn von seiner Realität ablenkte. Nicht zu wissen, was am nächsten Tag passieren würde. Abgesehen davon fühlte er sich nicht jedes Mal so grandios, wie er gern behauptete, wenn er wieder mit einer fremden Frau in seinem Bett aufwachte. Manchmal ... manchmal fühlte er sich deswegen einfach nur schäbig.

Als hätte er allein mit diesem Gedanken eine neue Frau heraufbeschworen, fing eine dunkle Schönheit mit verheißungsvollem Lächeln seinen Blick auf und kam auf ihn zu.

Er seufzte. Woher hatten diese Frauen nur immer ihre frivolen Gesichtsausdrücke? Gab es da einen Katalog, den sie alle abonnierten?

„Hannah", murmelte er und wandte der Frau den Rücken zu. „Da kommt eine weitere Anwärterin auf deinen fiktiven Platz als mein Date. Kannst du ihr nicht einfach sagen, dass du meine Freundin bist und ihr die Augen auskratzen wirst, wenn sie mir zu nahe kommt?"

Hannah schnaubte und verdrehte die Augen. „Ich bin nicht dein Bodyguard!"

„Nein, dafür fehlt dir die Muskelkraft, aber könntest du nicht trotzdem ..."

„Nein, kann ich nicht", sagte sie bestimmt.

Er seufzte. „Ach ja. Ich vergaß: Du kannst nicht albern und spontan sein. Du bist immer ernst und gehst nur nach Plan vor."

Mit offenem Mund starrte sie ihn an. „Das hast du gerade nicht wirklich gesagt."

„Doch, und ich habe es auch so gemeint."

„Ich kann spontan und ... albern sein!", sagte sie entrüstet.

„Nein, kannst du nicht."

„Doch!"

„Dann beweise es mir."

„Schön." Wütend funkelte sie ihn an. „Aber ich habe eine bessere Idee, als deine blöde Freundin zu sein. Sieh einfach weiter hübsch aus und halt die Klappe, okay?"

„Fantastisch", murmelte er düster und wusste nicht ganz, ob es ihm gefiel, dass sie mit ihm redete, als sei er nur irgendein Idiot von der Straße, oder ob es ihn aufregte.

Hannah jedoch achtete nicht auf seinen missbilligenden Gesichtsausdruck. Sie hatte ein freundliches Lächeln aufgesetzt und trat auf die Frau im Abendkleid – meine Güte, das hier war eine Sportveranstaltung! Selbst seine Jeans war noch zu viel des Stils! – zu, bevor sie sie erreichte.

„Namaste", sagte Hannah, legte die Hände aneinander und verbeugte sich vor ihr. So, als sei sie ein indischer Bettelmönch mit Geschmacksverirrung.

Stirnrunzelnd wandte Coop sich zu den beiden um. Was genau hatte Hannah vor?

„Oh, Namaste", sagte die Dunkelhaarige verwirrt, und ihr Blick flackerte zu Coop hinüber, der sich aus einem Impuls heraus ebenfalls verbeugte. Warum auch nicht? Höflichkeit war schließlich eine Tugend.

„Oh, wenn ich das bemerken darf, Sie haben wirklich eine wunderschöne Aura", sprach Hannah weiter und führte eine fließende Bewegung um den Körper des Neuankömmlings aus. Sie berührte die fremde Frau nicht, aber sie befand sich auch definitiv nicht mehr in ihrem eigenen Tanzbereich.

„Nichts für ungut, aber ... wer sind Sie?", wollte die Frau mit zusammengezogenen Brauen wissen.

„Oh, ich bin nur eine geschundene Seele auf der Suche nach Absolution", sagte Hannah mit wabernder Stimme.

Coop musste ein Lachen unterdrücken. Wer hätte ahnen sollen, dass so viel Blödsinn in Hannah steckte?

„Was?", fragte die Fremde verdutzt.

„Ich bin Coopers spirituelle Beraterin. Ich helfe ihm, sein Krafttier zu finden, seine Seele zu reinigen und sei-

nen Geist von seinen lasterhaften Eigenschaften zu be-
freien. Zuerst dachte ich, er sei ein hoffnungsloser Fall.
Mit all seinen Frauengeschichten, seinen Alkoholex-
zessen und seiner dreckigen Frühstücksbrettsammlung. Doch jetzt bin ich mir sicher, dass auch er den
Weg ins Licht finden wird! Denn er hat erkannt, dass er
zuerst zu sich selbst und seiner reinen Seele zurückfin-
den muss, bevor er die Seele jemand anderes berühren
kann."

Einige Moment lang starrte die Frau Hannah und ihn
nur perplex an – dann seufzte sie langgedehnt und verschränkte die Hände auf ihrer Brust. „Oh mein Gott,
wirklich? Ich hatte ja keine Ahnung, wie sensibel Sie
sind, Cooper! Das ist unglaublich toll, dass Sie diese
Reise antreten wollen. Vielleicht könnte ich Sie dabei
begleiten?"

Hannah fiel das Lächeln vom Gesicht, und ungläubig
sah sie die Frau an. „Ernsthaft?", fragte sie dann laut.

Die Frau blinzelte. „Was?"

Cooper lachte nur leise, gespannt darauf, was Hannah als Nächstes tun würde.

Sie stieß einen genervten Ton aus, verschränkte die
Arme vor der Brust und sagte düster: „Okay, verzieh
dich. Coop gehört mir. Wir haben heißen Sex und eine
ganz besondere Bindung, die die Engel zum Weinen
bringt und unsere Krafttiere nährt und stärkt. Ich teile
ihn also nicht mit dir. Such dir deinen eigenen Millionär!"

Verstört zog die Schwarzhaarige sich zur Bar zurück.

Coop grinste breit. „Mensch, das hat ja fantastisch ge-
klappt."

„Ach, halt die Klappe!"

Er lachte erneut. „Was ist eine dreckige Frühstücksbrettsammlung?"

„Ein Sammlung von Frühstücksbrettern, auf die Fotos von nackten Frauen gedruckt wurden, ist doch klar."

„Ah. Das hört sich künstlerisch wertvoll an. Vielleicht sollte ich mir eine zulegen."

„Vielleicht solltest du einfach still sein", machte Hannah den grummeligen Gegenvorschlag.

„Tut mir leid, keine meiner Stärken", sagte er entschuldigend und umfasste sanft ihre Schultern, um sie durch den Raum zu schieben. „Aber komm, ich besorge dir ein Glas Wein und stell dich Savannah und Sam vor. Du kannst sie bitten, dir ihre Marketingstrategie für diese Saison zu erklären – und schon bist du wieder an einem Ort, an dem du die Sprache nicht verstehst."

Hannah seufzte, ließ sich jedoch von ihm nach vorn bugsieren. Bevor sie das kleine Grüppchen neben Cole erreicht hatten, warf sie ihm noch einen unsicheren Blick über die Schulter zu. „Ich weiß es zu schätzen, Coop", murmelte sie. „Dass du mir hilfst. Wirklich. Du ... machst die Liste erträglicher."

Coops Magen zog sich überraschend zusammen und sein Herz schien einen Moment lang in seiner Brust zu vibrieren. Als hätte Hannah es mit ihren Worten kurz und zärtlich angestupst. Er räusperte sich und nickte. „Gerne. Und wir sind lange noch nicht fertig. Ich muss dir doch heute Abend noch den Atem rauben."

Sie lächelte breit ... und das Vibrieren in seinem Herzen wurde zu einem süßen Ziehen. „Du weißt aber schon, dass du mir nicht einfach eine Plastiktüte über den Kopf ziehen darfst, oder?"

Seine Mundwinkel zuckten. „Mist. Dann muss ich mir spontan was anderes überlegen."
Hannah nickte. „Ich freu mich drauf."

# Kapitel 10

Sie blieben nicht bis zum Ende des Spiels.

Coop wurde sehr schnell klar, dass Hannah sich zu Tode langweilte und nicht verstand, dass Baseball der beste, strategischste und spannendste Sport der Welt war. Es dämmerte bereits, als sie zusammen im Auto saßen und aus der Tiefgarage fuhren. Aber es war lange nicht dunkel genug, um Hannahs Grimasse zu übersehen, als sie sagte: „Nun, das war … interessant."

„Was genau war interessant?", wollte er gespielt neugierig wissen. „Das Spiel? Die Gespräche über das Spiel? Oder Sams Sicht auf das Online- und Social-Media-Marketing der Zukunft?"

Hannah stieß einen Schwall Luft aus. „Puh, da könnte ich mich jetzt gar nicht entscheiden, was das Aufregendste war."

Grinsend bog Coop auf die Hauptstraße ab. „Du fandest sie also gleichwertig schrecklich?"

„Ja, genau das", sagte Hannah erleichtert. „Ich glaube, ich verstehe jetzt endlich, wie Leute sich fühlen, wenn ich einen Ein-Stunden-Monolog darüber führe, wie intelligent und fantastisch unsere Darmbakterien doch sind."

„Diesen Monolog gibt es?", fragte Coop überrascht. Hannah hatte bisher nicht viel über ihre Arbeit geredet.

„Oh ja, ein paar sogar. Ich könnte vierundzwanzig Stunden mit Informationen über die faszinierenden Eigenschaften unseres Darmtrakts füllen."

Coop lachte. „Und ich dachte immer, das Einzige, was Frauen zu ihrem Darm sagen, ist, dass dort Schmetterlinge und Regenbögen rauskommen."

„Nicht diese Frau", sagte Hannah selbstzufrieden und deutete mit beiden Daumen auf sich. „Unser Darm beeinflusst unseren ganzen Körper. Er stellt ein eigenes großes Immunsystem dar, beeinflusst sogar unsere Stimmung und Intelligenz, er …" Sie brach ab. „Aber das möchtest du alles gar nicht wissen, oder?", fragte sie unsicher.

Coop fasste nicht, dass er das sagte und tatsächlich auch so meinte, aber: „Doch. Will ich. Erzähl mir mehr von meinem magischen Darm."

Und die nächste halbe Stunde lang referierte Hannah darüber, wie klug Darmbakterien waren, wie sie miteinander interagierten und wie sie den Menschen damit beeinflussten.

Coop musste sich nicht einmal dabei anstrengen, zuzuhören. Hannah war so begeistert bei der Sache, dass man gar nicht anders konnte, als an ihren Lippen zu hängen. Sie gestikulierte wild, beantwortete jede seiner Fragen mit Geduld und Präzision, und als Coop schließlich auf den Parkplatz fuhr, der ihr heutiges Ziel war, hatte er das Gefühl, seinen Wissenskatalog um zwanzig Prozentpunkte erweitert zu haben.

„Meine Güte, du bist wirklich klug, oder?", fragte er schließlich und schaltete den Motor aus.

Hannah lachte. „Ich bin Ärztin, Coop. Intelligent in meinem Feld. Was andere Dinge angeht, besitze ich eine Menge Wissenslücken."

Sie konnte sagen, was sie wollte. Sie war eine der intelligentesten Frauen, die er je getroffen hatte … und verdammt sei er, wenn dieser kleine Umstand sie nicht gleich noch ein wenig heißer machte.

„Ähm, wo sind wir?", wollte Hannah wissen und beugte sich vor, um durch die Windschutzscheibe zu sehen. Doch dort stand nur eine Reihe von Bäumen, sie würde nicht viel erkennen können.

„An dem Ort, der dir den Atem rauben wird", erklärte er sachlich. „Warst du noch nie hier?"

„Woher soll ich das wissen, wenn du mir nicht sagst, wo wir sind?", erwiderte sie altklug.

„Belmont Plateau."

Sie hob die Augenbrauen. „Also, ich weiß von der Existenz dieses Parks, aber nein, ich war noch nie hier."

Zufrieden nickte er. „Ja, irgendwie waren das die wenigsten Leute aus Philadelphia. Dabei gibt es einen wunderschönen Ort eine Meile von hier entfernt. Ich hoffe, du hast wetterfeste Schuhe an."

Er schnallte sich ab und öffnete die Tür. Bevor er jedoch um die Motorhaube herumlaufen und Hannah ebenfalls die Tür öffnen konnte, war sie bereits ausgestiegen.

„Ein Hoch auf mein Streben nach Gemütlichkeit", sagte sie und wackelte mit den Turnschuhen an ihren Füßen. „Also, wo geht's lang?"

„Hier." Er deutete auf einen schmalen Trampelpfad zu ihrer Rechten, der zwischen den hohen Bäumen entlangführte, und zog sein Handy aus der Tasche, um die Taschenlampenfunktion zu aktivieren.

Der Pfad war gerade breit genug, dass sie nebeneinander hergehen konnten, und eine Weile achteten sie nur schweigend auf ihre Schritte, um nicht über die Wurzeln zu stolpern, die den Weg erschwerten. Schließlich fragte Hannah leise: „Du bist nicht hingegangen, oder?"

„Was?" Überrascht wandte er den Kopf. Ihr Gesicht war in dem fahlen Schein der provisorischen Taschenlampe ungewöhnlich weiß, doch die kleine Falte zwischen ihren Augenbrauen konnte er dennoch erkennen.

„Zu dem Essen bei deinem Vater. Du bist nicht hingegangen."

Natürlich. Darum ging es. Um das Thema, über das anscheinend jeder reden wollte, jeder außer ihm. „Nein", sagte er deswegen nur knapp.

„Mhm."

Coop seufzte schwer. Diese Geräusche erwartete er von seinen Geschwistern und vielleicht von Jake, aber doch nicht von *ihr*! „Du kennst meinen Vater nicht, Hannah", meinte er angespannt. „Also urteile nicht über mich."

„Ich urteile nicht", sagte sie hastig. „Ich gehe Problemen auch lieber aus dem Weg, als mich näher mit ihnen zu beschäftigten. Aber ... Familie ist wichtig."

„Ich weiß", presste er hervor. „Und mit meinen Geschwistern – meiner *wahren* Familie – rede ich ja auch noch. Abgesehen davon gehe ich dem Problem nicht aus dem Weg. Ich setze mich seit zwanzig Jahren mit

ihm auseinander und habe nun beschlossen, dass es all
den Ärger nicht wert ist."

„Okay." Hannah nickte. „Verstehe."

„Ich glaube nicht, dass du es verstehst."

„Doch", sagte sie aufrichtig. „Dein Vater macht dich
wütend und traurig ... und es gibt schon genug andere
Dinge, die dich wütend und traurig machen, da
brauchst du ihn nicht auch noch."

Verblüfft starrte er sie an – und sah dabei die große
Wurzel direkt vor seinen Füßen nicht.

Mit der Schuhspitze verfing er sich darin und stolperte nach vorn. Doch bevor er fallen konnte, griff Hannah nach seiner Hand und zog ihn zurück. Für so eine
kleine Person, war sie erschreckend stark! Coop fing
sich wieder, atmete tief durch und wartete darauf, dass
sie seine Hand wieder losließ.

Doch das tat sie nicht. Stattdessen verschränkte sie
die Finger mit seinen und lief weiter. Die Geste war intim, aber irgendwie wirkte sie auch nicht falsch oder
aufdringlich ... und Coop dachte nicht einmal daran,
Hannahs Hand loszulassen. Sie war warm und klein
und fühlte sich zerbrechlich und kostbar in seiner an.
Doch gleichzeitig schien sie ihn auch zu stärken. Was
für ein absurdes Paradoxon.

Doch Hannah schien von seinen Gedanken keine No-
tiz zu nehmen. Sie sprach weiter, als wäre nichts passiert. Als würden sie nicht plötzlich ... nun, Händchen
halten.

Großer Gott, Coop hatte seit der siebten Klasse nicht
mehr Händchen gehalten!

„Die Sache ist die, Coop. Wir haben so viel weniger
Zeit mit den Menschen, die wir lieben, als uns bewusst

ist. Zu wenig Zeit, um sie mit Groll und Wut zu füllen, die wir aus unseren Teenagerjahren mit uns herumschleppen."

Er schnaubte. „Oh, glaub mir, mindestens die Hälfte der Wut sammle ich erst, seitdem ich fünfundzwanzig bin."

„Darum geht es nicht. Es ändert nichts. Ich kenne deinen Vater nicht, aber das, was die Medien über ihn berichten, hört sich sehr ... anstrengend und herausfordernd an."

Das war die Untertreibung des Jahrhunderts!

„Dennoch: Wie würdest du dich fühlen, wenn er morgen einen Unfall hätte und plötzlich sterben würde? Wie würde es dir damit gehen, wenn du all die Dinge, die du ihm eigentlich noch an den Kopf werfen wolltest, nicht mehr loswirst? Wenn ihr euch nie vertragen hättet?"

Coop seufzte schwer. Es war ja nicht so, dass er solche Szenarien nicht schon mehrfach in seinem Kopf durchgegangen war. Aber er wusste überhaupt nicht, an welchem Punkt er anfangen sollte, die Beziehung zu retten! Sie war eine einzige Baustelle, die über die Jahre hinweg stillgestanden hatte oder weiter eingerissen worden war. Es war einfach zu viel passiert.

„Es ist nicht so leicht, Hannah", sagte er schließlich leise. „Wenn ich Dad auch nur einen Millimeter nachgebe, fühlt es sich an, als würde ich klein beigeben. Als würde ich ihm zustimmen. Als würde ich ihm einfach all die Fehler verzeihen, die er über die Jahre gemacht hat. Er schuldet mir so viele ungesagte Entschuldigungen, dass ich sie weder an meinen noch an deinen Fingern abzählen könnte."

„Aber dann sag ihm das doch", meinte Hannah schlicht und drückte seine Hand. „Sag ihm, weswegen du wütend bist und was er deiner Meinung nach tun kann, um die Sache besser zu machen. Vielleicht überrascht er dich ja."

Er wünschte, er könnte ihr glauben, doch er kannte seinen alten Herren zu gut. „Ja, vielleicht. Vielleicht sag ich ihm das", sagte er dennoch vage, um Hannah zu besänftigen.

Sie schnaubte jedoch nur. „Ich erkenne eine Lüge auch im Dunkeln, Coop! Es wäre vernünftiger von dir, mit ihm zu ..." Sie brach ab und plötzlich seufzte sie so schwer, dass ihre Hand vibrierte. „Aber was rede ich denn da schon wieder? Es ist dein Leben. Nicht meins. Du musst nicht so lächerlich vernünftig und beständig sein, wie ich es bin. Also vergiss, was ich gesagt habe. Es ist deine Sache."

Überrascht über ihre plötzliche Gedankenkehrtwende verlangsamte er den Schritt. Diese Art von Satz hatte sie schon einmal fallen lassen. Vielleicht war es die Dunkelheit, die Coop in falscher Sicherheit wiegte, oder vielleicht war es auch Hannahs weiche Hand. Doch sein Bedürfnis, nicht nachzufragen und sich aus allem herauszuhalten, was ihn nichts anging, verlor sich in der lauen Nacht und er hörte sich leise fragen: „Hannah ... was meinst du die ganze Zeit damit, wenn du sagst, dass du zu vernünftig und beständig bist? Ich verstehe es nicht."

Coop wusste, dass er einen wunden Punkt getroffen hatte, bevor sie antwortete. Spürte es daran, wie ihre Finger sich um seine verkrampften und wie sich die kurze Pause, die entstand, in scheinbar endlose Längen zog.

Schließlich murmelte sie: „Ich meinte damit ... dass ich mein Leben nie richtig gelebt habe, Coop."

„Man kann sein Leben nicht richtig oder falsch leben. Außer du bist ein Serienmörder. Dann irgendwie schon."

Sie lachte leise, schüttelte dann jedoch den Kopf. „Nein, du verstehst es nicht. Mein ganzes Leben lang bin ich auf Nummer sicher gegangen. Ich esse das, was ich schon kenne. Ich gehe um zehn ins Bett. Ich gebe meine Steuer zwei Monate im Voraus ab. Ich ... ich habe mit zwanzig Jahren diesen albernen Lebensplan entworfen, in dem ich meine Ziele festhalte. Hochzeit mit dreißig. Das erste Kind mit einunddreißig. Kurz darauf das Haus. Die Stelle der Chefärztin mit vierzig ... solche Sachen. Und seitdem ich diesen Plan habe – oder vielleicht war es auch schon davor, ich erinnere mich nicht mehr an eine andere Zeit –, gehe ich keine Risiken mehr ein! Ich bin nie spontan oder wagemutig und ich habe in meinen fast dreißig Jahren nur einen Bruchteil des erfüllten Lebens geführt, das mein Bruder hatte. Owen hat jede Sekunde genossen, so, als hätte er gewusst, dass er viel zu früh sterben würde! Er hat es *gewollt*, weißt du? Das Leben. Er hat es geliebt wie kein anderer. Er war viel besser als ich darin, es zu genießen. Doch darauf nimmt das Leben offensichtlich keine Rücksicht. Denn er ist weg und ich bin immer noch hier." Sie lachte freudlos. „Mit meiner mickrigen Existenz und meiner Sicherheit und meiner Vernunft. Mein Leben ist im Gegensatz zu seinem so bedeutungslos wie eh und je. Und wenn ich das nicht ändere, dann trete ich seine Erinnerung mit Füßen, also gehe ich mit dir bei Nacht durch einen dunklen Wald, um mir den Atem rauben zu lassen."

Der *dunkle Wald* war mittlerweile lichter geworden und das Belmont Plateau war so weit von den Lichtern der Stadt entfernt, dass man sogar vereinzelte Sterne am Himmel entdecken konnte. Doch Coop achtete nicht auf sie. Er war zu sehr auf Hannahs Worte konzentriert ... denn sie erklärten so vieles. Warum sie Fallschirmspringen ging, obwohl sie Höhenangst hatte. Wieso sie ihre Wand rot und dann wieder weiß gestrichen hatte. Wieso die Liste ihr so unglaublich wichtig war.

Sie wollte das Leben führen, das ihr Bruder verdient hätte. Das Leben, das ihm genommen worden war. Doch in ihrer Logik klaffte eine große Lücke.

„Du bist nicht dein Bruder, Hannah", wisperte er und strich mit dem Daumen über ihren Handrücken. „Es ist nicht deine Aufgabe, das Leben zu führen, das er gehabt hätte. Es ist deine Aufgabe, das Leben zu führen, das *du* willst. Und nur, weil du es anders leben willst, als er es getan hätte, macht es das nicht weniger wertvoll."

„Aber ich weiß es ja nicht, Coop", erwiderte sie kaum hörbar. „*Wie* ich es führen will. Ich dachte, ich wüsste es ... doch die letzten Jahre haben mich unglücklich und leer gemacht, mein Plan kam mir auf einmal bedeutungslos und nichtig vor, irgendetwas muss ich also falsch machen!"

„Niemand weiß, wie genau er sein Leben führen soll. Wir alle probieren doch auch nur aus und gucken, was passiert. Ob uns unsere Entscheidungen glücklich machen oder nicht."

Sie seufzte, und jetzt traten sie aus dem Wald hervor und liefen am Rand einer Lichtung entlang. „Ist es das, was du tust? Du probierst aus und guckst, was passiert?“

„So in etwa“, murmelte er und senkte den Blick.

„Und? Weißt du schon, ob deine Entscheidungen … ob sie dich glücklich machen?“

Ja. Das wusste er – und die Antwort war nein. Keine Entscheidung der letzten fünf Jahre hatte ihn wirklich glücklich gemacht, dennoch traf er immer wieder die gleichen. Weil es besser war, zu schweben als zu fallen. „Keine Ahnung“, sagte er nur.

„Na ja“, bemerkte Hannah resigniert. „Wenigstens schöpfst du alle Kapazitäten deines Lebens voll aus. Du schläfst, mit wem du willst. Du kletterst Steilwände hoch, springst aus Flugzeugen … dein Leben ist aufregend. Du hast lauter *Mehr-Momente.*“

Er lachte. Laut und ehrlich und vielleicht auch ein wenig verzweifelt. „So ein Schwachsinn, Hannah! Ich lebe mein Leben auf Sparflamme. Nur, weil ich dem ein oder anderen Adrenalinkick hinterherjage und ein Leben voller Veränderung und neuer Gesichter führe, heißt das doch nicht, dass ich es ausschöpfe. All diese Dinge verlangen keinen Mut. Kein Durchhaltevermögen. Kein Herzblut. Das, was ich tue, ist einfach! Das, was du tust – dich um Menschen zu kümmern, dich jeden Tag aufs Neue mit dem Tod deines Bruders zu konfrontieren, Pläne aufzustellen und sie dann auch zu befolgen –, das ist so viel schwieriger. Das erfordert so viel mehr *echtes Leben* als das, was ich veranstalte. Und was sollen *Mehr-Momente* überhaupt sein?“

Hannah war stehen geblieben und starrte nun mit geöffneten Lippen zu ihm hinauf. „*Mehr-Momente* sind die Momente, an die wir uns erinnern, wenn wir alt sind", erklärte sie. „Die besonderen, aufregenden Momente, in denen wir ... mehr fühlen, mehr sehen, mehr wissen als sonst."

„Was für ein philosophischer Scheiß!", meinte er ungläubig. „Wir können doch unser persönliches Glück nicht von ein paar einzelnen Momenten abhängig machen, Hannah. Momente vergehen. Beziehungen und Fürsorge und Großzügigkeit bleiben. Und davon verstehe ich einen Dreck – und du eine Menge!"

„Aber ... ich kapiere es nicht", sagte sie kopfschüttelnd. „Du hast den Job, die Freundinnen und das Leben, das du willst, oder nicht?"

„Gott, nein." Was für eine lächerliche Aussage! „Ich habe den Job, den ich mir zutraue, zu machen – nicht den, den ich eigentlich liebe. Ich führe die losen Beziehungen, die ich meinem Herzen zutraue, zu verkraften – nicht die, die ich eigentlich brauche. Ich habe ein stumpfes, sicheres Leben, in dem ich nicht allzu viel nachdenken muss und das mich davor bewahrt, mich allzu oft mit meinen Albträumen auseinanderzusetzen. Und weißt du warum? Weil ich Schiss habe, Hannah. Du denkst, du bist es, die ängstlich und vorsichtig ist, aber in meinen Augen bist du viel mutiger und aufregender als ich. Und das liegt ganz bestimmt nicht daran, dass du die Liste deines Bruders erfüllst. Das liegt allein an deinem Charakter und daran, dass du so verdammt warmherzig bist, obwohl hunderte von Leuten das ausnutzen könnten."

Hannah hob die Augenbrauen und sah ihn noch immer an. Ihre braunen Augen wirkten in der Dunkelheit fast schwarz, schafften es aber dennoch, warm zu funkeln. Schließlich, eine schiere Ewigkeit später, murmelte sie: „Ich glaube, das war das schönste Kompliment, das mir je jemand gemacht hat ... Schade, dass du es schreien musstest."

Seine Mundwinkel zuckten. „Mein Gemüt ist einfach nicht so sanft wie deines."

Hannah nickte lächelnd und studierte ihn noch eine Weile nachdenklich ... doch sie hakte nicht nach, warum er nicht das Leben führte, das er wollte. Sie stellte keine der unangenehmen Fragen, die sich angeboten hätten.

Vielleicht, weil sie wusste, dass er sie nicht beantworten würde. Vielleicht, weil sie ihn nicht unnötig belasten wollte.

„Okay, gehen wir weiter", meinte sie stattdessen nur.

Er schüttelte den Kopf und steckte sein Handy weg. „Das müssen wir nicht. Wir sind da." Er nickte über ihre Schulter, und überrascht wandte sie sich um. Hannah zog ihre Hand aus seiner, so, als bräuchte sie diesen Moment für sich ganz allein. Sie hob das Kinn etwas an, um über die Lichtung hinweg durch das Loch im gegenüberliegenden Blätterdickicht zu sehen.

Dort zeichnete sich die Skyline von Philadelphia ab. In all ihrer glitzernden Pracht strahlte sie am Horizont, während die Sterne neidvoll auf sie hinabsahen.

Die Blätter umgaben die leuchtenden Schemen scheinbar wie einen Rahmen, wehten sacht im Wind und raschelten in ihrer ganz eigenen Melodie.

„Es ist wunderschön", flüsterte Hannah, als er neben sie trat.

Lächelnd nickte er. „Im Herbst ist es noch schöner. Wenn die orangenen Blätter den Boden bedecken und das Licht des Sonnenuntergangs darauf fällt ..." Er räusperte sich. „Aber warte ab, es kommt noch was."

Sie hatte keine Zeit, nachzufragen. Denn der Himmel nutzte diesen Moment, um in dutzenden Farben zu explodieren. Das Feuerwerk des Delphie-Stadions, das die Saison offiziell eröffnete, erfüllte die Luft, stieg über die Wolkenkratzer und malte Bilder in den Himmel.

Hannah seufzte, hielt ein paar Atemzüge lang inne und sah schließlich lächelnd zu ihm auf. „Das hier ist wundervoll. Aber ich weiß nicht, ob es zählt. Feuerwerke bringen mich immer auf den Gedanken, dass wir gerade die Umwelt verpesten. Nichtsdestotrotz bin ich zwar beeindruckt, aber den Atem geraubt hat es mir jetzt nicht wirk-"

Er küsste sie.

Denn es war das einzig Richtige.

Die eine Hand legte er in ihren Nacken, die andere an ihre Wange, während er sich zu ihr hinabbeugte und die Lippen sanft über ihre streichen ließ.

Eigentlich war er eher der stürmische Typ, der keine Zeit verlor, sein Ziel vor Augen. Doch jetzt gerade ... jetzt gerade hatte er kein Ziel.

Es gab kein Später oder Gleich. Es gab das Jetzt und es gab Hannah – und sie hatte einen richtigen, echten Kuss verdient.

Einen Kuss, den sie bis in ihre Zehen spürte.

Also küsste er sie sanft, schmeckte Vanille, Wärme und Wein auf ihren Lippen, während seine Hand in ihren Haaren versank und das entfernte Feuerwerk in seinen Ohren widerhallte.

Doch *sanft* hielt nicht lang, denn er hatte die Rechnung ohne Hannah gemacht.

Wohlig seufzte sie an seinen Lippen auf, bevor sie sich auf die Zehenspitzen stellte, die Arme um seinen Hals schlang und sich an ihn drängte. Sie öffnete die Lippen unter seinen, vertiefte den Kuss, bis er nicht mehr wusste, ob es das Feuerwerk war oder sein Blut, das laut in seinen Ohren pochte.

Großer Gott, wie hatte er jemals denken können, sie sei harmlos?

Sie war alles andere als unschuldig und ungefährlich. Sie war … sie war … sein Gehirn setzte aus, weil sie mit den Fingerkuppen über seine Schultern fuhr, seinen Rücken hinabstrich und ihre Brüste dabei eng an seine harte Brust presste.

Seine Hand glitt von ihrer Wange, wanderte zu ihrer Taille, um sie noch enger heranzuziehen, während er mit der Zunge über ihre Lippen strich. Hannah kam ihm entgegen, wurde ungestümer, unordentlicher …

Mit jeder ihrer Berührungen überraschte sie ihn, während er gleichzeitig dachte, dass er damit hätte rechnen sollen! Sie war ein so großzügiger und gefühlvoller Mensch, natürlich würde sich das in ihre Küsse übertragen.

Ihre Zunge stieß auf seine, sein Herzschlag beschleunigte sich, seine Jeans wurde enger, und je mehr Hannah den Kuss vertiefte, desto mehr hatte er das Gefühl, jemand hätte ihm mit einem Tennisschläger ins Gesicht gehauen. Aber auf die gute Art und Weise!

Als sie sich schließlich voneinander lösten, war das Feuerwerk längst erloschen. Hannah stand vor ihm, ihr Atem schwer, ihre Lippen gerötet, ihre Haare unordentlich.

War sie schon immer so absurd schön gewesen?

„Danke", wisperte sie und lächelte breit.

„Was?" Er hatte Probleme, ihr zu folgen. Er hatte nicht genug Blut in seinem Hirn. Sein wild schlagendes Herz pumpte es nur an die falschen Stellen.

„Danke ... dafür, dass du mir den Atem geraubt hast."

Wovon redete sie? Er hatte ihr nicht den Atem rauben, er hatte sie küssen wollen!

Hannah schien ihm seine Verwirrung anzusehen, denn sie zog die Schultern hoch und setzte unsicher hinterher: „Der Kuss war doch nur dafür da, mir den Atem zu rauben, oder? Die Liste abzuhaken?"

Die Liste. Natürlich. Der Grund, warum sie hier waren. „Klar", sagte er mit trockener Kehle und räusperte sich. „Natürlich, die Liste ... und weil ich es wollte."

Sie hob die Augenbrauen. „Entschuldige?"

„Ich wollte dich küssen, Hannah", sagte er schlicht, denn warum sollte er deswegen lügen? „Eigentlich schon den ganzen Tag. Aber du hast mich mit deiner Rede über Freundschaft und Flirten und Intimität verwirrt."

„Oh", stieß sie aus, und es war in der Dunkelheit schlecht zu erkennen, doch ihre Wangen liefen bestimmt gerade feuerrot an. Das taten sie nämlich gerne.

Eine Weile sah sie ihn nur nachdenklich an, dann erschien wieder dieses Lächeln auf ihrem Gesicht. Dieses breite, ehrliche Lächeln, das seine Brust eng und frei zugleich werden ließ. „Nun, dann danke dafür, dass du mir den Atem geraubt und mein Ego gestreichelt hast. Du bist nämlich wirklich heiß, und jede Frau sollte mal das Vergnügen haben, von dir geküsst zu werden – du kannst es nämlich hervorragend.“

Er lachte und rieb sich mit beiden Händen übers Gesicht. Es fiel ihr wirklich absurd leicht, Komplimente auszusprechen – und Coop glaubte ihr auch noch jedes einzelne. „Du küsst auch fantastisch, ich danke also dir“, erwiderte er und neigte den Kopf.

Noch immer lächelnd zog Hannah ihr Telefon aus der Tasche und schaltete die Taschenlampen-App an. „Na, dann haben wir beide heute Abend ja wundervolle Dinge übereinander erfahren“, sagte sie schlicht. „Lass uns gehen, ja? Es ist spät.“

Er nickte, wenn auch ein wenig mechanisch.

Das war alles? Sie wollte nicht über den Kuss oder darüber, was er bedeutete, reden?

*Alle* Frauen wollten immer darüber reden!

Aber Hannah war nicht alle Frauen.

Er war verwirrt. Das hier war alles so ... ungewohnt für ihn. Er wusste nicht, was er mit dieser Situation anfangen sollte.

„Kommst du?“, fragte Hannah laut und als er aufblickte, bemerkte er, dass sie bereits vorgelaufen war und am Rande des Waldstücks auf ihn wartete.

Er nickte. „Ja“, murmelte er und setzte sich in Bewegung.

Hatte ihn dieser Kuss etwa mehr von den Socken gehauen als sie?

# Kapitel 11

„Dennoch war es der beste Kuss, den ich je hatte", sagte Hannah, und allein der Gedanke an Coops Lippen auf den ihren trieb ihr einen Schauder den Rücken hinunter.

„Das musst du mir genauer erklären … Wie sieht ein heißer, platonischer Freundschaftskuss genau aus? Und wie kann das der beste Kuss sein, den du je hattest?"

Hannah schaltete den Motor aus, lehnte sich in ihren Autositz zurück und dachte über Laras Frage nach. „Na ja", sagte sie schließlich langsam. „Es ist ein heißer Kuss, aber aus freundschaftlichen Motiven. Und ich glaube, gerade deswegen war er so gut. Weil wir … nur befreundet sind und keiner Erwartungen hat?"

„Wieso klingt das wie eine Frage aus deinem Mund?" Laras Stimme klang selbst über den Lautsprecher der Freisprechanlage äußerst argwöhnisch.

„Also, ich bin mir nicht sicher, ob Coops Motive wirklich nur freundschaftlich sind", stellte sie klar. Und wenn sie schon dabei war, könnte sie auch direkt zugeben, dass sie sich ebenso wenig sicher war, ob *ihre* Motive rein freundschaftlich waren.

Abgesehen davon war der Kuss überhaupt nicht platonisch gewesen. Hannah versuchte sich das seit drei

Tagen einzureden, doch so wirklich überzeugt hatte sie sich noch nicht. Platonische Küsse führten normalerweise nicht zu kribbelnden Zehen und fantasievollen Sex-Träumen.

„Andererseits hat er mich nur geküsst, weil er mir bei der Liste helfen und den Atem rauben wollte, also …"

*Ich wollte dich küssen, Hannah. Eigentlich schon den ganzen Tag.*

Ihr Herz machte einen Hüpfer. Oh Gott, welcher Mann sagte denn solche Dinge!?

„Hätte er dir nicht einfach einen Staubsauger an den Mund halten können? Das hätte dir doch auch den Atem genommen."

Hannah grinste, schaltete die Freisprechanlage aus und zog ihr Handy aus der Halterung. „Das wäre aber nur halb so romantisch gewesen."

„Ich dachte, es geht nicht um Romantik, sondern um platonische Freundschaftsdienste."

Ach, sie wusste es doch auch nicht! Hannah war verwirrt. Coops Hände an ihrem Körper, seine Lippen auf ihren … das Feuerwerk, die Aussicht … ja, natürlich war es romantisch gewesen!

„Wenigstens erklärt das nun, warum Cooper Panther dir so schrecklich *selbstlos* mit deiner Liste hilft", meinte Lara nach einer Weile. „Er will dich eigentlich nur ins Bett kriegen."

„Das glaube ich nicht", widersprach Hannah und stieg aus dem Wagen. „Also, ja, er hat schon ein paarmal erwähnt, dass er mit mir schlafen will – als Witz, glaube ich." Nein, das glaubte sie nicht. „Aber wir sind auch Freunde. Wir reden viel. Wir mögen uns."

„Das ist ja noch viel schlimmer!", meinte Lara bestürzt. „Du kannst entweder mit ihm schlafen oder mit ihm reden, Hannah! Beides geht nicht. Beides führt nämlich dazu, dass du dich Hals über Kopf in ihn verliebst."

„Ach, quatsch." Sie schloss den Wagen ab und lief den Bürgersteig entlang in Richtung ihrer Haustür, während sie dachte, dass sie ehrlich gesagt schon ein wenig Angst um sich selbst hatte. Denn es würde lächerlich leicht sein, sich in Coop zu verlieben. Er war witzig, intelligent, charmant ... doch egal, was noch auf Owens Liste stehen mochte, in diesem Hornissennest würde sie nicht herumstochern. „Wir flirten nur. Das macht Spaß. Und hey, du meinst doch die ganze Zeit, dass ich mehr Männerbekanntschaften machen sollte!"

„Ja, klar. Aber doch nicht mit Cooper Panther, dem ‚Schürzenjäger der Stadt', der dich als seine Trophäe an die Wand hängen will."

Hannah schnaubte. „So ist das nicht. Dieser Artikel stellt ihn schlimmer dar, als er ist. Coop ist nett."

„Nett? Ich kann mir überhaupt nicht vorstellen, dass jemand, der mit Callum Panther verwandt ist, *nett* ist."

Hannah verdrehte die Augen. „Was genau ist das mit dir und Callum?"

„Ein Kampf, Hannah!", sagte Lara todernst. „Ein Kampf um Ehre und Stolz und ... keine Ahnung. Frag Callum. Er ist es, der sich so anstellt und nicht vernünftig mit mir kooperieren will, obwohl ich in seinem Interesse handele. Ich möchte nur über seinen Arbeitsprozess auf dem Laufenden gehalten werden. Ist das zu viel verlangt?"

„Wahrscheinlich nicht ...“, meinte Hannah achselzuckend. „Aber ich hoffe irgendwie, dass er dich noch ein bisschen länger hinhält. Ich finde es toll, dass du so oft herkommen und Cal überwachen musst. Denn das bedeutet, dass du öfter in Philadelphia bist und nicht in dieser anderen schrecklichen Stadt.“

„New York?“, half Lara ihr amüsiert auf die Sprünge.

„Ja, genau die. Entschuldige. Sie ist so unwichtig, dass ich andauernd ihren Namen vergesse.“

„Mhm, schon klar. Also, sehen wir uns gleich?“

„Jap. Ich spring nur kurz unter die Dusche und zieh mir was anderes an, dann würde ich mich auf den Weg machen.“

„Okay“, sagte Lara. „Schreib einfach noch mal, wenn du losfährst. Und ich will mindestens drei Cocktails trinken! Ich brauche den Alkohol heute.“

„Es ist Samstagabend, das kriegen wir hin“, meinte Hannah lächelnd. „Bis gleich!“

Sie schob ihr Handy in die Tasche und kramte stattdessen nach ihren Haustürschlüsseln. Mit den Fingern hatte sie gerade nach dem kalten Metall getastet, als ihr Blick auf die Stufen fiel, die zu ihrer Eingangstür hochführten.

Abrupt blieb sie stehen. Dort saß eine große, dünne Gestalt, die sich bei ihrem Anblick erhob.

Es waren Monate vergangen, seit sie ihn das letzte Mal gesehen hatte, doch er schien sich nicht im Mindestens verändert zu haben. Seine dunkelblonden Haare trug er noch immer kurz, sein Hemd war gebügelt – genauso wie seine Jeans.

Er sah gut aus. Gepflegt und gesund und attraktiv.

Doch alles, was Hannah fühlte, war eine dumpfe Sehnsucht, die ihr Herz schwer und ihre Lungen bleiern werden ließ. Sie sehnte sich nicht nach *ihm* ... sie sehnte sich nach der Sicherheit und Ruhe und Gemütlichkeit, die sie in seiner Gegenwart immer verspürt hatte. Und das war nie etwas Schlechtes gewesen – doch wenn nichts anderes, als dieses Gefühl übrigblieb, dann war es einfach nicht mehr genug.

„Was tust du hier, Adrian?", fragte sie leise, ihre Stimme atemlos, als wäre sie gerade einen Marathon gerannt.

„Du hast auf keinen meiner Anrufe geantwortet, Hannah", sagte er schlicht. „Wie hätte ich dich sonst erreichen sollen?"

Sie schluckte und nickte. „Ich wollte anrufen, doch ich war in den letzten Monaten sehr beschäftigt mit ..."

„Owens Liste?", beendete er ihren Satz kühl.

Wieder nickte sie.

„Das ist ja schön für dich. Toll, dass du dein Leben mit etwas füllen kannst, das dir sinnvoll erscheint. Aber wir waren drei Jahre zusammen, Hannah, dann machst du aus dem Nichts Schluss und ignorierst mich?", sagte er leise und senkte den Blick. „Ich habe etwas Besseres verdient."

Ein Kloß drängte sich ihren Hals hinauf, und sie atmete tief durch. „Ich weiß", wisperte sie dann. Denn er hatte recht.

Die Wahrheit war, dass Adrian ein guter Mann war. Er war großzügig, intelligent und freundlich. Aber er war nicht der richtige Mann für sie gewesen. Owen hatte es gewusst ... und in ihrem Herzen hatte sie es auch gewusst. Dennoch hatte er etwas Besseres verdient, als ignoriert zu werden.

Es war nur so schwer, alle Baustellen gleichzeitig anzugehen. Hannah fiel es zurzeit so viel leichter, Probleme zu ignorieren, als sich mit ihnen zu konfrontieren. Sie hatte die Liste ... das war ihre oberste Priorität. Alles andere war zu viel.

Aber das war einfach nur feige! Sie konnte die Liste nicht als Ausrede nehmen, um jegliche Verantwortung von sich zu schieben. „Komm mit rein, Adrian", sagte sie sanft. „Ich gebe dir deine Hemden und deine CD zurück."

Mit schweren Schritten lief sie an ihm vorbei und öffnete die Tür. Er folgte ihr den langen Flur hinab zu Hannahs Wohnungstür, die bis vor Kurzem noch *ihre* Wohnungstür gewesen war. Hastig schloss Hannah auch diese auf, bevor sie hineinhuschte und ins Schlafzimmer lief, wo Adrians Sachen seit Monaten an ein und derselben Stelle lagen. Die Hemden ordentlich gefaltet, die CD vorsichtig darauf gebettet.

Sie griff danach und kehrte ins Wohnzimmer zurück.

Adrian stand noch immer im Eingangsbereich. Sein Blick schweifte durch das Zimmer, das Hannah seit seinem Auszug in dem Versuch, herauszufinden, was sie mochte und wollte, mehrfach umgestellt hatte. Doch alles, was sie über sich gelernt hatte, war, dass es ihr vollkommen egal war, wie die Möbel ausgerichtet waren – denn sie mochte sie allesamt nicht. Sie waren grau und schwarz und trostlos, und sie konnte sich nicht mehr daran erinnern, warum sie sie gekauft hatte. Wahrscheinlich hatten sie Adrian gefallen.

Doch immer, wenn sie sich dazu hatte bringen wollen, den Sperrmüll zu rufen, war sie unfähig dazu gewesen, es durchzuziehen. Die Möbel mochten zwar trostlos sein, aber sie waren auch vertraut. Und sie hatte nur noch so wenige vertraute Dinge in ihrem Leben, dass ihr plötzlich jedes einzelne wie eine Kostbarkeit vorkam.

„Hier", sagte sie leise und reichte ihm die Sachen.

Adrian nickte und nahm sie entgegen. Hannah hoffte, dass er nun einfach gehen würde.

Doch er verschwand nicht. Er blieb vor der Tür stehen, die CD und die Kleidung wie einen Fremdkörper in seiner Hand haltend, und starrte sie an.

Er sah verloren aus.

Genau so, wie Hannah sich so oft fühlte.

Und mit jeder Sekunde, die verstrich, spürte sie, wie ihr Mund trockener wurde und ihre Augen ein bisschen mehr brannten.

Sie hatte ihn geliebt. Das war keine Lüge gewesen. Keine Unwahrheit, von denen sie ihm in den letzten Jahren über so viele erzählt hatte – weil sie sie selbst geglaubt hatte. Sie wollte das Beste für ihn. Vielleicht war das einer der Gründe, warum sie so lang mit ihm zusammengeblieben war. Weil er geglaubt hatte, dass sie das Beste für ihn war ... und sie ihn, und nicht zuletzt sich selbst, nicht mit der Wahrheit hatte verletzen wollen.

„Hannah ... was ist passiert?", flüsterte er.

Sie hatte die Frage erwartet. Seit sie ihn auf ihren Treppenstufen entdeckt hatte, hatte sie sich vor diesem Moment gefürchtet. Das änderte jedoch nichts daran, dass sie keine Antwort hatte, die ihn zufriedenstellen würde.

„Ich meine, wir hatten doch ein schönes Leben zusammen, oder nicht?", murmelte er. „Wir haben uns verstanden. Wir haben nicht gestritten, wir waren uns immer einig … oder habe ich mir all das eingebildet?"

Hannah schüttelte den Kopf und legte ihre zitternden Hände ineinander. „Nein. Nein, das hast du nicht. Du warst … toll, Adrian. Ich war eine Zeit lang sehr glücklich."

Doch irgendwann war sie es nicht mehr gewesen – nur war ihr Wunsch, den Lebensplan zu verfolgen, den sie etliche Jahre zuvor aufgestellt hatte, zu groß gewesen, als dass sie es bemerkt hätte.

„Okay, aber …" Er lachte trocken auf. „Ehrlich gesagt weiß ich dann immer noch nicht, was dein Problem ist, Hannah. Alles war okay, zumindest hast du nie etwas getan oder gesagt, was auf das Gegenteil hingedeutet hat! Unser Leben war vollkommen in Ordnung. Wir haben gearbeitet, wir haben Pläne geschmiedet – und dann stirbt dein Bruder und du wirfst alles hin? Ich wollte dich trösten, für dich da sein … und du machst Schluss! Nur, weil Owen es dir in einem Brief aufträgt? Weißt du, die ersten Wochen dachte ich einfach, dass du einen psychischen Schock davongetragen hast. Dass deine große Trauer dich zu absurden Taten gezwungen hat und du schon noch zur Vernunft kommen würdest … aber nach einem Monat war selbst mir klar, dass das nicht passieren wird! Also: Was zur Hölle ist los?" Sein Blick war drängend und bittend und er brach ihr das Herz.

Sie hatte ihn so sehr verletzt. „Du hast recht, Adrian. Unser Leben war okay", flüsterte sie. „Aber okay ist nicht genug! Vollkommen in Ordnung reicht nicht."

„Also hat dir einfach nur die Leidenschaft gefehlt, oder was?"

Sie schüttelte den Kopf. „Nein, das ist es nicht. Es geht nicht um Sex oder Anziehungskraft oder ... was auch immer. Es geht um Entwicklung. Unser Leben stand still. An einer Stelle, an der ich nicht glücklich war. An der sich mein Leben ... nicht wertvoll angefühlt hat. Und das will ich ändern. Ich möchte mich lebendig fühlen. Meine Möglichkeiten ausschöpfen."

Er presste die Lippen zusammen und schüttelte den Kopf. „Ja, das sagst du jetzt. Und in den nächsten zwei Monaten vielleicht auch noch. Aber du wirst bald merken, dass du dir etwas vormachst, Hannah. So wie du es immer tust. Du hast dir offensichtlich vorgemacht, in unserer Beziehung glücklich zu sein und das zu wollen, was ich will. Du machst dir vor, dass dein Job dich glücklich macht, obwohl du nur im Krankenhaus arbeitest, weil es deinen Eltern gehört und du sie nicht enttäuschen willst. Und jetzt gerade machst du dir vor, dass es um dich geht. Um *dein* Leben. Darum, was *du* willst. Doch in Wirklichkeit willst du nicht einsehen, dass Owen tot ist. Dass er dich verlassen hat. Du erledigst die albernen Punkte seiner Liste doch nur, weil du dich ihm dann näher fühlst. Weil er in deinem Kopf dann immer noch bei dir ist. Deswegen wirst du die Liste in die Länge ziehen, solange du kannst. Weil du unfähig bist, ihn loszulassen." Bitter schüttelte er den Kopf. „Du tust so, als wärst du ein neuer Mensch, aber du bist dieselbe Hannah. Ich kenne dich. Du redest dir jetzt ein, dass ich derjenige bin, der dich an deiner Entwicklung gehindert hat, aber das tust du von ganz allein! Du ziehst nichts durch, weil du zu große Angst vor den Konsequenzen hast! Nichts, außer deinen dummen Lebensplan, in dem niemand Platz hat, der es wagt, Kritik daran zu äußern. Dein Bruder konnte diesen Platz nicht einnehmen, ich habe ihn auch verloren – und dir selbst lässt du auch keinen Platz. Denn du lebst immer noch nicht für dich. Du lebst für Owen, Hannah. Du versuchst sein Leben mit dieser dummen Liste zu verlängern. Ich meine, du hast mit mir Schluss gemacht, weil dein Bruder es sich gewünscht hat. Du lässt dich von einem Toten kontrollieren. Wie kann das eine Entwicklung sein? Und ich gehe jede Wette ein, dass du die Liste nicht einmal beenden wirst. Weil du danach nichts mehr hast, an das du dich klammern kannst!"

Und mit diesen Worten drehte er sich auf dem Absatz um, trat auf den Flur … und zog die Tür leise ins Schloss.

Mit geöffneten Lippen und klopfendem Herzen starrte Hannah die Stelle an, an der Adrian gerade noch gestanden hatte. Seine Worte hallten durch ihren Kopf, doch nur ein Satz glühte rot vor ihren Augen auf.

*Du ziehst nichts durch, weil du zu große Angst vor den Konsequenzen hast.*

Nein. Er hatte unrecht. Er … es war nicht so, dass … nein!

Sie war nicht dieselbe. Sie war mutiger. Sie war aus einem Flugzeug gesprungen! Ihr waren Konsequenzen egal und sie … sie tat das alles aus freiem Willen.

Sie schluckte fest und zog mit flatterndem Herzen die Liste aus der Handtasche. Sie würde sie beenden. Für sich selbst. Nicht für Owen. Es war *ihre* Herausforderung. Nicht seine.

Mit zitterndem Finger fuhr sie das Papier hinab und blieb an einem noch zu erledigenden Punkt hängen.

Ja. Sie war nicht mehr vernünftig und vorsichtig und ängstlich.

Heute Nacht würde sie rücksichtslos und leichtsinnig sein.

# Kapitel 12

Sollte er sich bei ihr melden?

Das war die Frage, die ihm seit drei Tagen im Kopf herumgeisterte.

Sollte er sie einfach anrufen, ihr sagen, dass sie den Kuss vergessen sollten, und dann fragen, welche Punkte auf ihrer Liste noch zu erledigen waren?

Zum Beispiel dieser eine Punkt, der ihm gerade vollkommen zufällig durch den Kopf schoss.

*Mit jemandem ins Bett springen, der absolut nicht mein Typ ist.*

Den hatte er sich merkwürdigerweise gemerkt. Aber war das nicht eine Aufgabe, für die er perfekt geeignet war? Er konnte mit ihr schlafen und würde ihr damit quasi einen Gefallen tun!

Andererseits würde sie nicht einfach so mit ihm in die Kiste springen. Sie war eine Lady und sie hatte es verdient, davor zum Essen ausgeführt und gut unterhalten zu werden und ... nun, das könnte das falsche Bild vermitteln. Er wollte nicht mit ihr ausgehen, er ... also, eigentlich wollte er schon mit ihr ausgehen. Das wäre sicherlich ziemlich unterhaltsam. Hannah war witzig und intelligent, und es war kinderleicht, mit ihr Zeit zu verbringen. Aber er wollte nicht mit ihr auf ein Date gehen und dann mit ihr schlafen, weil sie dann glauben könnte, er hätte seine Meinung über Monogamie und ernste Beziehungen plötzlich geändert. Und das hatte er nicht.

Aber hatte sie nicht selbst gesagt, dass sie gar nicht auf der Suche nach einer Beziehung war?

Sie hatte ihm doch sogar ausdrücklich gesagt, dass sie Angst davor hatte, er könne sich in sie verlieben. Dass sie sich um *ihn, den emotionalen Analphabeten,* sorge, nicht um ihre eigenen Gefühle.

Er schnaubte. Sie war ein echter Scherzkeks mit Wahnvorstellungen. Emotionaler Analphabet! So ein Schwachsinn. Er verstand Gefühle sehr wohl und verliebte sich trotzdem nicht. Nie. Tausende Frauen dachten, sie könnten ihn in der Hinsicht ändern – aber sie alle waren einem Irrtum aufgesessen.

Zumindest bei einer Sache hatte Hannah recht. Sie waren Freunde geworden. Kuss hin oder her.

Und Freunde rief man doch einfach mal an, oder? Aber tat man das auch mit Freunden, mit denen man schlafen wollte?

Mhm, damit hatte er keine Erfahrung, denn wie jeder immer wieder freundlich bemerkte, pflegte er keine platonischen Frauenfreundschaften.

Scheiße, er hatte wirklich keine Ahnung, wie er weiter vorgehen sollte. Einerseits wollte er wirklich, *wirklich* mit Hannah ins Bett ... andererseits wollte er ihre Freundschaft auch nicht mit Sex kaputtmachen.

Aber konnte so etwas Fantastisches wie Sex eine Beziehung überhaupt verschlechtern? Sollte eine großartige Freundschaft nicht noch besser werden, wenn man Sex hinzuaddierte? War das nicht ein einfaches, mathematisches Gesetz?

Ah, er ahnte, dass er sich das nur einredete, weil er einen Vorgeschmack davon bekommen hatte, wie es sein könnte, mit Hannah zu schlafen!

Aber irgendwie stimmte es doch trotzdem, oder?

„Es ist, als würde man einen Pantomimen dabei beobachten, wie er einen inneren Konflikt darstellt", drang Coles Stimme aus gefühlter Ferne an seine Ohren.

„Ich weiß nicht. Ich finde, er sieht eher aus wie jemand, der kleine Elektroschocks bekommt und nicht weiß, ob er es mag oder hasst", überlegte Callie.

„Ihr liegt beide falsch. Es sieht aus, als würde ein böser Geist, der Sex nichts abgewinnen kann, versuchen, ihn in Besitz zu nehmen", bemerkte Callum. „Das, und nichts anderes!"

Mhm, ein böser Geist, der ihm Sex ausredete, wäre gar nicht so unpraktisch. Dann könnte er einfach platonisch mit Hannah befreundet bleiben und müsste sich keine Gedanken um diesen ganzen Scheiß machen!

„Ich verstehe es nicht. Ich habe dieses Treffen einberufen, weil ich dachte, dass er sich wütend und zerstörerisch verhalten würde und ich ihn auf andere Gedanken bringen wollte, weil ... na ja, ihr wisst warum. Aber irgendwie scheint er nur verwirrt zu sein. Er sieht gar nicht so grantig aus wie sonst immer um diese Jahreszeit."

Nun, er war ja auch nicht grantig. Davids Todestag war noch eine Woche entfernt, seine Schuldgefühle waren und blieben dieselben, seine Albträume hatten sich nicht gebessert, doch seine Wut ... seine Wut, die er sonst immer verspürte, war irgendwie nicht da.

Er wusste zurzeit nicht, worauf er wütend sein sollte. Normalerweise war er auf sich selbst und das Leben wütend ... doch Hannah war nicht auf das Leben wütend, obwohl es ihrem Bruder einen beschissenen Gehirntumor geschenkt hatte. Sie war auf sich selbst wütend, weil sie kein Leben führte, das dem Tod ihres Bruders Ehre gebührte – und diesen Gedanken fand er so absurd, dass er wiederrum vergessen zu haben schien, warum er immer auf sich selbst wütend gewesen war.

Callie hatte recht. Er *war verwirrt.*

Sein Magen, der sonst mit roter Wut, Abscheu und Schuld gefüllt war, schien zurzeit einfach nur ... leer. Schwer, aber gleichzeitig leer. Ergab das einen Sinn?

„Und wieso sagt er nichts?", wollte Callum leise wissen. „Mich regt es immer auf, wenn ihr über mich redet, als wäre ich nicht da."

Hannah war wütend auf sich selbst, weil ihr Leben nach ihren eigenen, verdrehten Standards nicht wertvoll genug war, weil sie es nicht auf die *richtige Weise* führte.

„Coop?", sagte Callie sanft, und er spürte, wie sie eine Hand auf seine Schulter legte. „Schläfst du mit offenen Augen?"

Er blinzelte mehrfach und katapultierte sich somit zurück in die Gegenwart. Einige Sekunden lang sah er sich etwas orientierungslos um. Er saß in Cals Werkstatt, zwischen Callie und Cole auf der Couch eingepfercht. Sein jüngster Bruder saß ihm gegenüber auf seinem Bürostuhl, die Ellenbogen auf die Knie gestützt, die Stirn gerunzelt.

Er hielt ein Bier in seiner Hand, erinnerte sich jedoch nicht mehr daran, es geöffnet zu haben.

Wieder blinzelte er, sah zuerst Callie, dann Cole, dann Callum an. Schließlich sagte er: „Glaubt ihr, dass ihr euer Leben ... *richtig* lebt?"

Drei offene Münder waren die Antwort.

„Das war eine ernstzunehmende Frage", meinte er langsam. „Glaubt ihr, dass ihr euer Leben *richtig* lebt?"

Callum war der Erste, der sich aus der Starre löste. „Man kann sein Leben nicht richtig oder falsch leben, Coop. Also, außer man ist jetzt Auftragskiller oder Terrorist. Dann irgendwie schon."

Coops Mundwinkel zuckten. Er war seinem Bruder wohl ähnlicher als gedacht. „Weißt du, das habe ich auch geglaubt. Und dann habe ich angefangen, darüber nachzudenken, was mir alles an meinem Leben nicht gefällt ... und irgendwie lief alles darauf hinaus, dass diese Dinge alle in meiner eigenen Verantwortung liegen. Und ich sie ändern könnte, wenn ich nur wollte – es aber nicht tue. Heißt das nicht trotzdem, dass ich mein Leben ... falsch lebe? Weil ich es besser machen könnte, mich aber selbst sabotiere und dadurch ... stillstehe?"

„Wann bist du denn unter die Philosophen gegangen?", bemerkte Cole, ein amüsiertes Grinsen auf dem Gesicht.

Darauf hatte Coop keine Antwort, deswegen wandte er sich mit gehobenen Augenbrauen an Callie.

Seine Zwillingsschwester räusperte sich. Sie schien zu wissen, dass ihm diese Frage sehr wichtig war, denn sie lächelte nicht. Stattdessen sagte sie ruhig: „Inwiefern sabotierst du dich selbst, Coop? Was ist es, das du nicht änderst, obwohl du es könntest?"

Er schnaubte. Callie wusste genau, was er meinte. Dennoch tat er ihr den Gefallen und antwortete. „Nun, ich habe einen Job, den ich nur angenommen habe, weil er mich erfolgreich von meinem miserablen Leben ablenkt und mir möglichst wenig Verantwortung auflädt. Ich führe sogenannte ‚Beziehungen‘ zu Frauen, von denen ich weiß, dass sie mich eigentlich nicht interessieren. Zuletzt treffe ich alle meine Entscheidungen aus Angst. Nicht weil sie mich dorthin führen, wo ich hinwill.“

„Aber … wo willst du hin, Coop?“, fragte Callie sanft.

Zynisch zog er seine Mundwinkel nach oben. „Raus aus der Misere, schätze ich.“

„Meine Güte“, murmelte Callum kopfschüttelnd. „Und ihr meint immer, ich wäre der sensible Bruder. So reflektiert wie Coop war ich noch nie.“

„Natürlich warst du das nicht“, sagte Callie verärgert. „Denn sonst würdest du dich nicht von Chips und Cola ernähren und achtzig Prozent deiner Zeit in dieser Werkstatt mit dürftigem Sonnenlicht verbringen.“

„Über solche Dinge denkst du nach?“, fragte Cole skeptisch.

„Ich denke über eine Menge Dinge nach“, antwortete Coop. „Ab wann man zu alt ist, um beruflich aus Flugzeugen zu springen. Ob die Jonas Brothers sich wieder trennen werden. Wovor ich Angst habe und wovor nicht. Ob ich mir ein anderes Auto kaufen sollte.“

Cole öffnete den Mund, wahrscheinlich, um irgendeinen unqualifizierten Kommentar von sich zu geben, doch Callie unterbrach ihn.

„Ich finde es gut, wenn du dich aus deiner Misere ziehen willst“, sagte sie aufrichtig. „Und ich helfe dir gerne dabei!“

Er seufzte schwer. „Ja, das dachte ich mir schon. Aber ich weiß noch nicht genau, wo ich anfangen will. Ich muss noch mal darüber nachdenken. Meine Gedanken ordnen.“

Er hatte einfach zu viele Baustellen im Leben. Zu viele Sorgen und Ängste, mit denen er sich seit Ewigkeiten nicht mehr konfrontiert hatte. Damit würde er dann wohl anfangen müssen, was? Seine größten Sorgen zuerst.

„Kein Problem. Lass dir Zeit. Wir laufen nicht weg“, sagte Callie mit erhobenen Händen. So, als seien er und seine reflektierten Gedanken ein scheues Reh, das sie nicht verscheuchen wollte.

Oh je, wahrscheinlich hatte er gerade Pandoras Büchse geöffnet, aber … es hatte sein müssen. Seit dem Gespräch mit Hannah am Mittwochabend war ihm bewusst geworden, wie beschissen unglücklich er war – aus scheinbar all den falschen Gründen. Er wollte mutiger sein. So wie sie.

„Sag mal, Coop“, meinte Cole zögerlich und beugte sich zu ihm vor. „Hannah hat da so etwas gesagt … dass du nur mit so vielen Frauen schlafen würdest, um deinen Albträumen zu entfliehen. Stimmt das?“

„Was?“, fragte Callum ungläubig.

Coop zuckte die Schultern und stellte sein Bier auf den Boden vor ihm. Das Thema war immer noch sehr unangenehm. „Ja und Nein. Es hilft zwar gegen die Albträume, aber ich habe auch einfach gerne Sex“, sagte er vage und stand auf. Ihm war gerade ein Gedanke gekommen, womit er anfangen könnte, um sein Leben zu ändern. Und das musste er jetzt erledigen, bevor er es sich wieder anders überlegte.

„Ich muss kurz telefonieren", murmelte er.

„Aber ..."

„Hey!", riefen seine Geschwister ihn zurück, doch er achtete nicht auf sie. Er stieg über die Bierflasche, zog sein Handy aus der Tasche und schritt hastig zu Cals Hinterausgang, der in den kleinen Innenhof führte, der hinter seiner Werkstatt lag.

Er drückte den Kontakt, bevor er seinen nächsten Atemzug nahm, denn er wusste, dass er nur ein sehr kleines Zeitfenster hatte, in dem er ehrlich und wahrhaftig etwas an seinem Leben ändern und sich mit dem Scheiß konfrontieren konnte, der ihn überhaupt erst in seine jetzige Lage gebracht hatte.

Deswegen war er froh, dass nach nur zehn Sekunden jemand abhob.

„Coop! Schön, von dir zu hören."

Seine Eingeweide zogen sich unangenehm zusammen und der Wind, der in den Hof wehte, schien auf einmal kälter. Doch die Hand, in der er das Telefon hielt, war noch immer ruhig und seine Stimme klang halbwegs gefasst, als er sagte: „Hey, Penny. Wie geht's dir?"

Die Frau auf der anderen Seite seufzte schwer. „Ach ja, ganz gut. Brandon geht dieses Jahr in Rente und wir haben die Küche renoviert. Ansonsten ... na ja, zu dieser Jahreszeit ist es immer etwas schwerer als sonst, aber wem sag ich das. David hat den Frühling immer geliebt. Das ist es, an was ich denken sollte, richtig?"

Coop presste die Lippen aufeinander und nickte steif. „Ja. Ja, genau", sagte er, auch wenn er noch kein einziges Mal daran gedacht hatte.

„Weshalb rufst du an, Schatz? Ich freue mich immer, von dir zu hören, das weißt du, oder?"

„Ja", murmelte Coop und schloss die Augen.

Manchmal fragte er sich, ob Davids Mutter ihn anders behandeln würde, wenn sie wüsste, was er wusste. Doch das war eine Todesspirale, die er nicht hinabrutschen würde, deswegen sagte er hastig: „Ich wollte Bescheid sagen, dass ich an Davids Todestag gerne zum Essen vorbeischaue. Und auch ..." Zögerlich strich er sich mit der Hand durch die Haare. „Und auch eine Rede halten werde, wenn euch das am Herzen liegt."

„Wirklich?" Pennys Stimme klang so berührt und dankbar, dass leichte Übelkeit in Coops Magen schwappte.

„Natürlich", sagte er leise.

„Das wäre wundervoll! Es muss auch kein Roman sein. Einfach nur ein paar nette Worte über ihn. Was ihn zu dem tollen Menschen gemacht hat, der er war. Ein paar Anekdoten aus eurer gemeinsamen Zeit vielleicht."

„Klar, Penny", meinte er und atmete tief durch. Das hier war gut! Er tat etwas Gutes! Sein Herz hatte keinen Grund, schwerer zu werden. „Ich überleg mir was, okay?"

„Perfekt." Sie seufzte glücklich. „Oh, Brandon wird sich freuen. Dann muss er dieses Jahr nicht schon wieder die Angel-Anekdote erzählen, die niemand lustig findet, außer er."

Coop schmunzelte. „David fand sie lustig. Er hat sie mir bestimmt sechsmal erzählt."

„Na, was soll ich sagen, die beiden hatten schon immer einen schlechten Sinn für Humor. Aber schön. Dann plane ich dich ein. Wie geht es dir sonst so, Coop?"

„Ach, schon okay", meinte er, was absurderweise sogar beinahe stimmte. Es wurde dennoch Zeit, das Gespräch zu beenden. Bevor weitere unangenehme Fragen folgten. „Ich muss jetzt auch los. Wir sehen uns dann nächste Woche, ja?"

„Na gut. Danke noch mal! Das bedeutet uns sehr viel. Bis dann."

Sie legte auf, und erleichtert ließ er das Telefon sinken.

Es war ein Anfang. Davids Tod war sein größtes Problem. Wenn er sich mit ihm nicht auseinandersetzte, konnte er sich genauso gut auf Eis legen. Denn sein Leben würde sich nicht weiterentwickeln.

„Meine Güte, Coop", murmelte er zu sich selbst. „Wann bist du nur so erwachsen geworden?"

Niemand antwortete auf seine Frage, und er wollte gerade wieder in Cals Werkstatt zu seinen Geschwistern gehen, als sein Telefon klingelte.

Er rechnete fest damit, dass es Penny war, der noch etwas Wichtiges bezüglich der Gedenkfeier eingefallen war, doch er wurde überrascht.

Laute Country-Musik dröhnte ihm entgegen, und verdutzt hielt er den Hörer von seinem Ohr weg. Erst nach ein paar Sekunden erklang eine fremde Frauenstimme. „Hey. Ist da Cooper Panther?", rief sie laut.

„Ja", sagte er irritiert und zog das Telefon wieder etwas näher ans Ohr. „Wer ist denn da? Kannst du die Musik ausmachen?"

„Nein, kann ich nicht", kam es pampig zurück. „Ich fürchte, dass ich die Fünfköpfige-Liveband kaum allein ausknocken kann. Ich bin nicht Hulk!"

„Wer ist denn da?", fragte Coop ungeduldig.

„Lara, eine Freundin von Hannah. Ich weiß nicht, ob sie dir von mir erzählt hat, wahrscheinlich nicht, aber ..." Sie holte tief Luft. „Ist auch egal. Ich komme nicht aus Philadelphia und wusste nicht, wen ich sonst anrufen soll, also ..."

Wow. Dieser Anruf wurde immer mysteriöser. „Wovon redest du? Und wo hast du überhaupt meine Nummer her?"

„Aus Hannahs Handy, sie ... sie ist gerade nicht sehr aufmerksam und wohl auch ein wenig betrunken. Der Punkt ist: Ich brauche jemanden, der stärker ist als ich und Hannah zur Not über die Schulter werfen und rausschleppen kann."

„Was?", fragte er ungläubig. Auf einmal war Coop froh, dass er draußen war und seine Geschwister dieses Telefonat nicht mitanhörten.

„Ich weiß, das klingt absurd." Lara lachte nervös auf. „Aber ich bin mit Hannah in einer Bar und sie benimmt sich merkwürdig. Sie ist angetrunken und pöbelt gruselige Leute an, und ich bin ehrlich gesagt nicht sicher, was ich tun soll."

„Sie pöbelt ... was?"

„Ja, ich weiß. Es ist, als würde sie Streit suchen. Sie benimmt sich wie ein wütender Teenager. Sie hat sogar schon versucht, auf die Theke zu klettern, um dort zu tanzen. Und glaub mir – das macht sie sonst nie! Ich habe ihr schon etliche Male vorgeschlagen, einfach zu gehen, aber sie will nicht. Sie meint, sie müsse beenden, was sie angefangen hat."

Stirnrunzelnd neigte Coop den Kopf. „Ich verstehe nicht."

„Ja, da sind wir schon zu zweit!", sagte Lara und klang mittlerweile verzweifelt. „Sie ist gerade auf Toilette, aber danach möchte sie gerne einen Typen mit Gesichts-Tattoo darauf aufmerksam machen, dass er albern aussieht, also ... sie dreht vollkommen am Rad! Sie –"

„Fuck", entfuhr es Coop, als es ihm mit einem Mal wie Schuppen von den Augen fiel. Es ging um Punkt Nummer vier von ihrer blöden Liste! Den Punkt, den er nie ganz verstanden hatte. „Oh, fuck!", fluchte er erneut. Das konnte nur übel enden.

„Was, *Fuck*?", wollte Lara alarmiert wissen. „Was soll das heißen?"

„Halt sie davon ab, Blödsinn zu machen, okay?", sagte er lauter. „Hannah will sich prügeln!"

„Sie will *was*?"

„Sie will eine Schlägerei anfangen! Also halt sie davon ab, irgendwen zu boxen! In welcher Bar seid ihr? Ich bin sofort da."

# Kapitel 13

Hannah wünschte, sie wäre noch ein wenig betrunkener.

Dann würde eine kleine Prügelei vielleicht gar nicht so wehtun. Doch angesichts der Tatsache, wie furchtbar sie sich benahm, war sie erschreckend nüchtern.

„Ich will nur noch *einen* Kurzen trinken, Lara!"

„Nein", rief ihre beste Freundin eisern. „Du läufst jetzt schon nicht mehr gerade."

Das stimmte nicht ganz. Hannah war überzeugt davon, dass sie sich absolut normal verhalten könnte, wenn sie nur wollte – doch der Punkte war: Sie *wollte* nicht.

Das hier war ein Abend der Unvernunft, an dem sie nicht über die Konsequenzen ihres Handelns nachdenken würde! Sie würde einfach tun, was sie für richtig hielt.

Und sie hielt es für richtig, irgendwen hier so wütend zu machen, dass er sich mit ihr prügelte. Niemand sollte zu Boden geschlagen werden, aber ein paar Fausthiebe hier und da wären schon in Ordnung. Gerade genug, um es eine *Schlägerei* zu nennen, aber niemanden wirklich zu verletzen. Deswegen war sie auf der Suche nach jemand Großem, der was würde einstecken können, ohne direkt zu Boden zu gehen.

*Oh mein Gott, Hannah, was genau tust du hier?*

„Hannah, dein Gesichtsausdruck gefällt mir gar nicht", sagte Lara besorgt und trat hastig von einem Bein auf das andere.

„Ich gucke ganz normal", sagte Hannah gereizt und sah sich weiter in der großen Pseudoscheune um. Die Country-Musik der Liveband schallte laut aus den Boxen, während etliche Leute in dem Innenraum tanzten. Dafür, dass sie sich mitten in Philadelphia befanden, gab es hier absurd viele Cowboyhüte.

„Nein, du guckst wie eine Frau auf einer Mission", widersprach Lara ihr und zog sie am Arm zurück in eine etwas ruhigere Ecke. „Hannah, was ist los?" Sie trippelte auf der Stelle, während sie das sagte, und verwirrt sah Hannah sie an.

„Überhaupt nichts ist los, ich möchte nur ein wenig tanzen und neue Leute kennenlernen. Warum zappelst du überhaupt so herum?"

Lara biss sich auf die Unterlippe. „Ich muss auf Toilette."

„Dann geh doch."

„Ich will dich nicht allein lassen."

Sie verdrehte die Augen. „So betrunken bin ich nicht. Siehst du?" Sie streckte die Hand aus und führte ihren Zeigefinger zu ihrer Nase. Er landete auf dem Flügel, nicht auf der Spitze, aber wer nahm das schon so genau?

Lara seufzte schwer. „Okay, aber nur, weil ich wirklich dringend muss. Aber mach keine Dummheiten, ja? Setz dich an die Theke und bestell Nachos oder so, in Ordnung?"

„Klar", sagte Hannah fröhlich ... und sobald Lara verschwunden war, drängte sie sich in die Menge, einem breitnackigen Mann entgegen, der mit den Händen über den Kopf schwingend tanzte. Wenn sie ehrlich war, war sie ein wenig verzweifelt. Sie war nicht gut darin, Streitereien anzufangen. Sie mochte Harmonie und Regenbögen und gut trainierte Einhörner!

Doch Lara torpedierte schon den ganzen Abend lang ihr Vorhaben und jetzt war ihre Chance.

„Hey", rief sie über die laute Musik hinweg, sobald der Stiernacken in Sichtweite war. „Warum tanzt du so komisch? Du siehst aus wie ein ... Affe. Nein. Affen sind zu süß. Du siehst aus wie ein Elefant, der seinen Rüssel nicht kontrollieren kann!"

Wobei, das ergab auch keinen Sinn. Elefanten waren ebenfalls süß.

Der Stiernacken sah etwas dümmlich zu ihr hinunter. „Wie bitte?", fragte er laut und hielt sich eine Hand ans Ohr.

„Du ... bist ein komischer Affen-Elefant", sagte sie holprig und hob die Hand, um ihm einen Stoß gegen die Schulter zu geben – als Einleitung quasi. Doch bevor sie ihre Bewegung ausführen konnte, schlossen sich eiserne Finger um ihr Handgelenk und fischten es aus der Luft.

„Was *tust* du da?"

„Was?"

Verblüfft wandte sie sich um ... und starrte geradewegs in die eisblauen Augen von Coop.

Ungläubig öffnete sie den Mund. „Was in Gottes Namen machst du hier?"

„Nein, das ist *meine* Frage", fuhr er sie an und zog sie am Arm weg von dem Stiernacken, der sie immer noch verwirrt ansah. „Was machst *du* hier? Willst du dich ernsthaft mit jemandem prügeln, nur weil es auf der Liste deines Bruders steht?"

„Ja", fuhr sie ihn an und entriss ihm ihren Arm.

„Warum? Was erhoffst du dir dadurch?"

Zornig presste sie die Lippen aufeinander. „Ich habe keine Ahnung! Ist das nicht offensichtlich? Und jetzt lass mich in Ruhe! Du hast hier nichts verloren." Er sollte wieder gehen. Seine Anwesenheit verunsicherte sie – und Unsicherheit konnte sie gerade wirklich nicht gebrauchen. Sie wollte doch einfach nur jemanden schlagen, mehr nicht! Vielleicht sollte sie ihr Opfer überhaupt nicht lange provozieren, sondern einfach direkt ... boxen? Sacht, aber doch bestimmt.

Gott, eigentlich fand sie Gewalt blöde.

„Hannah", rief Coop und fasste erneut nach ihrer Hand. „Warum? Warum jetzt? Das ist doch albern!"

Auf seinem Gesicht spiegelte sich pures Unverständnis wider und das wunderte sie überhaupt nicht. Sie hatte das Land der Rationalität vor zwei Shots verlassen. Alles, was sie wusste, war, dass sie diese Liste beenden würde. Koste es, was es wolle! Sie hatte es sich vorgenommen und sie würde es beenden.

„Ich ziehe etwas durch, Coop!", fuhr sie ihn an und zerrte ihre Hand los. „Ich ändere mich. Ich bin spontan, ich bin ... ich ziehe die Liste durch!"

Bevor er wieder nach ihr greifen konnte, nutzte sie ihre kleine Statur, duckte sich und zwängte sich unter ausgestreckten Händen und zwischen verschwitzten Körpern hindurch. Coop war viel größer und massiger als sie. Er würde sich nicht so leicht von der Stelle bewegen können.

Erst, als sie schon einige Meter zurückgelegt hatte, tauchte sie in der Menge wieder auf und sah sich um. Zu ihrer Rechten war die Theke, an der gerade ein bulliger Hüne ein frisch gezapftes Bier entgegennahm.

Perfekt. Es wurde Zeit, nicht länger nachzudenken, sondern einfach zu handeln!

Sie schob sich zur Theke ...

„Hannah! Zur Hölle, das kann nicht dein Ernst sein!"

Das war Coops laute Stimme, doch sie konnte ihn noch nicht sehen. Er musste also noch weit genug weg sein.

Hannah nutzte ihre Ellbogen, um sich weiter vorzuarbeiten. Der bullige Mann war nur noch wenige Meter von ihr entfernt.

Tief holte sie Luft ...

„Hannah, verdammte Scheiße!" Coops Gesicht tauchte in der Menge auf, während er sich weiter fluchend zu ihr durchkämpfte.

Nein! Er war stärker als sie. Er könnte sie einfach über die Schulter werfen und raustragen. Das konnte sie nicht riskieren. Er durfte sie nicht davon abhalten, unvernünftig zu sein!

Also biss sie die Zähne aufeinander, langte nach vorne ... und schlug dem großen Typen das Bier aus der Hand.

Goldene Flüssigkeit spritzte durch die Luft, traf den Fremden auf Hose und Füße und benetzte Hannahs eigenes Oberteil. Das Glas fiel mit einem dumpfen Klonk auf den Boden und zersprang in tausend Stücke. Die

Menschen um sie herum quietschten und sprangen zurück. Doch Hannah war nicht auf das düstere Holz unter ihren Füßen konzentriert. Sie sah das düstere Gesicht über ihr an. Der massige Mann hatte sich mit einem wütenden Grunzen zu ihr umgewandt und starrte sie nun nieder.

„Was zur Hölle?", knurrte er.

„Hey", sagte sie, hob die Hand und schluckte. „Was ... was ... was guckst du so blöd?" Ihre Stimme zitterte, doch das konnte man über die laute Musik hinweg Gott sei Dank nicht hören. „Du hast ... du hast dein Bier über mich geschüttet."

„Ich habe *was?*" Der Typ baute sich auf die doppelte Größe vor ihr auf, und plötzlich fragte Hannah sich, was sie sich nur dabei gedacht hatte, ihn als ihr Opfer auszuerwählen!

Sie hätte einen kleinen dürren Mann angreifen sollen, den sie mit ihrem Körpergewicht zur Not hätte überrollen können. Doch jetzt war es zu spät. Sie steckte bereits zu tief drin. Also sagte sie lauter: „Ja, hast du. Siehst du?" Sie deutete auf die paar nassen Stellen auf ihrem T-Shirt.

„Hören Sie mal, Lady", sagte ihr Gegenüber zornig. „Sie haben mir das Glas aus der Hand geschlagen! Wenn sie rumpöbeln wollen, machen Sie das doch bitte woanders!"

„Sie will nicht rumpöbeln, es tut ihr leid", drängte sich eine besänftigende Stimme dazwischen. Es war Coop, der sich zu ihnen vorgearbeitet hatte. „Sie hatte einen harten Tag", sagte er mit erhobenen Händen. „Ich kaufe Ihnen ein neues Bier. Was hätten Sie gerne?"

„Nein, ich hatte *keinen* harten Tag!", meinte Hannah giftig und sah ihn wütend an. „Mir geht es blendend! Und ich habe ihm das Bier aus der Hand geschlagen, weil ... weil sein Bauch schon dick genug ist!" Aufmüpfig reckte sie das Kinn.

Coop stöhnte, der Riese glotzte ungläubig und Hannahs Herz schlug ihr bis zum Hals. Das hier war dumm ... so dumm ... und dennoch hieß es: *jetzt oder nie*. Wenn der Hüne zuerst zuschlug, würde sie nie dazu kommen, selbst einen Kinnhaken zu verteilen – und sie wusste, dass das der eigentliche Grund war, warum Owen diesen lächerlichen Punkt auf die Liste gesetzt hatte.

Also zog sie die Faust zurück, schloss die Augen und ließ sie nach vorne schnellen.

Ihre Fingerknöchel trafen etwas Hartes ... zu hart, um die Schulter des Hünen oder eine seiner labbrigen Wangen zu sein.

Ein Uff-Geräusch erklang, bevor jemand in den schillerndsten Farben anfing zu fluchen. Ein stechender Schmerz schoss durch ihre Knöchel, bis in ihren Unterarm, während sie ...

Moment, das war nicht der fremde Mann!

Erschrocken riss sie wieder die Augen auf und blickte geradewegs in Coops Gesicht.

„Fuck!", rief er erneut, die Hand an seine Wange haltend. Sein Jochbrein lief bereits rot und blau an.

Hannah schlug die Hände vor den Mund und zuckte zusammen, denn bei der plötzlichen Bewegung fuhr erneut Schmerz in ihre Hand. „Oh mein Gott", hauchte sie.

Sie hatte Coop getroffen! Er musste sich vor sie gestellt haben, als sie die Augen geschlossen hatte.

„Meine Güte, wer hätte dir so einen rechten Haken zugetraut?", meinte Lara, die sich plötzlich neben sie schob, halb beeindruckt, halb belustigt. „Hannah, wenn du wirklich nur irgendjemanden schlagen wolltest, hätte er sich sicherlich freiwillig angeboten! Aber box ihm das nächste Mal in den Bauch, nicht in sein hübsches Gesicht! Denn damit tust du nicht nur ihm, sondern uns allen weh."

„Was stimmt nicht mit Ihnen, Lady?", fragte der Hüne schockiert, bevor er sich hastig von der Bar entfernte. So, als habe er Angst, sie könne auch auf ihn losgehen – was sie ja zugegebenermaßen vorgehabt hatte.

Andere Stimmen gesellten sich jetzt dazu, besorgte Frauen drängten auf Coop ein und der Barkeeper kam hinter der Theke hervor, um sich vor Hannah aufzubauen.

Doch bevor sie sich verteidigen konnte, oder auch nur darüber nachdenken konnte, was sie überhaupt zu ihrer Verteidigung vorbringen könnte, sprach Coop. „Es ist alles in Ordnung", sagte er gepresst und sah in die Runde. „Es gibt nichts zu sehen. Das hier ist ein Missverständnis, das wir allein beilegen werden. Kümmern Sie sich bitte um Ihre eigenen Angelegenheiten."

Seine Stimme war so autoritär und gefasst, dass niemand der Umgebenden seine Worte anzuzweifeln schien. Sie alle murmelten etwas Unverständliches und traten dann wieder zurück.

„Wow, du sollest Cop werden", versuchte Hannah mit kieksender Stimme die Stimmung zu lockern. „Du bist wirklich talentiert darin, Situationen zu deeskalieren, und in einer Uniform sähst du bestimmt auch hervorragend aus."

Coop presste die Lippen aufeinander und sah sie düster an. Auch die Haut unter seinem Auge sah leicht blau aus und sogar ein kleines, feines Blutrinnsal sickerte seine Wange hinab.

Was hatte sie getan!?

„Apropos Cop", murmelte Lara zerknirscht und nickte nach rechts.

Hannah achtete nicht auf sie. Sie blickte besorgt zu Coop, der sich nun vornüberbeugte, wahrscheinlich um ungesehen seine Wange zu betasten. „Oh, Mist, Coop! Es tut mir leid", sagte sie zerknirscht und tätschelte unbeholfen seinen Rücken. „Du bist in meine Schlagschneise gesprungen!"

„Ach, jetzt ist es meine Schuld?", meinte er ungläubig und tauchte wieder aus der Versenkung auf.

Sie zog unwohl die Schultern hoch. „Na ja, nein. Aber du bist zumindest nicht ganz unbeteiligt!"

„Entschuldige mal!", fuhr er sie an. „Ich bin hergekommen, um dich davor zu bewahren, eine große Dummheit zu begehen – und als Dank verschandelst du mein wunderschönes Gesicht?"

„Es war keine Absicht!"

„Doch, irgendwie schon, oder nicht?", knurrte er. „Meine Güte, wer geht in eine Bar, um sich zu prügeln!? Was stimmt nicht mit dir!"

„Ähm, Leute …", meinte Lara mit gesenkter Stimme. „Die Bullen sind gleich da."

„Ich kann machen, was ich will!", meinte Hannah wütend. Lara konnte warten. „Ich darf schlagen, wen ich will, ich …"

„Nein, Ma'am, das dürfen Sie nicht", unterbrach eine ruhige Männerstimme sie, und erschrocken wandte sie sich um.

Ein Mann mit ernster Miene und blauer Uniform stand ihr gegenüber.

„Oh", stieß sie aus. Lara hatte keine Scherze gemacht. Die Cops waren wirklich hier.

„Ma'am, wir müssen Sie bitten, mit uns nach draußen zu kommen", sagte der Uniformierte streng. „Der Barkeeper hat gemeldet, dass Sie den ganzen Abend lang schon Stress suchen und nun auch noch hangreiflich wurden."

„Ich ... was?" Perplex sah sie ihn an. Immerhin war sie in einer Sache heute erfolgreich gewesen: Sie hatte wahrhaftig nicht über die Konsequenzen ihres Handelns nachgedacht.

„Bitte begleiten Sie uns nach draußen", wiederholte der Officer freundlich und deutete zur Tür.

Hannah starrte ihn nur mit offenem Mund an. In ihrem ganzen Leben hatte sie sich noch nicht in einer derart abstrusen Situation wiedergefunden – und sie hatte einem nackten Mann ihr Nachthemd geliehen, verdammt!

Sie wollte den Mund öffnen und ihnen versichern, dass das ein Missverständnis war. Dass sie eine gute amerikanische Bürgerin war und in ihrer bisherigen Laufbahn nicht einmal ein Ticket fürs Falschparken bekommen hatte. Doch jemand kam ihr zuvor.

„Hey, Danny. Wie geht's?" Coop hatte sich neben sie gestellt und nickte dem Polizisten freundschaftlich zu.

„Coop!", sagte der Uniformierte überrascht und machte einen Schritt zurück. „Lange nicht gesehen.

Was machst du denn hier?“ Sein Blick huschte über sein Gesicht und blieb an dem Blutrinnsal an seiner Wange hängen. „Oh mein Gott, du bist der Typ, den sie geschlagen hat? Wie konnte das denn passieren? Hast du in den letzten fünf Jahren deine Nahkampffähigkeiten eingebüßt, oder was?“

Coop verzog das Gesicht. „Sie hat mich damit überrascht, das ist alles.“

„Mann, Coop“, sagte jetzt auch der andere Polizist grinsend. „Hätte ich gewusst, dass dein hübsches Gesicht poliert wird, wäre ich vielleicht sogar hergerannt.“

Coop schnaubte. „Sehr freundlich.“

Hannah fing einen verwirrten Blick von Lara ein und war froh darum, dass sie offenbar nicht die Einzige war, die nicht verstand, was hier vor sich ging.

„Na ja, jetzt sind wir ja hier, um dich zu retten“, meinte der Polizist namens Danny vergnügt, bevor er sich wieder an Hannah wandte. „Also, Ma’am, würden Sie uns bitte nach draußen begleiten? Sie scheinen alkoholisiert und unzurechnungsfähig zu sein, und es ist wohl besser, wenn wir Sie nach Hause fahren.“

„Was? Unzurechnungsfähig?“, sagte Hannah perplex.

„Sie haben Philadelphias hübschesten Junggesellen angegriffen“, half der andere Officer ihr auf die Sprünge. „Das hört sich ziemlich unzurechnungsfähig an, da doch die meisten Frauen ihn abknutschen und nicht schlagen wollen.“

„Aber …“

„Ist schon gut", sagte Coop und winkte ab. „So betrunken ist sie nicht und sie wollte mir auch gar nicht wehtun, nicht wahr?" Er hob die Augenbrauen in ihre Richtung.

Hastig schüttelte sie den Kopf.

„Hier ist alles okay", meinte er dann wieder an die Polizisten gewandt. „Es war nur ein kleines Missverständnis. Wir werden jetzt auch gehen und diese Bar so bald nicht mehr besuchen, richtig, Hannah?" Erneut sah er sie herausfordernd an.

Sie nickte nur und wünschte, sie würde sich daran erinnern, wie man den Mund wieder schloss.

„Ich bringe sie nach Hause, dann ist sie nicht mehr euer Problem."

Die Polizisten zuckten nur die Schultern. „Na schön, wenn du meinst ... aber beeilt euch besser. Der Barkeeper war ziemlich angepisst."

„Klar", sagte Coop und nickte ihnen zu. „Danke, Leute. Schön, euch wiederzusehen!" Im nächsten Moment packte er Hannahs Arm und zog sie durch die Menge. Lara folgte ihnen auf dem Fuße.

„Schön, dich kennenzulernen, Coop!", rief sie über die laute Musik hinweg. „Ich mag dich jetzt schon lieber als deinen Bruder!"

„Die Freude ist ganz meinerseits", sagte er überraschend höflich. „Von welchem Bruder sprichst du?"

„Na, dem idiotischen."

„Cole?"

„Nein! Callum."

„Was? Jeder mag Callum. Er ist ein Einhorn mit riesigem Gehirn."

Lara erwiderte etwas, doch Hannah hörte den beiden nicht länger zu. Sie konzentrierte sich auf ihre noch immer pochende Hand, ihre geröteten Fingerknöchel ... und den schwarzen Ball der Beklemmung in ihrer Brust.

Sie wusste nicht, was sie sich von ihrer Aktion erhofft hatte. Vielleicht das Gefühl, sich wirklich verändert zu haben und genauso verrückt wie Owen zu sein.

Doch egal, was es gewesen war, es hatte nicht funktioniert. Sie fühlte sich lausig.

Sie war heute Abend eine schlechte Freundin gewesen. Für Lara, die sicherlich keinen Spaß gehabt hatte, ihr dabei zuzusehen, wie sie andere Leute anpöbelte, und für Coop ... der bestimmt schon öfter von einer Frau ins Gesicht geschlagen worden war, aber wahrscheinlich nie unverdient. So wie heute Abend.

Sie hatten den Ausgang erreicht, und die kalte Luft, die Hannah entgegenschlug, war ihr so willkommen, wie es eine Rückspultaste gewesen wäre.

Coop ließ sie los, und mit der Hand rieb sie sich über die Stirn, während sie den gepflasterten Weg zum Bürgersteig hinabging, an dem sich die Autos reihten.

„Mist", wisperte sie und presste die Lippen aufeinander. „So ein Mist."

„Du sagst es", bemerkte Lara amüsiert und im nächsten Moment legte sie die Arme fest um sie. „Aber mach dich nicht zu fertig, ja? Es ist nichts Schlimmes passiert."

„Sag das mal Coops Gesicht", murmelte sie kaum hörbar.

„Er wird es überleben. Auch wenn er zugegebenermaßen noch ziemlich wütend aussieht."

Ja, das wusste sie. Es gab schon einen Grund, warum sie ihm nicht in die Augen sehen wollte.

„Ich lasse dich jetzt trotzdem mit diesem heißen Mann allein. Ist das okay?", flüsterte sie ihr ins Ohr.

Hannah nickte.

„Bist du sicher? Ich könnte dich auch nach Hause fahren und mit zu dir kommen, wenn du nicht allein sein willst."

„Nein. Es ist ein Uhr nachts und du musst morgen früh um zehn in New York sein. Ich werde dir deinen Abend nicht noch weiter vermiesen."

„Das hast du nicht, Hannah. Sonst bin ich es immer, die durch den Wind ist. Das hier war eine schöne Abwechslung. Pass auf dich auf, okay?" Sie küsste sie fest auf die Wange, bevor sie sie losließ. „Danke, dass du gekommen bist, Coop", sagte sie dann und wandte sich um.

Coop nickte steif. Er hatte die Arme verschränkt und starrte intensiv eine Straßenlaterne an.

„Nicht jeder Kerl wäre hergefahren, wenn eine fremde Frau ihn darum bittet – du hast also etwas gut bei mir."

„Was?", fragte Hannah verwirrt. „Wer hat ihn darum gebeten, zu kommen?"

„Ich", sagte Lara schlicht. „Du hast am Rad gedreht und ich brauchte mehr Muskelkraft. Also, danke für alles – und schlag ihn nicht noch einmal, Hannah. Michelangelo wäre am Boden zerstört, wenn sein Kunstwerk weiter verschandelt wird." Sie hob die Hand und verschwand lächelnd in der Dunkelheit.

Eine bleierne Stille senkte sich über sie beide, und plötzlich störte es Hannah, dass Coop sie nicht ansah.

Seine eisblauen Augen schienen auf wundersame Art und Weise nämlich nie kalt. Und ein bisschen Wärme von ihm könnte sie gerade gebrauchen. Sie stellte nämlich fest, dass sie es nicht mochte, wenn Cooper Panther wütend auf sie war.

„Coop", flüsterte sie und berührte ihn sacht an der Hand. „Es tut mir leid." Die Worte klangen hohl und bedeutungslos, doch sie wusste nicht, was sie sonst sagen sollte.

Endlich sah er sie an. Mit verengten Augen und grimmigem Zug um den Mund, aber immerhin. „Ich weiß", sagte er knapp. „Aber meine Güte – wer hätte dir so einen rechten Haken zugetraut?"

Sie lächelte erleichtert. „Nun, jetzt weißt du, dass du mich lieber nicht wütend machen solltest."

„Anscheinend nicht", murmelte er und sein Blick schweifte wieder zu der Straßenlaterne. Als würde er überlegen, ob er nun eine Motte war oder nicht. „Komm", sagte er nach einer Weile. „Ich fahr dich nach Hause."

Sie nickte und lief neben ihm den Bürgersteig entlang. Ihre Gedanken wanderten zu der letzten halben Stunde zurück, und da war eine Sache, die sie nicht losließ. Als sie Coops metallicblauen Wagen aufblitzen sah, fragte sie schließlich: „Sag mal, bist du ein Cop?"

Sein Blick flackerte kurz zu ihr hinüber, bevor er den Kopf schüttelte. „Nein. Ich bin Fallschirmsprunglehrer."

„Wir beide wissen, dass das kein Beruf ist."

„Natürlich ist es das. Ich muss auf meinen Verdienst Steuern zahlen."

„Woher kanntest du dann Danny und den anderen Polizisten?“

„Wir haben mal zusammengearbeitet.“

„Als Cops?“

Abrupt blieb Coop stehen, bevor er sich schwer seufzend zu ihr umdrehte. „Liebe Hölle ... ja! Ich war Polizist. Aber das ist eine Ewigkeit her. Zufrieden?“

Sie räusperte sich und versuchte ein ernstes Gesicht zu bewahren. „Du warst ... Coop, der Cop?“

Seine Miene verdüsterte sich und er stapfte missmutig weiter. „Jap, das war der Brüller.“

„Wann hast du aufgehört?“, wollte sie wissen und folgte ihm.

„Vor fünf Jahren.“

„Warum?“

„Weil ich zu dem Schluss gekommen bin, dass manche Leute kein Polizist sein sollten – und ich einer von ihnen bin.“

„Was?“ Verblüfft sah sie ihn an. „Woran machst du das fest?“

Wieder seufzte er schwer, diesmal etwas ungeduldiger. „Ein Polizist ist ein Freund und Helfer, der die Verantwortung für unglaublich viele Menschenleben übernimmt – nur sind Menschenleben bei mir nicht gut aufgehoben. Zufrieden?“

„Nein. Überhaupt nicht. Denn das ist Schwachsinn. Abgesehen davon habe ich hundert Fragen.“

„Das ist tragisch, denn ich habe keine hundert Antworten.“ Er holte den Autoschlüssel heraus und öffnete den Wagen.

„Aber wie ist das passiert? Wie bist du von dem Jugendlichen, der sich andauernd in Schwierigkeiten gebracht hat, zum Polizisten geworden?“

„Hey, ich hatte mit einer Menge Cops zu tun. Das Berufsbild war also mein ständiger Begleiter.“

Sie schnaubte. „Komm schon! Was hat dich von der dunklen Seite der Macht auf die helle geführt?“

„Schön“, knurrte er, sah sie jedoch nicht an. „Wenn du es unbedingt wissen willst: Da draußen gibt es furchtbar viele schlechte Cops. Eine Menge Polizisten, die schießen, bevor sie Fragen stellen. Die rassistisch sind und Gewalt toll finden. In meiner Jugend hatte ich mit jedem Einzelnen von ihnen Kontakt. Denn wenn man einmal eine dreckige Weste hat, wird man für jeden Scheiß verantwortlich gemacht, egal wie unschuldig man war. Aber es gab einen Polizisten, der anders war. Einen einzigen Bullen, der mich gefragt hat, was mit mir los ist, und angezweifelt hat, dass ich all die Dinge getan habe, die mir vorgeworfen wurden. Der mich beiseite genommen und mir erzählt hat, was passieren wird, wenn ich so weitermache und meine Wut nicht in den Griff bekomme. Und es gibt eine Sache, die ich von ihm gelernt habe: Entweder kann man sich über das System beschweren oder man kann versuchen, es zu ändern. Also bin ich Polizist geworden, um es besser zu machen, als all die anderen Idioten, die mich dafür verknacken wollten, dass ich einen Rosenbusch umgefahren habe. Ich wollte Leben positiv beeinflussen, so wie Arthur es für mich getan hat.“

„Arthur ist der gute Polizist?“, folgerte Hannah.

„Jap.“

„Aber … das ist doch toll von dir“, sagte sie verdattert. „Dass du etwas verändern wolltest. Dass du dein Leben um hundertachtzig Grad gewendet hast.“

„Jaja, ich war ein echter Held.“

„Was hat sich geändert?“

„Überhaupt nichts, Hannah“, sagte er gereizt. „Ich wollte Verantwortung übernehmen, habe ein paar falsche Entscheidungen getroffen und bin ausgestiegen, bevor ich noch mehr Schaden anrichten konnte.“

„Aber … was für Entscheidungen denn? Ich –“

„Weißt du, was ich nicht verstehe?“, unterbrach Coop sie gereizt, während er ihr die Tür zu seinem Auto öffnete. „Warum bin ich derjenige im Kreuzverhör, wenn du es doch warst, die mir gerade eine runtergehauen hat?“

Sie zog eine Grimasse. „Ach, das tat doch gar nicht weh.“

„Natürlich“, erwiderte er trocken. „Wenn Blut fließt, tut es meist überhaupt nicht weh.“

Seufzend sank sie auf den Beifahrersitz und zog die Tür hinter sich zu. Ja, sie hatte schon eine Menge Dummheiten in ihrem Leben begangen … und aus einem Flugzeug zu springen, stand nun nicht mehr auf Platz eins der Liste.

# Kapitel 14

Die Stille im Auto war Coop willkommen, denn er hatte wahrlich keine Lust, eine weitere von Hannahs Fragen zu beantworten.

Er war es nicht, der sich verteidigen musste!

Sie war es, die sich heute Nacht wie eine Verrückte aufgeführt hatte, auf der Suche nach einem Gegner, der sie mit einem kleinen Finger hätte umschubsen können. Es war, als hätte sie es darauf angelegt, die Nacht im Krankenhaus zu verbringen!

Shit, er hatte Angst um sie gehabt.

Das war absurd, aber ... als er gesehen hatte, wie sie diesen großen Kerl provoziert hatte, hatte er einige Sekunden lang befürchtet, sie könne sich ernsthaft verletzen.

Hannah hatte ohnehin nichts in dieser schmierigen Bar verloren gehabt! Dort, wo Kerle ihr auf den Saum des schwarzen Kleides starrten und hofften, dass es ihre Oberschenkel hinaufrutschte – so wie es das auf dem Beifahrersitz gerade tat.

Hannah gehörte in das Publikum eines Symphonie-Konzerts oder ... keine Ahnung, auf die Zuschauerbank eines spannenden Schach-Matchs. Eben dorthin, wo ihr nichts passieren konnte und sie nur auf vernünftige Menschen traf, die ihr in die Augen und nicht auf die

Brüste starrten. Die in diesem blöden, engen Kleid ohnehin viel zu präsent waren!

Was dachte sie sich dabei? Nicht alle Kerle waren solche Gentlemen wie Coop!

Ach, zur Hölle, nicht einmal er war normalerweise so ein Gentleman!

Coop drückte etwas fester als nötig auf die Bremse, als die Ampel vor ihm auf Rot sprang, und bemerkte erleichtert, wie Hannah ihren Kleidersaum bis zu ihrem Knie hinunterzog. Die Fingerknöchel ihrer linken Hand waren gerötet und leicht angeschwollen, aber mit seinem noch immer pochenden Gesicht fiel es ihm schwer, ihr sonderlich viel Mitgefühl entgegenzubringen. Er war sich ziemlich sicher, dass sie gerade nichts sagen konnte, was ihn ...

„Ich wäre bereit gewesen, einen Mann zu heiraten, den ich nicht liebe, weißt du?", murmelte Hannah. „Weil ich mein gemütliches Leben nicht zerstören wollte."

Coops Hände rutschten vom Lenkrad und überrascht wandte er sich zu ihr um. „Was?"

„Ich hätte meinen Ex-Freund, Adrian, geheiratet, obwohl ich ihn nicht geliebt habe. Nur um meinen Plan durchzuziehen. Weil ich keine Zeit hatte, einen neuen Partner zu suchen. Weil ich ... für *keine* neue Entscheidung Zeit hatte. Für überhaupt nichts Zeit hatte, wenn ich genau darüber nachdenke."

Coop runzelte die Stirn, starrte sie immer noch an ... und zuckte zusammen, als hinter ihm ein Auto hupte. Die Ampel war auf Grün gesprungen.

Hastig fuhr er an und konzentrierte sich einige Momente lang auf die Straße vor ihm, bevor er sagte: „Wie kommst du da jetzt drauf?"

Hannah seufzte schwer, und Coop wünschte, er würde nicht am Steuer sitzen und ihr ins Gesicht sehen können. „Weil du mich gleich fragen wirst, was heute Abend mit mir los war. Wieso ich diese hirnrissige Idee durchsetzen wollte – und das die Antwort darauf ist."

„Das ist eine verwirrende Antwort, die scheinbar keine Verbindung zur Frage hat, Hannah", stellte er trocken fest. „Und du wirkst wieder erschreckend nüchtern dafür, dass du gerade mit deinen Fäusten um dich geworfen hast!"

„Ich war sowieso nicht wirklich betrunken. Lara hat mich nicht gelassen."

Eine gute Freundin hatte Hannah da! „Okay ... dann erzähl mir, was die Tatsache, dass du bereit gewesen wärst, deinen Ex-Freund zu heiraten, mit dem Totalausfall deines Urteilsvermögens zu tun hat."

Wieder seufzte Hannah, und als sie diesmal sprach, war ihre Stimme leiser und zerbrechlicher als zuvor. Als würde sie auf Scherben gehen.

„Er war heute Abend bei mir. Adrian. Wollte sich ein paar Sachen abholen. Und er hat ein paar Dinge gesagt ... dass ich nichts durchziehe, weil ich zu große Angst vor den Konsequenzen habe. Dass ich zu stur durchs Leben gehe, meinen Lebensplan über alles und jeden gestellt habe und niemand dort einen Platz finden kann, den ich nicht bereits dort eingeplant habe."

Coop schnaubte. „Hört sich nach einem ziemlichen Idioten an."

„Das ist er nicht."

„Oh, komm schon. Man sollte nie auf das hören, was
ein Ex über einen zu sagen hat." Und ihm gefiel überhaupt nicht, dass da draußen ein Typ rumlief, der immer noch so eine Macht über sie hatte! Ein Typ, mit
dem sie irgendwann mal eine Menge Sex gehabt hatte.
Gott, Coop hasste ihn jetzt schon.

„Aber er hat recht", zog Hannah ihn aus den Gedanken. „Niemand hatte Platz in meinem Plan. Keine
neuen Freunde, keine neuen Hobbys ... und Owen auch
nicht."

„Natürlich nicht. Er ist dein Bruder. Warum solltest
du ihn einplanen, wenn du zwei Kinder produzieren
und heiraten willst?"

Sie lächelte müde. „Das ist es nicht. Er ... er stand öfter
mal vor meiner Tür, weißt du? Wollte mit mir ausgehen. Hat angerufen, damit ich spontan Pizza mit ihm
esse oder nachts Schlitten fahre. Solche Dinge. Aber ...
ich habe meistens Nein gesagt." Ihre Stimme war mit
einem Mal so traurig und verletzlich, dass sie einem
Schlag in Coops Magen glich. „Fast jedes Mal, wenn er
mich gefragt hat, ob ich mit ihm ausgehen will, habe
ich ... habe ich mir eine Ausrede ausgedacht. Weil ich
Angst hatte, am nächsten Tag verkatert zu sein und
mein Lernpensum nicht zu schaffen. Oder weil ich
Angst hatte, lauter coole Leute zu treffen, bei denen ich
mich unwohl fühlen würde. Ich habe ihn so oft angelo-
gen, um nicht in Situationen zu geraten, die außerhalb
meiner Komfortzone lagen, dass ich ... dass ich es nicht
mehr an meinen Fingern abzählen kann. Und jetzt
wünschte ich, dass ich jedes einzelne Mal zugesagt
hätte. Dass ich tausende verrückte Nächte mit ihm
durchgemacht und ... *das Leben gespürt hätte*, so wie er

es immer genannt hat. Weißt du, was seine letzten Worte an mich waren? ‚Leb dein Leben richtig, ja? Genieße es mehr. Mach mehr. Sei spontan. Setz dich nicht so unter Druck. Lebe es in vollen Zügen.‘“

Großartig! Er hatte ihr gesagt, sie solle sich nicht unter Druck setzen – und hatte sie somit unter Druck gesetzt. Liebe Güte, ihr Bruder hatte ihr da echt verdammt viele Flausen in den Kopf gesetzt, die sie viel zu extrem gedeutet hatte! Wenn Coop gekonnt hätte, wäre er gerne in der Zeit zurückgereist und hätte ein paar ernste Worte mit Owen gewechselt!

„Es war nicht fair von ihm, dir das zu sagen“, sagte er angespannt.

Überrascht sah sie auf. „Was?“

„Es war nicht fair, dich mit diesen Worten zurückzulassen, Hannah. Er hätte wissen müssen, dass du sie dir zu Herzen nimmst. Dass du dich sehr wohl unter Druck setzt. Ihm hätte klar sein müssen, wie du darauf reagierst.“

Coop konnte aus den Augenwinkeln sehen, wie sie verblüfft die Lippen öffnete. „Owen war –“

„Nicht perfekt, Hannah“, sagte er hart. „Er war bestimmt ein toller Bruder und ein fantastischer Mensch, aber sein Wort kann nicht das Gesetz sein, nach dem du lebst.“

„Aber er … er kannte mich am besten“, sagte sie überrascht.

„Ja?“, fragte Coop skeptisch und hielt am Straßenrand. Sie hatten Hannahs Apartment erreicht. „Nun, Callie kennt mich auch am besten und wenn ich immer tun würde, was sie für richtig hält, würde ich jetzt definitiv nicht hier mit dir im Auto sitzen. Außerdem hätte ich einen Pferdeschwanz, drei Therapie-Hunde und würde für immer aufhören, aus Flugzeugen zu springen. Das Ding ist: Ich mag es, mit dir hier im Auto zu sitzen. Ich trage meine Haare lieber kurz. Und ich werde auch weiterhin Fallschirmspringen gehen – weil ich mich in keinen anderen Momenten so lebendig und frei fühle." Er holte tief Luft. „Die Leute, die uns am besten kennen, wissen nicht immer, was wir am meisten brauchen. Es ist gut, sich ihre Meinungen einzuholen, aber sie erzählen uns dennoch nur, wie *sie* ein Problem lösen würden. Aber jeder Mensch ist anders und jeder Mensch ist letztendlich allein für seine Entscheidungen verantwortlich. Abgesehen davon: Sein Leben in vollen Zügen zu genießen, kann vollkommen unterschiedlich aussehen. Du kannst es mit einem Buch auf der Couch genießen – oder auf der Spitze des Mount Everest. Da gibt es keine universelle Regelung."

Hannah starrte ihn an. Ihre Augen heller als sonst. Vielleicht dachte sie über seine Worte nach. Schließlich flüsterte sie: „Warum würde Callie nicht wollen, dass du mit mir in einem Auto sitzt?"

„Weil ich einen schlechten Einfluss auf dich habe", sagte er schlicht.

Ihre Mundwinkel zuckten ... und sein Magen gleich mit. „Das ist Schwachsinn. Heute war ich der schlechte Einfluss."

Er nickte und konnte sich nur noch entfernt daran erinnern, dass er vor einer halben Stunde noch wütend auf sie gewesen war. „Ich weiß das. Du bist ein Rowdy. Aber Callie denkt, du bestehst aus Regenbögen und Sonnenschein."

Hannah lächelte breit und schloss dann die Augen. „Kommst du ... kommst du noch mit rein?", fragte sie schließlich zögerlich.

Überrascht hob er die Augenbrauen. „Was?"

„Ich möchte mir deine Wunde ansehen."

Seine Schultern sackten ein Stück nach unten. Natürlich. Sie wollte ihm helfen. Denn sie war ein guter Mensch – und er der Einzige mit so lächerlich dreckigen Gedanken.

„Nein, das musst du nicht", meinte er und winkte ab.

„Coop, ich habe dir eine runtergehauen, und wenn dein Gesicht nur halb so wehtut wie meine Hand, dann schulde ich dir Desinfektionsmittel und ein Pflaster", sagte sie ernst. „Ich bin Ärztin. Bitte lass mich mein schlechtes Gewissen erleichtern."

Seufzend lehnte er sich in den Autositz zurück. „Na schön. Aber ich will Prinzessinnen oder Delfine auf dem Pflaster. Sonst lohnt es sich nicht."

Das Lächeln, das auf Hannahs Gesicht ausbrach, spürte er im ganzen Körper. „Ich habe welche mit Arielle, der Meerjungfrau, darauf."

„Klasse."


Hannahs Wohnung war anders, als Coop sie sich vorgestellt hatte. Sie war leerer und wirkte kühler als erwartet. Er hatte mit mehr Gemütlichkeit gerechnet. Mehr Bildern an den Wänden, mehr Kissen auf dem Sofa, mehr bunten Überwürfen auf den Möbeln. Doch stattdessen erinnerte Hannahs Wohnung ihn ein wenig an seine eigene. Viele karge Oberflächen und eine Menge Grau, Weiß und Schwarz.

Das schien irgendwie nicht ganz zu ihr zu passen, und er fragte sich, ob es ihr Ex-Freund, Adrian, gewesen war, der sich um die Einrichtung gekümmert hatte. Oder ob sie einfach nie die Zeit gefunden hatte, sich über Möbel und Platzdeckchen Gedanken zu machen.

Hannah schaltete eine Stehlampe neben der Couch an, bedeutete ihm, sich zu setzen und fragte dann, ob er einen Tee haben wolle – wartete jedoch nicht auf eine Antwort, sondern verschwand bereits in einer Tür, hinter der Coop die Küche vermutete.

Fünf Minuten später starrte er irritiert auf die Tasse in seinen Händen. Er konnte sich nicht daran erinnern, wann ihm das letzte Mal eine Freu einen Tee gemacht hatte. Normalerweise war er schon immer wieder verschwunden, sobald es zu einem Tee hätte kommen können.

Er fühlte sich noch immer unwohl in dieser ihm so unvertrauten Situation, als Hannah sich neben ihn setzte und einen Erste-Hilfe-Koffer auf dem flachen Couchtisch platzierte.

„Das wird gleich vielleicht ein bisschen kalt", murmelte sie, während sie mit routinierten Griffen den Koffer öffnete und zusammensuchte, was sie brauchte.

Coop bekam nur am Rande mit, was das war – ein paar Handschuhe, irgendetwas Weißes und eine Flüssigkeit –, denn er war zu sehr damit beschäftigt, Hannahs Gesicht zu studieren. Sie war heute geschminkt. Ihre hellen Wimpern dunkel, ihre Lippen ein wenig röter als sonst.

Sie sah hübsch aus ... aber nicht so hübsch wie in Jeans und T-Shirt unterm Sternenhimmel, ihre Arme um seinen Hals geschlungen.

Hannah richtete sich auf, und hastig wandte Coop den Blick ab. Er sollte nicht so starren.

„Kann ich dich etwas fragen, Coop?", murmelte sie, während sie routiniert eine sterile Kompresse in einer durchsichtigen Flüssigkeit tränkte.

Er schloss die Augen, weil er bereits wusste, worum es in ihrer Frage gehen würde, nickte jedoch. Irgendwie erschien ihm die Aussicht, mit ihr darüber zu reden, nicht so schrecklich wie bei jedem anderen. Hannah würde nicht ausrasten oder panisch werden oder merkwürdig reagieren. „Okay."

„War David ..." Sie räusperte sich, drehte sein Kinn sanft in ihre Richtung und tupfte ihm mit der Kompresse über die Wunde. Es war kalt, aber er spürte es kaum. „War er auch Polizist? Kam er während seines Jobs ums Leben? Hast du deswegen aufgehört?"

Coop schüttelte den Kopf. Es war die logische Schlussfolgerung für jeden gewesen. Dass David bei seiner Arbeit ums Leben gekommen sein musste. Aber das stimmte nicht. Also sagte er leise: „Ja, er war Polizist. Aber nein, er kam nicht während des Jobs ums Leben."

„Oh. Ich dachte ..."

„Er hat sich selbst das Leben genommen, Hannah."

Sie hielt inne, ihre Hand mit dem Tupfer noch immer an seiner Wange. „Was?"

„Er hat sich mit seiner Dienstwaffe erschossen."

Die Kompresse rutschte an seiner Wange hinab und landete in seinem Schoß. Er wusste, wie Hannah ihn jetzt ansah. Konnte das Mitgefühl in ihrem Blick erahnen. Den Horror in ihrer Miene fast fühlen. Doch er wollte es nicht sehen. Nicht auf ihrem schönen Gesicht.

„Das ist schrecklich, Coop", wisperte sie schockiert.

Coop hielt die Augen geschlossen, nickte jedoch. „Ich weiß. Deswegen erzähle ich es nicht gerne."

„Aber wie ... warum ..."

Die Fragen, die ohnehin schon so schwer auf Coops Herzen lasteten, schienen aus Hannahs Mund noch viel mehr Gewicht zu haben. Seine Brust wurde ihm eng, seine Eingeweide zogen sich zusammen und seine Augen brannten. Doch er hielt sie geschlossen, denn Hannah würde ihm sonst jede Emotion vom Gesicht ablesen.

„Ein Kollege von mir hat ihn gefunden, nachdem die Nachbarn den Schuss gehört haben", murmelte er. Denn alles war besser, als am eigenen Schweigen zu ersticken. „Ich hab die Bilder nicht gesehen, das wäre pure Folter gewesen, aber als Polizist sind mir genug Tatorte unter die Augen gekommen, um mir vorstellen zu können ..." Er brach ab, denn es tat ihm nie gut, in diese Abgründe hineinzusehen. „Ist ja auch egal. Er war tot ... und ich habe nichts dagegen unternehmen können."

Hannahs sanfte Hände waren zurück. Sie strich ihm sacht, beinahe tröstlich über den Kiefer, bevor sie damit fortfuhr, seine Wunde zu desinfizieren. Es war merkwürdig beruhigend, dass sie einfach weiterarbeitete. Dass sie nicht nur hier saßen und über Coops schrecklichste Erinnerung sprachen, sondern irgendetwas taten. Es war lediglich Konversation.

„Warum hat er sich umgebracht?", wisperte sie.

„Er hatte Depressionen. War vielleicht auch ein wenig bi-polar. Ich wusste nie ganz, auf welchen David ich treffen würde. Den fröhlichen oder den todunglücklichen. Ich wusste, dass irgendetwas nicht okay war, dass es ihm beizeiten sehr schlecht ging, aber ... Ich habe es auf den Stress bei der Arbeit geschoben. Die ersten Jahre bei der Polizei sind die härtesten. Dann, wenn man jeden noch so beschissenen Job von den Vorgesetzten zugewiesen bekommt. Wenn man seine erste Leiche sieht. Das erste Mal an einem Notfalleinsatz teilnimmt, die erste Demonstration zerschlägt ... und einfach weiß, dass nichts in diesem Land wirklich richtig läuft und man nur sein Bestes tut, zu den Guten zu gehören."

Er seufzte und dachte an die Jahre zurück, in denen er kaum geschlafen hatte. In denen er wochenlang den Verwesungsgeruch seiner ersten Leiche in der Nase gehabt hatte. In denen das Adrenalin manchmal so heftig durch seine Adern gepumpt worden war, dass er geglaubt hatte, platzen zu müssen.

Aber es war auch ein gutes Gefühl gewesen, etwas Richtiges zu tun. Menschen zu schützen, dafür zu sorgen, dass jeder gleichwertig behandelt wurde – auch wenn es schwer gewesen war. Aber er war zufrieden gewesen. Zufrieden mit der Entscheidung, Polizist geworden zu sein. Und er hatte geglaubt, dass es David genauso ging. Dass er zwar manchmal litt, aber dennoch glücklich in dem Job war.

„Der Job ist hart", murmelte Hannah. „Die meisten hassen dich oder denken, dass du deine Autorität ausnutzt. Die anderen haben Angst vor dir."

Er nickte. „Es war zu viel für David. Die schrecklichen Sachen, die wir zusammen erlebt haben, sind ihm zu Kopf gestiegen. Ich habe mich langsam daran gewöhnt, aber er ..." Er schluckte. „Es wurde immer schlimmer. Irgendwann konnte ich es nicht mehr ignorieren und habe ihn gefragt, was los ist. Ob er sich professionelle Hilfe suchen will. Doch er hat immer nur gemeint, dass es halb so wild sei. Es sei eine Phase und er brauche nur etwas länger, um mit dem Job und seinem Leben klarzukommen." Die Magensäure stieg Coop in den Hals, doch er sprach weiter: "Ich habe nicht locker gelassen. Das ist wohl das einzig Richtige, was ich damals getan habe, aber ich war nicht beharrlich genug. Ich habe ihm gesagt, dass es Polizeipsychologen gäbe, die ihm helfen könnten, doch er hat nur gelacht und gemeint, ich solle keinen Schwachsinn erzählen. Er wollte sich keine Schwäche zugestehen und ich wollte nicht der Idiot sein, der ihn immer wieder darauf aufmerksam machte. Also habe ich das Ganze nur beobachtet, um zu sehen, ob es schlimmer wird ... aber manchmal ging es ihm so gut, dass ich die schlechten Zeiten fast vergessen habe. An manchen Tagen war er so unglaublich kompetent und hat einen Witz nach dem anderen gerissen und ich dachte mir: Okay, so schlimm kann es nicht sein. Er hat auch nie von Suizid oder Ähnlichem geredet, meine Gedanken sind überhaupt nicht in diese Richtung gewandert. Ich hatte eher Angst, dass er sich aus Versehen im Job verletzt, wenn er mal wieder in seinen Sorgen versunken und unaufmerksam war. Aber hey, dafür war ich ja da, richtig? Sein Partner, der darauf aufpasst, dass ihm nichts geschieht ... Zwei Wochen später war er tot."

"Oh, Coop", flüsterte Hannah. Der Wattebausch glitt erneut an seiner Wange hinab und wurde von einer Hand ersetzt, die ihm beruhigend über die Wange strich. "Das ist nicht deine Schuld, das weißt du, oder?"

Seine Augen brannten mittlerweile so sehr, dass er die vereinzelten Tränen darin nicht mehr zurückhalten konnte. Er hatte seit Ewigkeiten nicht mehr geweint, normalerweise flüchtete er sich in seine Wut, bevor das geschehen konnte, doch Hannah hatte keine fehlgeleitete Wut verdient ... was blieb ihm also übrig?

Doch es war nicht schlimm. Seine Tränen erreichten sein Kinn nicht, weil Hannah sie mit dem Daumen wegwischte, so, als wisse sie, dass er lieber so tun wollte; als seien sie nie dagewesen.

„Nein, es ist nicht meine Schuld", flüsterte er. „Aber es ist auch nicht *nicht* meine Schuld."

Hannah sagte daraufhin nichts. Sie stimmte ihm nicht zu, aber widersprach ihm auch nicht – und er war dankbar dafür. Denn diese Diskussion hatte er schon hundertundeinmal zu viel geführt.

Stattdessen küsste sie ihn sanft auf die Wange, bevor sie die Hände von seinem Gesicht zog und ein Rascheln ertönte. Das Pflaster vielleicht?

„Deswegen hast du gekündigt? Weil du deinem besten Freund nicht helfen konntest?", hakte Hannah leise nach, und Coop nahm Unverständnis in ihrer Stimme wahr.

„Natürlich habe ich gekündigt. Ich sollte keinen Job machen, in dem schwere Entscheidungen an mir haften bleiben, denn ich bin zu schwach, sie zu treffen. Ich hätte David melden müssen. Hätte sagen müssen, dass er in seinem Zustand nicht arbeiten kann. Dass er Hilfe braucht. Aber ich habe es nicht getan. Weil ich zu feige war. Weil er mich angefleht hat, nichts zu sagen. Weil er mir überzeugend vorgespielt hat, dass es halb so wild sei. Hätte ich gehandelt, wäre er vielleicht noch am Leben."

„Das kannst du nicht wissen, Coop. Außerdem ... er war dein bester Freund. Natürlich wolltest du ihn nicht verraten. Natürlich hast du ihn verteidigt und seine Bitten berücksichtigt. Ich hätte dasselbe getan."

Nein, das hätte sie nicht. Sie war viel aufmerksamer und sensibler als er. Sie hätte gewusst, was vor sich geht.

„Es ist schon okay", murmelte er. „Ich habe mich mit dem leeren Gefühl, das sein Tod hinterlassen hat, arrangiert."

„Nein, ist es nicht ... und nein, hast du nicht", widersprach Hannah mit fester Stimme, bevor sie ihm das Pflaster auf die Wange klebte. „Es ist nicht okay, dass du mit einer Schuld lebst, die du nicht tragen solltest. Und du hast dich nicht damit arrangiert, denn dann würdest du wieder bei der Polizei arbeiten. Du hast deinem besten Freund Hilfe angeboten. Immer wieder. Er war ein guter Schauspieler und hat dich getäuscht. Wenn du ihm den Job genommen und zum Psychologen geschickt hättest, wäre seine Abwärtsspirale möglicherweise noch viel schneller gekommen. Das kannst du nicht wissen ... aber was du weißt, ist, dass du ein guter Kerl bist! Und wahrscheinlich ein guter Polizist warst. Es war nicht deine Entscheidung, dass David sich umgebracht hat – es war seine. Er trägt die Verantwortung dafür. Nicht du."

Coop lachte trocken auf. Er wünschte, er könnte das Ganze so schwarz und weiß sehen. Doch das Leben bestand aus einer einzigen Aneinanderreihung von Grauzonen, wie sollte er da so klare Grenzen ziehen können?

„Ich könnte es mir als Polizist nicht leisten, falsche Entscheidungen zu fällen, Hannah."

„Hör mir mal zu", sagte sie eindringlich. Er spürte ihre Hände auf den Schultern ... und öffnete die Augen.

Ihre dunkelbraunen Iriden waren ernst und warm, und der Knoten in seiner Brust löste sich ein wenig.

„Was?", fragte er leise.

„Es wird immer richtige und falsche Entscheidungen geben, Coop. Egal, wie sehr du versuchst, ihnen aus dem Weg zu gehen. Doch man kann in seinem Leben nicht alles richtig machen. Aber weißt du, was Owen immer gesagt hat? Die Kunst ist es, immer mit Konsequenzen zu rechnen, aber nie Angst vor ihnen zu haben. Weil sie so oder so auf einen zukommen und man eh irgendwann lernen muss, mit ihnen umzugehen. David ist nicht tot, weil du nicht in der Lage bist, Verantwortung zu übernehmen. Keine deiner Entscheidungen haben zu seinem Tod geführt. Was alle anderen deiner Entscheidungen angeht: Konsequenzen gehören zum Leben dazu. Und sie sind es erst, die es so interessant machen. Wenn du Polizist sein willst, dann solltest du Polizist sein. Deinen Plan verfolgen und es besser machen als all die schlechten Cops, die nur sehen, was sie sehen wollen. Und du wirst mit jeder deiner Entscheidungen dazulernen und einen guten Job machen. Weil du wunderbar bist!"

Sie sah bei diesen Worten so ernst und aufrichtig aus, dass er wusste, dass sie sie meinte. Dass sie sie glaubte.

Und es war schön, von einem so herzensguten Menschen wie Hannah als wunderbar erachtet zu werden – auch wenn er ihre Meinung nicht teilte. Sie war es, die wunderbar war. Er bekam nur ein wenig von ihrem Glanz ab.

Eine Weile sah er sie nur an. Ließ sich von ihrem weichen Gesichtsausdruck trösten und von ihrer Berührung wärmen.

Er dachte an David, ihre letzte Unterhaltung, die sich um irgendetwas Unsinniges gedreht hatte. Aber gleichzeitig sah er auch Hannah an und stellte sich die Frage, wie ein Mensch mit jedem Tag schöner werden konnte.

„Ich sollte gehen", murmelte er und fuhr mit der Hand abwesend zu der Stelle, an der sie ihm das Pflaster aufgedrückt hatte.

„Nein, bleib."

Überrascht hob er die Augenbrauen. „Was?"

„Bleib hier", sagte Hannah schlicht. „Ich will heute nicht allein sein und ich glaub, du willst es auch nicht, also ... bleib hier."

„Aber ..." Er brach ab, als Hannah sanft beide Hände um sein Gesicht legte. Er konnte die Wärme, die von ihr ausging, bis in seine Knochen spüren.

„Bleib heute Nacht hier, Coop. Für mich. Es ist spät, mein Bett ist groß genug, warum solltest du gehen? Wir sind doch ... befreundet, oder nicht?" Die letzten Worte kamen nur zögerlich über ihre Lippen.

Eine Weile sah Coop sie nachdenklich an. Überlegte, ob es klug wäre, sich in ein gemeinsames Bett zu legen. Überlegte, ob er nicht doch lieber allein sein wollte ... doch letztendlich nickte er. Weil die Aussicht, hierzubleiben, so viel schöner war, als in sein einsames, kaltes Apartment zurückzukehren.

„Okay", murmelte er. „Wenn das Bett groß genug ist."

# Kapitel 15

Das Bett war nicht groß genug.

Ein Meter sechzig waren Hannah bisher immer so großzügig vorgekommen, doch mit Coop darin schienen sie auf zwanzig Zentimeter zusammenzuschrumpfen. Obwohl er auf der Seite lag! Sein Gesicht war ihr zugewandt und er trug nur ein T-Shirt und Boxershorts. Hannah wusste genau, wie sein Oberkörper darunter aussah, und dieser Gedanke trieb ihren Herzschlag an.

„Alles okay? Ist es zu heiß hier? Du bist ziemlich rot im Gesicht."

Mist, warum stand eine Straßenlaterne vorm Fenster? Nicht einmal auf die Dunkelheit der Nacht konnte man sich verlassen.

„Nein, alles gut", sagte Hannah hastig und zog die Decke höher ihre Schulter hinauf. Warum besaß sie nur eine riesige und nicht zwei davon? Wenn es zwei Decken gegeben hätte, wäre die Berührungsgefahr wenigstens geringer.

Coop lächelte verschmitzt – und das Lächeln auf seinen Zügen zu sehen, nachdem er die letzte halbe Stunde so furchtbar traurig gewesen war, fühlte sich an wie ein Strahl Sonnenschein nach wochenlangem Regen. Es gab nur wenige Dinge, die schöner waren als

Cooper Panthers Lächeln … und jetzt gerade wollte Hannah kein einziges von ihnen einfallen.

„Hast du Angst, dass ich über dich herfalle?", wollte er im Plauderton wissen.

„Was? Nein! Natürlich nicht." Die Worte taumelten so ungeschickt über ihre Lippen, dass sie meinte, sie über die Bettkante fallen zu hören.

„Gut, denn das werde ich heute Nacht nicht."

Warum betonte er das *heute Nacht* so komisch?

Sie nickte und entspannte sich wieder ein wenig. „Okay."

Sein Lächeln wurde breiter und er streckte die Finger nach ihr aus, um eine Haarsträhne hinter ihr Ohr zu streichen. „Danke, Hannah", murmelte er in die Dunkelheit hinein. „Du bist eine gute … Freundin."

Er zog die Hand zurück auf seine Seite der Matratze, und Hannah vermisste seine Berührung sofort.

„Danke", erwiderte sie leise. „Du bist auch ein guter Freund. Entschuldige, dass ich dich ins Gesicht geschlagen habe."

Coop lachte leise und sie sah, wie er die Augen schloss. „Ich vergebe dir. Tu es einfach nicht wieder."

Sie lächelte leise, kuschelte sich tiefer in das Kissen und nickte. „Ich versuche es."

Hannah musste eingeschlafen sein, denn als sie das nächste Mal die Augen öffnete, drang bereits ein erster Lichtstrahl durch die nicht ganz geschlossenen Vorhänge.

Abgesehen davon lag sie nicht mehr so, wie sie es in Erinnerung hatte.

Irgendwann in der Nacht musste Coop nach ihr gegriffen oder sie sich ihm aufgedrängt haben – denn ihr Fuß klemmte zwischen seinen Beinen, ihr Rücken war an seine harte Brust gepresst und ihr Kopf auf seinen ausgestreckten Bizeps gebettet. Sein Arm lag wohlig schwer um ihre Mitte und seine Finger hatten sich unter das Delphies-Trikot verirrt, das sie zum Schlafen anzog. Sie lagen nun über ihren Bauch gefächert auf ihrer bloßen Haut.

Hitze durchströmte Hannah und sammelte sich in ihrem Herzen und ihrem Unterleib. Das war eine viel zu verfängliche Stellung. Sie konnte seinen Atem in ihrem Nacken und seinen Herzschlag nah an ihrem spüren. Abgesehen davon war ihr Po ... nun, nein, das hier war nicht mehr platonisch, so wie sie es vereinbart hatten!

Sie hielt die Luft an und wendete sich langsam in seiner Umarmung. Vorsichtig und geräuschlos, damit er nicht aufwachte.

Doch sein Arm hielt sie noch immer umschlungen, und nun wurden ihre Handflächen an seine Brust gepresst, während ihr Gesicht so nah an seinem war, dass sie seine dunklen Wimpern zählen konnte, die auf seinen Wangenknochen auflagen.

Zitternd atmete sie ein und wünschte sofort, es nicht getan zu haben. Coop roch nach Holz und Regen. Wie konnte das sein? Wie konnte er immer noch so gut riechen, obwohl er das T-Shirt trug, mit dem er ihr in die schäbige Country-Bar gefolgt war?

Hannahs Blick wanderte über sein Gesicht. Sein Kiefer war ausnahmsweise mal entspannt. Seine dunklen Bartstoppeln ein wenig zu lang, um noch als anständig zu gelten.

Gott, er war schön.

Und warm. Und gemütlich. Und tröstlich.

Sie hob langsam die Hand und fuhr sacht die Konturen seines Gesichts nach. Sie konnte nicht anders. Er war ihr so nah, dass es ihr ketzerisch vorkäme, ihn nicht zu berühren.

Sie zeichnete seine Augenbrauen, seine Wangenknochen nach, verweilte auf dem Arielle-Pflaster und strich über seine Bartstoppeln.

Wie konnte ihr sein Gesicht bereits jetzt so vertraut sein? Sie kannten sich doch erst ein paar Wochen.

Sie glitt mit dem Zeigefinger über seine Ohrmuschel, seinen Hals hinab bis zu seinem Schlüsselbein, das sie unter dem Kragen des Shirts erahnen konnte, wanderte seine Brust hinab …

Coop schlug die Augen auf.

Abrupt hielt Hannah in ihrer Berührung inne. Sie öffnete die Lippen, um etwas zu sagen – doch ihr fiel nicht ein, wie sie erklären sollte, was sie da tat. Denn sie wusste nur, dass sie sich nicht davon hatte abhalten können.

Coop starrte sie aus seinen durchdringenden blauen Augen heraus an, sein Blick so intensiv, dass Hannah ihn an ihrem ganzen Körper zu spüren meinte. Er sollte müde aussehen, doch er schien hellwach.

Sie sah, wie sein Adamsapfel sich hob und senkte, als er schluckte, und sein Blick zu ihren Lippen und wieder zurückhuschte.

Hannahs Herz setzte einen Schlag aus, bevor eine Welle der Hitze sie durchströmte. Sie fing in ihren Zehenspitzen an, kribbelte in ihren Beinen, in ihrem Bauch, bis zu ihrem Kopf.

Sein Arm, der um ihre Mitte geschlungen war, bewegte sich. Sie hatte Angst, dass er ihn wegzog und die wohlige Hitze mit sich nahm. Doch das tat er nicht. Stattdessen zog Coop die Finger, die sich am Saum des Trikots verfangen hatten, langsam ihre Seite entlang. Er fuhr damit über bloße Haut. Sank in die Beugung ihrer Taille. Wanderte höher. Er zog den Stoff des T-Shirts mit sich, während er ihre Rippenbögen nachzeichnete.

Doch sein Blick folgte nicht seinen Berührungen. Sein Blick lag noch immer auf ihrem Gesicht, seine klaren blauen Augen dunkler als sonst. Intensiver.

Eine Gänsehaut breitete sich auf Hannahs Körper aus und kletterte ihre Wirbelsäule hinab. Ihr Magen flatterte, ihr Unterleib wurde schwer, bis sie sich auf nichts mehr als auf seine Berührungen konzentrieren konnte.

„Hannah?", wisperte Coop. Seine Stimme leiser als ein Flüstern.

„Ja?"

„Ist die Nacht vorbei?"

„Ja."

„Gott sei Dank."

Im nächsten Moment küsste er sie.

Seine Berührungen waren sanft und zärtlich gewesen. Sein Kuss war es nicht. Er küsste sie, als wäre er ein Verdurstender und sie das Glas Wasser. Seine Lippen waren heiß und drängend und dennoch zu wenig.

Hannah stöhnte auf. Sie hatte das Gefühl, seit Wochen auf nichts anderes gewartet zu haben. Darauf, dass sich all das Verlangen, das sie aufgestaut hatte, immer wenn sie ihn gesehen hatte, nun endlich durch ihren Körper bahnte.

Sie schlang ein Bein um seine Hüften und zog ihn näher zu sich heran. Mit der einen Hand fuhr sie in seinen Nacken und mit der anderen suchte sie einen Weg unter sein T-Shirt.

Ihre Fingerspitzen trafen auf erhitzte, glatte Haut, auf sehnige Muskeln und angespannte Schultern.

„Wenn ich gewusst hätte, dass es so endet, hätte ich dich mir schon viel eher ins Gesicht schlagen lassen", murmelte Coop mit rauer Stimme, und Hannah musste lachen, bevor er erneut ihre Lippen versiegelte.

Seine Lippen waren rau und weich zugleich. Er biss ihr sacht in die Unterlippe, bevor er mit der Zunge über dieselbe Stelle fuhr und Hannah die Lippen für ihn öffnete.

Der Kuss wurde heißer. Gieriger. Dreckiger.

Ihre Hüften trafen aufeinander, hart drängte gegen weich, und Hannah spürte, wie sich Feuchtigkeit zwischen ihren Schenkeln sammelte.

Coop schob ihr Shirt weiter hinauf, bis sie sich schließlich von ihm löste, um es sich selbst über den Kopf zu ziehen. Er drehte sie, sodass sie auf dem Rücken lag, und sah sie einen Moment lang einfach nur an. Er ließ den Blick über ihr Gesicht, ihren nackten Oberkörper hinabwandern – und allein die Tatsache, dass Hannah beobachten konnte, wie sich seine Augen beim Anblick ihres so unperfekten Körpers vor Verlangen verdunkelten, machte sie so sehr an, dass sie seinen Kopf abrupt wieder zu ihrem hinabzog.

Sie hatten die letzten Wochen zu viel Zeit mit Reden und Betrachten verschwendet. Jetzt wollte sie fühlen.

Sie spürte, wie Coop an ihrem Mund lächelte, bevor ihre Zungen erneut aufeinandertrafen. Neue Hitze zuckte durch ihren Körper, während sie versuchte, Coop auf sich zu ziehen.

Doch er ließ sich nicht bewegen. Und anstatt schneller zu machen, so wie sie es gern hätte, wurde Coop auf einmal langsamer. Seine Küsse intensiver, gemächlicher. Seine Berührungen sorgfältiger, präziser.

Mit den Fingern strich er über die Unterseite ihrer Brüste, während er ihren Kiefer küsste, eine feuchte Spur ihren Hals hinabzog.

Sie presste sich ins Hohlkreuz, kam seiner Berührung entgegen, und als seine Hand federleicht über ihren Bauch glitt, tiefer, unter den Bund ihrer Schlafanzughose fuhr, wurde ihr Atem immer flacher.

Sie ließ die Beine auseinanderfallen, wartete ungeduldig auf seine Berührung. Doch sie kam nicht.

Coops Finger hielten inne, während er mit dem Daumen der anderen Hand über ihre Brustwarze fuhr, an ihrem Schlüsselbein knabberte und sich in Seelenruhe weiter mit den Lippen vorarbeitete.

Die Finger seiner anderen Hand fuhren die Innenseite ihrer Schenkel entlang, strichen über den Bund ihres Slips ... bis Hannah frustriert aufstöhnte.

„Coop ... mach hinne!"

Coop hielt inne und hob den Kopf. Mit verengten Augen sah er sie an. „Entschuldige bitte?"

„Du bist langsamer als eine achtzigjährige Frau mit Kleister unter ihren Schuhen!", sagte sie ungeduldig.

Er schüttelte missbilligend den Kopf. „Wir haben alle Zeit der Welt, Hannah", murmelte er selbstzufrieden. „Ich berühre dich wo ich möchte und wann ich es möchte."

Hannah biss auf ihre Unterlippe, konnte jedoch nur das Pochen zwischen ihren Beinen spüren.

Alle Zeit der Welt ... Ach ja? Das wollte sie sehen. Es wurde Zeit, dass auch sie ihn berührte, wo und wann sie wollte.

Abrupt richtete sie sich auf, drückte gegen Coops Schultern und warf ihn so auf den Rücken.

Überrascht riss er die Augen auf, doch sie glitt bereits mit der flachen Hand seine harten Bauchmuskeln hinab zum Saum seines T-Shirts, bevor sie es ihm grob über den Kopf zerrte.

„Wir haben alle Zeit der Welt", murmelte sie, fuhr durch die kurzen Haare auf seiner Brust, malte Kreise auf seine Haut, zog sie tiefer ... bis sie mit dem Zeigefinger über die Erektion strich, die seine Boxershorts spannte. Erst sacht, dann fester.

Coop sog zischend die Luft ein.

„Alle Zeit der Welt, Coop", murmelte sie, rieb seinen Penis durch die Boxershorts hindurch, während sie seine Brust küsste, heiße, feuchte Schlieren mit ihrem Mund über seinen Bauch zog und ihn währenddessen seiner Unterwäsche entledigte. Coops Erektion sprang frei, doch sie ignorierte sie. Stattdessen kreiste sie mit der Zunge um seinen Nabel, küsste seine Beckenknochen, wanderte tiefer ...

Coops Atem wurde immer schwerer und hektischer. Mit den Fingern krallte er sich in die Laken, als wie zufällig eine ihrer Brüste seinen Schwanz streifte, bevor sie ihn mit der Faust umschloss.

Sein harter, glatter Schaft pulsierte heiß in ihrer Berührung, als sie langsam an ihm auf und ab fuhr und ihn schließlich wieder losließ.

„Geduld ist so wichtig", sagte sie in belehrendem Tonfall, bevor sie seinen Penis sacht auf die Spitze küsste.

Coops Körper spannte sich so abrupt an, dass er kurz vom Bett abhob.

Hannah lächelte – sie hatte in ihrem Leben noch nie das Gefühl gehabt, so viel Macht über einen Mann zu haben – bis sie die Unterseite seiner Erektion küsste.

„Fuck", entfuhr es Coop.

„Hör auf zu fluchen. Du weißt doch: Das ist schlecht für dein Karma", murmelte sie und leckte seinen Schaft hinauf, umkreiste die Spitze, nahm sie jedoch nicht in ihren Mund.

Sie ließ sich eben alle Zeit der Welt.

„Okay, ich habe es verstanden", knurrte er, richtete sich auf und warf sie abrupt wieder auf den Rücken. Im nächsten Atemzug zog er ihr Schlafanzughose mitsamt Slip herunter, bevor er sie feucht auf den Mund küsste. „Du willst mehr? Du kriegst mehr!", wisperte er, strich mit der flachen Hand ihren Bauch hinab, zwischen ihre Beine ... und drang sofort mit einem Finger in sie ein.

Hannah keuchte, während Coop mit dem Mund ihre Brustwarze suchte und hart an ihr saugte.

Verlangen und Lust bauten sich blitzschnell in ihr auf, pochten in ihren Adern, in ihrem Unterleib ... flossen in heißen Strömen durch sie hindurch.

Er nahm einen zweiten Finger hinzu, und Hannah wimmerte auf, als er die Kuppen nach innen bog und gleichzeitig mit dem Daumen um ihre Klitoris kreiste.

Als wüsste Coop, was sie brauchte, erhöhte er den Druck. Kreiste immer schneller, bis sich süße Hitze in ihr aufbaute ... und er ihr abrupt die Finger entzog.

Sofort schlug sie die Augen auf. „Nicht aufhören“, brachte sie hervor.

„Hab ich nicht vor. Aber zuerst ... Kondom?“, fragte er atemlos. Sie nickte zu ihrem Nachttisch hinüber.

Er beugte sich über sie, und Hannah stöhnte auf, als er dabei mit der harten Brust über ihre Brustwarzen strich.

Ihr Atem verfing sich in ihren Lippen, als Coop mit den Fingern noch einmal über die Unterseite ihrer Brüste fuhr, bevor er die Schublade des Tisches herauszog und fand, was er suchte.

Er riss die Packung auf, warf sie achtlos beiseite und rollte das Gummi über seine Erektion, die zwischen seinen Fingern zuckte.

Schließlich beugte er sich über sie, glitt zwischen ihre weichen Schenkel, stellte die Hände neben ihren Kopf und sah ihr in die Augen.

„Wann hat dir das letzte Mal jemand gesagt, dass du wunderschön bist, Hannah?“, flüsterte er.

Hitze stieg in ihre Wangen, als sie versuchte, sich daran zu erinnern ... doch sie konnte nicht. „Keine Ahnung.“

„Das ist eine Schande, denn das bist du“, flüsterte er und fuhr sacht mit den Lippen über ihre.

Sie spürte seine Spitze an ihrem Eingang. Spürte, wie er damit die Feuchtigkeit zwischen ihren Beinen verteilte ... bevor er mit einer einzigen fließenden Bewegung in sie stieß.

Hannah keuchte auf und schlang die Beine um ihn. Genoss das Gefühl, vollkommen ausgefüllt zu sein. Genoss das Gefühl seiner glatten Haut unter ihren Fingern. Das Gefühl der Reibung, als er sich wieder aus ihr zurückzog und erneut in sie glitt.

Coop küsste ihren Hals, flüsterte ihr dreckige Dinge ins Ohr, während er den Rhythmus erhöhte.

Hannah hielt den Atem an, als das süße Ziehen in ihrem Unterleib immer unerträglicher wurde. Sie krallte die Nägel in seinen Rücken und hob das Becken, um ihn noch tiefer in sich aufzunehmen. Sie hatte Sex nicht so gut in Erinnerung! Nicht so ... frei.

Bei jedem Stoß kam sie ihm entgegen, küsste seine Schulter, seinen Arm, seinen Hals – küsste alles, was sie erreichen konnte, während seine Härte sie immer wieder ausfüllte.

„Mehr", wisperte sie – und Coop nahm sie beim Wort.

Seine Finger drückten in ihr Becken, als er sie nach vorn zog, in einem steileren Winkel in kurzen Stößen in sie glitt und erneut ein Fluch über seine Lippen drang. Doch diesmal war es ihr egal, denn mit jedem Stoß wuchs die Hitze in ihr. Mit jeder Reibung zog sich ihr Unterleib weiter zusammen.

Coops Lippen lagen an ihrem Hals, sein Unterarm neben ihrem Kopf, während er mit der freien Hand zwischen ihre Körper fuhr und mit Leichtigkeit den Punkt fand, der die Berührung am meisten brauchte. Hart rieb er mit dem Daumen darüber ... einmal ... zweimal ...

Der Orgasmus schlug in Wellen über Hannah zusammen.

Ihre Finger noch immer in seinen Rücken gekrallt, ihre Beine um seine Hüften geschlungen kam sie bebend zum Höhepunkt.

Sie spürte, wie Coops Muskeln unter ihrer Berührung erzitterten, als er noch ein letztes Mal in sie eindrang und ihr folgte.

Mit schwerem Atem sank er über ihr zusammen. Küsste ihren Hals, die Stelle hinter ihrem Ohr, ihre Wangen, bevor er scheinbar erschöpft auf ihr liegenblieb.

„Liebe Güte", wisperte sie und vergrub ihr Gesicht in seinem Nacken. „Du bist ein Gott."

„Was?" Schwer atmend wandte Coop den Kopf, sodass Hannah ihren schweren Herzens heben musste.

„Ich sagte: Spielst du Fagott?"

Er lachte leise, küsste sie sacht auf die Stirn und dann auf den Mund, bevor er kopfschüttelnd flüsterte: „Mir gefällt der Kommentar mit dem Gott besser."

Sie schlug ihm sacht mit der Faust gegen die Schulter. „Wieso fragst du, wenn du mich verstanden hast?"

„Weil man sowas immer gern zwei-, drei- oder vierhundertmal hört."

Sie verdrehte die Augen, musste aber lächeln, während sie ihm mit den Händen durch die Haare fuhr und die Schwere seines harten Körpers auf ihrem genoss. „Es ist mir nur so rausgerutscht. Mein orgasmisches Gehirn hatte einen Funktionsfehler. Vergiss, dass ich es jemals gesagt habe."

Er zog eine Grimasse. „Unmöglich."

Das hatte sie befürchtet. Seufzend zog sie ihn wieder zu sich hinunter, um erneut seinen Geruch einzuatmen und noch eine Weile seine Wärme zu genießen.

Coops leises Lachen an ihrem Ohr störte zwar ein wenig, aber dass er seine Hände mit ihren verschränkte und erneut ihre Wange küsste, besänftigte sie wieder ein bisschen.

Einige endlose Momente lang lagen sie so da. In Wärme und Endorphine gehüllt. Schließlich richtete Coop sich etwas auf, zog sich langsam aus ihr zurück und entledigte sich des Kondoms.

Es hatte etwas Prächtiges an sich, diesen wunderschönen Mann dabei beobachten zu können, wie er splitterfasernackt ihr Schlafzimmer durchquerte, um das Präventionsmittel in ihrem Bad zu entsorgen.

Hannah erwischte sich dabei, wie sie sich gegen ihren Bettkopf lehnte, die Hände im Nacken verschränkte und einfach nur die Show genoss.

Coop prustete, als er zurück zu ihr ins Bett kam. „Du sabberst ein bisschen."

„Das muss von deinen viel zu feuchten Küssen kommen."

„Mhm, ich glaub auch", murmelte er, bevor er ihr direkt noch einen dieser Küsse gab.

Sie lächelte und streichelte ihm über die Wange. Ihre Brust fühlte sich süßlich schwer und frei zugleich an. Als hätte jemand einen Ballon darin aufgeblasen und dann mit Zucker gefüllt.

Sie öffnete den Mund, um Coop genau das zu sagen – denn solche Dinge sollte man dem anderen immer mitteilen –, doch bevor sie dazu kam, durchschnitt ein lautes Klingeln die verheißungsvolle Stille.

Verwirrt sahen sie beide sich um.

„Das ist mein Handy", murmelte Coop, beugte sich über die Matratze und zog es von ihrem Nachttisch. Stirnrunzelnd betrachtete er die Anruferkennung, bevor er dranging.

„Ja?“

„Alter, Coop, wo bist du?“, rief jemand so laut, dass
selbst Hannah es hören konnte.

Coop richtete sich abrupt auf. „Was? Wovon redest
du?“

„Es ist halb zwölf! Dein Zwangsurlaub ist vorbei. Du
sollst in einer halben Stunde mit einem Klienten aus
dem Flugzeug springen. Also: *Wo bist du?*“

„Shit“, fluchte er laut, als er mit dem Kopf herumfuhr
und sein Blick auf den Wecker fiel, der tatsächlich elf
Uhr dreißig anzeigte. „Tut mir leid, ich ... ich hab ver-
schlafen. Aber ich mach mich jetzt auf den Weg!“

Im nächsten Moment legte er auf und sprang aus dem
Bett.

„Fuck. Ich habe seit Ewigkeiten nicht mehr bis halb
zwölf im Bett gelegen“, meinte er fahrig und suchte sich
seine Kleidung zusammen, die er unwirsch über seine
Beine und seinen Kopf zog.

„Na ja, nur gelegen haben wir ja nicht“, gab Hannah
zu bedenken.

Coops Mundwinkel zuckten und er lächelte sie kurz
an, bevor er damit fortfuhr, sich anzuziehen.

Hannah stand ebenfalls auf, griff sich das Delphies-
Trikot und zog es sich über den Kopf. „Meinst du, sie
sind sehr wütend?“, fragte sie unsicher.

Er zuckte nur die Schultern und band sich bereits die
Schuhe zu. „Keine Ahnung. Ich werde sehen.“ Er has-
tete ins Wohnzimmer und Hannah lief ihm hinterher.

„Also ...“, sagte sie langsam. „Das war ... nett.“

Coop schnaubte, während er seine Jacke vom Haken
ihrer Garderobe nahm. „Das war nicht nett. Das war
fantastisch“, stellte er klar. „Und tut mir leid, dass das

jetzt so abrupt ist. Keine Absicht." Er küsste sie fest auf die Lippen und verschwand im nächsten Moment aus der Tür.

Einige Sekunden lang stand sie unbewegt da, dann ließ Hannah sich auf die Couch fallen und starrte die Tür an.

Das war viel zu schnell gegangen. Sie hatten gar nicht darüber geredet, was die letzte Nacht, beziehungsweise dieser Morgen bedeutet hatte. *Ob* es etwas bedeutet hatte.

Normalerweise hätte Hannah darauf bestanden, dass Coop ihr erklärte, was genau ...

Aber Moment. *Normalerweise* betraf diese Situation überhaupt nicht. Waren sie beide nicht sehr deutlich gewesen, was ihre Erwartungen betraf? Sie hatte ihm gesagt, dass sie nicht auf der Suche nach etwas Ernstem war. Er war Cooper Panther, Schwerenöter der Stadt. Was gab es da überhaupt zu bedenken? Entweder er meldete sich oder er meldete sich nicht. So einfach war das.

Ein schummriges Gefühl im Bauch hatte sie dennoch. Vielleicht war das aber auch nur die Enttäuschung darüber, dass Coop nicht mehr da war. Weil sie gerne mit ihm gefrühstückt hätte oder aber auch ...

Nein. Sie war Ärztin! Sie hörte nicht auf ihr Bauchgefühl. Sie hörte auf ihren Verstand und der war sehr glücklich mit dieser Situation. Andererseits konnte es ja nicht schaden, sich noch eine zweite Meinung einzuholen.

Sie stand auf und tapste in das Schlafzimmer, wo sie ihr Handy auf dem Nachttisch hatte liegen lassen.

Etwas nervös kaute sie auf ihrer Unterlippe herum, bevor sie die ihr bekannte Nummer wählte.

„Hey, Hannah", meldete sich Lara nach dem zweiten Klingeln. „Na, hast du dich schön ausgekatert?"

„Ich hab mit ihm geschlafen!", platzte sie heraus.

„Was?"

„Ich hatte Sex mit Cooper Panther, Lara!"

„Nein!"

„Doch. Irgendwie schon."

*„Nein!"*

„Schrei nicht so laut." Vielleicht war es doch keine gute Idee gewesen, Lara anzurufen.

„Aber … nein! Warum?"

Verwirrt runzelte Hannah die Stirn. „Hast du ihn dir angesehen?"

„Ja! Aber gut sehen die blöden Panther-Geschwister doch alle aus! Ich fall doch auch nicht über Callum her, nur weil er heiß ist."

„Na, vielleicht solltest du das", sagte Hannah unschuldig. „Dann würdet ihr möglicherweise nicht mehr so oft streiten."

„Unfassbar", bemerkte Lara schnaubend. „Kaum hast du Sex, wirst du zum Spaßvogel!"

Hannah lächelte breit. Ja, da bestand vielleicht ein Zusammenhang. „Hey! Ich kann zumindest einen weiteren Punkt von meiner Liste wegstreichen. Punkt Nummer 18. Ich hatte Sex mit jemandem, der absolut nicht mein Typ ist!"

„Oh, bitte, Cooper Panther ist jederfraus Typ."

„Nein", widersprach sie. „Er ist eigentlich viel zu hübsch und reich für mich."

„Jaja, buhu. Reiche, gut aussehende Männer sind die schlimmsten, das sagen alle Frauen", bemerkte Lara trocken. „Mann, was hast du dir dabei gedacht, Hannah? Ich dachte, ihr seid platonische Freunde und all der Mist."

„Waren wir ja auch. Jetzt sind wir nur eben auch ... sexuell befreundet."

„Na, das ist ja große Klasse. Und während du dabei bist, deine Liste zu beenden, verliebst du dich in den größten Frauenhelden dieser Stadt und lässt dir von ihm das Herz brechen."

„Ich hatte Sex mit ihm, Lara", meinte Hannah augenverdrehend. „Ich habe ihm nicht erzählt, wie ich meine zwei Kinder nennen und dass ich ihn morgen heiraten möchte."

„Oh, bitte, das ist bei dir doch ein- und dasselbe. Du warst vier Monate mit Adrian zusammen, bevor du mit ihm geschlafen hast! Weil du jemanden erst nackt sehen willst, wenn er als möglicher Vater infrage kommt."

Gut, das hatte vielleicht vor ein paar Jahren gestimmt, aber mittlerweile war sie um einiges älter und reifer geworden und ... überhaupt hatte sie Coop ja schon halbnackt gesehen, bevor sie auch nur ein Wort gesagt hatte. „Ich hatte eigentlich auf ein wenig Unterstützung von dir gehofft, Lara", meinte sie unzufrieden. „Eine Telefon-High-Five. Oder wie die coolen Kids sich heutzutage sonst so beglückwünschen."

Lara stieß einen Schwall Luft aus, bevor sie sagte: „Sorry. Ich bin etwas gestresst. Mein Boss ist nicht zufrieden mit meiner Arbeit."

Hannah zog eine Grimasse. „Das tut mir leid."

„Ja, danke. Aber du kannst ja nichts dafür. Hannah: Es ist toll, wenn du glücklich darüber bist, mit Coop geschlafen zu haben. Er scheint ein cooler, netter Kerl zu sein und er mag dich offenbar ... ich möchte dich nur darum bitten, ihm nicht direkt dein Herz zu schenken. Es wird seinen Grund haben, dass die Presse ihn öfter *Womanizer* als bei seinem richtigen Namen nennt."

„Wie poetisch von dir", meinte sie trocken. „Aber keine Sorge. Ich bin nicht auf der Suche nach einem Freund."

„Ja, das rede ich mir auch immer ein, wenn ich einsam bin."

Verärgert verdrehte Hannah die Augen. „Okay, ich muss jetzt auflegen. Tut mir leid wegen deiner Arbeit. Aber sie werden dich ja wohl nicht rauswerfen, ich meine, du bist ..."

„Eine Mitarbeiterin wie jede andere", fuhr Lara ihr gereizt dazwischen. „Aber na gut. Ich freu mich für dich und deinen Orgasmus. Du hörst dich heute zumindest wieder etwas weniger verrückt an als gestern."

„Ja, wegen gestern ... tut mir wirklich leid. Ich muss sehr anstrengend gewesen sein."

„Ja, warst du. Aber ich fand es sehr erfrischend. Schönen Tag noch, ja? Hab dich lieb."

„Gleichfalls. Hab dich auch lieb! Halt die Ohren steif."

Sie legte auf und ließ sich mehr oder weniger zufrieden gegen den Bettkopf sinken. Irgendwie war es schade, dass Coop so überstürzt hatte aufbrechen müssen. Mit ihm gemeinsam im Bett zu frühstücken und danach vielleicht ein paar Möbel shoppen zu gehen, wäre schön ge–

Hannah brach den Gedanken abrupt ab.

Nein, das wäre nicht schön gewesen. Denn das tat man mit einem festen Freund, nicht mit einem ... ähm ... sexuell-platonischen.

Sie zog eine Grimasse über sich selbst, als ihr Handy klingelte.

„Hannah Reed?", meldete sie sich automatisch.

„Hey, Dr. Reed. Hier ist Samantha Cunnings von der Philadelphia Medic Group."

Sofort saß Hannah kerzengerade im Bett. „Oh, hey, Dr. Cunnings. Schön, von Ihnen zu hören."

„Ja. Tut mir leid, dass ich Sie an einem Sonntag behellige. Aber Sie sind zurzeit so furchtbar schlecht zu erreichen."

Hannahs Ohren liefen heiß an und sofort überfiel sie das schlechte Gewissen. „Ich weiß. Entschuldigen Sie. Ich bin zurzeit eigentlich im Urlaub und versuche die Arbeit auf ein Minimum zu beschränken."

„Ich verstehe. Nichtsdestotrotz ..." Samantha Cunnings räusperte sich. „Es tut mir wirklich leid, aber ich muss Sie leider drängen, uns eine Antwort zukommen zu lassen. Das Büro wird nächsten Monat frei, und falls Sie nicht bei uns einsteigen wollen, müssten wie uns um einen Ersatz bemühen. Meinen Sie, dass Sie uns bis nächste Woche Mittwoch Bescheid geben könnten? Wir finden Sie alle sehr sympathisch, und es wäre uns eine Freude, die Praxis mit einer Gastroenterologin zu erweitern, aber wir können nicht ewig warten."

„Natürlich", flüsterte Hannah, während die ersten Rädchen in ihrem Kopf bereits ratterten. Sie brauchte eine Pro- und Kontra-Liste. Sie brauchte eine Unterredung mit ihren Eltern. Sie brauchte Owen, der ihr in den Hintern trat. Sie brauchte ...

Nein.

Nein, das stimmte nicht. Sie war eine erwachsene Frau. Sie traf ihre eigenen Entscheidungen. Sie brauchte nichts und niemanden.

Sie atmete tief durch und schloss ein paar Sekunden lang die Augen.

Okay. Was wusste sie?

Die Praxis war ein Risiko. Sie würde sich dort einkaufen und einen Großteil ihres Ersparten auf den Kopf hauen müssen. Außerdem war sie es bis jetzt nur gewohnt, im Krankenhaus zu arbeiten. Dort, wo auch ihre Eltern arbeiteten und ihr zur Hilfe eilen konnten, falls sie einmal nicht wusste, wie sie handeln sollte. Ihr war auch nicht zu hundert Prozent klar, wie der Job in einer privaten Praxis genau ablaufen würde. Andererseits war die Praxis toll! Sie hatte einen großen Bus, mit dem die Ärzte einmal im Monat in die ärmeren Viertel Philadelphias fuhren und kostenlose medizinische Beratung anboten. Für all diejenigen, die sich keine Krankenversicherung leisten konnten. Sie würde dort eine Menge gute Arbeit verrichten können. Ja, sie würde kein Netz haben, das sie auffing, sollte sie versagen. Aber sie würde neue Erfahrungen sammeln und mit engagierten Leuten zusammenarbeiten und dieselben Patienten über Jahre hinweg begleiten können und nicht jeden Tag mit neuen konfrontiert werden.

Und außerdem ... außerdem wollte sie es.

Sie wollte ihr eigenes Ding durchziehen, ihre eigenen Entscheidungen treffen, ihr eigenes Leben bestimmen. Und sie würde sich nicht länger von ihrer Angst oder ihrer Gemütlichkeit daran hindern lassen.

„Wissen Sie was, ich bin dabei“, sagte sie atemlos. „Ich muss nicht bis Mittwoch mit der Entscheidung warten. Ich hatte lange genug Zeit, darüber nachzudenken. Ich würde sehr gerne bei euch einsteigen!“

Wenn sie mit Cooper, „Der Junggeselle“, Panther schlafen konnte, dann konnte sie auch ihren Job wechseln und neu anfangen!

Blieb nur noch die Frage offen, wer es ihren Eltern sagte ...

# Kapitel 16

Coop hatte damit gerechnet, dass die Wut und schlechte Laune, die ihn jedes Jahr im Frühling überfiel, ihn einholen würde – und er behielt recht.

Davids Todestag rückte näher und mit jedem Tag, der verging, schlief er schlechter. Die Albträume wurden schlimmer, die Schuld lastete schwerer … egal, wie oft er an Hannahs Worte denken musste.

Die Tatsache, dass ihm in den letzten Wochen erst richtig bewusst geworden war, wie unglücklich er die letzten Jahre über gewesen war, half ihm nicht im Geringsten. Denn er fühlte sich gelähmt.

Er hatte sich mit seinen Ängsten und seinen Sorgen konfrontieren wollen. Doch wenn er nur daran dachte, eine neutrale, sogar fröhliche Rede über David zu halten, während alle, die ihn gekannt und geliebt hatten, ihm zusahen, wurde ihm übel. Sie alle dachten, er wäre Davids bester Freund gewesen. Sie glaubten, Coop hätte ihn gut gekannt. Wäre für ihn da gewesen …

Aber das stimmte nicht! Er hatte ihn offenbar nur halb so gut gekannt, wie er geglaubt hatte, und wäre er wirklich für ihn da gewesen, hätte David sich ihm vielleicht eher anvertraut. Hätte ihm gesagt, wie schlecht es ihm ging.

Coop war so mies drauf, dass er fast nicht mehr das Haus verließ. Denn niemand, den er anschreien würde, hätte es verdient.

Nun, eine Person vielleicht schon.

Denn das Absurde war, dass seine schlechte Laune nicht allein mit Davids Tod zusammenhing. Nein. Er war nicht nur wütend auf sich selbst und seine Situation, er war ebenso wütend auf Hannah. Denn seit fünf Tagen gab sie keinen verdammten Mucks von sich! Und jetzt sollte er am nächsten Tag eine Rede über seinen ehemals besten Freund halten – und fragte sich, ob Hannah etwas zugestoßen war, und nicht etwa, welche Anekdoten er in seiner Rede verwenden wollte.

Doch nein, ihr ging es gut! Davon war er überzeugt. Schließlich war er heute Morgen zufällig an ihrem Apartment vorbeigefahren und hatte sie dabei beobachtet, wie sie quietschfidel in ihr Auto gestiegen war.

Ja, möglicherweise machte ihn das zum Stalker, aber möglicherweise machten sie die letzten Tage auch zu einem ... nun, Arschloch. Sie war es, die den ersten Schritt gemacht hatte. Sie hatte ihn zuerst berührt.

Warum also war er es, der sich melden musste? Sie befanden sich im einundzwanzigsten Jahrhundert. Frauen durften wählen, Autofahren – und ein Telefon benutzen.

Liebe Güte, ihn riefen andauernd Frauen an, nachdem er mit ihnen geschlafen hatte! Das war nichts Außergewöhnliches.

Und trotzdem hatte er wegen keiner von ihnen tausendmal am Tag sein Handy überprüft oder Callie gebeten, ihn anzurufen, nur um sicherzugehen, dass kein technischer Defekt vorlag.

„Soll ich vielleicht vorbeikommen, Coop?", hatte sie gefragt. „Du wirkst etwas durch den Wind. Anders als sonst. Ich könnte immer noch bei dir einziehen, wenn du –"

„Nein", hatte er sie abgewürgt. Denn falls Hannah doch entscheiden sollte, bei ihm vorbeizuschneien, wollte er kein Publikum.

Doch das tat sie nicht.

Wartete sie vielleicht auf ihn? Gab sie ihm Freiraum, weil sie dachte, dass er *diese Art der Intimität* nicht gewöhnt war?

Oder dachte sie überhaupt gar nicht mehr an ihn, weil sie sich nur noch auf ihre Liste konzentrierte, Wände rot und wieder weiß strich, Leute anpöbelte ...

Er wusste es nicht. Aber er wollte es wissen.

Und das war der letzte Gedanke, den er hatte, bevor er am Abend vor Davids Gedenkfeier einschlief.

Coop stand an einer Klippe. Steinig und rau ragte sie in die Höhe. Hinter ihr erstreckte sich eine kalte Leere. Kein Abgrund, einfach nur ... nichts.

Und das war so viel schlimmer, denn ein Abgrund endete. Das Nichts aber hatte weder Anfang noch Ende.

Ein statisches Rauschen lag in der Luft, das ihm auf Lunge und Ohren drückte. Das selbst seine Sicht zu verschleiern schien. Doch da vorne war ein kleines Licht. Es war schwach und flackerte in einem Wind, den Coop nicht spüren konnte.

Er machte einen Schritt nach vorn, hoffte, dass es wärmer werden würde, je näher er dem Licht kam ... doch er wurde enttäuscht. Stattdessen erkannte er eine Gestalt. Ein fahles Gesicht, das merkwürdig blass in der orangeroten Flamme der Kerze aufleuchtete, die sie hielt.

„David", murmelte Coop, denn er wusste, dass er es war, bevor er das Gesicht genauer studierte. Wer sollte es sonst sein?

„Hey", erwiderte sein Freund, doch sah ihn nicht an. Stattdessen sah er sich um. Blickte in die Düsternis, als suchte er etwas.

„Was tust du?", wollte Coop wissen. Seine Stimme dumpf in dieser seltsamen Atmosphäre.

„Ich suche den Weg hier raus." Er starrte auf seine Füße. „Aber ich finde ihn nicht."

„Du brauchst keinen Weg, um hier herauszufinden", murmelte er und nickte nach hinten. Dorthin, woher er gekommen war. „Du musst nur vor dem Nichts weglaufen. Irgendwann wird es dann schon besser."

David schüttelte den Kopf. „Das glaube ich nicht. Ich werde die Orientierung verlieren. Es ist alles viel zu dunkel hier."

Coops Magen zog sich zusammen und auch er schüttelte jetzt den Kopf. „Nein. Das ist Schwachsinn. Warte, ich mache dir Licht." Er tastete hastig seine Taschen ab, fand erleichtert eine Packung Streichhölzer und zog sie hervor. „Siehst du? Kein Problem."

Er entzündete eines der Hölzer … doch die schwere Luft um sie herum erstickte die Flamme, sobald sie erglomm. Er zog das nächste hervor, versuchte erneut, Licht zu machen … doch wieder erlosch die Flamme nach einer Sekunde. Coop wollte schon das dritte Streichholz entzünden, da drückte David seinen Arm hinunter. „Lass gut sein. Du kannst mir nicht helfen, Coop."

„Natürlich kann ich das!", sagte er eindringlich und versuchte, ihm seinen Arm zu entziehen. „Du musst mich nur lassen."

„Aber das werde ich nicht. Weil ich nicht will. Das ist mein Leben, meine Entscheidung ... und wenn ich mich in der Dunkelheit verlieren will, dann werde ich das tun."

„Nein", wisperte Coop und schüttelte den Kopf. „Nein ..."

Doch David hob die Kerze zu seinem Mund ... und pustete das Licht aus.


Schweißgebadet fuhr Coop aus dem Schlaf.

Er saß kerzengerade im Bett, die Hand auf sein wild schlagendes Herz gepresst, das schmerzhaft schnell Blut durch seinen Körper pumpte. Seine Hände waren klamm, sein Kopf voll, seine Kehle eng.

Der Traum war harmlos gewesen. Kein Blut, kein Schuss ... nur Hilflosigkeit. Machtlosigkeit. Dunkelheit.

Coops Atem wurde hektischer, und hastig lehnte er sich über die Matratze, um seine Nachttischlampe einzuschalten. Doch das Licht half ihm nicht, sich zu beruhigen. Es erinnerte ihn nur an die kümmerlich flackernde Kerze in seinem Traum, die so leicht erloschen war.

Er war sich ziemlich sicher, dass er kurz vor einer Panikattacke stand. Die Ränder seines Sichtfelds verschwammen und wurden dunkel, seine Kehle schnürte sich mit jeder Sekunde enger, und er hatte Probleme, Luft zu bekommen.

Fuck.

Er musste sich beruhigen!

Seine Hände zitterten, als er nach seiner Fernbedienung griff und den Fernseher anschaltete, der gegenüber von seinem Bett hing.

*Sesamstraße* ... wo war die *Sesamstraße* ...

Er schaltete sich durch die Kanäle, fand jedoch nicht, was er suchte. Sein Atem ging noch immer flach, Schweiß klebte sein T-Shirt an seinen Oberkörper ... *und wo zur Hölle war die Sesamstraße?*

Er griff nach seinem Handy und hackte auf das Touchpad ein.

*Wo zum Teufel guckst du immer die Sesamstraße?!*

Er schickte die Nachricht ab, rechnete nicht damit, eine Antwort zu bekommen, es war schließlich drei Uhr morgens, konzentrierte sich auf seinen Atem, überlegte, was er tun sollte. Wie er sich selbst helfen konnte ...

Sein Handy klingelte.

Überrascht zuckte er zusammen und griff danach. „Ja?"

„Coop", drang Hannahs weiche Stimme durch den Hörer. „Alles okay?"

„Nein! Nichts ist okay", presste er zwischen den Zähnen hervor und ballte seine Faust über sein Herz. „Auf welchem Kanal läuft nachts um drei die *Sesamstraße*?"

„Auf *YouTube*", sagte Hannah sanft. „Guck dir die Kekszählmaschine an. Die beruhigt mich immer am besten."

„*Was?*", sagte er verwirrt, und das Handy drohte ihm aus der Hand zu rutschen. „Die Kekszähl–, was?"

„Oder *Eine Möhre für zwei: Haarige Zeiten*. Da muss Pferd zum Frisör. Aber Pferd will nicht zum Frisör, weil es Angst hat. Aber am Ende ist alles gut."

Coop konnte nicht anders … er musste lachen, auch wenn sich die Töne fremd aus seinem Mund anhörten. „Tatsächlich?"

„Ja. Es ist sehr witzig. Seine Haare sind so lang, dass er überhaupt nichts mehr sehen kann, deswegen wirft er alles um und …" Zögerlich hielt sie inne. Schließlich fragte sie leise: „Soll ich vorbeikommen? Dann können wir es uns gemeinsam angucken."

Er wollte Nein sagen. Ihr erklären, dass er ein erwachsener Mann war, der niemanden brauchte, der ihm das Händchen hielt. Doch das Wort erstarb in seinem Mund. Stattdessen sagte er: „Ja, bitte. Komm vorbei. Ich schreib dir meine Adresse."

„Ja, schick sie mir ruhig. Wir können auch einfach weitertelefonieren, während ich zu dir fahre. Wenn du nicht allein sein willst."

„Ja, okay", murmelte er, nahm kurz das Handy vom Ohr, um ihr parallel eine Nachricht zu schreiben, und atmete zitternd ein. Ihre Stimme war wie warme Hände auf seinen Schultern. „Klingt gut. Warum bist du noch wach?"

„Ich habe *How I met your mother* geguckt. Bin kurz davor, endlich die Folge mit dem nackten Mann zu sehen."

Wieder musste er lachen, und die Enge in seiner Brust löste sich langsam. „Was hältst du bisher von der Serie?"

„Ja, ist ganz nett", meinte sie vage. „Die Charaktere sind sehr liebevoll gezeichnet. Also, sie ist jetzt nicht so aufregend wie die Nachrichten oder eine dreistündige Dokumentation über den Hoover Dam, aber ... trotzdem unterhaltsam."

„Der Hoover Dam ist unsagbar hässlich. Wieso sollte man sich eine Dokumentation über ihn ansehen?"

„Weil sein Bau unglaublich spannend war!", erwiderte Hannah sofort, ihre Stimme nun weiter entfernt, und Coop hörte, wie ein Motor zum Leben erwachte. Sie musste in ihr Auto gestiegen sein und ihre Freisprechanlage angeschaltet haben. „Es sind absurd viele Leute bei dem Bau gestorben. Teilweise Männer aus drei Generationen derselben Familie."

Sie fuhr damit fort, ihn darüber zu unterrichten, was die Talsperre so interessant machte, und mit jedem ihrer Worte beruhigte sich Coops Herzschlag. Es war angenehm, ihr zuzuhören ... und was sollte er sagen? Das, was sie erzählte, war tatsächlich interessant.

Er lehnte sich gegen den Bettkopf, schaltete den Fernseher aus und konzentrierte sich nur noch auf Hannahs Stimme. Ließ seinen Puls und seine Gedanken zur Ruhe kommen, bis er wieder normal atmen konnte.

„Coop", sagte Hannah leise. „Ich steh vor deiner Tür. Ich wusste nicht, dass du in einem Hochsicherheitstrakt lebst."

Er lächelte. „Reporter können wirklich lästig sein. Warte, ich lass dich rein."

Er stand auf, drückte auf seiner Multifunktionsfernbedienung den Buzzer für das Sicherheitstor und schlenderte zur Haustür.

Hannah stand davor. In ihrem riesigen Delphies-Trikot und einer viel zu weiten Jogginghose, eine Jacke übergeworfen.

„Hey", sagte sie lächelnd, ließ das Telefon sinken und schloss ihn in die Arme.

Sie musste sich auf die Zehenspitzen stellen, um ihn zu erreichen, doch ihre Arme zogen sich trotzdem eng um seinen Nacken. „Alles gut?", wisperte sie an seinem Ohr. Als würde sie ihm ein Geheimnis verraten.

„Nein", antwortete er schlicht. „Nicht wirklich."

Sie nickte und ließ sich wieder auf die Fersen zurücksinken. „Okay", erwiderte sie, drückte ihn noch einmal an sich und schritt dann an ihm vorbei in die Wohnung. Ihre Hand hatte sie um seine gelegt, als ahne sie, dass er mehr Wärme als sonst benötigte, und müde lächelnd schloss Coop die Tür, bevor er sich von ihr auf die Couch ziehen ließ.

„Möchtest du darüber reden?", fragte sie und zog sich die Jacke aus.

Stirnrunzelnd sah er sie an ... und dann nahm der merkwürdigste Wunsch von ihm Besitz. Denn ja, er wollte darüber reden. Er hatte das Gefühl, sein Traum lastete schwer auf seiner Brust, und als würde es nur leichter werden, die Bürde zu tragen, wenn er davon erzählte. Und warum sollte er nicht darüber reden? Hannah wusste ohnehin schon, was mit David passiert war. Sie würde ihn nicht verurteilen.

„Es war heute Nacht schlimmer als sonst", sagte er deswegen. „Intensiver."

„Warum?"

„Wahrscheinlich weil morgen Davids Todestag ist."

Hannah nickte, doch senkte ihren Blick nicht. Den meisten Menschen war der Schmerz anderer unangenehm. Weil sie nicht wussten, wie sie damit umgehen sollten. Nicht jedoch Hannah. Denn sie wusste, dass sie es nicht besser machen konnte. Sie konnte den Schmerz nur teilen und zuhören. Und das war es, was sie tat. „Das muss schwer sein", murmelte sie. „Ich habe jetzt schon Angst vor Owens erstem Todestag. Hast du dich viel mit seinem Tod beschäftigt?"

„Ja. Ich bin bei seinen Eltern auf einer Art Gedenkfeier für ihn eingeladen und soll eine Rede halten. Ich hab den ganzen Abend an irgendwelche lustigen Geschichten mit ihm gedacht und …" Er lachte trocken. „Es war schön und schrecklich zugleich. Weißt du, manchmal habe ich Angst, dass ich ihn vergessen könnte … und manchmal habe ich Angst davor, dass ich mich für immer erinnern werde."

Hannah nickte, nahm seine Hand in ihre und malte die Linien darin nach. „Man möchte beides haben, oder? Gestochen scharfe Erinnerungen und verwischte Momente."

„Ja. Und in meinen Albträumen, da vermischen sich die beiden Dinge. Reale Situationen bekommen plötzlich andere Enden. Gesprächsfetzen stehlen sich zurück in meine Gedanken, und ich weiß nicht mehr, ob sie Wirklichkeit oder Einbildung sind. Ob es wirklich passiert ist oder ob ich mich im Traum nur an einen anderen Traum erinnere. Und in diesen Träumen gibt er mir so viele Hinweise darauf, dass es ihm schlecht geht – und ich übersehe jeden einzelnen davon."

Er konnte Hannah schlucken sehen, doch sie sagte nichts.

Coop fuhr sich mit der Hand übers Gesicht. „Es ist, als würde mein eigener Kopf Psychospielchen mit mir treiben."

Hannah drückte seine Finger. „Sind deine Träume blutig?“

„Manchmal“, murmelte er. „Die schrecklichen Bilder sind aber nie das Schlimmste. Die Gefühle sind es. Die Orte, von denen ich träume, sind immer irgendwie friedlich und unruhig zugleich. Nicht furchtbar, sondern nur … leer. Aber jeder Traum endet gleich. Damit, dass ich David nicht helfen kann. Dass ich ihm helfen *will* – aber nicht kann.“

„Wahrscheinlich wusste er das“, wisperte Hannah und zog seine Hand in ihren Schoß. „David. Dass du ihm geholfen hättest, wenn er dich darum gebeten hätte. Wahrscheinlich war er deswegen so ein guter Schauspieler in deiner Gegenwart. Weil er sich nicht helfen lassen wollte.“

„Vielleicht. Vielleicht hat er sich aber auch nur so hilflos gefühlt, wie ich es in meinen Träumen tue.“

„Es wird für immer ein Vielleicht bleiben, Coop“, murmelte Hannah. „Du wirst es niemals herausfinden – und das ist schrecklich, aber auch wundervoll. Weil es sich nicht lohnt, es weiter zu analysieren. Es gibt keine richtige Antwort. Warum den nicht beantwortbaren Fragen nachjagen, wo es doch so viele gibt, die du beantworten kannst?“

Er seufzte und zog die Beine auf die Couch. „Das sagst du so leicht.“

„Nein, das sage ich überhaupt nicht leicht“, meinte sie eindringlich. „Weil ich dasselbe tue wie du. Weil ich selbst jeden Tag lauter *Was wäre wenn*-Szenarien durchgehe. Wäre Owen noch zu retten gewesen, wenn der Krebs früher entdeckt worden wäre? Würde ich mich jetzt weniger schuldig fühlen, wenn ich jeden

Abend der letzten Jahre mit ihm verbracht hätte? Lauter Fragen, die sich niemals klären lassen werden ... die ich mir trotzdem stelle. Aber ich versuche sie loszulassen. Weil sie mir schaden und niemand anderem helfen."

Sie hatte recht. Natürlich hatte sie recht. Aber es war so verdammt schwer, nicht weiter darüber nachzudenken. Er atmete tief durch. „Wovon handeln deine Albträume?", wollte er dann wissen.

„Immer von demselben", sagte sie und lächelte traurig. „So wie bei dir. Owen steht vor meiner Tür, fragt mich, ob ich etwas mit ihm unternehmen möchte ... und ich sage Nein. Im nächsten Augenblick ist er tot." Sie ließ die Lider sinken. „Es ist nie grausam. Wie du selbst gesagt hast. Ich fühle mich nur jedes Mal so hilflos, weißt du? Weil ich die Vergangenheit nicht ändern kann. Weil ich die Reue für immer mit mir herumschleppen werde ... ein weiterer Grund, warum ich die unbeantwortbaren Fragen loslassen sollte"

„Ja ... das verstehe ich."

Sie seufzte schwer und malte scheinbar gedankenverloren Herzen in seine Handfläche. „Ich habe immer noch nicht damit abgeschlossen. Mit Owens Tod. Ich rede mir ein, dass ich es habe ... aber ich belüge mich selbst. Ich weiß, es wird wohl seine Zeit brauchen – aber ich bin so ungeduldig. Ich will, dass es *jetzt* vorbei ist. Dass ich *jetzt* aufhören kann, wütend auf die Welt zu sein und traurig zu werden, sobald ich seinen Namen höre. Ich möchte gerne an dem Punkt sein, an dem ich lächele, wenn ich an ihn denke. Weil er ein toller Mensch war. Denn er hat doch das Lächeln verdient, nicht die Tränen, oder?" Sie sah hoffnungsvoll zu ihm auf. Ihre braunen Augen heller als sonst. „Ich glaube, mit der Trauer ist es so wie mit einer Erkältung", murmelte sie schließlich, als er nicht antwortete. „Es muss erst schlimmer werden, bevor es besser wird. Ich muss mich immer und immer wieder damit konfrontieren, dass er jetzt wirklich weg ist, um es zu verstehen. Und das tut weh ... aber wie soll ich sonst lernen, damit umzugehen?"

Coop nickte mechanisch und fragte sich automatisch, ob er sich vielleicht nie genug Mühe damit gegeben hatte, über Davids Tod hinwegzukommen. Ob er einfach offener damit hätte umgehen müssen. Mehr darüber reden, mehr verarbeiten, weniger vergessen ... mehr Unterstützung suchen.

„Hannah, willst du mitkommen?", fragte er zu seiner eigenen Überraschung. „Zur Gedenkfeier von David morgen?"

„Klar", sagte sie sofort. Sie dachte nicht einmal darüber nach. Denn sie war diese Art Mensch. Die ihre Zeit bereitwillig an andere verschenkte, kein Problem damit hatte, großzügig zu sein ... aber sich davor fürchtete, herauszufinden, was sie selbst wollte.

Nachdenklich sah er sie an. Fuhr mit dem Blick ihre Schultern hinauf zu ihrem Gesicht. Zu ihrer etwas zu langen Nase und ihrer vollen Unterlippe ... „Warum hast du mich nicht angerufen, Hannah?", wollte er leise wissen. Er wusste, dass es ein abrupter Themenwechsel war, aber wenn er diese Frage nicht stellte, würde er womöglich an ihr ersticken.

Überrascht hob sie die Augenbrauen und ihre Wangen liefen rosa an. „Ähm ... ich wusste nicht, ob du das willst. Keine Ahnung. Ich habe keine Erfahrungen mit

One-Night-Stands und irgendwie sind wir ja auch befreundet und ...“

Er küsste sie. Beugte sich vor, glitt mit der Hand in ihren Nacken und küsste sie.

Mann, ihre Unsicherheit war absurd.

„Ich glaube, das war kein One-Night-Stand, Hannah“, murmelte er an ihren Lippen. „Ich glaube, das war der Anfang einer ausgewachsenen Affäre.“

„Oh“, sagte sie mit großen Augen. „Okay. Eine platonische Affäre?“

Er musste einfach grinsen, und als sein Herz diesmal schneller schlug, war es nicht aus Angst. „Genau“, meinte er ernst. „Eine absolut platonische Affäre.“

# Kapitel 17

Hannah spürte Coops Anspannung auf ihrer Haut.

Sein Kiefer schien zu zerspringen, seine Schultern knackten bei jeder Bewegung und sein Nacken war so steif, dass sie automatisch mit der Hand zu ihrem eigenen fuhr.

Er sah zu dem weißen Einfamilienhaus hinauf, als wäre es der Endgegner in einem besonders kniffeligen Computerspiel, und beruhigend strich sie über seinen Rücken.

„Es ist nur ein Haus und darin befinden sich nur Menschen", meinte sie leichthin.

Coop nickte und setzte sich in Bewegung, sagte jedoch nichts. Hannah verstand es. Warum er nicht dort hineingehen und stundenlang über seinen ehemals besten Freund reden wollte. Es war zu real. Sie und Coop trauerten ähnlich. Sie redeten sich ein, dass alles okay war, und wenn ihnen jemand bewies, dass das nicht stimmte, traf es sie tief.

Doch sie glaubte ihren eigenen Worten. Man musste sich immer wieder mit dem Tod konfrontieren, um über ihn hinwegzukommen. Oder zumindest zu lernen, damit zu leben.

Die Eingangstür stand weit offen, leises Stimmengewirr drang daraus hervor und auf dem Absatz davor war ein großes Foto aufgestellt worden.

Hannah hielt inne, um es zu betrachten. David war ein gutaussehender Mann mit gewinnendem Lächeln gewesen. Auf dem Bild trug er ein himmelblaues Hemd mit dem Logo der örtlichen Polizei darauf, das sich fast malerisch von seiner dunklen Hautfarbe abhob. Er sah sehr glücklich auf diesem Bild aus. Bereit, die Welt zu einem besseren Ort zu machen.

Hannahs Herz wurde schwer und sie nahm Coops Hand. „Neben ihm siehst du aus wie ein alter Schuh“, murmelte sie.

Coops Mundwinkel zuckten. „Ja, das hat er mich nie vergessen lassen.“ Er verschränkte die Finger mit ihren, und eine Gänsehaut kletterte ihren Arm hinauf.

Sie hatte ihn vermisst.

In den vier Tagen, in denen sie nicht miteinander gesprochen hatten, hatte sie ihn vermisst. Das war albern – aber dennoch wahr. Wenn er ihr gestern Nacht nicht geschrieben hätte, hätte sie es spätestens heute Morgen getan. Es war nur so, dass es keine Aufgaben mehr auf ihrer Liste gab, die sie aktiv angehen könnte. Deswegen hatte sie keine Ausrede gehabt, sich bei ihm zu melden, und sie hatte keine Ahnung gehabt, an welchem Punkt sie standen. Eine ausgewachsene Affäre anzufangen, hatte sich allerdings sehr gut angehört ...

Hinter der Tür lag ein breiter Flur, in dem diverse Familienbilder hingen, gefolgt von einem großzügigen Wohnzimmer mit offener Küche. Die Möbel waren an die Wände gerückt worden, und durch das Terrassenfenster hindurch konnte Hannah ein provisorisches Buffett im Garten sehen.

Eine Handvoll Leute befand sich bereits hier. Unter anderem auch die beiden Polizisten, mit denen sie letzte Woche Freitag Bekanntschaft gemacht hatte. Sie schienen David ebenfalls gekannt zu haben.

Es war ihr unangenehm, sie zu begrüßen, deswegen wandte sie hastig den Blick ab.

„Hey", erklang in dem Moment eine männliche Stimme hinter ihnen, und überrascht drehte Hannah sich um.

Sie wusste, dass sie einen weiteren Panther vor sich hatte, noch bevor Coop abrupt ihre Hand losließ und: „Was tust du hier, Cal?", sagte.

Callum Panther hatte dieselben schwarzen Haare und dieselben blauen Augen wie die restlichen Geschwister. Doch er war dünner, ein wenig schlaksiger als der Rest. Auch ein wenig blasser. Abgesehen davon trug er eine Brille und seine Haare hatten sich scheinbar von ihrem Frisör getrennt. Er trug auch keinen Anzug, so wie der Rest der Leute. Stattdessen hatte er ein schwarzes Poloshirt an, auf dessen Tasche ein gelbes Tier gestickt war. Ah, das kannte Hannah von Kinopostern. Es war ein Pilatchu oder so ähnlich? Irgendeines dieser *Pokémon*, die Owen als Kind immer im Fernsehen gesehen hatte.

„Ich bin hier, um dich emotional zu unterstützen", bemerkte er und hob eine Schulter. „Eigentlich wollte Callie kommen, doch sie hat einen wichtigen Termin wegen des Zentrums, also ... also hat sie die Aufgabe an mich abgegeben." Er legte den Kopf schief und schweifte mit dem Blick zu Hannah. „Ich wusste ja nicht, dass du schon moralische Unterstützung hast." Neugierig sah er sie an. „Du bist also die Frau, die er ‚platonische Freundin' nennt?"

Hannahs Gedanken blitzten zur gestrigen Nacht. Zu Coops Händen auf ihrem Körper, seinem Mund an ihrem Hals …

„Ja, genau", krächzte sie und räusperte sich. „Die bin ich."

Coop schien diesen Gesprächsfetzen gar nicht mitgehört zu haben. „Danke, Cal, ich weiß, wie sehr du solche Anlässe hasst", murmelte er lediglich und sah sich weiter nervös zu allen Seiten um. Niemand achtete auf ihn, doch Hannah wusste, dass er sich so fühlte. Dass er vorwurfsvolle Blicke erahnte, hochgezogene Augenbrauen sah, wo keine waren.

„Kein Problem", meinte Callum und kratzte sich verlegen am Kopf.

Hannah starrte ihn an. Wie zur Hölle konnte Lara je wütend auf ihn sein? Er war putzig!

„Also, alles okay? Ist es sehr schwer für dich?", hakte Callum nach, und sein ernster, aufmerksamer Blick ließ Hannah wissen, dass es eine aufrichtige Frage war, deren Antwort ihn wirklich interessierte.

„Es geht", sagte Coop vage. „Besser als gedacht." Sein Blick flackerte kurz zu Hannah herüber, dann jedoch wieder zu seinem Bruder. „Ich sag wohl mal lieber Davids Eltern Hallo", murmelte er dann.

„Soll ich mitkommen?", fragte Hannah.

Coop schüttelte den Kopf. „Nein, bleib hier. Unterhalte dich mit Callum. Dann fühlt er sich nicht so sehr unter Druck gesetzt, mit irgendeinem der Leute hier Small Talk zu führen. Es dauert nicht lang."

Er drückte ihre Schulter und wandte sich dann nach links zur Küche.

„Du magst keinen Small Talk?", fragte sie und hob eine Augenbraue.

„*Nicht mögen* ist eine Untertreibung. *Small Talk* ist einer der schrecklichsten Bestandteile der amerikanischen Kultur. Hier betreiben ihn viel zu viele Leute mit professioneller Hingabe."

Hannah lächelte. „Und ich dachte, der Wunsch, frittiertes Zeug in uns hineinzustopfen, wäre viel schlimmer."

„Ja, das auch", meinte Callum und rieb sich mit der Faust über die Brust. Er wirkte ebenfalls angespannt.

Nicht wie Coop, dessen Kiefer jeden Moment zerspringen würde, aber anders. Callum schien sich schlichtweg unwohl zu fühlen. Als wolle er absolut nicht hier sein.

„Gott, ich hasse große Menschenansammlungen", murmelte er in diesem Moment und verzog das Gesicht, die Finger eng um das Glas Wasser gezogen, das er in der Hand hielt.

Hannah sah sich um. Sie hätte fünfzehn Leute jetzt nicht als *große Ansammlung* bezeichnet, aber Callum hatte da offenbar andere Maßstäbe.

„Es ist toll, dass du trotzdem für Coop hier bist."

„Ich wünschte, meine Absichten wären so ehrenhaft", bemerkte er und zog eine Grimasse. „Aber Callie hat mich vor die Wahl gestellt: Entweder das hier oder ein Computerseminar für dreißig Jugendliche. Hierherzukommen erschien mir wie das kleinere Übel."

Hannah lachte.

„Versteh mich nicht falsch. Ich liebe Coop und er hat Unterstützung verdient“, sagte Callum hastig und ließ den Blick durch den Raum schweifen. „Aber ich würde ihn lieber mit einem Bier in meiner Werkstatt unterstützen.“

Ja, Hannah glaubte zu verstehen, warum. „Stimmt, du hast eine Werkstatt“, überlegte sie. „Ich hab gehört, du arbeitest dort im Moment an einer Drohne?“

Callum runzelte die Stirn. „Das hat Coop dir erzählt?“

„Oh, nein. Das hab ich von Lara.“

Abrupt fuhr Callum zu ihr herum. „Lara?“, fragte er scharf. „Lara Evans?“

„Ähm ... ja.“

„Woher zur Hölle kennst du Lara?“

Hannahs Wangen liefen rosa an. Bis gerade hatte sie Callum diese Art von Feindseligkeit überhaupt nicht zugetraut. „Ähm, sie ist meine beste Freundin.“

Ungläubig öffnete er den Mund. „Was?“

„Ja, da fällt mir ein, ich wollte mich noch bei dir bedanken“, sagte sie und klopfte ihm auf die Schulter. „Lara hat an deinem Kühlschrank den Flyer für das Fallschirmsprungzentrum gesehen, bei dem Coop arbeitet. Deswegen bin ich überhaupt erst dort hingefahren. Das heißt, ohne dich hätte ich Coop überhaupt nicht kennengelernt. Danke, also.“

Callum studierte aufmerksam ihr Gesicht, bevor er die Augen verengte. „Wofür genau bedankst du dich?“ Jegliche negative Schwingung war aus seiner Stimme gefiltert. Stattdessen wirkte er nur neugierig.

„Was meinst du?“, fragte sie verwirrt.

„Wenn du Coop nicht kennengelernt hättest ... dann würde dir jetzt *was* genau fehlen?"

Überrascht blinzelte sie zu ihm auf. Das war eine merkwürdig präzise Frage. „Ähm ... ein guter Freund?"

Callum schnaubte. „Ist er das? Ein *guter* Freund? Als das hat ihn nämlich noch nie eine Frau bezeichnet. Tut mir leid, aber ich kenne meinen Bruder sehr gut – und es fällt mir außerordentlich schwer, zu glauben, dass er nicht versucht hat, dich ins Bett zu bekommen."

Ihre Wangen waren auf einmal so heiß, dass sie verbrannte Härchen zu riechen meinte. Sie wusste nicht, was sie darauf antworten sollte. Manchmal vergaß sie fast, dass Coop eigentlich ein Playboy war. Es war nur ... in ihrer Gegenwart verhielt er sich nie so. Abgesehen vielleicht von ihrem ersten Aufeinandertreffen.

Callum seufzte. Offenbar hatte ihm ihr Gesichtsausdruck gereicht, eigene Schlüsse zu ziehen. „Hannah, ist dir klar, dass ich noch nie in meinem Leben eine von Coops Freundinnen kennengelernt habe?"

Verblüfft öffnete sie die Lippen. „Noch nie? Aber das kann doch nicht sein."

Der jüngste Panther-Bruder schüttelte den Kopf. „Noch nie", wiederholte er. „Denn Coop hält sein Privat- und sein Liebesleben strikt voneinander getrennt."

Sie verdrehte die Augen. „Liebesleben und Privatleben sind dasselbe! Man kann sie nicht trennen."

„Doch", widersprach Cal. „Coop kann. Er hat Freunde, er hat Familie ... und er hat seine Frauenbekanntschaften. Du allerdings ..." Er rieb sich über das Kinn. „Du scheinst sein Kumpel und seine Frauenbekanntschaft zu sein. Denn du bist hier, auf Davids Gedenkfeier."

Hannah zog die Schultern hoch. Das gefiel ihr nicht. Keins der beiden Worte. Sie wollte weder Kumpel noch Bekanntschaft sein. Sie war ... mehr. Oder bildete sie sich das nur ein?

„Und deswegen fühle ich mich gezwungen, dich zu fragen, was deine Absichten bezüglich meines Bruders sind", fuhr Callum unbeirrt fort. „Sind sie ehrenwert?"

Sie musste sich verhört haben. „Entschuldigung?"

„Ich möchte wissen, was deine Absichten bezüglich Coop sind", wiederholte er unbeirrt. „Möchtest du ihn heiraten und vier Kinder mit ihm bekommen? Bist du nur auf der Suche nach einem kleinen Abenteuer?"

„Ähm ..."

Callum lächelte milde, und in diesem Moment sah er so unglaublich weise und intelligent aus, dass Hannah mehrfach blinzeln musste.

„Okay, hier ist, was ich denke: Ihr benutzt euch gegenseitig. Ihr ..."

„Moment", unterbrach sie ihn kopfschüttelnd. „Wir tun was?"

„Ihr benutzt euch gegenseitig. Du willst über den Tod deines Bruders hinwegkommen, er fühlt sich zu dieser Jahreszeit immer etwas verloren ... also lenkt ihr euch gegenseitig ab. Um euch besser zu fühlen. Das ist es doch, was ihr tut, oder nicht?"

Mit leicht geöffneten Lippen sah sie ihn an. So hatte sie das Ganze noch nicht gesehen. Ihr Magen zog sich zusammen und ihr Herz flatterte nervös. War das alles, was sie taten? Sich über ihren Verlust hinweghelfen?

Nein. Nein, das war es nicht.

„Ja, ich schätze schon ein wenig", sagte sie und räusperte sich. „Aber ... nicht nur."

„Tatsächlich?"

„Ja", sagte sie und streckte die Schultern durch. „Wir sind auch befreundet. Wir mögen uns. Wir … haben Spaß miteinander." Gott, warum hörte dieser unschuldige Satz sich auf einmal so furchtbar dreckig an?

„Shit, das hatte ich befürchtet", bemerkte Callum wehleidig.

Hannah presste die Lippen aufeinander. „Du tust so, als wäre das etwas Schlechtes."

Callum blickte über seine Schulter zu Coop, der noch immer bei einer älteren Frau und einem älteren Mann stand, die Davids Eltern sein mussten. „Das ist es nicht unbedingt", sagte er dann mit gesenkter Stimme. „Aber … vielleicht ja doch."

„Wovon redest du?"

Eindringlich sah Callum sie an. „Hannah, ich weiß, Coop markiert immer den coolen Typen, an den nichts rankommt, aber das ist Schwachsinn."

„Ich weiß", sagte sie verdutzt.

„Okay. Das ist gut. Dann weißt du auch, dass er keine Ahnung hat, was er gerade tut, oder?"

„Was tut er denn?", fragte sie perplex.

„Er verliebt sich in dich."

Ihre Augen wurden immer runder. „Nein. Blödsinn."

Der Gedanke, dass Cooper Panther sich in sie – Hannah Reed – verlieben könnte, war so absurd wie ein violetter Gorilla mit Regenschirm.

„Doch", beharrte Callum ernst. „Er wird es abstreiten, weil er es selbst nicht besser weiß. Weil er mit Emotionen nicht gut klarkommt … aber er verliebt sich gerade in dich, und falls du nicht dasselbe von dir behaupten kannst, fände ich es toll, wenn du ein bisschen Distanz zwischen euch bringen könntest."

Mit offenem Mund starrte sie Callum an. Sie dachte an ihre eigenen Worte. Das, was sie Coop im Stadion gesagt hatte. Dass sie Angst davor hatte, dass er sich in sie verliebte und mit den Gefühlen nicht zurechtkommen würde. Dass sie ihn verletzen würde.

Sie hatte das nur so daher gesagt ... aber was, wenn es stimmte? Ihre Kehle schnürte sich enger zu. Sie blickte zu Coop hinüber, der den Blick gesenkt hielt, ein Lächeln auf den Lippen, das seine Augen nicht erreichte.

Callum hatte recht ... er sah ein wenig verloren aus. Und er benutzte Hannah, um sich besser zu fühlen. Und sie tat dasselbe.

Aber war das so schlimm? War das so verwerflich? Wenn sie beide wussten, dass es das, aber nicht mehr war?

Aber wussten sie das beide?

Hannah schluckte. Sie hatte keine Ahnung, was sie fühlte. Vielleicht war sie ja wirklich gerade dabei, sich in Coop zu verlieben. Vielleicht genoss sie es aber auch einfach nur, in seiner Gegenwart eine andere Person zu sein. Nicht nachdenken zu müssen, wenn seine Lippen auf ihren lagen. Vielleicht ließ sie sich nur von ihm trösten. Weil er wusste, wie sie sich fühlte. Vielleicht würde sie in ein paar Wochen aufwachen und bemerken, dass sie ihm und sich selbst doch nur wieder etwas vorspielte. Dass er das war, was sie *jetzt* wollte, aber nicht für immer.

Sie wusste es nicht. Wie sollte sie auch! Sie hatte doch keine Ahnung, was sie wollte. Auch wenn sie sich Mühe gab, das herauszufinden.

Schweiß sammelte sich in ihrem Nacken und ein Kloß drückte sich ihren Hals hinauf, als Coop Davids Eltern zunickte und wieder in ihre Richtung kam. Er hob einen Mundwinkel, als er sah, dass sie zu ihm hinüberblickte, und das schummerige Gefühl in ihrem Magen wurde schlimmer.

„Tu ihm einfach nicht weh, okay?", bat Callum sie leise. „Er hat schon genug Mist mitgemacht und er hatte noch nie eine so enge Beziehung zu einer Frau wie mit dir, also ... bitte, tu ihm einfach nicht weh. Wenn du denkst, dass du dich auch in ihn verliebst: mach weiter wie zuvor. Aber wenn nicht ... lass ihn in Ruhe, ja?"

Seine Worte waren wie flüssige Angst in ihren Adern. Sie würde Coop nie absichtlich verletzen, das wusste sie. Aber sie hatte Adrian auch nie verletzen wollen – und hatte es trotzdem getan.

Und sie war nicht auf der Suche nach einer Beziehung. Sie war auf der Suche nach ... sich selbst.

Aber wer sagte, dass Callum recht hatte? Coop war nicht der Typ für eine feste Bindung. Er hatte nie auch nur eine Andeutung in die Richtung gemacht. Und auch sie hatte ihm keinen Anlass dazu gegeben, so etwas zu denken, oder?

Nein, hatte sie nicht. Sie waren beide ehrlich gewesen.

Dieser Gedanke beruhigte sie ein wenig und deshalb erwiderte sie Coops Lächeln. Alles würde gut werden.

„Oh, nein", murmelte Callum und hielt sich eine Hand an die Stirn, den Blick auf den Eingang gerichtet. „Das kann doch nicht wahr sein. Ich weiß schon, warum ich nie zu solchen Veranstaltungen komme!"

Hannah folgte verwundert seinem Blick – und blieb an einem großen, älteren Mann mit schwarzen Haaren und durchdringenden blauen Augen hängen. Sie kannte ihn aus den Nachrichten. Sie erkannte ihn … nun, weil er aussah wie Coop, nur in älter.

Das musste wohl der Vater sein, den Coop nie wieder hatte sehen wollen.

Ups. Das war schlecht.

Leider starrten sie und Callum wohl so offensichtlich in die Richtung von Panther Senior, dass Coop es unmöglich entgehen konnte.

Er wandte sich ebenfalls um – und blieb wie angewurzelt stehen.

Der ältere Panther trug einen Anzug, der an ihm aussah, als wäre er in ihm geboren worden. Während Coop auf die Krawatte verzichtet hatte und in seinem Outfit sowohl an den Strand als auch auf die Oscarverleihung hätte gehen können, wirkte Panther Senior, als hätte er soeben ein paar Mitarbeiter gefeuert und einen millionenschweren Vertrag unterschrieben.

Aber vielleicht spielte Hannahs Fantasie auch nur nach, was sie über Clint Panther gelesen hatte.

Alles in allem wirkte er absurd steif und ruhig im Vergleich zu seinem Hitzkopf von Sohn, der bereits die Fäuste ballte.

„Okay, wir sollten rausgehen", sagte Callum feierlich. „Bevor Coop anfängt zu schreien."

„Macht er das öfter in Gegenwart seines Vaters?", fragte Hannah beunruhigt.

„Wenn du mit öfter *immer* meinst, dann ja."

# Kapitel 18

Der einzige Grund, warum Coop seinen Vater nicht direkt anschrie, er solle verschwinden, war, dass Davids Eltern in Hörweite waren … und dass er zugegebenermaßen etwas sprachlos war.

Von allen Tagen, an denen sein Vater hätte entscheiden können, Coop einen ungebetenen Besuch abzustatten, suchte er sich heute aus? Was ging im Kopf dieses Mannes nur vor?

Bevor er diese Frage besonders unsensibel formulieren konnte, packte Callum ihn bereits am Arm.

Dafür, dass sein Bruder lediglich joggte und Muskeltraining für die Verschwendung seiner wertvollen Zeit hielt, konnte er ganz schön fest zugreifen.

„Nicht hier, Coop", murmelte er. „Definitiv nicht hier."

Coop biss die Zähne zusammen. „Mach, dass er verschwindet, Callum. Ich kann mich heute nicht kontrollieren."

„Ach so, du meinst im Gegensatz zu deinem sonst so geduldigen Gemüt?", fragte Callum interessiert.

„Cal! Er soll gehen."

„Ich habe keine magischen Fähigkeiten, Coop. Dad ist leider kein System, dass ich umprogrammieren kann. Also geh mit ihm vor die Tür, sag, was du sagen musst, und reiß dich dann zusammen!"

Sich zusammenzureißen, hörte sich gerade nach einem Ding der Unmöglichkeit an! Es war, als würde Callum von ihm verlangen, seine Hand in eine Fritteuse zu legen! Beides klang in etwa gleich schmerzhaft.

Das letzte Mal, als er seinen Vater gesehen hatte, hatte der behauptet, Davids Tod wäre *ein kleiner Zwischenfall* gewesen. Und jetzt stand er hier auf seiner Gedenkfeier? Um Coop noch ein wenig deutlicher zu zeigen, wie wenig Respekt er ihm entgegenbrachte?

Scheiße, nein!

Seine Finger knackten, als er die Fäuste immer fester ballte. Wenn sein Vater Worte nicht verstehen wollte, musste er vielleicht Taten sprechen lassen. Seine Fäuste würden seine Argumente effektiv untermauern.

Doch bevor er handeln, bevor seine Wut an die Oberfläche dringen und ihn vollständig vereinnahmen konnte, trat Hannah auf seinen Vater zu, ein freundliches Lächeln auf dem Gesicht.

„Hallo, Mr Panther. Schön, Sie kennenzulernen. Ich bin Hannah Reed, eine Freundin von Coop. Würden Sie wohl kurz mit mir vor die Tür kommen, Ihr Sohn würde gerne etwas mit Ihnen besprechen."

Clint Panther hob eine einzelne Augenbraue. „Wie bitte?", fragte er kühl.

„Folgen Sie mir einfach", sagte Hannah schlicht und lief ihm voran zur Haustür.

Clint Panthers Blick flackerte zu Coop, registrierte Callum mit einem Nicken – und folgte Hannah dann auf wundersame Weise.

„Kluges Mädchen", murmelte Callum zufrieden, packte Coop an den Schultern und schob ihn Richtung Haustür. „Und Coop, sag ihm einfach mit gelassener

Stimme, dass er diese Feierlichkeit bitte verlassen soll, seine Anwesenheit würde dich verärgern. Ruhig und schlicht, ja? Wir wollen kein Drama."

Coop nickte, warf die Tür mit seinem Fuß hinter sich zu und …

„Was zur Hölle denkst du dir dabei, hier an diesem beschissenen Ort aufzutauchen!", schrie er seinen Vater an. „Du hast hier absolut nichts verloren!"

„Klasse, Mann", sagte Cal trocken, doch Coop ignorierte ihn.

All die Wut, die er innerhalb der letzten zwanzig Jahre auf seinen Vater angesammelt hatte, stieg in ihm auf wie heiße Lava in einem Vulkan.

All die Male, die Clint Panther ihn kritisiert, seine Probleme ignoriert und über seinen Kopf hinweg entschieden hatte. All die Male, die er ihn mit Schweigen bestraft und mit kalten Schultern gedemütigt hatte. All die Gespräche, in denen sein Vater jede einzelne seiner Entscheidungen als dumm oder nichtig abgetan hatte. Ihm zu verstehen gegeben hatte, dass er sich den Namen Panther noch verdienen müsse … All das brach über ihm zusammen und betäubte seine Sinne.

Er war es so leid. Sich in seiner Gegenwart wie ein Versager zu fühlen. Seine kühlen Blicke und gehobenen Augenbrauen wortlos über sich ergehen zu lassen. Warum sollte er ihm also nicht zu verstehen geben, was er wirklich von ihm dachte? Warum nicht zeigen, dass er stärker war, als Clint Panther je angenommen hatte?

Schlimme Worte – Worte, die er nie wieder würde zurücknehmen können – sammelten sich bitter auf seiner Zunge. Drängten gegen seine Lippen …

Eine Hand griff nach seiner. Schloss sich um seine Faust und strich mit dem Daumen über seinen Handrücken.

„Wenn es keine gute Idee ist, dass ich jemanden schlage, ist es auch keine, wenn du es tust“, wisperte Hannah kaum hörbar.

Ruckartig fuhr sein Blick zu ihr. Er stimmte ihr nicht zu.

Doch gleichzeitig wollte er ihr nicht seine schlimmste Seite zeigen. Sie war wichtiger als böse Worte und ausgeteilte Fausthiebe, also atmete er tief ein. Ließ Sauerstoff den Weg zu seinem Gehirn finden, und als sein Vater antwortete, war der Schleier aus Wut vor seinen Augen nur noch blassrot.

„Ich habe eine Einladung bekommen, Cooper. Also sehr wohl das Recht, hier zu sein.“

„Nein“, wisperte er. „Jeder Mensch, der Davids Tod als ‚kleinen Zwischenfall‘ bezeichnet, sollte nicht einmal in die Nähe dieses Hauses kommen.“

Sein Vater seufzte. „Ich gebe zu, dass meine Wortwahl ungünstig war. Aber ich wollte damit einen Punkt verdeutlichen.“

„Oh, dein Punkt war klar“, sagte Coop hitzig. „Ich führe ein unwürdiges Leben, verschwende meine Zeit und sollte am besten meinen Nachnamen ändern lassen. Habe ich noch etwas vergessen?“

„Cooper, du vergisst immer, dass ich nur das Beste für dich will“, erwiderte sein Vater ruhig.

„Das Beste für mich wäre es, wenn du jetzt gehst“, meinte er abgehackt.

„Nein“, sagte er schlicht, und sein Blick huschte zu Callum und dann zu Hannah. „Ich bin hier, um dich zu unterstützen, Cooper. Das ist es doch, was du mir vorwirfst. Dass ich das bisher versäumt habe."

Er konnte nicht anders. Er lachte laut und trocken auf. „Ist das dein Ernst? Du dachtest, dass es mir *helfen* würde, dich hier zu sehen?"

„Ich wollte dir mein … Mitgefühl aussprechen", sagte Clint zögerlich, und es war offensichtlich, wie schwer ihm diese Worte fielen – doch Coop hatte gerade nicht die emotionalen Kapazitäten, um das anzuerkennen.

„Mitgefühl?", spuckte er deshalb nur aus.

„Ja. Ich möchte David den nötigen Respekt zollen."

„Oh, bitte!", fuhr Coop ihn wütend an. „Du kanntest ihn doch überhaupt gar nicht richtig. Du hast ihm dreimal die Hand geschüttelt!"

„Ja, aber er scheint dir wichtig gewesen zu sein, deswegen bin ich hier."

„Dad!", knurrte er. „Das hier ist weder der richtige Zeitpunkt noch der richtige Ort! Das musst doch selbst du erkennen."

„Es gibt nie einen richtigen Zeitpunkt oder einen richtigen Ort, um dreißig schiefgelaufene Jahre einer Beziehung zu retten, aber ich werde es dennoch versuchen." Die Stimme seines Vaters war so sachlich wie eh und je – und dennoch waren die Worte so abstrus, dass Coop für ein paar Momente der Mund offenstand. „Cooper, ich habe eine Menge Fehler gemacht, wie ich dir seit Monaten versuche, zu verstehen zu geben. Mir ist bewusst, dass du ein gewisses Maß an Groll gegen mich hegst und dein Sturkopf es dir verbietet, mir eine weitere Chance zu geben – aber das ist sehr ärgerlich."

„Das hättest du dir fünfzehn Jahre früher überlegen sollen, Dad", sagte er steif. Die Worte seines Vaters ließen ihn unwohl fühlen. Er mochte diese Version von Clint Panther nicht. Die Version, die versuchte, sich zu verbessern.

„Hätte ich. Habe ich nicht", erwiderte Clint schlicht. „Und das lässt sich nicht mehr ändern. Aber du tust nun dasselbe mit mir, was du mit Davids Tod getan hast. Du ignorierst mich und versuchst mich aus deinen Gedanken zu verbannen. Das ist dein Abwehrmechanismus und wahrscheinlich zu einem Großteil meine Schuld, aber damit tust du dir keinen Gefallen."

„Du meinst, damit tue ich *dir* keinen Gefallen, Dad!"

„Nein. Ich spreche von dir und deinem Leben."

„Du hast keine Ahnung von mir und meinem Leben!", sagte Coop ungläubig.

„Nicht viel, nein", gab Clint zu. „Aber das ist im Moment nicht meine Schuld."

Coop öffnete den Mund, um wieder anzufangen zu schreien – wie konnte sein Vater es wagen, *ihm* die Schuld für ihre verkorkste Beziehung zuzuschreiben? –, doch erneut drückte Hannah seine Hand. Als hätte sie seine Gedanken gelesen.

Also atmete er ein weiteres Mal durch. Beruhigte sich. Suchte nach der Kontrolle, die er als Polizist so kinderleicht gefunden hatte.

„Schön", sagte er schließlich leise. „Bleib hier. Du kennst Davids Eltern, sie haben dich schon gesehen – bleib. Aber erzähl mir nicht, dass du es meinetwegen tust. Du tust es, weil es unhöflich gewesen wäre, ihre Einladung auszuschlagen."

Clint Panther seufzte.

*Was zur Hölle?*

Das war der absurdeste Ton, der je über die Lippen seines Vaters gekommen war! Seufzen war ein Geräusch, das Jammerlappen und Pornodarstellern vorbehalten war.

„Cooper, ich weiß, es fällt dir schwer, das zu glauben, aber ich versuche an mir zu arbeiten. Das, was du selbst auch tun solltest", sagte er sachlich. „Aber wenn du mich nicht hierhaben willst, werde ich Davids Eltern begrüßen und mich dann entschuldigen. Wäre das in deinem Interesse?"

„Ja", sagte er sofort. Es waren ohnehin leere Worte von seinem Vater gewesen. Er würde nicht ...

„Gut", sagte Clint schlicht und lief an ihnen vorbei ins Haus.

Mit offenem Mund starrte Coop ihm nach. Bewegungslos hielt er den Blick auf die Tür gerichtet, bemerkte nur aus den Augenwinkeln, wie Callum und Hannah sich kurz ansahen. So, als seien sie beide gespannt, was als Nächstes passieren würde.

Keine fünf Minuten später trat Clint Panther wieder aus dem Haus.

„Schön, dich zu sehen, Callum. Schön, Sie kennenzulernen, Miss Reed", sagte er geschäftsmäßig, nickte beiden zu ... und ging dann die Straße hinab, bevor er hinter einer Hausecke verschwand.

Coops Mund stand noch immer offen. Was war da gerade passiert?

Sein Vater war dafür bekannt, die Wünsche seiner Kinder – ach, zur Hölle, die Wünsche der ganzen Welt! – gekonnt zu ignorieren. Nicht dafür, sie zu akzeptieren und dann auch noch zu befolgen.

„Was ist los mit ihm?", fragte er und wandte sich an Callum. „Hat der Teufel ihm einen Besuch abgestattet und ihm seine Seele zurückgegeben? Er benimmt sich merkwürdig."

Sein Bruder hob die Achseln. „Ich glaube, er meint es ernst, Coop. Er will sich ändern. Er hat mir letztens ein kleines Spielzeugauto mitgebracht. Weil ich die als Kind so gern mochte."

Irritiert sah Coop ihn an. „Du mochtest Autos nie! Callie war diejenige, die die Teile gesammelt hat."

Cal seufzte. „Ja, ich weiß. Aber er hat es versucht, oder?"

Kopfschüttelnd sah Coop zum Bürgersteig, wo sein Vater vor ein paar Minuten noch entlanggegangen war. „Ja", murmelte er schließlich. Auch wenn er absolut keine Ahnung hatte, was er mit dieser Information anfangen sollte.

Coop hatte damit gerechnet, dass die Gedenkfeier eine Tortur für ihn werden würde – und seine Einschätzung war korrekt gewesen.

Auch wenn Hannah dumme Witze riss und seine Hand hielt. Auch wenn Callum sich sichtlich unwohl fühlte, aber dennoch für ihn blieb. Das Engegefühl in seiner Brust, das sich jedes Mal weiter um sein Herz zusammenzog, wenn ihm jemand erzählte, wie sehr David ihn geschätzt habe und was für ein guter Freund er ihm doch gewesen sei, verschwand nicht.

Stattdessen saß es so fest, dass er Angst hatte, es könne nie wieder verschwinden.

Die Sonne schien und verspottete ihn mit ihren Strahlen. Das Essen war köstlich, schmeckte aber gleichzeitig fahl. Davids Eltern umarmten ihn weitere drei Male, doch die Wärme drang nicht zu ihm durch.

David war tot. Er hatte ihn nicht retten können.

Alles andere existierte in seinem Kopf nicht.

Er war sich sicher, dass Hannah wusste, wie er sich fühlte. Dass sie es verstand.

Denn sie versuchte ihn zum Lachen zu bringen, die Stimmung aufzulockern ... und schaffte es gleichzeitig, ihm so viele Leute wie möglich vom Hals zu halten. Sie ließ sie gar nicht erst ihr Beileid ausdrücken – weil sie wissen musste, dass das nicht half, sondern es nur schlimmer machte –, sondern stellte ihnen persönliche Fragen, schiffte das Gesprächsthema auf unverfängliches Terrain und verschaffte Coop so Zeit, um durchzuatmen.

Draußen waren Biertische und Bänke aufgebaut worden, und Coop war in seinem Leben noch nicht so dankbar gewesen, als sich Callum und Hannah jeweils zu beiden Seiten von ihm hinsetzten und ihn somit vor noch mehr Small Talk und leeren Worten schützten.

Der Zeitpunkt seiner Rede rückte näher und sein Herz wurde schwerer. Als wäre es eine Regenwolke, die sich mit Schuldgefühlen vollgesogen hatte und mit dem nächsten Windstoß aus allen Nähten platzen würde.

Als Penny, Davids Mutter, ihn bat, aufzustehen, hatte er das Gefühl, zwei Ambosse würden auf seinen Schultern liegen. Doch er erhob sich und sprach. Weil David es verdient hatte, dass jemand an seinem Todestag eine nette Geschichte über ihn erzählte. Gott, es würde ihm gefallen, Coop hier stehen und unter dem sozialen Druck ächzen zu sehen.

Schwer atmete er durch. Er spürte die Blicke auf sich, als wären es Hagelkörner, die auf seiner Haut aufschlugen. Kalt und unnachgiebig. Aber er würde sich nicht durchdringen lassen. Denn was interessierten diese Leute ihn? Er tat es nur für Davids Mutter. Denn David hatte seine Mutter geliebt.

„Hey, ich bin Coop. Die meisten von euch kennen mich. Ich bin der faule, heiße Junggeselle."

Die Leute lachten, und er zwang sich dazu, die Mundwinkel zu heben. Auch wenn seine eigene Stimme wie ein ferner Hall in seinen Ohren nachklang und seine Lippen sich merkwürdig taub anfühlten. Er hatte eigentlich etwas aufgeschrieben. Es stand auf dem Zettel in seiner Hosentasche. Doch er ließ ihn, wo er war. Er brauchte ihn nicht, um seine Erinnerungen an David zum Leben zu erwecken.

„Ich habe David in meinem letzten Jahr auf der Highschool kennengelernt. Es war meine dritte Schule in zwei Jahren, und ehrlich gesagt hatte ich es schon aufgegeben, Freunde zu finden. Ich war auch überhaupt nicht daran interessiert. Ich war zu sehr damit beschäftigt, die Töchter von freundlichen Pfarrern zu verführen."

Wieder lachten einige Leute – und ja, es war witzig. Auch wenn Coop sich im Nachhinein überhaupt nicht über diese bestimmte Lebensphase amüsieren konnte.

„Aber eine Woche nachdem ich an die Schule kam, löste jemand den Feueralarm aus, obwohl es überhaupt nicht brannte. Die Sprinkler gingen an, alle Schüler mussten das Gebäude verlassen, Bücher wurden durchweicht, Tische unbrauchbar, Kunstwerke zerstört. Ein unglaublich großer Schaden entstand. Als es um die Frage ging, wer es getan hätte ... auf wen fiel da wohl die Wahl?" Diesmal lächelte er wirklich, auch wenn es ein wenig verbittert war. „Ja, richtig. Auf mich. Den Typen, der dafür bekannt war, Autos zu knacken, Joints zu rauchen und unschuldigen Mädchen die Jungfräulichkeit zu stehlen." Auch wenn kein einziges von ihnen so unerfahren gewesen war, wie sie ihren Eltern hatten vorgaukeln wollen. „Ich bin es nicht gewesen, doch die Lehrer kannten meine alten Schulakten, also haben sie es auf mich abgewälzt. Egal, was ich gesagt habe, egal wie viele Leute hätten bezeugen können, dass ich mich zu dem Zeitpunkt auf den Parkplätzen befand – ich war der Schuldige. David kannte mich damals nicht. Wir hatten nicht ein einziges Wort gewechselt, aber er war derjenige, der mich auf dem Parkplatz gesehen hatte. Er wusste, dass ich unschuldig war ... und er ist aufgestanden und hat behauptet, dass es seine Idee gewesen sei. Dass er mich dazu angestiftet hätte, den Feueralarm auszulösen. Drei Stunden später saß er mit mir zusammen beim Nachsitzen." Coops Lächeln wurde wärmer und er blickte auf seine Hände, die er ineinander verschränkt hatte. „Nun, ich hab ihn natürlich gefragt, was das sollte. Was für ein bescheuerter Idiot er sei. Warum er sich selbst in den Dreck gezogen habe. Wem das irgendetwas bringen sollte. Er hat nur die Achseln gezuckt und gemeint, dass ich unschuldig sei und Nachsitzen zu zweit wenigstens etwas witziger wäre. Und er hatte recht. Es war witzig."

Und obwohl Coop keine Freunde gewollt hatte, hatte er einen besten bekommen.

Er räusperte sich. „Der Rest ist Geschichte. Wir sind nach der Schule zusammen nach San Francisco gegangen, haben die Polizeiakademie besucht und sind nach einigen Jahren wieder in Philadelphia gelandet. Ich bin bis heute dankbar, dass David für mich in die Bresche gesprungen ist, um zusammen mit mir nachzusitzen. Denn ich hätte jede Sekunde bereut, in der er nicht mein Freund gewesen wäre." Sein Hals wurde enger, doch er ignorierte es. „Er war ein gütiger, freundlicher Mensch, auf den ich immer zählen konnte. Der an mich geglaubt hat, als es keiner mehr getan hat. Der wusste, dass ich ein besserer Mensch bin, als ich mir selbst je zugetraut hätte. Er hat mir den Rücken freigehalten – im Leben wie im Job. Letztendlich war er der Bruder, den ich niemals hatte ... sorry, Cal." Mit zitternden Fingern tätschelte er Callums Schulter und wieder lachten die Leute. „Leider ist er viel zu früh gegangen und ich vermisse ihn sehr. Aber ich weiß, dass er sich immer gewünscht hat, die Welt wäre ein besserer Ort – und ich weiß, dass er sich jetzt an einem befindet."

Das war eine Lüge. Er glaubte nicht an Gott oder das Paradies oder was auch immer einem als Kind erzählt worden war. Aber um Davids Willen *wollte* er daran glauben – und war das nicht, was zählte?

Abgesehen davon war es das, was seine christlichen Eltern hören wollten. Und als er die Tränen in Pennys Augen sah und das stoische Kopfnicken von Davids Vater wahrnahm, wusste er, dass er die richtigen Worte gefunden hatte.

Er erhob sein Glas – es war nur Wasser, Alkohol war seinem Gemütszustand nicht zuträglich – und die Umhersitzenden taten es ihm gleich. Er spürte, wie Hannah ihm sacht über den Rücken strich, und die Berührung war tröstlich und schrecklich zugleich. Sie war wie eine Umarmung, wenn man kurz davor war, zu weinen. Sie ließ das Fass überlaufen. Coop weinte nicht, er hatte schon zu viele Tränen um David vergossen, aber die Schuld, die sein Herz belastete, schwappte über und floss in seine Poren. Sie war so schwer und schmerzlich-süß, dass er es nicht länger ertrug. Nicht, während Penny ihn stolz ansah, so, als wäre er ihr zweiter Sohn. Als wäre er ein Heiliger, der Davids Leben besser gemacht hatte.

Das war er nicht!

Er atmete zitternd ein, stieg über die Bierbank und lief über den Rasen zu Davids Mutter. Der Frau, der er noch immer eine Entschuldigung schuldete. Die verdient hatte, alles zu wissen.

Es war, wie Hannah gesagt hatte: Es musste erst schlimmer werden, bevor es besser werden konnte. Und Coop wollte nichts sehnlicher, als dass es endlich besser wurde.

„Penny", sagte er leise und beugte sich zu ihr hinunter. „Kann ich kurz mit dir sprechen?"

„Aber natürlich", sagte sie mit weicher Stimme, stand auf, hakte sich bei ihm unter und zog ihn zum Haus, in das nun menschenleere Wohnzimmer.

„Was ist los, Coop? Du siehst blass aus."

Er schluckte, doch brachte es nicht über sich, ihr in die Augen zu sehen. Er musste sagen, was er zu sagen hatte. Sonst würde es ihn für immer verfolgen. Sonst würde er weiterhin stillstehen, so wie die letzten fünf Jahre.

Aber es war so schwer. So schwer, wirklich ehrlich zu sein. Es war eine Sache, sich selbst seine Schuld einzugestehen – eine andere, sie vor anderen zuzugeben.

„Penny", wisperte er und vergrub die Hände in den Hosentaschen. „Penny, ich wusste es."

„Was?", fragte sie überrascht.

„Ich wusste, dass David depressiv war." Seine Worte waren leise und eng aneinandergedrängt, aber ihm war klar, dass Penny jedes einzelne verstand. „Ich wusste, dass er Hilfe brauchte. Dass der Job bei der Polizei nicht der Richtige für ihn war. Dass ihn die schrecklichen Dinge, die er gesehen und erlebt hat, mehr mitgenommen haben als mich. Aber er hat mich immer und immer wieder davon überzeugt, dass es nicht so schlimm sei. Dass ich ihn nicht verraten dürfe ... Er wollte mich nicht enttäuschen, sich nicht enttäuschen, euch nicht enttäuschen. Und ich habe es nicht über mich gebracht, zu den Vorgesetzten zu gehen und dadurch seine Karriere zu beenden. Ich war nicht stark genug, ihn dazu zu zwingen, einen Psychologen aufzusuchen. Ich ... ich habe absichtlich die Augen verschlossen, weil ich nicht wahrhaben wollte, wie schlimm es um ihn stand, aber ich *wusste* es. Tief in meinem Inneren wusste ich, dass es ihm schlecht ging."

Er blickte auf, zwang sich, in Pennys Gesicht zu sehen ... doch ihre Miene war nicht wutverzerrt. Ihr Blick nicht mit Abscheu gefüllt. Stattdessen standen ihr Tränen in den Augen.

Sie streckte die Hand aus und streichelte ihm sanft über die Wange.

„Oh, Coop", sagte sie schniefend. „Wir wussten es doch auch!" Eine Träne rann ihre Wange hinab, aber sie machte sich nicht die Mühe, sie wegzuwischen.

Verwirrt blinzelte Coop sie an. „Was?"

„Denkst du, du seist der Einzige, der ihn gut genug kannte, um zu wissen, wie schlecht es in manchen Zeiten um ihn stand? Nein. Natürlich nicht. Die Verantwortung lastet nicht allein auf deinen Schultern, Coop. Nicht einmal ein bisschen. Du hast dich ohnehin schon immer viel zu viel um ihn gekümmert. Du hast seinen Zustand verbessert! Ich bin seine Mutter. Ich wusste genau, wie schlecht es ihm ging. Er hat schon als Jugendlicher mit Depressionen gekämpft, wir hatten sogar Angst, dass er den psychologischen Test der Polizei nicht besteht. Aber du hast ihm geholfen, sein Leben auf die Kette zu bekommen, und er war eine lange Zeit um einiges glücklicher als zu seinen schlechten Zeiten als Teenager." Zitternd holte sie Luft. „Ich war damals mit ihm beim Psychologen. Ich habe ihn auch später gebeten, ihn noch einmal aufzusuchen. Aber er wollte sich nicht helfen lassen. Er war so ... dickköpfig. Und ich habe ihn gelassen. Weil er mir immer so unglaublich überzeugend versichern konnte, dass es nur halb so wild war. Dass er alles unter Kontrolle hatte. Doch sein Gemütszustand war schwankend. Manchmal ging es ihm unfassbar gut, und wenn man einen Moment mal nicht hinsah, hat er sich in seiner Einsamkeit und seinem Trübsal gesuhlt. Aber daran konntest du nichts ändern. Daran konnte ich nichts ändern. Weil er beschlossen hat, uns diese Seite nicht zu zeigen – und er unglaublich gut darin war, den Menschen, die er liebte, etwas vorzumachen. Also bitte, gib dir nicht die Schuld!

Denn die hast du nicht. Natürlich hast du ihn nicht verraten. Du warst sein treuester, bester Freund. Du konntest nicht wissen, dass es soweit kommen würde. Niemand konnte das." Die Tränen tropften ihre Wangen hinab, und nun lächelte sie wacklig. „Aber das heißt nicht, dass du sein Leben nicht bereichert hättest. Dass er nicht glücklich war, dich als Freund gehabt zu haben. Das ist, auf was du dich konzentrieren solltest. Der Rest ... der Rest ist schrecklich. Aber er ist passiert und lag außerhalb unserer Macht." Sie drückte seine Schultern. „Ich muss jetzt auch noch eine Rede halten, die anderen warten sicher schon ... ist das in Ordnung?"

Coop nickte steif. Ihre Worte gruben sich durch seine Haut, und er wusste nicht, ob sie wohltuend oder schmerzhaft waren.

Davids Eltern hatten es ebenfalls gewusst.

Davids Leben hatte nicht in seiner Verantwortung gelegen.

Und Coop war nie allein in seiner Misere gewesen. Er hatte sie geteilt – war sich nur nicht im Klaren darüber gewesen.

„Danke. Dass du hier bist. Dass du die Rede gehalten hast. Ich weiß, wie schwer das für dich war", flüsterte sie, bevor sie ihn noch einmal an sich drückte und wieder aus der Terrassentür trat.

Coop blieb, wo er war. Starrte an die weiße Wand ihm gegenüber und hatte das Gefühl, von einem Laster überfahren worden zu sein.

Seine Schuldgefühle waren nicht verschwunden, aber gleichzeitig fragte er sich, ob er sich all die Jahre umsonst gequält hatte. Ob er sich umsonst bestraft hatte.

Davids Eltern hatten ebenfalls gewusst, dass David depressiv gewesen war. Dieser Satz brannte sich in sein Gehirn und leuchtete gleißend weiß dort auf.

Die Tür klapperte, und er wandte hastig den Kopf. Hannah war über die Terrasse eingetreten und lächelte ihn traurig an.

„Alles okay?", fragte sie leise. „Du siehst verwirrt und ... verletzt aus."

Wenn jede andere Person diese Worte gesagt hätte, hätte er gelacht, geschnaubt und dann die Augen verdreht. Doch es war Hannah, also murmelte er: „Davids Eltern war klar, dass er depressiv war. Dass es ihm nicht gut ging. Aber ... er hat sie ebenfalls getäuscht. So wie er mich getäuscht hat. Sie geben mir keine Schuld an seinem Tod, sie ... haben akzeptiert, dass David sich nicht hat helfen lassen wollen."

In Hannahs Augen traten Tränen, doch sie liefen nicht über ihre Wangen. Sie nickte nur, trat auf ihn zu und legte sacht die Hände um sein Gesicht. Zeichnete seine Wangenknochen nach und sah ihn an.

„Kannst du mir einen Gefallen tun, Coop?", wisperte sie und fuhr mit der Hand durch seine Haare. „Kannst du für mich Punkt 25 der Liste erfüllen ... und dir selbst verzeihen? Deine Schuldgefühle durch gute Erinnerungen mit David ersetzen? Die Wut, die du auf David und dich selbst hast, loslassen? Durchatmen und dir sagen, dass du ein erfülltes Leben verdient hast und David nicht wollte, dass du deine Träume aufgibst?"

Coop schloss die Augen und schluckte. „Ich weiß nicht, ob das so einfach geht. Ich habe innerhalb der letzten fünf Jahre verlernt, wie das geht."

„Du wirst es neu lernen. Du musst dich nur dazu ent-
schließen.“

Er nickte, ließ sich in ihre Berührung sinken und atmete tief durch. Atmete ihren Geruch nach Blumen und
Hannah ein und dachte sich, dass Neuanfänge vielleicht gar nicht so schwer waren.

Man musste nur den ersten Schritt machen.

# Kapitel 19

Es war merkwürdig, wie oft man platonisch miteinander schlafen konnte, wenn man erst einmal damit angefangen hatte.

Gerade, wenn man eine Menge Freizeit hatte und plötzlich keinen Grund mehr darin sah, in seine kalte Wohnung zurückzukehren, die mit Möbeln eingerichtet war, die man nicht mochte. Oder von Anrufen der Eltern bombardiert wurde, die wissen wollten, wann diese alberne, von Owen auferlegte Schweigephase endlich vorbei sein würde.

Dabei wussten sie die Antwort längst. Bald hatte Hannah Geburtstag und dann war ihr Selbstfindungstrip vorbei. Sie würde bei ihren Eltern kündigen, in der neuen Praxis anfangen und dann ... ja, was dann?

Diese Frage hatte die lästige Eigenschaft, sich immer wieder in Hannahs Gedanken einzuschleichen. Immer dann, wenn sie sich am verletzlichsten fühlte. Wenn sie in Coops Armen lag, sein leiser Atem an ihrem Ohr, und ein kleiner, heißer Knoten der Panik in ihrer Brust.

Es war ein vor ihr selbst schlecht gehütetes Geheimnis, dass sie sich zurzeit so weit außerhalb ihrer Komfortzone befand, dass sie nicht mehr genau sagen konnte, woraus diese überhaupt bestand. Die letzten

Wochen waren surreal gewesen. Nicht ihr wirkliches Leben.

Oder konnten sie das sein? Würde sie wieder anfangen zu arbeiten und trotzdem mehr ausgehen, neue Dinge probieren – und weiter mit Coop schlafen?

Eigentlich war ihr nur Letzteres wichtig.

Seit sie auf Davids Gedenkfeier gewesen waren, hatten sie sich jeden Tag gesehen.

Coop hatte freier und erleichterter gewirkt, als sie ihn je erlebt hatte, und mit ihm herumzublödeln, Minigolf spielen zu gehen, über die Geheimnisse des menschlichen Darms zu reden, war, als würde sie jeden Tag Glückshormone einatmen, die sich in ihrem Herz und ihrer Lunge festsetzten.

Sie sprachen nicht darüber, was sie genau taten. Was für eine Beziehung sie hatten. *Ob* sie eine Beziehung hatten. Was in Zukunft passieren würde. Sie lebten einfach in den Tag.

Es hätte die entspannteste Zeit in Hannahs Leben sein sollen. Sie war jeden Tag ausgeschlafen. Kochte jeden Tag mit Coop – wer hätte ahnen sollen, wie viel Spaß das machte? –, ging mit ihm aus und hatte das Gefühl, dass sie nur Dinge tat, die sie tun *wollte*. Coop entschied nicht einfach darüber, womit sie den Tag füllten, er machte Vorschläge und sobald sie in alte Muster zurückfiel und *„Mir egal"* antwortete, hob er lediglich die Augenbrauen und sagte: „Na schön. Ich hätte Lust, noch einmal Fallschirmspringen zu gehen."

Das trieb sie dann meistens dazu an, plötzlich doch eine sehr ausgeprägte Meinung bezüglich ihrer Tages- oder Abendplanung zu entwickeln.

Ja, alles hätte sehr entspannt sein sollen. Die Liste war theoretisch abgehakt, sie hatte frei, Owens Tod verfolgte sie nicht mehr ganz so oft in ihren Träumen ...

Wie kam es dann nur, dass Hannah sich alles andere als entspannt fühlte? Dass es nun Callums Stimme war, die ihr in ihren Träumen hinterherjagte?

*Tu ihm einfach nicht weh, okay.*

Der Gedanke an diese Worte trieb ihr den Schweiß auf die Stirn. Callum glaubte, dass Coop dabei war, sich in sie zu verlieben. Dass er es nur selbst noch nicht wusste.

Aber war das nicht vielleicht okay? Wenn er sich tatsächlich in sie verliebte? Allein bei dem Gedanken daran hüpfte ihr Herz freudig auf und ab.

Denn sie verliebte sich doch auch gerade in ihn! Sie steckte doch schon bis zu beiden Ohren drin. Wie sollte sie auch nicht? Er war lustig, intelligent und auf seine eigene Art und Weise zärtlich. Natürlich hatte Lara recht gehabt. Sie hätte nicht mit ihm schlafen können und würde es nicht noch immer tun, wenn sie ihm keine tiefen Gefühle entgegenbringen würde.

Aber sie wusste nicht, ob die Gefühle real waren. Ob sie sich in Coop verliebte oder in das Leben, das sie mit seiner Hilfe führte. Denn Callum hatte irgendwie recht. Sie und Coop benutzten einander. Sie waren füreinander da, weil sie Ähnliches durchlebt hatten, und schenkten sich gegenseitig Endorphine. Aber für wie lange noch?

Wie weit musste Davids Todestag zurückliegen, damit es Coop wieder besser ging und er realisierte, dass er emotional stabil genug war, um zurück in seine alten

Muster zu fallen? Hannah war sich sicher, dass er derzeit nicht mit anderen Frauen schlief. Aus Respekt ihr gegenüber. Aber wann würde er bemerken, dass er den unverbindlichen Sex mit Fremden vermisste?

Es gab hunderte von Frauen, die sich ihm tagtäglich an den Hals warfen! Er war der verdammt noch mal begehrteste Junggeselle der Stadt. Er würde sich nicht ewig gegen jene Verlockungen wehren können. Er hatte doch überhaupt keine Erfahrung darin, monogam zu sein.

Und wie lange würde es dauern, bis Hannah in ihr altes, neues Leben zurückfand und bemerkte, dass Coop nicht in ihren Plan passte? Dass er nicht wollte, was sie wollte.

Also blieben ihr nichts als ein Haufen unbeantworteter Fragen und kalte Angst, die in ihren Kragen kroch, wenn sie nicht hinsah.

Was würde passieren, wenn das alles hier vorbei war?

Mit jedem Tag rückte ihr Geburtstag näher. Mit jedem Tag sah sie die Deadline dieses einfachen Lebens auf sich zurasen – und sie war nicht bereit, es loszulassen.

Das Beste wäre also, einfach nicht mehr an ihren Geburtstag zu denken ...


„Sag mal, weißt du schon, was du an deinem Geburtstag machst?", wollte Coop wissen.

Hannah blinzelte und versteifte sich abrupt. Es war kurz nach sechs an einem Freitagabend. Also absolut nicht der richtige Zeitpunkt, um darüber zu reden. Doch es wäre unhöflich, nicht auf diese direkte Frage zu antworten, also sagte sie vage: „Keine Ahnung. Bin mir noch nicht sicher. Aber ich hab ja auch noch Zeit."

Coop lachte leise, und da sie auf seiner Couch lag, den Kopf auf seinen Oberschenkel gebettet, vibrierte der Ton in ihren Ohren. „Hannah, dein Geburtstag ist morgen.“

Ihr Herzschlag beschleunigte sich sofort, doch sie nickte tapfer. „Ja. Ja, ich weiß.“ Sie zwang den Blick weiter auf den Fernsehbildschirm. Sie waren am Anfang von Staffel vier von *How I met your mother*, und Hannah wartete noch immer auf die Folge mit dem nackten Mann.

„Du wirst dreißig, oder nicht? Ist das nicht ein Grund, um eine riesige Party zu feiern?“

„Gott, nein“, sagte sie hastig. Allein der Gedanke daran bereitete ihr eine Gänsehaut. „Ich fahre wahrscheinlich zu meinen Eltern und verbringe den Tag mit ihnen. Vielleicht lade ich noch spontan Lara ein, aber sie arbeitet im Moment viel und kann vielleicht gar nicht.“ Sie zuckte die Achseln. Es war ihr ehrlich gesagt egal. Sie freute sich nicht auf ihren Geburtstag, denn es war der erste, den sie ohne Owen verbringen würde – und er läutete das Ende der besten Wochen ihres Lebens ein.

„Verstehe“, murmelte Coop und strich ihr über das Haar.

Hannah biss sich auf die Unterlippe, unschlüssig darüber, ob sie wirklich sagen sollte, was sie sagen wollte. Sie hatten keine Regeln aufgestellt, also wusste sie nicht, ob es richtig oder falsch war! Doch schließlich murmelte sie: „Du ... du könntest auch vorbeikommen, wenn du magst.“

„Ah, welch herzliche Einladung.“

Ihre Mundwinkel zuckten und sie drehte sich auf den Rücken, um ihn ansehen zu können. „Ich würde mich freuen, wenn du vorbeikommst", sagte sie mit einer Überzeugung, die sie nicht verspürte. Denn natürlich würde sie sich freuen, aber sie hatte ebenso das Gefühl, dass sie mit dieser Einladung das unvermeidliche Ende nur um einen weiteren Tag aufschob. „Du musst aber auch nicht, Coop. Ich wollte dich nicht unter Druck setzen." Und sich selbst auch nicht.

Er nickte und hob eine Schulter. „Ich überlege es mir."

Diese vage Aussage verunsicherte Hannah nur noch mehr, und sie war froh, als im nächsten Moment ihr Handy klingelte und sie eine Ausrede hatte, sich aufzusetzen und Coop den Rücken zuzuwenden.

Sie würden bald darüber reden müssen, was sie waren. Wohin sie wollten. All das, was man als erwachsene, verantwortungsbewusste Menschen eben so besprechen musste. Aber noch war Hannah nicht bereit dafür. Noch wollte sie in ihrer warmen Blase leben, die jegliches Drama verbot.

„Dr. Reed", meldete sie sich automatisch und hielt sich das Handy ans Ohr.

„Ja, hey, Hannah", erwiderte eine freundliche, weibliche Stimme. „Hier ist Nancy Fringe. Ich bin Krankenpflegerin im Pennsylvania Hospital, ich habe dir schon einmal bei einer Darmspiegelung assistiert. Erinnerst du dich?"

„Oh, ja. Natürlich." Sie runzelte die Stirn. „Weshalb rufst du an?"

„Nun, vor einer Stunde wurde eine Patientin mit einer Schnittwunde an der Stirn eingeliefert. Sie sagt, dass sie dich kennt – und sie weigert sich, sich von irgendeinem anderen Arzt behandeln zu lassen. Ach, und außerdem braucht sie eine Mitfahrgelegenheit nach Hause. Das soll ich dir ausrichten.“

„Was?“ Verwirrt richtete Hannah sich weiter auf. „Ich bin Gastroenterologin. Ich habe nichts mit Schnittwunden am Kopf am Hut.“

„Ja, ich weiß“, bemerkte Nancy seufzend. „Ich soll ausrichten, dass es ihr leidtut, dich herzubeordern, aber sie ist aufgebracht, braucht jemanden zum Reden und ... na ja, sie heißt Lara Evans? Und du glaubst nicht, wer zusammen mit ihr hergefahren ist ...“ Sie senkte die Stimme. „*Callum Panther*. Kannst du das fassen? Ein Mitglied der Familie Panther bei mir in der Notaufnahme! Miss Evans behauptet, er habe sie mit einer Drohne angegriffen, aber ich glaube, sie ist einfach nur ein wenig durcheinander, also ... kommst du vorbei?“

Stöhnend kniff Hannah die Augen zusammen. Das durfte doch nicht wahr sein. „Ja, ich bin gleich da.“

„Was ist los?“, fragte Cooper besorgt, sobald sie aufgelegt hatte.

„Dein Bruder hat eine Drohne auf Lara gehetzt!“, stellte sie klar und sprang auf.

Coop hob eine Schulter. „Ja, das macht er manchmal.“

Ungläubig sah sie ihn an. „Wie bitte?“

Grinsend erhob er sich ebenfalls. „Wie soll er denn sonst ausprobieren, ob sie funktionieren?“, wollte er unschuldig wissen.

„Sie hat eine Schnittwunde an der Stirn.“

„Shit. Was Ernstes?“

„Nein, aber ... na ja, sie ist wohl sehr wütend, und Callum ist auch noch da, also ...“

Coop nickte und schaltete den Fernseher aus. „Also, fahren wir zum Krankenhaus“, schloss er und griff nach seinen Autoschlüsseln. „In welchem ist sie?“

Sie brauchten nur eine Viertelstunde zum Pennsylvania Hospital. Die Straßen waren ungewöhnlich leer – die Notaufnahme war es nicht. Im Gegenteil. Sie platzte wie immer aus allen Nähten. Hannah ging gezielt an dem Empfang vorbei, direkt in den großen Behandlungsbereich, in dem dutzende, mit Vorhängen voneinander abgetrennte Betten standen. Auch hier war es überfüllt, hektisch und laut.

Sie seufzte. „Wie sollen wir die beiden denn bitte hier finden? Wir ...“

„... du blutest hier alles voll!“, drang eine sehr laute, sehr angespannte Stimme in diesem Moment an ihr Ohr. „Lass doch einfach irgendeinen Arzt die dumme Wunde nähen. Sie werden dein Gesicht schon nicht noch weiter verschandeln.“

„Callum, ich habe dich nicht gebeten, mitzukommen, also halt die Klappe!“, giftete eine andere Stimme hitzig zurück. „Schlimm genug, dass du mir die Wunde zugefügt hast!“

„Oh bitte, ich habe dich nicht angefasst. Du hast dich selbst verletzt.“

„Eine *Drohne* ist auf mich zugeschossen!“

„Sie ist über dich *hinweg*geschossen.“

„Du hast sie gelenkt, woher sollte ich also wissen, dass es kein Angriff auf mein Leben war? Es ist deine verdammte Schuld, dass ich jetzt hier sitze!“

„Mein *Gott*! Wie verblendet und egozentrisch kann man sein? Du kannst nicht die Welthungersnot, dein

langsames Internet und deine eigene Dämlichkeit auf
mich schieben", erwiderte die männliche Stimme ungeduldig. „Ich kann nicht die Verantwortung für alles tragen."

„Na, alle Leute behaupten doch immer, du wärst ein
Genie! Es ist also deine Aufgabe, so viel Verantwortung
wie möglich zu übernehmen!"

Coop und Hannah wechselten einen Blick, seufzten
und liefen dann geradewegs auf den dritten Vorhang
zu ihrer Linken zu.

„Wie klug kann ich schon sein, wenn ich es immer
noch nicht hinbekommen habe, dich verdammt noch
mal *loszuwerden!*"

„Deine Intelligenz beschränkt sich eben nur auf Computer und kalte Gegenstände. Denn mit was anderem
käme dein Herz überhaupt nicht zurecht! Du –"

Hannah riss den Vorhang auf. „Hey", sagte sie laut,
bevor Lara ihre Tirade zu Ende führen konnte. „Ihr
habt nach mir gerufen?"

„Hannah", sagte Lara erleichtert. Sie trug Jeans und
T-Shirt und presste eine blutige Mullbinde gegen ihre
Stirn. Ein kleines Blutrinnsal sickerte unter der Binde
bis zu Laras Augenbraue hervor, ansonsten sah es aber
nicht allzu schlimm aus.

„Hey", sagte sie erneut, lächelte Callum knapp zu und
war in drei Schritten bei der Liege, auf der Lara saß. Sie
nahm ihr die Mullbinde ab, um sich die Wunde anzusehen, und verdrehte die Augen. Das hier war absolut
unnötig. Jeder andere Arzt hätte den Schnitt versorgen
können. Er musste nicht einmal genäht werden. Sie
könnte ihn ganz einfach kleben. Und dafür hatte sie an

diesen Ort kommen müssen, den sie noch für zwei weitere Tage hatte vermeiden wollen?

Sie presste die Lippen aufeinander. „Ihr verhaltet euch wie Kindergartenkinder, ist euch das klar?", sagte sie gepresst. „Und Coop, schließt du bitte den Vorhang, die Leute gucken schon. Zwei Mitglieder der Familie Panther sind einfach zu viel des Guten."

Sie hörte, wie die Vorhangringe über das Metallgestell schrappten, während sie sich an die Arbeit machte, hastig ein Paar Handschuhe überzog und in dem kleinen Tischchen neben dem Bett nach dem Material suchte, das sie brauchte.

Je schneller sie hier fertig war, desto schneller konnte sie wieder gehen.

„Es tut mir leid, dass ich dich herbeordert habe", murmelte Lara leise, sodass nur Hannah sie hören konnte. „Aber ich bin wütend ... und ich wollte einfach ein freundliches Gesicht sehen."

Hannah seufzte. „Verstehe."

„Cal, warum hast du eine Drohne auf Lara gehetzt?", fragte Coop derweil beiläufig, während Hannah anfing, die Wunde zu desinfizieren.

„Na, sie fragt mich doch seit Monaten nach einer Demonstration!"

„Aber keine, die mit einer Platzwunde an meinem Kopf endet!", fuhr Lara ihn an.

„Halt still, Lara, sonst steche ich dir noch ins Auge", bat Hannah sie gereizt.

„Das war deine eigene verdammte Schuld!", erwiderte Callum überraschend hitzig. Er wirkte sonst immer so gefasst. „Du bist es, die –"

„Halt die Klappe!", unterbrach Lara ihn unwirsch. „Niemand hier will das hören."

Das stimmte so nicht. Hannah war tatsächlich sehr interessiert daran, herauszufinden, was genau passiert war.

„Wisst ihr was? Ich gehe", sagte Callum trocken. „Meine Zeit verschwenden kann ich auch zu Hause. Solange Lara noch genug Energie hat, um mich anzubrüllen, wird sie schon nicht krepieren."

„Das hättest du gerne, was?" Laras Gesicht war eine Interpretation des Höllenschlunds. „Dass ich abkratze und dir nicht mehr auf die Nerven gehen kann."

Hannah wandte sich um und sah gerade noch, wie Cal kühl eine Augenbraue hob. „Nein, Lara", sagte er bitter. „Ich wünsche dir nicht den Tod. Danke für dein Vertrauen." Mit diesen Worten wandte er ihnen den Rücken zu und verschwand in Richtung Ausgang.

Laras Miene verdüsterte sich noch ein wenig mehr. „So habe ich das nicht gemeint. Das weiß er! Er ... er bringt nur die schlechtesten Seiten in mir zum Vorschein!"

„Ehrlich gesagt wundert mich das", bemerkte Coop. „Eigentlich ist Callum ein Heiliger."

Ungläubig sah Lara ihn an. „Dann kennt ihr ihn alle wohl nicht richtig!", sagte sie laut, bevor sie sich an Hannah wandte. „Und warum hast du den charmanten Punkt 18 von deiner Liste überhaupt mitgebracht? Ich habe die Nase voll von der Familie Panther."

Hannah seufzte. „Sei einfach still, okay? Oder nein: Erzähl mir, was genau passiert ist. Deine Tetanusimpfung ist noch aktuell?"

„Ja, Tetanus habe ich letztes Jahr aufgefrischt – und ich will nicht darüber reden“, sagte Lara bissig. „Ich will, dass du mich verarztest und dann zum Hotel fährst. Mehr nicht.“

„Komm schon, du schuldest mir einen genauen Bericht“, zischte sie und tupfte die Wunde sauber, bevor sie nach dem Wundkleber suchte. „Du weißt genau, dass ich zurzeit nicht in diesem Krankenhaus gesehen werden will. Hier arbeiten zu viele Leute, denen ich lieber aus dem Weg gehen würde.“

„Ach, bitte. Niemand weiß, dass du hier bist! Sie werden –“

Der Vorhang wurde erneut aufgerissen.

„Hannah, Schatz! Du bist ja tatsächlich hier.“

Hannah ließ von dem Tisch ab und drehte sich erschrocken um. Ihre Eltern standen hinter ihr. Beide in weißen Chefarztkitteln über ihrer Funktionskleidung. Beide mit einem glückseligen Lächeln auf den Gesichtern – so, als hätte Hannah nie wieder vorgehabt, sie zu besuchen.

„Mom, Dad“, brachte sie nur verdattert hervor. „Was …“

„Du fängst also doch wieder früher an zu arbeiten?“, wollte ihr Vater begeistert wissen und drückte sie kurz an sich. „Ich dachte, wir heißen dich erst Montag wieder hier willkommen.“

Benommen blinzelte sie sie an. Ja, sie würde Montag wieder hier arbeiten. Für ein paar Wochen, bevor sie zur privaten Praxis wechselte. Mist.

Sie würde es ihnen erzählen müssen. Erklären müssen, warum sie die Familientradition, im Krankenhaus zu arbeiten, nicht fortführen wollte. Dass sie nicht länger mit ihnen zusammenarbeiten würde. Einen Neuanfang auf sich allein gestellt wagte.

Aber sie würden es nicht verstehen. Sie würden nicht verstehen, dass sie freiwillig an einem Ort arbeiten würde, an dem sie dazu gezwungen war, eigenmächtig Entscheidungen zu treffen und sich selbst zu vertrauen. Dass sie dort arbeiten würde, wo sie ihre Eltern nicht immer um Hilfe bitten oder sich von ihnen beraten lassen konnte. Dass sie ihr Leben so gestalten würde, wie *sie* es wollte. Nach ihren eigenen Maßstäben.

„Ich bin nur für ein paar Minuten hier", sagte sie schließlich hastig. „Lara hatte einen Unfall und ich verarzte sie kurz, bevor ich wieder fahre."

Ihre Eltern sahen zu Lara und lächelten warm. „Oh, Lara, Schatz. Dich haben wir gar nicht gesehen. Was ist passiert?"

Lara murmelte etwas Unverständliches, das wie „Drohnenkrieg" klang, nickte ihnen aber freundlich zu.

„Also, wenn du schon hier bist, Hannah, dann können wir gleich den Dienstplan für die nächste Woche besprechen", sagte ihre Mutter freudig. „Und, oh, wir müssen über deinen Geburtstag reden! Willst du Adrian einladen? Ich weiß, ihr habt euch getrennt, aber ihr bleibt doch bestimmt Freunde, oder? Ihr wart immer ein Herz und eine Seele."

„Ähm, ich glaube nicht, dass er –"

Wieder zog jemand den Vorhang zurück, und als hätten sie ihn mit ihren Worten heraufbeschworen, erschien ihr Ex-Freund. Er trug die blaue Funktionskleidung, die ihn als Allgemeinmediziner kennzeichnete, und einen besorgten Gesichtsausdruck.

„Alles in Ordnung, Lara?“, fragte er etwas atemlos. „Ich habe gerade erst gelesen, dass du eingeliefert wurdest, bist du –“ Adrian brach ab, sobald sein Blick auf Hannah fiel. „Oh.“

Einen Moment lang stand ihr Herz still.

Das letzte Mal, als sie sich gesehen hatten, hatte er ihr schlimme Dinge an den Kopf geworfen. Dinge, die wahr waren, die sie aber nicht hatte hören wollen. Er hatte jedes Recht, wütend auf sie zu sein und sie zu hassen … doch Adrian war einfach nicht der Typ dafür.

Anstatt dass sich seine Miene verdüsterte, lächelte er nur unsicher und nickte ihr zu. „Hallo, Hannah. Ich hatte schon überlegt, ob ich dir wegen Lara Bescheid sagen soll. Aber da du jetzt sowieso hier bist …“

Sie nickte und hob die Hand. „Hey. Ja, sie hat mich anrufen lassen, wollte sich von keinem anderen Arzt behandeln lassen.“

„Verstehe“, sagte er langsam und wandte sich zu ihren Eltern um. Er begrüßte sie lediglich mit einem Lächeln. Wahrscheinlich, weil sie sich heute bereits mehrfach über den Weg gelaufen waren. Adrian hatte sich immer sehr gut mit ihnen verstanden, und sie hatten ihn ihrerseits vergöttert.

Owen war der Einzige gewesen, der der Meinung gewesen war, dass er zu langweilig für Hannah wäre. Dass sie sich zu ähnlich waren und nicht zueinander passten.

„Adrian, wir haben gerade über dich geredet!", bemerkte ihre Mutter strahlend. „Wie du weißt, hat Hannah morgen Geburtstag, und wir wollten wissen, ob du nicht vorbeikommen willst?"

Adrian sah aus, als habe ihre Mutter ihm mit der Bratpfanne vors Gesicht geschlagen – und Hannah musste lachen. Sie konnte nicht anders, er sah aus wie damals, als sie ihn kennengelernt und ihm erzählt hatte, welch faszinierende Dinge sie schon im Rektum ihrer Patienten gefunden hatte.

„Mom", sagte sie kopfschüttelnd. „Lass das."

„Ich werde nicht kommen, Yvonne", sagte Adrian da auch schon. „Hannah und ich haben uns getrennt und …" Er warf ihr einen knappen Blick zu, der um einiges gütiger war, als sie ihn verdient hatte. „Und ich muss mit ihr abschließen, um weiterzumachen. Ich will eine Frau und Kinder und das erledigt sich nicht von selbst."

Hannahs Herz wurde schwer. Er hätte der perfekte Mann sein können – wenn sie bei ihm sie selbst hätte sein können. Wenn er nicht ganz so bestimmend gewesen wäre. Seine Hobbys zu ihren Hobbys, sein Leben zu ihrem Leben gemacht hätte. Wenn er sich nicht mit *annehmbar* zufriedengegeben hätte. Wenn er sie mehr herausgefordert, sie besser verstanden, sie nicht den einfachen Weg hätte wählen lassen. Wenn er eben ein wenig mehr wie … wie Coop gewesen wäre.

Der Gedanke kam so unverhofft und plötzlich, dass Hannah zusammenzuckte.

Was dachte sie da? Das war Schwachsinn!

Sie blinzelte mehrmals und streckte den Rücken durch. „Danke, Adrian", murmelte sie schließlich.

„Dass du nach Lara sehen wolltest. Das war sehr nett von dir.“

„Natürlich“, sagte er verwirrt. „Sie ist deine beste Freundin, also ...“ Wieder brach er ab, denn dieses Mal war sein Blick auf Coop gefallen. „Wer ist das denn?“, fragte er skeptisch und nickte zu Coop, der mit verschränkten Armen in der Ecke stand.

Auch Hannahs Eltern wandten sich um. Sie schienen den heißen, begehrten Junggesellen erst jetzt zu registrieren.

Hannah wartete darauf, dass Coop sich selbst vorstellte, doch er machte keine Anstalten dazu. Er stand nur weiterhin stumm da und ließ den Blick zwischen Hannah und Adrian hin und her schweifen. So, als würde er mehr sehen als sie.

„Ähm, das hier ist Coop, er ...“ Sie räusperte sich, spürte, wie Hitze ihre Wangen kaperte, und versuchte die Ruhe zu bewahren. „Er ist ... ein Freund von mir.“

Coop starrte sie an und hob die Augenbrauen. Erst jetzt fiel Hannah auf, dass er in den letzten Minuten wirklich überraschend schweigsam gewesen war. Bei der Invasion der Ärzte war das verständlich. Vielleicht waren das einfach zu viele fremde Leute für ihn. Vielleicht wollte er aber auch einfach nicht die Eltern seiner Affäre kennenlernen und hatte versucht, sich unsichtbar zu machen.

Ihre Eltern winkten ihm zu, doch Adrian verengte die Augen. „Cooper Panther, richtig?“, fragte er schließlich. „Der begehrteste Junggeselle der Stadt, der mit mehr Frauen schläft als er Socken im Schrank hat.“

Coop lächelte freudlos. „Ja, genau der bin ich.“

„Und mit dem bist du *befreundet?*", fragte Adrian verwirrt und sah wieder zu Hannah.

Hannah verdrehte die Augen. „Okay, ihr geht jetzt alle", sagte sie mit fester Stimme. „Mom, Dad, ich sehe euch an meinem Geburtstag. Ich komme vorbei. Danke für deine Sorge, Adrian, aber ich schaff das hier allein."

„Sicher?" Wieder wanderte sein skeptischer Blick zu Coop, der nur steinern zurücksah.

„Natürlich", sagte Hannah gereizt. „Also, ab mit euch!"

Zu ihrer Überraschung folgten ihre Eltern und Adrian ihrer Anweisung. Sie verabschiedeten sich freundlich, und eine Minute später zog Hannah den Vorhang wieder zu.

„Du schuldest mir etwas", knurrte sie Lara zu, bevor sie damit fortfuhr, ihre Wunde zu versorgen.

Sie brauchte keine zehn Minuten, um den Schnitt zu kleben. Lara musste noch auf Pflegepersonal warten, das sie das Freigabeformular des Krankenhauses unterschreiben ließ, doch Hannah hatte das Bedürfnis, diesen stickigen Ort so schnell wie möglich zu verlassen, also erzählte sie ihr, sie würde mit Coop auf dem Parkplatz auf sie warten.

Es war bereits dunkel geworden, als sie das Hochhaus verließen. Schweigend liefen sie nebeneinanderher, während die kühle Abendluft Hannah in die Haare fuhr. Der Parkplatz des Krankenhauses war eine Betonwüste mit endlos vielen Autos und spärlich gesäten Straßenlaternen. Doch Hannah achtete nicht auf ihre Umgebung. Ihre Gedanken waren bei Coop, der stumm mit ihr Schritt hielt.

Verstohlen beobachtete sie ihn von der Seite. Er hatte seit mehr als zehn Minuten nicht mehr gesprochen und das verunsicherte sie. Normalerweise hatte er Probleme damit, die Klappe zu halten.

Sie stupste ihn mit der Schulter an, doch er reagierte nicht. Schließlich fragte sie: „Alles okay? Du bist sehr still."

Coop antwortete nicht direkt, doch er blieb stehen. Er fuhr sich mit der Hand durch seine zerzausten, schwarzen Haare und runzelte nachdenklich die Stirn. Den Blick hatte er auf ihre Fußspitzen gerichtet, und als er nach ein paar endlos langen Momenten das Kinn hob, war ein kühler und distanzierter Ausdruck in seinen Augen zu erkennen.

„Hannah, hast du Lara erzählt, dass du mit mir geschlafen hast, um deinen Punkt von der Liste zu streichen?"

Überrascht hob sie die Augenbrauen. „Was?" Mit dieser Frage hatte sie überhaupt nicht gerechnet.

„Sie hat mich mit ‚*Punkt 18*' begrüßt", sagte er kühl. „Also stellt sich mir die Frage, ob du deiner besten Freundin ..." Er räusperte sich. „Hast du ihr erzählt, dass du nur mit mir geschlafen hast, um den 18. Punkt von deiner Liste streichen zu können?"

„Ich ..." Hannah brach ab und rieb sich mit zwei Fingern über die Schläfe. „Ja, vielleicht habe ich das so ausgedrückt, aber – na ja, sie hat gemeint, dass es dumm von mir gewesen wäre, mit dir zu schlafen, und ich wollte mich wahrscheinlich einfach rechtfertigen, ich ..." Sie schüttelte den Kopf. „Wieso ist das wichtig?"

Coop gab einen einzigen, trockenen Lacher von sich. „Wieso das wichtig ist? Ist das dein Ernst?"

Fahrig strich sich Hannah die Haare hinter die Ohren. „Ja. Ich meine, du hast selbst angeboten, mit mir zu schlafen, um den Punkt von der Liste zu streichen!"

„Ja", sagte er leise. „Vor Wochen, als wir uns kaum kannten. Und du warst es, die dankend abgelehnt hat. Und jetzt erzählst du mir, dass du es dir auf halbem Weg anders überlegt hast? Dass du nur vergessen hast, mich darüber zu informieren, dass du meinen Körper nur benutzt hast, um den bescheuerten Punkt abzuhaken? Wie dumm von mir, zu denken, dass ich mehr bin, als nur die Chance, die blöde Liste deines Bruders zu beenden!"

Hannahs Magen zog sich zusammen, und hastig schüttelte sie den Kopf. Eine tiefe Unruhe überkam sie, die ihre Beine zucken ließ. Er bekam da etwas in den falschen Hals. „So ist das nicht."

„Nein?", fragte er schroff. „Wie dann?"

„Komm schon, Coop, das ist doch Blödsinn! Natürlich bist du mehr als nur ein Punkt auf meiner Liste. Die Nummer 18 zu streichen, war nur ..." Sie zögerte. „Nun, ein kleiner Bonus. Aber natürlich habe ich nicht deswegen mit dir geschlafen."

„Warum hast du es dann getan?", wollte er wissen.

„Weil es einfach passiert ist", sagte sie fahrig und wich seinem Blick aus. „Du warst doch dabei! Weil ich dich mochte und dich attraktiv finde und ... mit dir schlafen *wollte*. Okay? Ich wusste, dass ich es wollte – und das kommt nicht oft bei mir vor –, also habe ich es getan. Und wenn ich mich recht entsinne, hast du dich die vergangenen Wochen über nicht darüber beschwert!"

Coop atmete tief durch und presste für einen kurzen Augenblick die Handwurzeln auf seine Augen. Als er sie wieder sinken ließ, sah er plötzlich sehr erschöpft aus. „Nein, habe ich nicht", sagte er tonlos. „Aber ... Gott, ich fasse nicht, dass ich das sage, aber: Gibst du Lara recht? Hältst du es auch für dumm, mit mir geschlafen zu haben?"

Sie öffnete die Lippen ... und schloss sie wieder. *Dumm* war nicht das Wort, das sie gewählt hatte. Aber besonders klug war es auch nicht gewesen. Zumindest nicht zu diesem Zeitpunkt. Jetzt allerdings ...

„Ich meine: Was *sind* wir, Hannah?" Verwirrt und gleichzeitig ein wenig erwartungsvoll sah er sie an. „Du hast da mehr Erfahrung als ich. Was genau *tun* wir hier? Sind wir nur Freunde? Führen wir eine Beziehung? Bin ich dein dreckiges Geheimnis und du nur mein Rettungsanker der letzten Wochen? Ich habe nämlich keine Ahnung."

„Ich weiß es nicht, okay?", sagte sie gereizt. Es war nicht fair von ihm, ihr diese Entscheidung zu überlassen! Nur weil er in seinem Leben noch keine feste Beziehung gehabt hatte! „Du warst es doch, der gesagt hat, dass wir eine platonische Affäre eingehen!"

„Okay", sagte er kühl und sein Blick wurde immer düsterer. „Also ist es eine Affäre, die ... was? Ein Ablaufdatum hat? Bis zu deinem Geburtstag, so wie die Liste deines Bruders, und danach willst du mich nicht mehr sehen? Wolltest du mich deswegen so ungern einladen? Weil es mit deinen Eltern und Lara vor Ort so viel schwieriger sein würde, die Sache zu beenden?"

Hannah öffnete wieder den Mund ... und wusste schlichtweg nicht, was sie darauf antworten sollte. Es war zu früh für diese Unterhaltung! Sie war noch nicht bereit. Sie wusste noch nicht, was sie wollte.

Sie wusste nur, dass sie es hasste, dass Coop sie so kalt ansah. Dass sie die Wut und die Verletzlichkeit auf seinem Gesicht nicht ertrug. „Ich will es nicht beenden", wisperte sie. „Ich will ... Ich weiß nicht, okay? Noch einen Tag so tun, als hätten wir dieses Gespräch nie begonnen und dann ... dann ..."

„Dann *was*?" Coops Stimme wurde lauter. „Warum tust du gerade so, als wäre dein Geburtstag mehr als nur der Tag, an dem du ein Jahr älter wirst?"

Weil es das war! Weil ihr Geburtstag der Tag sein würde, an dem sie auf die vergangenen Wochen zurückblickte und entschied, was sie dazugelernt hatte.

„Es ... es war doch irgendwie klar, dass mein Geburtstag ein möglicher Wendepunkt bezüglich ... bezüglich *uns* sein könnte, oder nicht?", sagte sie mit zitternder Stimme. „Dass ich evaluieren würde, wie ich weitermachen will."

Coop schüttelte blinzelnd den Kopf. „Wovon redest du?"

„Nun, natürlich wird sich etwas ändern, Coop! Ich werde wieder anfangen zu arbeiten! Ich werde zu meinem alten Leben zurückkehren, ich –"

„Zu dem Leben, das dich so furchtbar unglücklich gemacht hat? Dahin willst du zurückkehren?", unterbrach Coop sie scharf.

„Na ja, nein." Nervös rang sie die Hände ineinander. „Nicht zu genau *demselben*. Aber ... ein paar Dinge werden sich nicht ändern lassen. Ich meine, mein Lebensplan ist theoretisch noch derselbe, ich werde ihn nur anders angehen und nach rechts und links sehen, mehr *Mehr-Momente* mitnehmen ..."

„Großer Gott, das kann nicht dein Ernst sein." Fassungslos starrte Coop sie an. „Du mit deinen *Mehr-Momenten!* Hast du in den letzten Wochen denn überhaupt nichts dazugelernt? Das hier gerade ist ein *Mehr-Moment*, Hannah! Als du mir ein Glas Whiskey auf dem Balkon von dem blöden Hotel angeboten hast, war das ein *Mehr-Moment!* Du musst keine spektakulären Dinge tun, um dein Leben besonders und lebenswert zu gestalten! Du musst nur die Dinge, *die* du tust, mehr wertschätzen!"

„Das meinte ich doch!", sagte sie verärgert. „Und ja, ich *habe* etwas gelernt. Nur, weil der Plan noch besteht, heißt das nicht, dass ich ihn akribisch ausführen werde. Es sind nur Eckpunkte, an denen ich mich orientiere. Ich werde nicht in meine alten Muster zurückfallen. Ich habe mein Leben geändert."

„Was hast du geändert?", fragte Coop interessiert. „Du hast den Job in der Privatpraxis angenommen? Das ist toll. Du hast dir Adrenalinkicks gesucht? Wundervoll. Aber das war doch nur ein Urlaub von deinem eigenen Leben! Deine Wohnung ist noch immer dieselbe, mit Adrian hast du offensichtlich noch nicht abgeschlossen, deine Einstellung zu deinem dummen Lebensplan hat sich nicht geändert und du wirst mich aus deinem Leben kicken, weil mit mir zu viele unbestimmte Komponenten daherkommen."

Hannah presste die Lippen aufeinander, und heiße Wut brodelte in ihr hoch. Coop hatte unrecht! „Woher willst du das wissen?", fuhr sie ihn an.

„Weil ich es seit fünf Jahren mache, Hannah! Ich falle in meine Muster zurück, immer und immer wieder. Ich pausiere mein Leben, denke, ich will etwas ändern …

und stehe trotzdem noch an demselben Punkt. Ich mache genau das, was du tust ... nur um einiges besser, wenn ich das anmerken darf. Ich schneide Dinge aus meinem Leben, die mich verunsichern, weil ich mich nicht mit ihnen konfrontieren will ... Das Problem ist nur, dass ich seitdem in einer Endlosschleife stecke, aus der ich nicht rauskomme. Nun, nicht rausgekommen bin, bevor ich dich getroffen habe! Und ich will nicht, dass dir dasselbe passiert."

„Das wird es nicht", sagte sie eisern. „Ich werde weiterhin aufregende Dinge tun, ich werde auf Partys gehen, ich werde Bäume hochklettern, ich –"

„Aber darum geht es doch überhaupt nicht, Hannah!", fuhr Coop sie an. „Dass dein Leben *aufregender* wird. Herrgott, du kannst nicht ewig das Leben deines Bruders leben. Du musst *deins* leben!"

„So wie du deins lebst, ja?", meinte sie kalt. „So wie du bereits bei der Polizei warst, um dir deinen alten Job zurückzuholen? So wie du bereits all die Frauen aus deinem Handy gelöscht hast, die du anrufst, sobald du Angst vor Albträumen hast? So wie du bereits deinem Vater gesagt hast, dass du ihn nur aus deinem Leben ausschließen willst, weil er dir zu viele unangenehme Wahrheiten an den Kopf wirft? Du bist so ein Heuchler, Coop!" Ihre Stimme wurde mit jedem ihrer Worte lauter. „Du sagst, *ich* sei es, die mein Leben nicht lebt? Nur, weil ich Angst vor Veränderung habe und dir nicht jetzt und hier sagen kann, was ich für dich empfinde? Du bist es doch, der sich seit fünf Jahren verkriecht! Du bist es, der festgelegt hat, dass wir eine Affäre haben, und sich jetzt darüber ärgert! Du bist es, der schon wieder die Verantwortung abgibt – an mich. Ich, die entscheiden soll, was wir sind oder was wir haben oder was wir fühlen. Anstatt dass *du* es bist, der mir einfach *seine* Gefühle gesteht ... oder der einsieht, dass er sich nur gern mit mir umgibt, weil ich noch kaputter bin!“ Ihre Worte hallten auf dem Parkplatz wider. Wurden von den Betonwänden zurückgeworfen und klatschten ihr kalt ins Gesicht.

Doch Coop regte sich nicht einmal. „Okay“, sagte er lediglich knapp. „Dann haben wir es ja. Dann weiß ich, woran wir sind. Ich war ein Punkt auf deiner Liste, der Mann, der nicht dein Typ ist, mit dem du aber trotzdem ins Bett gesprungen bist – und du warst das, was mein Ego gebraucht hat. Weil ich durch dich gelernt habe, dass ich nur halb so kaputt bin, wie ich dachte. Wenn das mal nicht eine zufriedenstellende Diagnose unserer Vielleicht-Beziehung ist.“

Hannahs Finger zuckten, und zum ersten Mal in ihrem Leben wollte sie jemanden schütteln. „Wieso denkst du überhaupt, dass du nicht mein Typ bist?“, fragte sie wütend. „Wieso denkst du, dass du genau wüsstest, was ich tun oder sagen wollte. Wieso –“

„Komm schon, Hannah“, sagte Coop verächtlich und streckte den Arm in Richtung des Krankenhauses aus. „Ich habe deinen Typ Mann gerade kennengelernt! Er ist Arzt und ekelerregend freundlich ... und du bist noch halb verliebt in den Kerl.“

„*Schwachsinn.* Ich habe ihm nur Mitgefühl entgegengebracht. Ich war es nun einmal, die ihn verlassen hat. Die, mit der er seine letzten Jahre verschwendet hat.“

Coop fuhr sich durch die Haare und schüttelte mit der Hand an der Stirn den Kopf. „Okay, weißt du was ...

Deine Liste ist abgehakt. Du brauchst mich nicht mehr. Also werde ich gehen.“

Panik flutete ihre Adern, und instinktiv machte sie einen Schritt auf ihn zu. „Ich verstehe es nicht, Coop!“, fuhr sie ihn an. „Warum regst du dich überhaupt so auf? Es ist doch nicht so, dass du ... dass du *mehr* wolltest! Du willst dich doch gar nicht häuslich niederlassen und Kinder bekommen!“

„Wer sagt das?“, fragte er kühl.

„Du!“, fuhr sie ihn an. „Du hast es gesagt. Bei dem Baseballspiel. Du hältst Monogamie und Heiraten für Schwachsinn!“

„Na, dann habe ich meine Meinung vielleicht geändert!“, erwiderte er hitzig, seine Lippen schmal.

Hannahs Herz stolperte in ihrer Brust und sie schüttelte den Kopf. „Hast du das?“, fragte sie tonlos.

„Keine Ahnung! Vielleicht.“

Mit geöffnetem Mund starrte sie ihn an. War das sein Ernst? Hätte er ... wollte er ... aber ... er war der verdammte Vorzeigejunggeselle dieser Stadt!

„Es ist ohnehin nicht relevant“, murmelte Coop, bevor sie antworten konnte. „Keiner von uns ist mutig genug, eine Entscheidung zu treffen, oder? Es ist wie an dem Abend, als wir uns kennengelernt haben ... niemand möchte sich seine Albträume eingestehen. Niemand seine Träume. Also geh ich, während du weiterhin herausfindest, was du willst. So tust, als ob du dich nicht mehr von deiner Angst kontrollieren lässt.“ Ruckartig wandte er sich um und schritt über den Parkplatz.

„Coop!“, rief sie ihm wütend hinterher. „Ich hab dir gesagt, dass Sex unsere Freundschaft kaputtmachen wird!“

„Jap. Zumindest damit hattest du recht“, antwortete er, dann verschwand er zwischen den parkenden Autos.

# Kapitel 20

Coop hatte in den letzten Jahren eine Menge beschissene Nächte gehabt.

Nächte, in denen ein Albtraum den nächsten gejagt hatte. In denen er schweißgebadet aufgewacht oder sich von der einen Seite auf die andere gewälzt hatte und nicht zur Ruhe gekommen war.

Er hatte stundenlang wachgelegen, war nachts joggen, putzen oder Karaoke singen gewesen, um sich auf die ein oder andere Art und Weise abzulenken.

Aber die Nacht nach dem bescheuerten Streit mit Hannah war dennoch unvergleichbar. Denn egal, was er tat, er konnte nicht vor seinen Gedanken davonlaufen. Sie saßen wie Zecken in seinem Kopf fest und sogen sich mit Wut, Unsicherheit und Unruhe voll.

Er drehte sich so oft herum, dass er mehrfach in seinen Laken verheddert aufwachte. Als wäre er ein Fisch im Netz.

Abgesehen davon war es das erste Mal seit Jahren, dass Coop einen Albtraum hatte, der nicht von David handelte. Und der Traum war lächerlich! Er bestand aus Hannahs Gesicht, das lächelte ... und dann plötzlich damit aufhörte. Nichtsdestotrotz brachte dieses Bild sein Herz zum Rasen und seinen Magen zum Rebellieren.

Wie hatte der Abend so unglaublich schieflaufen können?

Er wusste nicht, was über ihn gekommen war. Wieso
ihn dieser eine Satz von Lara, er wäre Punkt 18 ihrer
Liste gewesen, so unglaublich wütend gemacht hatte.

Er wusste nur, dass in einem Moment alles okay gewesen war und er sich im nächsten gefühlt hatte, als
hätte er intime Bekanntschaft mit den Stoßzähnen eines Elefanten gemacht.

Er wollte mehr für Hannah sein. Mehr als nur ein
Punkt auf ihrer Liste. Mehr als eine Affäre, die sie in ein
paar Jahren wieder vergessen hatte. Ihm war bis zu diesem einen Moment jedoch nicht klar gewesen, wie *viel*
mehr er für sie sein wollte.

Wie hätte er das auch wissen sollen? Schließlich war
er es bisher immer gewesen, der nicht mehr als ein paar
Nächte heißen Sex hatte haben wollen. Er war es gewesen, der so dumme Dinge gesagt hatte, wie: Ich suche
nichts Ernstes, also lass uns einfach etwas Spaß haben.

Doch erst jetzt dämmerte ihm, wie scheiße er sich die
letzten Jahre über verhalten hatte. Wie unsensibel und
selbstsüchtig er gewesen war.

Denn jetzt, da er sich plötzlich auf der anderen Seite
des Bettes befand, fühlte er sich so verletzlich und unsicher wie noch nie – und das war ein furchtbares Gefühl.

Er wusste nicht, was er wollte. Er wusste nicht, was
Hannah wollte. Er wusste nur, dass es nicht einfach nur
eine Affäre gewesen war. Dass er es selbst verbockt
hatte, indem er ihrer Beziehung diesen Stempel aufgedrückt hatte.

Herrgott, Hannah hatte die letzten Wochen über praktisch bei ihm gewohnt – natürlich war sie mehr für ihn als eine Affäre. Sie war … sie war … nun, eben Hannah!

Die Gedanken jagten ihn von einem Albtraum zum nächsten, und um fünf Uhr morgens, nach drei Folgen der *Sesamstraße*, gab er das Schlafen schließlich auf. Weder sein zerknautschtes Kopfkissen noch das kekszählende Krümelmonster hatten Hannah ersetzen können, die leise im Schlaf seufzte und ihm den Ellenbogen in die Seite rammte. Sie brachten einfach nicht den gleichen Grad an Zärtlichkeit auf.

Eigentlich hätte er am Freitag diverse Fallschirmsprünge beaufsichtigen sollen, doch er sagte alle seine Termine ab – er war heute nicht dazu in der Lage, irgendwen zu beaufsichtigen. Dennoch wollte er nicht allein mit seinen Gedanken sein und fuhr deshalb zum einzigen Menschen, den er kannte, der mit Sicherheit um sechs Uhr morgens schon auf den Beinen war. Oder vielleicht auch noch.

„Wieso ruft ihr eigentlich nie an, um Bescheid zu sagen, dass ihr kommt?", brummte Callum düster, als Coop die schwere Tür zu seiner Werkstatt ins Schloss fallen ließ.

„Ist ein zu großer Aufwand, dir zu erklären, dass wir so oder so kommen werden, egal, wie schlecht es dir gerade passt."

Cal schnaubte und schüttelte den Kopf. „Wie höflich von euch. Was willst du? Und wieso siehst du aus, als hätte dich heute Nacht ein böser Geist heimgesucht?"

„Hab schlecht geschlafen – und ich will gar nichts. Arbeite einfach weiter", murmelte er und winkte ab. „Ich bin nicht hier, um zu quatschen. Ich will nur nicht allein sein."

Callum hob die Augenbrauen. „Das sind überraschend ehrliche Worte aus deinem Mund."

Coop zuckte die Schultern. „Ich bin zu müde, um mir eine Lüge auszudenken."

„Okay", sagte Cal schlicht und ging zurück zu dem Metalltisch, an dem er immer arbeitete. „Dann setz dich. Ich würde dir ja was zu essen anbieten, aber mein Kühlschrank ist so leer wie dein Blick."

„Danke, das war ein hübscher Vergleich", bemerkte Coop trocken und ließ sich auf die Ledercouch fallen.

Er rieb sich mit der Hand über die Augen, atmete tief durch und lehnte sich zurück, um es sich gemütlich zu machen.

Eine Weile saß er einfach nur schweigend da und sah seinem Bruder bei der Arbeit zu. Beobachtete ihn dabei, wie er mit ruhiger Hand Drähte verödete oder mit einer Pinzette ein Rädchen justierte, bevor er irgendetwas auf seinem Computer eingab, das nach dem Geheimnis der Illuminati aussah.

Es hatte etwas Beruhigendes an sich, Callums präzise Handgriffe und seine konzentrierte Miene zu betrachten. Coop kannte keinen Menschen, der so im Reinen mit sich und seiner Welt schien wie Callum. Er schien immer ruhig und kontrolliert. Immer konzentriert. Sich jeder seiner Taten und Worte vollkommen bewusst.

Nun, nicht immer. Gestern zum Beispiel hatte er weder Ruhe noch Kontrolle ausgestrahlt.

Als hätte Callum den gleichen Gedanken gehabt, fragte er plötzlich: „Geht es ... geht es Lara gut?"

Die Worte kamen nur zögerlich über seine Lippen, doch Coop wusste, dass ihm die Antwort wichtig war. Die steile Falte zwischen den Augen seines Bruders verriet es ihm.

„Ja. Es war halb so wild. Der Schnitt musste nicht einmal genäht, sondern nur geklebt werden."

Erleichtert atmete Callum aus. „Gut. Das ist ... gut. Warum siehst du dann aus, als hätte dich jemand in eine Wand betoniert und einen Bund Weintrauben gerade außerhalb deiner Reichweite über deinen Kopf gehängt?"

Coop seufzte. „Hab ich nicht eben noch gesagt, dass ich nicht hier bin, um zu quatschen?"

„Schon, aber je eher du erzählst, was los ist, desto eher muss ich mich nicht mehr deinen neugierigen Blicken aussetzen, also ..."

Tief durchatmend schloss Coop die Augen und legte den Kopf in den Nacken. Was sollte sein Bruder schon tun, wenn er einfach nicht antwortete?

„Okay, so wie ich das sehe, könnte es zwei Gründe geben, warum du dich so anstellst: Es geht entweder um David oder um Hannah. Welcher der beiden ist es?"

Coop sagte nichts.

„Gut, dann werde ich wohl einfach beide Themen behandeln müssen", stellte Cal selbstzufrieden fest. „Davids Tod ist mittlerweile so lange her, Coop. Du musst aufhören, dir deswegen Schuldgefühle einzureden. Nicht nur sein Leben ist wertvoll gewesen – deines ist es auch. Er würde nicht wollen, dass du dich immer noch so fertig machst wegen –"

„Ich weiß", unterbrach er ihn grob und öffnete die Augen.

Cal starrte ihn verblüfft an. „Du weißt es?"

Er nickte. „Ja. Ich ... nun, Hannah hat bei Davids Gedenkfeier gemeint, ich solle mir selbst verzeihen und das habe ich getan."

„Was?"

„Ich habe eingesehen, dass Davids Tod nicht mein Fehler ist und es dumm und selbstzerstörerisch ist, mir etwas anderes einzureden", sagte Coop sachlich.

Wenn er ehrlich war, dämmerte ihm dies bereits seit einigen Wochen. Es war, als hätte Hannah ihm einen Spiegel vorgehalten. Er hatte sie dabei beobachtet, wie sie praktisch dasselbe getan hatte wie er die letzten fünf Jahre lang.

Sie hatte ihre Tage damit verbracht, Ablenkung von ihrer Trauer und ihrem Schmerz zu suchen. Sie hatte ihr Leben pausiert und ihre Zeit mit unsinnigen Dingen gefüllt, durch die sie sich ihrem Bruder näher gefühlt hatte. Sie hatte sich eingeredet, dass sie über seinen Tod hinweg war, nur um immer und immer wieder von ihm eingeholt zu werden.

Er hatte von einer neuen Perspektive aus auf sein eigenes Leben geblickt – und so zum ersten Mal seit Jahren klar vor Augen gehabt, dass er seine Zeit damit verschwendete, vor etwas wegzulaufen, dem er nicht entfliehen konnte.

Also war er stehen geblieben, hatte sich mit seinem Schmerz und seiner Wut konfrontiert und eingesehen, dass er nicht so weitermachen konnte wie bisher. Dass er etwas ändern musste ... nur immer noch zu feige war, es umzusetzen. Denn natürlich hatte Hannah recht gehabt!

Er lebte sein Leben nicht. Er war nicht bei der Polizei gewesen, um sich seinen alten Job zurückzuholen. Er hatte seinem Vater noch nicht seine Meinung gegeigt.

Er hatte nichts von alledem getan. Weil er zugegebenermaßen zu großen Schiss davor hatte.

„Das ist ein krasser Schritt, Coop", sagte Cal beeindruckt. „Das einzusehen."

„Ja, es ist ein krasser Schritt, und trotzdem bin ich ein Lappen, Callum", murmelte er leise und schüttelte den Kopf. „Ein verängstigter Lappen, der sich für viel cooler hält, als er ist."

„Einsicht ist der erste Schritt zur Besserung. Also gehe ich richtig in der Annahme, dass dein Sieben-Tage-Regenwetter-Gesicht mit Hannah zu tun hat?"

Coop gab einen tiefen Seufzer von sich, doch bevor er antworten konnte, ging die Tür zur Werkstatt auf.

„Ich habe dir Salat gekauft, Cal! Ich weiß, du meinst, Gemüse wird bei dir schlecht, aber ich habe es nicht übers Herz gebracht, dass das einzig Grüne, was ich dir mitbringe, ein Energy-Drink ist!"

Es war Callie, die mit diversen Tüten bepackt hereintrat.

„Du lässt sie für dich einkaufen?", fragte Coop zweifelnd.

„Sie hat dafür mein Auto bekommen. Außerdem besteht sie darauf, weil sie Angst hat, dass ich verhungere", meinte Cal achselzuckend.

Verwirrt sah Callie ihn an. „Was machst du denn hier?"

„Er hat Frauenprobleme", sprang Cal hilfreich ein und kam Callie entgegen, um ihr die Einkäufe abzunehmen.

Coop verdrehte die Augen. „Die Frage ist nicht, was *ich* hier mache. Die Frage ist: Wer geht so gottverdammt früh einkaufen?"

„Leute, die um acht einen Termin haben und nicht wollen, dass ihr Bruder verhungert", stellte Callie klar, bevor sie meinte: „Aber ernsthaft: Du hast Frauenprobleme und gehst damit zu Callum, dessen Versuch, eine einzige feste Beziehung zu führen, vor Jahren kläglich gescheitert ist? Warum kommst du damit nicht zu mir?"

Callum presste die Lippen aufeinander. „Meine Beziehung ist *nicht* kläglich gescheitert."

Callie ignorierte ihn und starrte immer noch auffordernd zu Coop hinüber.

Stöhnend legte er den Arm über sein Gesicht. „Ich wollte überhaupt gar nicht darüber reden! Ich wollte einfach nur hier sitzen und ein wenig nicht nachdenken."

„Nicht nachzudenken hilft niemandem, Coop. Auch wenn das ein Familiensport zu sein scheint", bemerkte Callie unzufrieden. „Also, was ist los?"

Missmutig schüttelte er den Kopf. Er hatte keine Lust, das jetzt zu besprechen.

„Ist doch klar, was los ist!", meinte Callum laut und hockte sich vor den Kühlschrank, um die Einkäufe zu verstauen. „Er hat gemerkt, dass er sich in Hannah verliebt hat, und kommt nicht damit zurecht."

Callies Augen wurden groß. „Wirklich?"

„Nein!", sagte er sofort und warf Callum einen düsteren Blick zu. „Das ist Schwachsinn, natürlich habe ich mich nicht ... ich meine, ich verliebe mich nicht, ich ... Sie ..." Er brach ab.

Beinahe hätte er laut aufgelacht.

Natürlich war er verliebt. Hannah hatte recht gehabt. Sie hatte seine Zukunft vorhergesagt, und er hatte es nicht kommen sehen. Weil er keine Erfahrung mit dieser Art von Gefühlen hatte. Weil er diese Art der Intimität mit einer Frau nicht gewöhnt war. Weil er nicht gewusst hatte, was er da empfand, bis es zu spät gewesen war.

Gott, Hannah hatte ihn gelesen wie ein Straßenschild.

Er hatte gemerkt, wie toll es war, jemanden zu haben, mit dem man sich so ... verbunden fühlte. Von dem man wusste, dass er einen nicht verurteilen würde, egal wie albern oder bescheuert man sich gerade verhielt.

Dem man alles erzählen wollte, was einen beschäftigte. Mit dem man nicht nur schlafen, sondern auch einfach nur ... reden wollte. Weil sie seine beste Freundin war. Seine beste, absolut nicht platonische Freundin.

„Fuck", wisperte er und presste die Fäuste auf seine Augen.

„Und der Groschen ist gefallen, gratuliere", sagte Callum leise.

Callie schwieg, doch nach einer Weile spürte Coop, wie sich ein Arm um seine Schultern schlängelte und ihn an sich drückte.

„Willkommen im Land der Liebenden, Coop", murmelte seine Zwillingsschwester mitfühlend. „Es kann düster und kalt hier sein, aber wenn du es richtig machst, ist es verdammt noch mal fantastisch!"

„Aber ich habe es nicht richtig gemacht! Oder vielleicht hat *sie* es auch nicht richtig gemacht." Fahrig fuhr er sich durch die Haare. „Keine Ahnung. Ich hab sie gefragt, und sie hätte die Chance gehabt, mir ihre Liebe zu gestehen oder zu sagen, dass sie etwas Ernstes will ... aber sie hat es nicht getan. Also, anscheinend ist sie überhaupt nicht daran interessiert mit mir zusammen zu sein."

Callie runzelte die Stirn. „Hast du ihr denn gesagt, dass du in sie verliebt bist?"

Verdutzt sah er sie an. „Na ja, nicht direkt, aber ... es war impliziert. Ich habe praktisch zugegeben, dass ich möglicherweise Kinder haben will. Warum sollte ich das tun, wenn nicht, um ihr meine Gefühle zu gestehen?"

Ungläubig sah seine Schwester ihn an. „Sag mal, ist Callum das einzige Panther-Familienmitglied mit einem annehmbaren IQ?"

„Was soll das denn jetzt heißen?", wollte Coop unzufrieden wissen.

„Na, du bist ein genauso großer Schisser wie sie, Coop! Ich fasse es nicht. So, wie es sich anhört, hast du, statt ihr *deine* Gefühle zu gestehen, ihr Vorwürfe gemacht, dass sie es nicht getan hat. Und wieso sollte sie? Objektiv betrachtet bist du das viel größere Gefühls-Risiko!"

„Ich bin ... was?"

„Du bist ein Womanizer, Coop. Darüber hat die Zeitung nicht gelogen. Sie hat dich kennengelernt, als eine Frau dich halbnackt aus ihrem Zimmer geworfen hat. Was soll sie denn bitte denken? Dass du fünf Jahre

Schürzenjägerei einfach so für sie an den Nagel hängst?"

„Sie sollte es mittlerweile einfach besser wissen, Callie! Sie weiß, wer ich bin, okay?"

„Komm schon, sie braucht mehr als das! Mehr als ein: *Was sind wir und warum gestehst du mir nicht deine Gefühle?* Wie dämlich kann man sein?"

„Ja, schön!", sagte er verärgert. „Aber wie soll ich ihr meine Liebe gestehen, wenn ich gar nicht weiß, ob sie meine Gefühle erwidert? Das ist doch lebensmüde. Wie stehe ich denn da, wenn sie mich gar nicht zurückliebt?"

„Gott, Coop!" Callie lachte laut auf. „Du hast wirklich noch keine Erfahrung mit Beziehungen, oder? Du redest wie ein Teenager in der Pubertät! Wenn du jemandem deine Gefühle gestehst, dann hast du keine Garantie, dass derjenige sie erwidert. Du springst ins kalte Wasser und hoffst, dass du schwimmst. Es ist ein Risiko! Aber manchmal lohnt es sich, Risiken einzugehen! Irgendwer muss immer den ersten Schritt machen, Coop. Und du kannst dich nicht darauf verlassen, dass Hannah ihn tut. Dass Hannah dir ihre Liebe gesteht, solange sie sich nicht sicher ist, dass du kein Frauenheld mehr sein willst."

„Aber ..."

„Es ist kein Risiko", schaltete Callum sich ein. Er saß auf seinem Arbeitsstuhl und rollte jetzt ein paar Meter an Coop heran. „Ich bin mir ziemlich sicher, dass sie auch in dich verliebt ist."

Coop schnaubte. „Woher willst du das wissen?"

„Weil ich ihr gesagt habe, sie solle dich in Ruhe lassen, wenn sie es nicht ist", sagte er schlicht. „Hannah ist eine aufrichtige, liebevolle Person – sie wäre meiner Bitte nachgekommen, um dich nicht zu verletzen, wenn sie nicht gewusst hätte, dass sie Gefühle für dich hat."

Ungläubig schüttelte Coop den Kopf. „Seit wann mischst du dich in das Privatleben anderer ein?"

„Seit *Firefly* abgesetzt wurde und ich plötzlich mehr Zeit habe."

Coop zeigte ihm den Mittelfinger.

„Okay", sagte Callie gedehnt und schob seine Hand nach unten. „Der Punkt ist, dass du so oder so noch einmal mit Hannah reden musst. Callum wollte dir nur etwas Mut zusprechen. Auf eine blöde Art und Weise. Ich nehme zurück, dass sein IQ annehmbar ist. Er ist genauso dumm wie wir alle."

„Ey, niemand von euch kann eine Drohne programmieren."

„Richtig, aber dafür können wir regelmäßig einkaufen gehen und essen freiwillig Gemüse."

Callum erwiderte irgendetwas, doch Coop hörte nicht mehr zu. Alles, woran er denken konnte, war, dass Callie recht hatte. Dass er die Verantwortung für seine eigenen Gefühle nicht an Hannah hatte abgeben dürfen. Denn auch sie hatte recht gehabt. Er war ein Heuchler. Er erzählte sich selbst, dass er an einem Wendepunkt angekommen war, aber unternahm deswegen nichts. Stattdessen suhlte er sich in Selbstmitleid, weil sie nicht gesagt hatte, was er hatte hören wollen.

Abrupt stand er auf. „Ich muss gehen."

„Wohin?", fragte Callie verdutzt. „Zu Hannah?"

„Nein. Ich muss noch ein paar Dinge erledigen."

Hastigen Schrittes lief er zur Tür.

„Was für Dinge?", rief Callie ihm verwundert hinterher.

„Beschissene, auf die ich keinen Bock habe!", antwortete er, dann war er wieder an der frischen Luft.

Coops Elternhaus war schon immer ein Gebäude wie aus Stephen Kings Horrorromanen gewesen. Für ihn wahrscheinlich noch mehr als für seine Geschwister.

Es hatte eine gespenstisch weiße Fassade, eine Reihe viktorianischer Säulen im Eingangsbereich und ein großes Holzportal als Haustür, an das keine keksverkaufenden Pfadfinder freiwillig klopften.

Es war immer noch sehr früh, als Coop widerstrebend die Auffahrt hinauffuhr und vor den Stufen hielt, die zu dem Ort führten, den er den Großteil seiner Jugend verabscheut hatte. Ein Gefängnis aus auferlegtem Druck, steinernen Mauern und kühler Distanz, das ihn Jahr um Jahr zorniger gemacht hatte.

Seine Mutter und sein Vater hatten sich bei ihrer Erziehung wahrlich nicht mit Ruhm bekleckert. Clints übermäßige Strenge hatte stets im starken Kontrast zu Evelyns Macht-was-ihr-wollt-Einstellung gestanden, sodass Coop nie gewusst hatte, was denn nun in Ordnung und was verboten war – bis er angefangen hatte, seine eigenen Regeln aufzustellen, nach denen er drei haarsträubende Jahre lang gelebt hatte. Mit seinem respektlosen und aufmüpfigen Verhalten hatte er seinen Vater natürlich nur umso wütender gemacht. Doch irgendwann hatte Coop es einfach nur noch genossen, irgendeine beliebige Reaktion auf seinem sonst so kühlen und ausdruckslosen Gesicht hervorzurufen.

Das war der Anfang, die Mitte und das Ende ihrer Beziehung gewesen.

Aber er war hier, um das zu ändern. Oder seinem Vater zumindest seinen Standpunkt zu verdeutlichen. Denn das musste er tun, wenn er seine Vergangenheit wirklich hinter sich lassen wollte.

Er schaltete den Motor aus und öffnete die Tür, während seine Gedanken zu dem Abend schweiften, an dem er Hannah den Atem geraubt hatte. Als sie im Dunkeln den steinigen Weg entlanggelaufen waren und er ihr erzählt hatte, dass er seinem Vater nie im Leben alle Fehler verzeihen konnte. Dass er ihm zu viele ungesagte Entschuldigungen schuldete ...

Sie hatte ihm eine einfache Lösung präsentiert: Er sollte seinem Vater einfach von seiner Wut erzählen und sich von seiner Reaktion überraschen lassen. Coops Mundwinkel zuckten, als er die Stufen zur Tür hinaufsprang. Hannah war wirklich eine ungebrochene Optimistin. Sie erwartete Güte von jedem und allem. Weil sie sie selbst gab. Und heute wollte Coop ein wenig mehr wie sie sein.

Er klingelte, und obwohl es erst kurz vor acht an einem Samstagmorgen war, wunderte es ihn nicht, dass er nach ein paar Sekunden Schritte hinter der Tür vernahm.

Die Haushälterin Maria, die mehr Zeit mit ihm und seinen Geschwistern verbracht hatte als seine Eltern zusammen, begrüßte ihn freudig.

„Hast du einen Termin? Dein Vater hat dich überhaupt nicht angekündigt."

„Kein Termin", meinte er kopfschüttelnd und trat in die Eingangshalle, die mit viel zu viel Marmor ausgekleidet war.

„Oh", bemerkte sie überrascht und sah kurz von seinem Gesicht bis zu seinen Füßen. „Du siehst überhaupt nicht gut aus, Coop. Etwas durcheinander, wenn ich das bemerken darf – und Cole hat mir eigentlich verboten, dich in einem Zustand der Wut oder des Zorns in dieses Haus zu lassen. Zu viele teure Mingvasen würden dabei kaputtgehen."

Coop verdrehte die Augen. „Mein liebenswerter großer Bruder ist einfach etwas übervorsichtig. Ich bin weder wütend noch zornig – ich will nur mit meinem Vater reden, das ist alles."

Maria sah immer noch unschlüssig aus, doch Coop drückte sie nur kurz an sich, bevor er an ihr vorbei und auf die Treppen zuging. „Er ist oben in seinem Arbeitszimmer, schätze ich?"

Er wartete nicht auf eine Antwort, sondern stieg bereits in den ersten Stock, in dem früher auch sein Zimmer gelegen hatte.

Jetzt jedoch steuerte er nach rechts auf die letzte Tür des Flurs zu und klopfte an.

Er hatte in diesem Haus nicht oft geklopft – einfach, weil es Clint aufgeregt hatte, wenn er es nicht tat –, aber heute würde er sich zusammenreißen und erwachsen sein.

„Herein", drang die immer ruhige Stimme seines Vaters durch das Holz, und Coop folgte seiner Aufforderung.

Das hinter der Tür liegende Arbeitszimmer bestand aus wuchtigen, dunklen Möbeln, einer Armee an Aktenschränken und gedämpften Lichtern.

Es sah noch exakt so aus wie vor fünfzehn Jahren und das rief eine Unruhe in Coop wach, die er weder mochte noch akzeptieren konnte. Denn vor fünfzehn Jahren war er ein unsicherer Teenager mit einem Aggressionsproblem gewesen. Er hatte sich in einem zerstörerischen Zustand befunden, zu dem er nicht zurückwollte.

„Cooper", sagte sein Vater überrascht und wollte sich erheben, doch Coop winkte ab.

„Bleib sitzen, ich werde nicht lange bleiben. Ich bin nur hier, um dir zu sagen, was ich über dich denke und was mein Problem mit dir ist … damit du verstehst, was du besser machen kannst."

Clint Panther hob eine Augenbraue. „Okay", sagte er schließlich schlicht. So, als hätte er erwartet, dass dieser Tag kommen würde.

Coop schluckte und nickte fest. Er fühlte sich wieder wie sein zwölfjähriges Ich, das seinen Vater um eine Gitarre bat, nur um gesagt zu bekommen, dass Gitarrenmusik der Einstieg zu harten Drogen sei und er eine Geige oder Klavierstunden haben könne.

Doch er war nicht mehr zwölf. Er konnte seine eigenen Entscheidungen treffen und er hatte entschieden, hierher zu kommen, um loszuwerden, was ihn seit Jahren von innen auffraß.

„Dad, ich bin manchmal so unfassbar wütend auf dich, dass Gläser in meinen Händen zerspringen, wenn ich an dich denke", sagte er, seine Stimme überraschend gefasst. „Ich habe dich den Großteil meiner Jugend über dafür gehasst, dass du mich und Callie auf der Highschool voneinander getrennt hast, und ich bin immer noch der Meinung, dass sie nicht in diesen furchtbaren Freundeskreis abgerutscht wäre, wenn ich mit ihr auf derselben Schule gewesen wäre. Ich hätte sie retten können, wenn du mich gelassen hättest, und ich gebe dir die Schuld dafür, dass sie am Ende im Krankenhaus gelandet ist."

Clint Panther nickte. „Ich gebe mir auch die Schuld dafür."

Einen Moment verwirrt über dieses Zugeständnis, sah Coop seinen Vater blinzelnd an.

Auf seinem Gesicht waren noch immer keine deutlichen Emotionen zu erkennen ... doch er wirkte von einem Schlag auf den nächsten viel älter, als Coop ihn im Gedächtnis hatte. Vielleicht meinte er seine Worte also ernst.

„Okay. Nun", fuhr er fort. „Ich brauche dir nicht zu erzählen, dass du mehr für uns hättest da sein müssen. Ich brauche dir ebenfalls nicht zu erzählen, dass du uns unglaublich unter Druck gesetzt hast, indem du erklärt hast, dass alles, was nicht als außergewöhnlich und exzellent bezeichnet werden konnte, unter der Würde eines Panthers sei. Du und Mom habt euch andauernd gestritten und eure Wut an uns ausgelassen. Ihr habt euch gegenseitig die Schuld dafür gegeben, dass wir alle so verkorkst waren – und wir haben jedes Wort mitangehört. Das Haus ist groß, aber die Wände sind dünn. Du hast mir mein halbes Leben lang das Gefühl gegeben, nicht gut genug zu sein, und das hat mich noch um einiges wütender gemacht. Und zu guter Letzt ... zu guter Letzt verachte ich dich dafür, dass du vor mir nie einen Fehler zugegeben hast. Dass du mir keine einzige Entschuldigung entgegengebracht und nie auch nur ein Schuldeingeständnis gemacht hast. Es ist, als hättest du nie etwas falsch gemacht – und das ist nicht wahr."

Er schloss den Mund.

Sein Atem ging schwer, sein Herzschlag hastig, doch seine Brust war freier als sonst.

Die Worte hatten so lang in seinem Kopf herumgespukt, dass er sie unter all dem Staub fast nicht mehr gefunden hatte. Aber er war froh, sie herausgekramt zu haben. Sie mochten hart sein – aber ausgesprochen konnten sie kein Gift mehr in seinem Körper verbreiten.

Er starrte seinen Vater an, wartete auf die Reaktion, die auf diese Offenbarungen folgen musste ... und konnte weder Wut noch Angst auf Clints Gesicht entdecken.

Der Geschäftsmann saß mit gesenktem Blick da und starrte auf seine Fingerspitzen. Endlose Momente lang sagte er nichts, so als müsse er seine Gedanken sortieren. Schließlich murmelte er: „Cooper, wenn ich damit anfangen würde, mir meine Schuld einzugestehen, würde ich etliche alte Wunden bei dir und deinen Geschwistern aufreißen ... und dass ist die Erleichterung meines Gewissens nicht wert. Ich wäre es, der sich besser fühlt, während ihr die Dinge, die ihr so erfolgreich verdrängt habt, neu durchleben müsstet. Also habe ich mich dagegen entschieden. Das bedeutet jedoch nicht, dass ich mir meiner Schuld nicht bewusst bin." Er hob das Kinn und sah ihn ernst an. „Es tut mir leid, dass du dich so fühlst. Ich habe etliche Fehler gemacht. Aber ich habe beschlossen, die Vergangenheit ruhen zu lassen.

Ich kann nur die Zukunft ändern – und in der werde ich versuchen, mehr für euch da zu sein.“

Coop nickte steif. Das war nicht viel, aber es war mehr, als er je bekommen hatte ... und für heute würde es genug sein müssen.

Zitternd atmete er ein. „Dad, ich verstehe, dass du es ernst meinst, wenn du sagst, dass du dich bessern willst. Ich verstehe nicht, warum und warum jetzt – doch ich akzeptiere es. Also werde ich wieder zu Familienessen oder anderen Veranstaltungen kommen. Aber erwarte nicht von mir, dass ich so tue, als wäre alles okay ... denn das ist es nicht. Vielleicht wird es das irgendwann sein, wenn ich sehe, dass du dich wirklich änderst, aber das wird seine Zeit brauchen. Du kannst die letzten Jahrzehnte nicht ungeschehen machen, und ich kann sie nicht vergessen. Aber ich werde mir Mühe geben.“

Clint nickte fest. „In Ordnung. Das ist mehr, als ich von dir verlangen könnte. Danke.“

Coop nickte steif und drehte sich um. Er öffnete die Tür ... doch hielt noch einmal inne. Schließlich wandte er den Kopf und murmelte: „Du hattest recht, Dad. Ich habe die letzten Jahre über mein Potential verschwendet. Ich bin in Selbstmitleid versunken und habe mich von meiner Angst gefangen halten lassen. Aber das musste mir keiner sagen, Dad. Das wusste ich bereits. Es ist mein Leben und es liegt in meiner Verantwortung, es zu ändern. Also lass mich bitte mit deinen Meinungen und Hilfsangeboten in Ruhe. Dann sollten wir kein Problem bekommen.“

Mit diesen Worten verließ er das Büro und schritt zurück zu der Treppe. Noch bevor er die letzte Stufe nahm, hatte er bereits sein Telefon aus der Tasche gezogen, nach einer bestimmten Nummer gesucht und sie gewählt.

Nach dem dritten Klingeln hob jemand ab. „Coop?"

„Hey, Danny", sagte er knapp. „Kannst du mir einen Gefallen tun und mir sagen, wer zurzeit Captain des Philadelphia Police Departments ist?" Er atmete tief durch. „Ich will meinen alten Job zurück."

# Kapitel 21

„Schatz, ich weiß, dreißig ist eine große Zahl, aber deswegen musst du wirklich nicht so traurig sein. Jeder Mensch wird älter. Das ist alles halb so wild."

Hannah nickte und stocherte weiter in dem Stück Käsekuchen herum, das auf ihrem Teller lag. Sie fühlte sich nicht danach, sich selbst zu feiern. Sie hatte in den vergangenen zwölf Stunden nichts getan, was sie stolz gemacht hatte.

Stattdessen hatte sie Coop angeschrien und dafür verurteilt, dass er sein Leben nicht auf die Kette bekam. Kurz darauf hatte sie in ihrer Wut Lara erklärt, dass sie sich nicht so anstellen solle und Callum ein netter Kerl sei, der es nicht verdient habe, so von ihr behandelt zu werden.

Ihre beste Freundin hatte ihr den Mittelfinger gezeigt, Coop war verschwunden ... und jetzt saß sie im mit Engeln überladenen Wohnzimmer ihrer Eltern und hatte das Gefühl, einen Fehler nach dem anderen begangen zu haben.

Sie hatte ihre Mutter und ihren Vater seit Ewigkeiten nicht mehr besucht und sich eigentlich darauf gefreut, ihnen von den letzten Wochen zu erzählen und sich betüdeln zu lassen.

Doch jetzt war alles, woran sie denken konnte, dass sie ihre beste Freundin nicht einmal hatte erklären lassen, was passiert war, dass Coop mit Sicherheit nicht vorbeikommen würde und ihre Eltern noch immer nicht wussten, dass sie kündigen würde.

Dreißig zu sein machte bisher absolut keinen Spaß, und zu allem Überfluss würde am Montag eine neue Woche beginnen. Eine neue Woche ohne Owens Liste. Ohne Coops Hilfe. Ohne eine Entschuldigung dafür, sich dämlich und unreif zu verhalten.

Sie würde allein sein. Wahrhaftig allein – und das machte ihr eine Heidenangst.

Diesmal jedoch nicht, weil sie keine Ahnung hatte, was sie wollte. Diesmal weil sie *wusste*, was sie wollte – und sich davor fürchtete, es nicht zu bekommen.

Wenn man niedrige Ansprüche hatte und andere die Entscheidungen treffen ließ, konnte einem nichts Schlimmes passieren. Wenn man große Hoffnungen hatte und wusste, was einen glücklich machte ... dann war das Risiko so viel größer.

Owen hatte das gewusst und sich trotzdem mitten ins Leben gestürzt. Hannah wusste nicht, ob sie genauso mutig sein konnte.

„Schatz? Alles in Ordnung?" Ihre Mutter klang mittlerweile besorgt, und Hannah wunderte es nicht. Sie hatte sich die letzte Stunde über wie ein trübseliger Stein verhalten.

Ihr Vater war in sein Arbeitszimmer verschwunden und suchte etwas, das er ihr geben wollte. Ihre Mutter jedoch saß neben ihr und tätschelte ihre Hand.

„Mom?", fragte sie leise. „Habt ihr euch jemals gewünscht, dass ich ein wenig so wäre wie Owen?"

„Oh, Schatz, nein." Bestürzt weitete sie die Augen und schüttelte vehement den Kopf. „Wie kommst du denn darauf?"

Hannah runzelte die Stirn. „Ich weiß nicht. Ich ... ich vermisse ihn nur. Er hat immer so viel Leben und Glück verbreitet. Ich hingegen ... ich verbreite Trübsal."

Ihre Mutter seufzte schwer und legte die Arme um sie. „Oh, Hannah, das ist doch Schwachsinn. Ihr beide wart eben nur verschieden. Das ist nichts Schlimmes. Wir wollten nie, dass du wirst wie Owen. Ehrlich gesagt ..." Sie zögerte. „Ehrlich gesagt war es eher andersherum."

Überrascht hob Hannah die Augenbrauen. „Was meinst du?"

Die Wangen ihrer Mutter liefen pink an. „Na ja, wir haben uns gewünscht, dass Owen sich ein wenig mehr an dir ein Beispiel nehmen würde. Ich schäme mich dafür, aber andererseits hätte Owen nur gelacht, wenn ich ihm das gesagt hätte, also ..." Sie lächelte müde. „Um dich mussten wir uns nie Sorgen machen, Hannah. Du hättest bereits mit sechzehn für dich selbst sorgen können! Owen jedoch war immer ein Chaot. Er war unruhig, wollte immer mehr ... Ein wenig Genügsamkeit hätte ihm nicht geschadet. Aber ein so unabhängiges Kind wie dich zu haben, war wohl genug des Glücks."

„Aber ... so schlimm war es doch nicht", bemerkte Hannah verdutzt.

„Doch. Ein wenig schon", sagte ihre Mom und hob die Achseln. „Ich meine, wir haben Owen noch immer die Wohnung bezahlt, Schatz. Er war achtundzwanzig Jahre alt und hatte noch immer keine abgeschlossene Ausbildung. Aber weißt du, was er mir gesagt hat, als ich meinte, wir würden uns darüber freuen, wenn er bald sein eigenes Geld verdient?“

Hannah lachte, auch wenn ihr die Tränen in den Augen standen, und nickte. „Er hat gesagt: *Es ist nur Geld, Mom. Stell dich nicht so an.*“

Ihre Mutter lächelte. „Richtig. Weil Geld für ihn keinen Wert hatte. Aber das war auch nicht richtig, Hannah. Ein wenig mehr Verantwortung hätte er schon übernehmen sollen.“

Sie schniefte und nickte erneut. „Ich war manchmal so neidisch auf ihn. Weil er das Leben so leichtgenommen hat und ich mir andauernd wegen jedem Blödsinn Sorgen gemacht habe.“

„Jeder war deswegen neidisch auf ihn“, stellte ihre Mutter amüsiert fest. „Aber weißt du, was das Problem war? Du hast dir Sorgen *für ihn* gemacht. Das heißt, du hattest doppelte Sorgen, während er keine hatte. Und das war nicht fair. Es wäre vollkommen okay gewesen, wenn du deine Sorgen ab und an mit Owen – oder auch uns – geteilt hättest.“

Ja, auch das stimmte.

Zitternd atmete Hannah ein, bevor sie ihrer Mutter in die Augen sah. „Mom, ich muss dir etwas sagen. Etwas, das mir zurzeit Sorgen bereitet.“

Verblüfft hob sie die Augenbrauen. „Okay.“

„Ich habe einen Job bei einer privaten Praxis angenommen und werde das Krankenhaus Ende des Monats verlassen.“

Ihre Mutter wirkte überrascht, aber nicht schockiert. Stattdessen nickte sie gefasst und sagte: „Ja, das dachten dein Vater und ich uns schon. Dass der Tag irgendwann kommen würde.“

Hannah blinzelte verwirrt. „Was? Warum?"

„Na ja, Hannah, du würdest irgendwann deinen ganz eigenen Weg gehen wollen. Du warst an der NYU, so wie dein Vater und ich. Du hast in dem Krankenhaus angefangen, in dem wir bereits Chefärzte waren … Wir haben damit gerechnet, dass es dir irgendwann zu viel werden würde und du etwas tun willst, was niemand von uns beiden getan hat. Und das ist vollkommen okay."

Hannahs Hals wurde enger. „Ich dachte, ihr wärt vielleicht enttäuscht darüber, dass ich nicht weiter mit euch zusammenarbeiten will."

„Natürlich sind wir traurig! Weil wir dich nicht so oft sehen werden wie bisher. Aber wir sind auch gleichzeitig stolz, dass du dir etwas Eigenes aufbauen willst, Hannah. Das erfordert sehr viel Mut."

Sie nickte und wischte fahrig eine Träne unter ihrem Auge weg.

„Ich war doch nur zehn Minuten weg!", sagte ihr Vater bestürzt und schritt aus dem Flur zu Hannahs Rechten. „Sie hat den Brief doch noch gar nicht. Wie kann sie da jetzt bereits weinen?"

Ihre Mutter seufzte und warf ihrem Vater einen liebevollen *Du bist ein Idiot*-Blick zu. „Natürlich ist es nicht wegen des Briefs. Hannah hat mir soeben gesagt, dass sie beim Krankenhaus kündigen und in einer privaten Praxis anfangen will."

„Oh, okay." Ihr Vater nickte. „Na dann. Wenn es weiter nichts ist."

Der Stein, der seit ein paar Wochen auf Hannahs Herz gelegen hatte, fiel hinab und ließ sie freier atmen. Ihre Eltern waren so viel verständnisvoller, als sie es ihnen zugetraut hätte. Auf einmal wusste sie gar nicht mehr, wovor sie Angst gehabt hatte. Sie ...

Moment.

Stirnrunzelnd wandte sie sich ihrem Vater zu. „Von welchem Brief redet ihr?"

Ihre Mutter und ihr Vater wechselten einen verunsicherten Blick. Schließlich sagte ihr Vater zögerlich: „Owen hat einen Brief für dich bei uns hinterlegt. Er meinte, du solltest ihn erst an deinem dreißigsten Geburtstag bekommen. Du würdest verstehen, warum."

Hannah öffnete überrascht die Lippen und starrte ihren Vater einige Sekunden lang einfach nur perplex an.

Dann musste sie lachen.

Sie schloss die Augen und schüttelte den Kopf.

Natürlich. Natürlich gab es noch einen zweiten Brief, den Owen für das Ende ihrer Reise beiseitegelegt hatte. Damit sie an ihrem Geburtstag nicht ganz so allein war, wie sie sich beizeiten fühlte.

Damit sein Tod noch ein wenig dramatischer war.

„Alles okay, Schatz?", fragte ihre Mutter unruhig.

Sie nickte und schluckte den Kloß in ihrem Hals hinunter. „Ja, das Leben ist nur lustig, wisst ihr?"

Wieder wechselten ihre Eltern einen besorgten Blick. „Du musst ihn nicht jetzt sofort lesen, Maus, wenn er dich zu sehr aufwühlt", sagte ihr Vater vorsichtig und legte einen weißen Umschlag neben ihren Teller.

„Natürlich muss ich ihn sofort lesen", widersprach Hannah sanft und öffnete den Brief. „Ihr würdet dasselbe tun."

*Hey Hanny,*

hast du es lebend überstanden?
Oder hast du allen Ernstes eine Schlägerei angefangen
und wurdest von einem Typen mit Gesichts-Tattoo in den
Boden gestampft? Ehrlich gesagt wollte ich den Punkt eigentlich von der Liste nehmen, aber ich war schlichtweg
zu neugierig, wie weit du gehen würdest, um mich zufrie-
denzustellen.
Aber weißt du, was das Ironische daran ist?
Bei der Liste ging es überhaupt gar nicht darum, dass ich
zufrieden mit dir bin. Auch wenn du in den letzten Jahren
andauernd versucht hast, es mir recht zu machen.
Es ging darum, dass du zufrieden mit dir bist.
Ich habe eigentlich nur eins gehofft: dass du herausfindest,
wer du bist. Was du magst, was du ätzend findest. Was du
vermisst und auf was du ohne Probleme verzichten
kannst. Ich wollte, dass du herausfindest, was dich glücklich macht. Was dir wichtig ist. Was kostbar und was
wertlos in deinen Augen ist. Ich wollte, dass du weißt, was
du an deinem Leben wertschätzt. Und sei es im Pyjama
die Nachrichten zu gucken und dabei Popcorn zu essen.
Ich wollte deinen Kampfgeist wecken, damit du dich nicht
von deinen Ängsten aufhalten lässt und dich so kennenlernst, wie ich dich kannte. Als ein unglaublich schlagfer-
tiges, witziges und liebenswertes Geschöpf, dessen Intelligenz nur von seinem Lächeln überboten wird.
Du bist toll, Hannah. Auch wenn du keinem Plan folgst,
hundert Menschen die Woche rettest oder das tust, was
Adrian von dir erwartet. Auch ohne Job und ohne Freund
bist du unendlich wertvoll. Allein und einfach so, wie du
bist. Wie du wirklich bist.
Du hast immer gedacht, dass ich will, dass du dich änderst. Aber das hast du falsch verstanden.

*Ich wollte nur, dass du dich und deine Wünsche ernst nimmst. Dass du dich auch mal an die erste Stelle setzt. Dass du dich nicht vergisst.*

*Die meisten Menschen sind zu beschäftigt, um sich daran zu erinnern, was ihnen wichtig ist, und ich wollte dir zumindest die Möglichkeit geben, das herauszufinden. Damit du wie ich auf dein Leben zurückblicken kannst und nichts bereust.*

*Mach dich selbst stolz – niemand anderen!*

*Ich verehre und liebe dich abgöttisch, Hanny. Vergiss das nie. Aber hör auf, mir und meinem Leben nachzutrauern. Ich hatte alles, was ich brauche. Ich war glücklich bis zum Schluss.*

*Jetzt sorg dafür, dass es dir genauso geht!*

*Dein persönlicher Held. Für immer.*

*Owen*


Sie hatte die Tränen nicht eingeladen, doch sie kamen trotzdem. Sie verstand jetzt, was Owen mit seiner Liste bezwecken wollte. Dass sie aus einem Flugzeug hatte springen müssen, um herauszufinden, dass sie das nie wieder tun wollte. Dass sie auf ihren Job hatte verzichten müssen, um herauszufinden, dass sie ihn unglaublich vermisste. Dass sie mit Adrian hatte Schluss machen müssen, um herauszufinden, was sie selbst von ihrem Leben wollte. Dass sie ihren Plan hatte vergessen müssen, um herauszufinden, dass er es nicht war, der sie glücklich machte.

Denn Owen war erfolgreich gewesen. Sie kannte sich jetzt besser. Sie war mutiger geworden. Sie wusste, was sie mochte und was sie wollte.

Jetzt musste sie nur noch dafür sorgen, dass sie es bekam.

Sie ließ Owens Brief auf den Tisch sinken, griff nach ihrer Handtasche und kramte den alten hervor. Sie sah auf die fast beendete Liste. Sie war so nah an ihrem Ziel. Nur ein einziger Punkt fehlte noch.

„Ich muss gehen", sagte sie leise und stopfte das Papier wieder zurück.

„Was?" Überrascht sah ihre Mutter sie an. „Wohin?"

„Owen ... nein, *mich* stolz machen", wisperte sie und sprang auf. „Tut mir leid. Danke für den Kuchen. Ich komme morgen noch einmal vorbei, um den Rest zu essen."

„Aber ...", sagten beide wie aus einem Munde.

„Hab euch lieb", meinte Hannah flüchtig und gab den beiden einen Kuss auf den Kopf. „Bis morgen."

Dann flog sie aus der Tür. Sie musste ein paar Dinge erledigen. Dinge, die sie tun wollte ... aber auch Dinge, die sie tun *musste*. Weil sie das Richtige waren.

Eine halbe Stunde später stand sie vor einer fremden Tür.

Sie hatte die Adresse vom Krankenhaus und wusste nicht recht, ob sie damit zu weit ging oder nicht. Doch als Adrian die Tür öffnete, sah er lediglich überrascht aus, sie zu sehen. Nicht wütend oder verletzt ... nur überrascht.

„Hannah. Was tust du hier? Ich meine ... Happy Birthday, aber ..." Er brach ab, schüttelte über sich selbst den Kopf, so wie er es manchmal tat, wenn er dachte, dass er faselte, und sagte langsamer: „Was kann ich für dich tun?"

Einige endlose Momente lang sah Hannah ihm in das freundliche Gesicht. Schließlich flüsterte sie: „Es tut mir so leid, Adrian." Sie lächelte wacklig. „Ich hätte dir früher sagen sollen, dass ich nicht glücklich bin. So habe ich dir nicht einmal eine Chance gegeben, etwas zu ändern. Unsere Beziehung zu retten. Es tut mir leid, dass ich dich deswegen belogen habe, und es tut mir leid, wie ich es beendet habe. Es war nicht fair von mir, es auf Owen zu schieben. Dir zu sagen, dass es sein letzter Wunsch war. Denn natürlich habe ich mich nicht seinetwegen von dir getrennt. Es war meine Entscheidung. Ich hatte vergessen, was ich wollte, Adrian. Ich war auf einmal nur noch deine Freundin – kein Ich mehr. Nur noch ein Wir."

„Aber das habe ich nie von dir verlangt!" Schockiert weitete er die Augen. „Ich habe dich andauernd gefragt, was du willst, Hannah! Ich wollte deine Wünsche nicht untergraben."

„Ja, ich weiß." Ihre Stimme war brüchig, doch sie musste zu Ende bringen, weshalb sie gekommen war. „Aber ich habe mir nie die Zeit genommen, es herauszufinden. Wer ich bin, was ich will. Weil es so schwer war. Weil ich so viel hätte ändern müssen. Stattdessen habe ich den leichten Weg gewählt und mir eingeredet, dass ich mag, was du magst. Dass ich nur will, was du willst ... und irgendwann war ich unglücklich, ohne zu wissen, warum. Und du warst toll, du hast dich immer um mich gekümmert ... aber ich habe dich nicht so geliebt, wie ich es hätte tun sollen. Ich habe mich in unserer Gemütlichkeit verloren. Und dafür kannst du nichts, aber es ist dennoch passiert. Du hast jemanden verdient, der wirklich liebt, was du liebst. Jemanden, der dich nicht so nachlässig behandelt, wie ich es getan habe. Jemand, der seine Liste mit dir zusammen neu schreiben will."

Ihre Augen brannten so sehr, dass sie kaum noch sehen konnte. Doch sie hörte Adrians Seufzen und erkannte sein Kopfschütteln.

„Warum hast du denn nicht früher etwas gesagt, Hannah?", murmelte er. „Wir hätten daran arbeiten können."

Sie nickte und biss auf ihre zitternde Unterlippe. „Ich wollte dich nicht verletzen. Ich hatte Angst vor der Konfrontation. Aber ich habe dein Glück meinem eigenen lange Zeit vorgezogen ... und als ich das herausgefunden habe, war es bereits zu spät. Und das tut mir unendlich leid. Ich wollte dir nie wehtun."

„Ich weiß", erwiderte Adrian leise. „Und es tut mir leid, dass ich nicht gemerkt habe, dass du unglücklich bist. Ich war wohl ... zu sehr gefangen in meinen eigenen Plänen. Du bist schließlich nicht die Einzige, die welche hat."

Hannah fuhr sich mit der Hand über die Augen, bevor sie sich auf die Zehenspitzen stellte, Adrian fest an sich zog und ihn auf die Wange küsste. „Das ist okay. Du warst trotzdem ein toller Freund. Und ich bereue die Zeit nicht, die ich mit dir verbracht habe. Ich bereue nur, dass ich nicht früher ehrlich zu dir ... und zu mir war."

„Ich glaube, ich hätte gemerkt, wie unzufrieden du bist, wenn ich mir die Zeit genommen hätte, richtig hinzugucken", sagte Adrian leise und drückte sie ebenfalls noch ein letztes Mal an sich, bevor er sie losließ. „Aber wir beide haben wohl eher das gesehen, was wir sehen wollten. Nicht das, was der Realität entsprach.“

Sie nickte, denn es war die traurige Wahrheit, und hob die Hand zum Abschied, bevor sie sich umwandte.

„Hannah“, rief Adrian sie noch einmal zurück, als sie schon am Ende des Flurs war. „Danke. Den Abschluss habe ich gebraucht.“

Sie nickte und lächelte ihm warm zu. „Ja. Ich auch.“

Als sie wieder im Auto saß, fühlte sie sich so leicht wie seit Monaten nicht mehr.

Das hätte sie schon viel eher tun sollen.

Sie fuhr zu ihrer Wohnung zurück, hielt vor den Treppen, die zu dem Haus hochführten, in dem sie lebte ... und auf einmal war ihr glasklar, warum sie all die Möbel, die sie nicht mochte, behalten hatte.

Sie war nicht bereit dazu gewesen, mit Adrian abzuschließen. Der Gedanke daran, dass immer noch ein Teil von Adrian in ihrem Zuhause war, hatte sie in falscher Sicherheit gewiegt. Die Möbel hatten die Änderung nicht permanent erscheinen lassen. Ihr gemeinsames Leben war noch immer zum Greifen nah gewesen. Falls sie ihre Entscheidung doch noch bereute und es sich anders überlegte.

Aber Adrian war fort. Sie waren nicht mehr zusammen. Er war Teil eines Lebenskapitels, das sie vor langer Zeit zu Ende geschrieben hatte – und sie brauchte ihn nicht mehr. Ebenso wenig wie die Erinnerung an ihn.

Als sie nun in ihrem Wohnzimmer stand, in einem trostlosen Meer aus Grau und Schwarz, zuckten ihre Mundwinkel. Was hatte sie sich dabei gedacht? Schwarz und Grau waren keine Farben!

Sie waren ganz sicher nicht das, was sie wollte, und sie würde nicht länger damit leben.

Schwer atmete sie durch, sperrte Haus- und Wohnungstür weit auf und machte sich daran, dass erste von drei Sofaelementen in den Flur zu schieben.

Es war absurd schwer und es war unglaublich albern, dass sie versuchte, es allein aus ihrer Wohnung zu bekommen – aber sie konnte nicht warten! Sie brauchte die Veränderung. *Jetzt.*

Das Verlangen, endlich ihr eigenes, frei gewähltes Leben zu führen, war so stark, dass sie nach einer Weile nicht mehr wusste, wie viel Zeit vergangen war. Doch plötzlich stand das gesamte Sofa auf dem Bürgersteig vor ihrem Haus. Ihr T-Shirt klebte an Rücken und Brust, doch sie war noch nicht bereit, aufzuhören. Als nächstes kam der schwarze Teppich dran, dann folgte der weiße Esstisch, der viel zu schlicht und elegant aussah. Sie wollte Schnörkel und Maserungen!

Schließlich packte sie die graue Stehlampe, die ihr immer viel zu grell und klobig gewesen war. Mit mittlerweile zitternden Armen schleifte sie das Biest den Flur entlang und die Eingangsstufen hinunter. Sie wollte sie aufs Sofa werfen ... doch da saß schon jemand.

Wie angewurzelt blieb sie stehen.

Die Beine hochgelegt, die Hände im Nacken verschränkt saß Coop auf ihrem alten Leben.

Ihr Herz sprang ihr in den Hals.

„Ein paar wirklich schlechte Einbrecher müssen bei dir eingestiegen sein und es sich auf halbem Weg anders überlegt haben", begrüßte er sie. „Oder veranstaltest du einen Flohmarkt?"

„Was tust du hier?", fragte sie perplex und ließ die Lampe sinken.

„Ich wollte dir zum Geburtstag gratulieren", sagte er und kratzte sich an der Schläfe, bevor er langsam aufstand. „Du hast mich eingeladen, erinnerst du dich? Leider wusste ich nicht, wo deine Eltern wohnen."

„Aber ..." Sie schüttelte den Kopf. „Nein. Das geht so nicht. Ich wollte zu *dir* kommen! Du solltest nicht herkommen. Ich hab das alles schon geplant."

Coops Mundwinkel zuckten. „Ah, und was haben wir über deine Pläne gelernt? Sie halten dich davon ab, die extrem coolen Dinge mitzunehmen, die dieses Leben zu bieten hat." Er deutete auf sich selbst.

Ein Lachen stieg in ihr auf, doch sie war noch nicht bereit, es freizulassen. Stattdessen schüttelte sie nur erneut den Kopf und strich ein paar schweißnasse Strähnen aus ihrer Stirn. „Aber es war ein *guter* Plan. Ich wollte dir erklären, dass ich mich blöd verhalten habe und zu viel Angst hatte, dir zu sagen, was ich fühle. Und dann wollte ich dir sagen, dass du den letzten Punkt auf meiner Liste erfüllst, mir das aber eigentlich egal ist, weil *du* meine neue Liste bist, und ..." Sie seufzte und ließ die Schultern sinken. Sie hatte einen *Mehr-Moment* kreieren wollen.

Coops Lächeln wurde breiter. „Das hört sich alles sehr romantisch an."

„Ich weiß. Ich war ziemlich stolz darauf."

„Ja, ich fürchte, so lange konnte ich nicht warten." Er hob die Schultern. „Ich habe meinem Vater gesagt, wieso ich wütend bin, ich habe bei der Polizei angerufen und um meinen alten Job gebeten, ich habe alle Nummern von irgendwelchen Frauen, deren Namen ich nicht mehr kannte, aus meinem Telefon gelöscht ... und dann hatte ich nichts mehr zu tun."

Verblüfft öffnete sie die Lippen. „Das hast du getan?"

„Ja, du hast da gestern einige Dinge gesagt ... unter anderem, dass ich ein Heuchler bin. Und das wollte ich ändern, bevor ich bei dir angekrochen komme und mich dafür entschuldige, dass ich überreagiert habe."

Sie schüttelte hastig den Kopf. „Ich hätte Lara nie sagen sollen, dass ich nur mit dir geschlafen habe, weil es auf der Liste stand. Ich habe nur Angst bekommen."

„Das weiß ich doch", sagte er und zog eine Grimasse. „Ich kenne dich, Hannah. Du würdest so etwas Leichtsinniges nie einfach so sagen, ich ... ich habe nur gehört, was ich hören wollte, um die Erlaubnis zu haben, wieder wegzulaufen. Aber ich hab dich bereits vermisst, als ich in mein Auto gestiegen bin, es war also eine dumme Idee."

Hannahs Lippen zitterten und ihre Augen brannten, während sie nickte. „Unglaublich dumm", bestärkte sie ihn.

Coop trat auf sie zu und neigte den Kopf. „Kannst du mir noch mal sagen, was genau der letzte Punkt auf deiner Liste war?", murmelte er und glitt mit der Hand in ihren Nacken. „Den, den du in deiner romantischen Rede erwähnen wolltest? Ich glaube, ich habe ihn vergessen."

Sie verdrehte die Augen, musste aber lachen. „Hast du nicht."

„Doch, ganz bestimmt. Oder war es der Punkt, an dem du dem Mann deiner Träume jeden Tag ein Sandwich machen wolltest?"

Sie schnaubte. „Dieser Punkt hat nicht existiert und wird nie existieren.“

„Ah, dann war es der Punkt, der festlegt, dass du eine Woche lang nackt in deiner eigenen Wohnung herumlaufen musst. Oder war es der Punkt, der ...“

Sie küsste ihn. Anders würde sie ihn ja doch nicht zum Schweigen bringen. Die Arme um seinen Hals geschlungen stellte sie sich auf die Zehenspitzen und küsste ihm die restlichen albernen Worte von den Lippen.

„Ich liebe dich, Coop, okay?“, wisperte sie. „Auch ohne die Liste. Aber hör auf, Blödsinn zu reden, sonst haue ich dir noch eine runter. Darin habe ich mittlerweile Übung.“

Coops Lächeln war so breit, dass es sein ganzes Gesicht einzunehmen schien ... und in diesem Moment war sie so glücklich, dass sie das Gefühl nicht mit Worten hätte beschreiben können.

Das hier war ein *Mehr-Moment.* Natürlich war es einer. Aber gleichzeitig dachte sie ... war nicht jeder Moment ein *Mehr-Moment,* wenn man ihn nur aufmerksam genug betrachtete?

„Das passt mir jetzt eigentlich nicht“, sagte Coop leise und zog sie an sich. „Ich wollte beweisen, dass ich kein Feigling bin und dir zuerst meine Gefühle gestehen. Weißt du, ich liebe dich nämlich auch.“

Hannahs Herz war mittlerweile so voll, dass sie Angst hatte, es könne zu schwer für ihre Brust werden. Ihre Augen brannten und sie nickte lediglich. Denn wenn sie auf seine Worte noch etwas erwiderte, würde sie definitiv anfangen zu weinen.

„Wenn Callie fragt ... können wir ihr dann erzählen, ich hätte es dir zuerst gesagt?“, schlug er vor.

„Auf gar keinen Fall!“, sagte sie mit belegter Stimme. „Verdien dir deine eigenen Lorbeeren.“

Er seufzte gespielt schwer. „Weißt du“, flüsterte er an ihren Lippen und umschloss sanft mit den Händen ihr Gesicht. „Ich hatte meinen eigenen Plan. Ich wollte dir sagen, dass ich hier bin, um den letzten Punkt deiner Liste zu erfüllen. Dass du bereits geliebt wirst. Von mir. Aber auch von deinen Eltern. Von Lara. Von deinem Bruder. Und erst dann hätte ich dir die Möglichkeit gegeben, mir ebenfalls deine Gefühle zu gestehen. Aber ich schätze, so rum war es auch okay.“

Wieder nickte sie, versuchte, ihre Tränen zurückzuhalten ... doch versagte.

Sie fielen einfach ungefragt an ihren Wangen hinab, vermischten sich mit dem Schweiß auf ihrem Gesicht und tropften ihr Kinn herab. „Scheiße“, wisperte sie. „Jetzt heule ich schon wieder.“

„Hör auf zu fluchen. Habe gehört, das ist schlecht für dein Karma“, murmelte Coop und küsste sie.

# Epilog

„Mhm, ich bin nicht überzeugt", meinte Hannah kopfschüttelnd.

„Warum nicht?", wollte Coop wissen.

„Die Frage sollte nicht ‚*Warum nicht?*', sondern ‚Von was nicht?' lauten."

„Okay. Von was bist du nicht überzeugt?"

„Von deiner Intelligenz."

Coop seufzte. „Ich bereue es schon jetzt, zu fragen, aber: Was?"

„Nun ... du hast diese Episode von *How I met your mother* gesehen." Sie wedelte zum Fernseher hin. „Und hieltest es für eine gute Idee, *Den nackten Mann* nachzuahmen – obwohl du eindeutig der wandelnde Barney Stinson bist? Die vielen Frauen, das ganze Geld, der emotionale Analphabetismus. Ihr seid ein und dieselbe Person. Bei ihm funktioniert *Der nackte Mann* nicht, wieso sollte es bei dir anders sein? Dir hätte dein peinliches Schicksal von vorneherein klar sein müssen. Es konnte gar nicht klappen. Natürlich hat die Frau dich halbnackt aus ihrem Zimmer geschmissen."

Ruckartig fuhr Callums Kopf in die Höhe. Er hatte den beiden die letzte Stunde nur mit halbem Ohr zugehört. Einerseits weil ihr romantisches Geplänkel ihn nervte, andererseits weil er in Gedanken noch immer die Kamera seiner Drohne feinjustierte. Doch zum ersten Mal am heutigen Abend gaben die beiden etwas Interessantes von sich.

„Du hast *Den nackten Mann* ausprobiert?", fragte er scharf und verengte die Augen. „Und du hast versagt? Und es mir nicht erzählt?"

Unschuldig hob Coop die Augenbrauen. „Was?"

Callum lachte leise. „Ich habe die Wette sowas von gewonnen. Wenn Callie mich das nächste Mal um einen Gefallen bittet, darf ich ihn auf dich abwälzen."

Coop stöhnte und warf seiner Freundin einen bösen Blick zu. „Danke, dass du mich verraten hast!"

Hannah verdrehte die Augen. „Wettschulden sind Ehrenschulden."

„Ich hab keine Ehre", meinte Coop kopfschüttelnd.

„Ist mir egal", stellte Cal zufrieden fest und klopfte ihm auf die Schulter. „Die Wette war deine Idee. Abgesehen davon bist du selbst schuld!" Er deutete auf den Fernseher. „Ich meine: Warum genau musstet ihr diese Episode unbedingt bei mir sehen? Ihr habt eure eigenen Wohnzimmer."

„Weil Fernsehen zu dritt mehr Spaß macht", sagte sein Bruder achselzuckend. „Außerdem will ich, dass du Hannah besser kennenlernst."

Cal schnaubte. Schwachsinn. Coop war heute damit dran, Babysitter für ihn zu spielen, und hatte keinen ihrer Geschwister davon überzeugen können, seine Schicht zu übernehmen. Allein deshalb war er zusammen mit Hannah hier.

Lächerlich, was seine Brüder und Callie da veranstalteten. Als wüsste Cal nicht genau, dass sie untereinander vereinbart hatten, alle paar Tage nach ihm zu sehen. Cole war montags eingeteilt, Callie übernahm jeden Mittwoch ... und freitags machte Coop ihm die Ehre.

Callum konnte die ersten zweitausend Stellen von Pi aufsagen – glaubten sie ernsthaft, dass er sich nicht merken konnte, an welchem Wochentag wie zufällig welcher Geschwisterteil bei ihm auftauchte? Sie behandelten ihn, als sei er ein Haustier, das alle zwei Tage etwas Zuneigung und eine Vitamintablette brauchte!

„Ich finde Hannah ganz reizend“, sagte er trocken. „Sie ist nicht ganz so nervig wie der Rest von euch, das weiß ich zu schätzen.“

Allerdings war sie mit Lara befreundet, er war sich also noch nicht sicher, ob sie eine Psychopathin war.

Cal leerte das Bier, das sein Bruder ihm *zur Entspannung* aufgedrängt hatte, stellte es auf den Boden und stand auf. „Nun, so schön euer unangemeldeter Besuch auch war und so sehr ich es genossen habe, dazu gezwungen zu werden, eine Serie zu gucken, die mich nicht interessiert – ihr müsst jetzt gehen.“ Er hatte nämlich verdammt noch mal zu tun! Er lag *Monate* in seinem Zeitplan zurück.

„Aber es ist noch früh und außerdem Wochenende“, sagte Hannah zögerlich und warf Coop einen unsicheren Blick zu.

Großartig! Sie war also schon eingeweiht worden.

„Ja, aber ich nutze meine Wochenenden immer dafür, Wodka zu trinken und Pornos zu gucken, ihr würdet also nur stören“, sagte Cal entschuldigend und legte eine Hand auf die Brust.

Coop verdrehte die Augen. „Du trinkst keinen harten Alkohol und hältst Pornos für Zeitverschwendung."

Das war korrekt. „Blödsinn. Pornographie ist eine stark unterschätzte moderne Kunstform – und wer sollte etwas gegen flüssige Kartoffeln haben?"

„Die meisten Wodkasorten werden aus Weizen hergestellt", gab Hannah zu bedenken.

Oh, großer Gott. „Geht. Sofort", sagte er knapp. „Bevor ich unhöflich werde."

Hannah zog eine Grimasse, nickte jedoch und schlenderte zur Tür. Coop ließ sich leider nicht ganz so leicht verschrecken.

Stirnrunzelnd trat er auf ihn zu. „Sag mal, ist alles okay? Du siehst in den letzten Wochen wirklich ungesund blass aus. Bist du krank?"

„Natürlich nicht. Was sollte ich auch schon haben?"

„Eisenmangel? Schlafmangel? Vitaminmangel? Liebesmangel? Such dir ein Wort aus und häng *Mangel* dran."

Er schnaubte. Coop machte sich um die falschen Dinge Sorgen. Seine schlechte Ernährung und die ihm fehlenden Umarmungen waren nicht das Problem.

„Es ist alles gut, Coop. Ich will heute einfach nur meine Ruhe."

„Alles klar", erwiderte sein Bruder beschwichtigend und hob unschuldig die Hände. „Aber wenn du irgendetwas brauchst …"

„Dann weiß ich, wen ich auf keinen Fall anrufen werde."

Coop grinste. „Wunderbar. Bis nächste Woche, Cal!"

Er stöhnte, wollte ihm nachrufen, dass er nächste Woche wirklich nicht vorbeischauen müsste, doch was machte es für einen Unterschied? Seine Geschwister würden ihn ja doch nicht in Ruhe lassen.

Callum wartete, bis die Tür hinter Coop und Hannah ins Schloss fiel, bevor er seufzend die Augen schloss.

Zurück an die Arbeit. Er straffte die Schultern, schlenderte zurück zu seiner Werkbank und fixierte den wild blinkenden Cursor auf seinem Computerbildschirm.

Seine Finger schwebten über der Tastatur, bereit, loszulegen. Doch Cal bewegte sie nicht.

Denn er wusste nicht, was sein nächster Schritt war. Was er als Nächstes tun sollte. Was er tun *konnte*, um das löchrige Programm, das er für seine Drohne geschrieben hatte, sinnvoll zu füllen.

Sein Handy piepte und er linste auf das Display.

*Ich will einen aktuellen Zwischenstand, Callum! Zum letzten Mal. L.*

„Fuck", wisperte er und legte den Kopf in den Nacken.

Ja, er war ein Genie. Schon immer gewesen. Niemand wurde müde, ihm das zu erzählen.

Doch zum ersten Mal in seinem Leben stand er vor einem Problem, das er nicht lösen konnte.

Eigentlich waren es zwei Probleme, wenn er Lara mitzählte.

Und er zählte sie mit. Denn sie war das größere.

**ENDE**